スティーヴン・キング

BILLY SUMMERS
STEPHEN KING

白石 朗［訳］

上

ビリー・サマーズ

文藝春秋

レイモンドとセーラ・ジェイン・スプルースを思って。

装画　藤田新策
装幀　石崎健太郎

ひとときは道に迷っていたわたし、
けれどもいま、見いだされた。
——「アメージング・グレイス」

主な登場人物

ビリー・サマーズ……………………………殺し屋
デイヴィッド・ロックリッジ………………ビリーの偽名、作家志望の男
ドルトン・スミス……………………………ビリーのもう一つの偽名、ＩＴ技術者

【ビリーの仕事相手】
ニック・メイジャリアン……………………ビリーの依頼人
ジョルジオ・ピグリエッリ…………………ニックの腹心
フランク・マッキントッシュ………………ニックの手下
ポーリー・ローガン…………………………同右
レジー…………………………………………ジョルジオが呼び寄せたニックの手下
デイナ・エディスン…………………………同右
ケン・ホフ……………………………………ビリーが潜伏する「ジェラード・タワー」の所有者
バッキー・ハンスン…………………………ビリーが信頼する偽造屋

ジョエル・アレン……………………………ビリーの標的

【レッドブラフの街の住人】
ジャマル／コリンヌ・アッカーマン………〝デイヴィッド〟の隣人の黒人夫妻
デレク／シャニス……………………………アッカーマン家の兄妹

ポール／デニース・ラグランド……〝デイヴィッド〟の近所の白人夫妻
ダニー・ファジオ……シャニスの友達の少年
ドン／ベヴァリー・ジェンセン……〝ドルトン〟のアパートメントの住人夫妻

【ジェラード・タワー】
フィリス・スタンホープ……五階の会計事務所の事務員
コリン・ホワイト……二階のビジネス・ソリューションズ社の派手な服装の男
ジョン・コルトン……五階の法律事務所の若い弁護士
ジム・オルブライト……同右
ハリー・ストーン……同右
アーヴ・ディーン……ビル警備員

【ビリーの過去】
キャサリン・サマーズ……ビリーの妹
ダーリーン・サマーズ……ビリーの母
ボブ・レインズ……ビリーの母のボーイフレンド
ロビン・マグワイア……養護施設の友人
ルーディ・ベル……新兵仲間、通称〈タコ〉
ジョージ・ディナースティン……同右、通称〈ディナーウィナー〉
ピート・キャシュマン……同右、通称〈ドンク〉

ビリー・サマーズ

第一章

1

ビリー・サマーズはホテルのロビーにすわり、迎えの車を待っている。読んでいるのはA5判のコミックス『アーチーの仲間と娘っ子たち』だが、頭で考えているのはエミール・ゾラのことや、ゾラの出世作の長篇『テレーズ・ラカン』のことだ。ビリーにはこの作品が若い男のための小説に思えている。ゾラはこの作品で鉱山の採掘にとりかかったばかりだが、いずれは地中深くまでつづく豊饒な鉱脈を見いだすことになる、とも考える。昔もいまも変わらず、ゾラはチャールズ・ディケンズの悪夢バージョンでありつづけている、とも考える。これなら読み応えあるエッセイのテーマになりそうだ、とも考える。とはいえ、エッセイは一篇も書いたことがない。

十二時二分にドアがあき、ふたりの男がロビーにはいってくる。ひとりは黒髪を五〇年代風のオールバックにした長身の男。もうひとりは小柄で眼鏡をかけている。両人ともスーツ姿だ。ニックの手下はみなスーツを着用している。長身の男が西部から来たことも知っている。ニックのもとで長いこと働いている男だ。名前はフランク・マッキントッシュ。ニックの手下のなかには、このヘアスタイルから〝フランキー・エルヴィス〟と呼ぶ者もいる。あるいは——いまでは後頭部に小さな禿げがあることにちなみ——〝太陽《ソーラー》エルヴィス〟の呼び名もある。しかし、本人の前でそう呼ぶ者はいない。もうひとりは、ビリーの知らぬ男だ。地元の者にちがいない。

マッキントッシュが手をさしのべる。ビリーは立ちあがって手を握る。

「やあ、ビリー、しばらく。元気そうじゃないか」

「そっちも元気そうでなによりだ、フランク」

「こいつはポーリー・ローガンだ」

「よろしくな、ポーリー」ビリーは小柄な男とも握手をかわす。

「会えてうれしいぜ、ビリー」

マッキントッシュはビリーの手から『アーチー』のコミックスをとりあげる。「あいかわらず、この手のものを読んでるんだな」

「ああ」ビリーは答える。「読んでる。その手のものが大好きでね。ユーモアのあるのがいい。たまにスーパーヒーローものも読むが、それほど好きじゃないな」

マッキントッシュがぱらぱらとページをめくり、なにかをポーリー・ローガンに見せる。「この女たちを見てみろよ。これならズリネタになりそうだ」

「ベティとヴェロニカだ」ビリーはいいながらコミックブックをとりかえす。「ヴェロニカはアーチーの彼女で、ベティは彼女になりたがってる女だよ」

「字だけの本は読むのか？」ローガンがたずねる。

「たまにね——長道中になるときに。雑誌も読む。でも、ほとんどはコミックスだ」

「そりゃいい、じつにいい」ローガンはいい、マッキントッシュにウィンクをする。あまりさりげないウィンクではないのでマッキントッシュは眉を寄せるが、ビリーには気にならない。

「さて、もう車に乗れるか？」マッキントッシュがたずねる。

「もちろん」ビリーはコミックブックを尻ポケットにおさめる。アーチーといずれ劣らぬ巨乳の女たち。いつか書きたいエッセイもある。時を経ても変わらぬヘアスタイルとふるまいがもたらす安心感について。『アーチー』のドラマ版の〈リバーデイル〉と、あの世界のなかでは時がとまったままであることについて。

「よし、出発だ」マッキントッシュがいう。「ニックが待ってる」

2

運転はマッキントッシュ。ローガンは、自分は背が低いので後部座席にすわるという。ビリーはてっきり西にむかうものと思っていた——この街の高級な地域といえば西だからだし、ニック・メイジャリアンは自宅だろうと旅先だろうと派手な暮らしぶりを好む男だ。しかもホテルには泊まらない。しかし、車は北東へむかう。

ダウンタウンから三キロと少し離れると、車はビリーの目には中流の下あたりの人々が住むと見える界隈にはいりこんでいる。ビリーが生まれ育ったトレーラーハウス団地よりは三段も四段も上等かもしれないが、およそ高級とはいいがたい地域だ。ゲートをかまえた広大なお屋敷はここにはない。ここはランチハウスがならび、それぞれの家の前の小さな芝生の庭でスプリンクラーがくるくる回転している地域。家は大半が平屋だ。大多数の家はよく手入れをされているものの、ペンキの塗り直しが必要な家や、雌日芝《めひしば》のたぐいの雑草が芝を侵略している家もちらほら。窓ガラスが割れたあとに板を張った家も一軒見かける。またちがう家の前では、バミューダショーツにタンクトップという男が〈コストコ〉か〈サムズクラブ〉で買ってきたローンチェアにすわってビールを飲みながら、走りすぎていくビリーたちの車に目をむけてくる。このところアメリカは好景気だが、その風向きもしかすると変わるかもしれない。ビリーはこういった界隈をほかにも知っている。このような地域は指標《バロメーター》であり、この地域は下り坂にさしかかっている。このあたりに住む人々は、出退勤時にタイムカードを押す仕事についている人々だ。

マッキントッシュは、庭の芝生にむらがある二階建ての家のドライブウェイに車を入れる。家は落ち着いた黄色に塗られている。わるい家ではないが、たとえ数日間でもニック・メイジャリアンが住みそうな家ではない。たとえるなら機械工や地位のそれほど高くない空港職員あたりが、値引きクーポンをまめに切りとる妻とふたりの子供と住むような家だ――毎月の稼ぎからローンの支払いをすませ、木曜の夜には仲間とビールを飲みながらボウリング大会。

ローガンがビリーの乗っている側のドアをあける。ビリーは『アーチー』のコミックスをダッシュボードに置いて外に出る。

マッキントッシュが先頭に立ってポーチの階段をあがる。外は暑いが、室内はクーラーが効いている。ニック・メイジャリアンが、先でキッチンにつながっている短い廊下に立っている。着ているスーツは、おそらくこの家の月々のローン支払額にも匹敵する値段の品だろう。

薄くなりかけている髪は櫛でぺったり撫でつけてあるが、オールバックでふくらませるのは無理だ。顔は丸く、ラスヴェガス行きで日に焼けている。恰幅のいい男だが、引き寄せられてハグをしたビリーは、突きだした腹が石のように硬いことを感じとる。

「ビリー！」ニックは大きな声をあげ、ビリーの左右の頬にキスをする。それも派手な音をたてるキス。顔に浮かんでいるのは百万ドルの笑みだ。「ビリー、ビリー、会えてうれしいよ！」

「こっちもあんたと会えてうれしいよ、ニック」ビリーはまわりを見まわす。「あんたはいつも、もっと高級なところに寝泊まりしてるんじゃなかったか」いったん言葉を切る。「いや、こんなことをいったら気をわるくするかな」

ニックは笑う。この男には、その笑顔に見あう伝染力をそなえた美しい笑い声がある。マッキントッシュがいっしょに笑い、ローガンが笑顔をのぞかせる。「わたしの家ならウェストサイドに用意した。短期契約だ。住民が不在のあいだの留守番ともいうな。前庭には噴水があるぞ。まんなかに素っ裸の小さな男の子が立ってて……あの男の子のことはなんといったか……」

智天使《ケルビム》だ――ビリーは思うが、口に出さない。ただ、にこにこしているだけ。

「ま、ともかくそのガキは水のしょんべんをしているわけだ。いずれ見せてやる、いずれな。いや、ここはわたしの住まいではないよ、ビリー。きみの住まいだ。この仕事を引き受けてくれればの話だが」

3

ニックが家のなかを案内しつつ、「家具類もすべてそろっているよ」と売りこみ口上のようにいう。いや、ある意味では売りこみだ。

この家には二階があり、二階には寝室が三部屋、バスルームが二部屋ある。ふたつめの小さなバスルームはおそらく子供用だろう。一階にはキッチンとリビング、それにダイニングルームがある――後者はあまりに狭く、ダイニングコーナーとでもいうべきだ。地下室の大半はカーペットを敷かれた細長い部屋にリフォームされ、部屋の片側には大型テレビがあり、反対側に卓球台がある。ライティングレール式の照明。ニックはこの地下室を娯楽室と呼び、いま一同がすわっているのもその部屋だ。

マッキントッシュが一同に飲み物はいるかとたずねる。ここにはソーダとビール、レモネードとアイスティーがあると告げる。

「わたしはアーノルド・パーマーをもらおう」ニックはノンアルコール・カクテルの名を口にする。「アイスティーとレモネードを一対一。氷はたっぷりだ」

ビリーは、そいつはうまそうだという。それから一同は飲み物が来るまでおしゃべりをする。天気の話題、この周辺南部《ボーダー・サウス》がどれほど暑いか。ニックがビリーに、旅はどうだったかとたずねる。ビリーは快適な旅だったと答えるが、どこから飛行機でやってきたかは明かさず、ニックもたずねない。ニックがくそったれなドナルド・トランプをどう思うかとたずね、ビリーはトランプをどう思うかを話す。ふたりのおしゃべりはここまでだ。マッキントッシュがふたつのトールグラスをトレイで運んできて退出すると、ニックはいよいよ本題にとりかかる。

「きみの仲間のバッキーと電話で話したときにきいたが、なんでも引退を考えているらしいな」

「ああ、考えてる。この稼業もずいぶん長い。長すぎるくらいだ」

「たしかに。ところで何歳になった？」

「四十四だ」

「軍服を脱いで以来、ずっとこの稼業だったな？」

「まあ、だいたいは」そのあたりもニックがすべて知っていることを、ビリーは確信している。

「全部で何人だ？」

ビリーは肩をすくめる。「かっちりと覚えてるわけじゃないんでね」正確には十七人。いや、最初のひとり、腕にギプスをつけていた男を勘定にいれれば十八人だ。

「バッキーが話していたよ——それなりの報酬さえ出せば、きみが仕事をあと一回は引き受けるかもしれないとね」

ニックは言葉を切って、ビリーが金額をたずねるのを待つ。ビリーが黙ったままなので、ニックは話をつづける。

「この仕事の報酬はとびっきり弾むぞ。ちゃんとこなせば、あとは死ぬまであったかいところで遊んで暮らせる。ハンモックに揺られてピニャコラーダを飲みながらね」

ニックはまたこぼれんばかりの笑顔をのぞかせる。「二百万ドルだ。前金に五十万で、残りは仕事完了後に払う」

　ビリーが吹く口笛は演技の一環ではない。ただしビリー本人は演技を演技とは考えず、〝お馬鹿なおいら〟と考えている――つまり、ニックやマッキントッシュやローガンのような男に見せるための自分だ。いわばシートベルト。シートベルトを締めるのは、事故に必ずあうと思っているからではなく、次の山のてっぺんの向こうからどんな相手がむかってくるかがわからないからだ。これは人生街道においても真実である――そこでは人々がいたるところで進路から逸《そ》れ、ターンパイクでは見当ちがいの方向を目指してしまうものだ。

「どうしてそこまで金を弾むんだ？」これまで請負仕事で得た最高額は七万だ。「政治家じゃないだろうな？　政治家の仕事は受けないのでね」

「まったくの畑ちがいだよ」

「悪人か？」

　ニックは笑い声をあげ、かぶりをふり、心底からの情愛のこもる目でビリーをながめる。「きみはいつも、おなじ質問をするんだな」

　ビリーはうなずく。

　〝お馬鹿なおいら〟は見せかけの仮面かもしれないが、これは真実だ。ビリーが相手にするのは悪人だけ。だからビリーは安眠できる。ビリーが悪人のもとで働くことで生計を立てているのはまぎれもない事実だが、ビリー本人はこれをモラル上の難題だとは思っていない。悪人が金を出してほかの悪人を殺させるのをわるいことだとも思わない。自分のことは基本的に、拳銃をもったごみ収集人だと思っている。

「相手は筋金いりの悪人だよ」

「オーケイ……」

「報酬の二百万はわたしの金じゃない。ここではわたしはいわば仲介役、代理人手数料とでも呼べるものをいただく立場だ。いや、きみの金の上前をはねるわけじゃない。手数料は別立てだ」ニックは両手を腿のあいだにはさんで身を乗りだす。その表情は真剣だ。両目はビリーの目をとらえて離れない。「標的はきみとおなじ、プロの狙撃手だ。ただしこいつがきみとちがうのは、仕事の対象が悪人なのか善人なのかと質問しないところだな。そういった区別をしない男だ。金額の折りあいさえつけば仕事をこなす。ここではかりに男をジョーと呼ぼう。六年前、いや、七年前か……そのあたりはどうでもいいが、このジョーという男は登校中の十五歳の少年を殺した。少年は悪人だったか？　まさか。それどころか優等生だった。しかし、少年の父親にメッセージを送りたい者がいたのだね。少年がそのメッセージ、ジョーはメッセンジャーだったわけだ」

　実話だろうか、とビリーは思う。ちがうかもしれない。おとぎ話に共通する寓話性がある一方、なぜか実話のようにも思える。

「つまり、殺し屋を殺してほしいわけだな？」自分の頭のなかで、はっきり整理しようとしているような口調。

「いかにも。ジョーはいまロサンジェルスの刑務所暮らしだ。男子中央《メンズ・セントラル》刑務所。暴行と強姦未遂で起訴されたんだよ。この強姦未遂の容疑だが、まあ、きみがＭｅＴｏｏ運動信奉者の女でなければ、笑える話かもしれんね。たまさか会議に出席するために——フェミニスト寄りの会議だったと思うが——ロサンジェルスに来ていた女性ライターを、ジョーがうっかり売春婦と勘ちがいした。そして、その女性に性交渉をもちかけた——それも、どうやらいささか強引にね。女性はジョーにペッパースプレーを浴びせかけた。ジョーは女の歯を一発殴って、あごの関節をはずしちまった。女性ライターはこの件をネタにして本を十万部ばかり売ったらしい。だったらジョーを告訴するんじゃなくて、感謝のひとつもするべきだったとは思わないか？」

　ビリーはなにも答えない。

「おいおい、ビリー、考えてもみろって。このジョーという男は、それはそれは多くの人間を殺してきた——なかには本気で手ごわいやつもいた。それなのに、レズのタチ役をしてるウーマンリブ女にペッパースプレーを食らった？　いやはや、きみだってこれにユーモアを感じないではいられんだろう」

　ビリーはお義理の笑みを浮かべた。「ロサンジェルスはこの国の反対側だし」

「そのとおり。しかしジョーは向こうへ行く前はここにいた。なぜジョーがここにいたのかは知らないし、わたしにはどうだっていい。しかし、ジョーがポーカーをやりたがっていたこと、どこへ行けばやりたいことができるかを、だれかに吹きこまれたことは知ってる。ジョーという男は、大金を賭けられる剛胆なギャンブラーを気取ってるんだ。長い話を縮めれば、ジョーは大損した。朝の五時ごろ、大金を勝ちとった男が外に出てきたところを狙って、ジョーは銃で男のどてっ腹に風穴をあけた。そして男が自分から巻きあげた金を奪い返しただけじゃなく、男の持ち金のありったけを奪った。そんなジョーをとめようとした者がいた。おなじテーブルにいた間抜けなギャンブラーあたりだな。ジョーはこっちの男も撃った」

「ふたりとも殺したのか？」

「大勝ちした男は病院に運ばれて死んだが、死ぬ前に犯人はジョーだと話していた。ジョーをとめようとした男は一命をとりとめた。この男もジョーを犯人だと名指しした。ほかになにがあったと思う？」

　ビリーはかぶりをふる。

「防犯カメラの映像だ。で、話の行先が見えてきたか？」

　完璧に見えている。しかしビリーは、「いや、見当もつかないね」と答える。

「カリフォルニアは暴行容疑でジョーを起訴していた。この件はあっさり片づいてはいなかった。強姦未遂容疑のほうはそのうち払い捨てられるかもな――ジョーが女を路地あたりに引きずりこんだとかいう話じゃないからだ。ジョーは金を払うからファックさせろと迫っていた。つまりはただの買春で、地区首席検事はそんなものに洟《はな》もひっかけまい。実刑になったとしても郡刑務所で九十日がいいところ。それで全部ちゃらだ。しかし、こっちは殺人だ。おまけにミシシッピ川のこっち側じゃ、殺人はきわめて重大な罪だと考えられてる」

　そのことはビリーも知っている。共和党支持者が優勢な〝赤い州〟では、人殺しをあっさり始末して楽にしている。ビリーはそれを意に介してはいない。

「で、防犯カメラの映像を見せられれば、陪審はまずまちがいなくジョーに致死薬を注射しろという評決を出すはずだ。それはわかるな？」

「ああ」

「さてと。ジョーの弁護士は全力で戦っている――いっておくが、仕事ほしさに救急車を追っかけるような三流弁護士じゃないぞ。すでにひとつの審問会の日程を三十日延期させ、そのあいだにほかの時間稼ぎの方法を考えだそうとしているよ——しかし、まあ、最後には負けるな。それにジョーはいま隔離房にいれられてる。やつを手製ナイフで刺そうとしたやつが出たからだ。ジョーはこの攻撃をしりぞけ、相手の手首をへし折った。しかし、手製ナイフをもったやつがひとりいれば、おなじやつが十人いてもおかしくない」

「ギャングがらみか？」ビリーはたずねる。「ストリートギャングの〈クリップス〉あたり？　あいつらの恨みを買っているとか？」

ニックは肩をすくめる。「そんなことがだれにわかる？　いまのところ、ジョーは自分ひとりの部屋を与えられ、ほかの豚どもといっしょに餌を食わされることもなく、三十分の運動時間のあいだは中庭をひとりじめだ。それだけじゃない——くだんの弁護士があちこちに話を広めている。〝殺人容疑から逃げられるチケットが手にはいらなければ、ジョーは由々しき秘密をばらすつもりだ〟というメッセージをね」

「本当にそんなことになる？」ビリーとしてはそうなると考えたくない——たとえジョーがポーカー賭博のあとで殺した男が悪人だったとしてもだ。「検察官がそれで死刑求刑をとりさげるとか、それとも訴因を第二級謀殺だかなんだかに格下げするかもしれないのか？」

「わるくないな、ビリー。少なくともいい線をいってる。だが、わたしの耳に届く話だと、ジョーはすべての訴因の取り下げを望んでいるとのことだ。ということは、よっぽど強力な切り札を隠しもってるにちがいないな」

「そいつを交換条件にすれば、殺人容疑から逃げられると踏んでいるんだからね」

「——と語るのは、殺しをやって逃げおおせた回数は神さまだけが知っている男」ニックはそういって笑う。

ビリーは笑わない。「おれはポーカー賭博に負けたからといって人を撃ったことはない。盗みなんてもってのほかだ」

ニックは得たりとばかりにうなずく。「知っているよ、ビリー。悪人限定だろ。ちょっとからかっただけだ。さあ、グラスを空けたまえ」

ビリーはグラスを空ける。考える——二百万。一回の仕事で。さらに考える——狙いはなんだ？

「つまり、その男が秘密をすっかり明かす事態を本気で阻みたがってる向きがあるわけだ」

ニックはビリーが驚くような推理のジャンプをしたといいたげに、指でつくった銃を突きつける。「わかってるじゃないか。で、ともかくわたしのもとに地元の男からメッセージが届いた。この仕事を受けるなら当人に会える。そのメッセージは、〝われわれはならぶ者なき最高の銃の名手をさがしている〟というものでね。で、わたしは思った――ビリー・サマーズ、答えは以上」

「つまりあんたは、おれにそいつを始末してほしいわけだ。LAではなく、ここで」

「わたしじゃない。忘れたか、わたしはただの仲介役だ。発注元は別人だよ。うなるほどの金をもっている人物だ」

「で、なにが狙いなんだ？」

ニックはにたりと笑い、ここでもまた指の銃をビリーに突きつける。「核心に切りこんできたな？　ずばり切りこんできたわけだ。ただし、問題はなにが狙いかではない。いや、そうかもしれないが、それはきみの感じ方による。問題なのは時間の要素だよ。きみはここに……」

ニックはいいながら手を動かし、この小さな黄色い家をさし示す。いや、同時にこの家がある界隈をもさし示したのかもしれない。ミッドウッドと呼ばれていることをのちにビリーが知ることになる界隈。あるいは、この街全体を示したのか。ミシシッピ川の東にあり、北部と南部を分かつメイスン・ディクスン境界線のすぐ南にあるこの街を。

「……しばらく住むことになるんだな」

4

ふたりはさらに話しあう。ニックはビリーに、場所は決まっていると話す。これはビリーが銃を撃つ場所のことだ。ただし心を決めるのは、ビリー本人がその場所を見て、さらにくわしい話をきいてからでいい、ともニックは話す。そのあたりのことはケン・ホフが教えてくれる。これが地元の男。きょうホフは街を出ている、とニックはいう。

「その男はおれがなにをつかうかを知っているのか？」

これは仕事を受けるという返事ではないが、その方向へ大きく踏みだした一歩だ。しばらくのらくら過ごし、そのあと一発撃つだけで二百万ドル。こんな話をあっさり断われるものではない。

　ニックはうなずく。

「オーケイ。で、いつホフという男に会える？」

「あしただ。今夜ホテルにいるきみに電話で、時間と場所を伝えるそうだ」

「この仕事を受けるとしたら、おれがここに住むにはそれらしい口実が必要になる」

「すべて手配ずみだし、立派な口実だぞ。ジョルジオのアイデアだ。あしたの夜、きみがホフと会ったあとで教えてやろう」ニックは立ちあがり、片手を突きだす。ビリーはその手を握る。前にもニックと握手をかわしたことはあるが、それが好きになったためしはない。ニックが悪人だからだ。しかし、あっさり憎めない男でもある。ニックもまたプロだからで、あの笑顔には力がある。

5

　ポーリー・ローガンがビリーを車でホテルへ送る。ローガンは口数が少ない。ラジオをかけてもいいかとビリーにたずねる。ビリーがかまわないと答えると、ローガンはソフトロックの専門局をかける。途中でポーリーが、「ロギンス＆メッシーナだ、最高だね、こいつら」という。そのあとシーダー・ストリートで前に急な割りこみをしてきた車のドライバーを罵ったのを別にすれば、会話はこれでおしまいだ。

　ビリーは気にしなかった。いまビリーは、これまでに見た〝最後のひと仕事〟を企んだ強盗犯たちの映画すべてを思いかえしていた。ノワールがメインジャンルだとすれば、〝最後のひと仕事〟はサブジャンルだ。あの手の映画では、〝ひと仕事〟が決まって失敗する。ビリーは強盗犯ではないし、ギャングといっしょの仕事はしないし、迷信深くもない。それでも、この最後の仕事にはひっかかりを感じる。報酬が高額すぎるからかもしれない。だれが報酬を払うのかを知らず、払う理由も知らないからかもしれない。ひょっとしたらニックが教えてくれた話、今回の標的がかつて十五歳の優等生を殺害したという話も影響しているのかもしれない。

「ここから離れないでくれるか?」車をホテルの前庭に入れながら、ローガンがたずねる。「ホフという男が、あんたに必要な道具を届けるといってる。おれでもできる仕事だが、ニックにだめだといわれちまった」

おれは本当にここを離れないのか? 「さあ、どうかな、離れないかもしれない」言葉を切って外におりたつ。「たぶん離れないと思うよ」

6

ビリーはホテルの部屋でノートパソコンの電源を入れる。パソコンのタイムスタンプを変更し、VPNを確認する。ハッカーはホテルを好むからだ。まず、ロサンジェルス郡裁判所のサイト内の検索をこころみる。審問会が延期されれば公記録に記載されるからだ。しかし、欲しい情報を手にするためのもっと簡単な方法がある。本気で欲しい情報を。〝信用せよ、されど確かめよ〟という言葉を口にしたロナルド・レーガンには一理ある。

ビリーはロサンジェルス・タイムズ紙のサイトに行き、六カ月の定期購読を申しこむ。そのときには、トマス・ハーディーという架空の名義のクレジットカードをつかう。ハーディーはビリーのご贔屓作家だ。ただし自然主義作家のなかでは、だ。ひとたびサイトに足を踏み入れると、《強姦未遂》《フェミニスト・ライター》と検索し、さらに

《強姦未遂》の語も添える。検索結果は五、六件。掲載日を追うごとにあつかいは小さくなっていた。フェミニスト・ライターの写真が記事に添えてある。顔は怒りをたたえ、いいたいことがたくさんありそうだ。暴行とされる行為の現場はベヴァリーヒルズ・ホテルの前庭。容疑者はそれぞれ名義の異なる身分証やクレジットカードを所持していた。タイムズ紙によれば、男の本名はジョエル・ランドルフ・アレン。二〇一二年にマサチューセッツ州で強姦容疑での起訴をからくもまぬがれていた。

つまり、ジョーという偽名は本名に近かったんだな、とビリーは思う。

次に訪ねたのは、この街の新聞社のサイトだ。今回もトマス・ハーディー名義のクレジットカードで有料エリアを囲む壁を突破し、《殺人　被害者　ポーカー賭博》の語で検索をかける。

記事は存在している。添えられた防犯カメラの映像はかなりの衝撃だ。これがもう一時間前だったらあたりはまだ暗く、襲撃者の顔ははっきり見えなかっただろう。しかし、写真の下部に表示されているタイムスタンプは午前五時十八分だ。まだ日の出ではないが、あたりはすでに明るく、路地に立っている男の顔は——検察官にとっては——これ以上望むべくもないほど鮮明にとらえられている。犯人は片手をポケットに入れ、《**搬出入口駐停車禁止**》という標識の前に立っている。もしビリーが陪審のひとりなら、これだけを根拠にして致死薬注射による死刑に票を投じるはずだ。なぜならビリー・サマーズは殺人の事前計画、法律でいう予謀の専門家であり、この写真が見せているのは予謀そのものだからだ。

レッドブラフ・ニューズ紙に掲載された最新の記事は、ジョエル・アレンがロサンジェルスでも別件で起訴されている、と報じていた。

ニックはまちがいなく、ビリーがすべてを額面どおりに受けとめているだけだと信じているらしい。長年のこの稼業でビリーが仕事を請け負ってきた人々の例に洩れず、ニックもまた、ビリーは狙撃手として卓越した腕前をそなえてはいるが、いささか頭が鈍く、ひょっとしたら自閉スペクトラム障害ですらあるかもしれないと考えている。つまり、ビリーの〝お馬鹿なおいら〟を本物だと信じているわけだ。ビリーが演技をやりすぎないよう全力で努めていることのたまものだ。ぽかんと口をあけたりせず、どんより濁った目をすることもなく、あからさまな愚かしさを見せることもない。コミックブックの『アーチー』には驚くような効果がある。読みさしのエミール・ゾラの本はスーツケースの奥深くに隠してある。では、もしだれかがスーツケースを漁《あさ》って、あの本を見つけたら？　そうなったらビリーは、飛行機の座席にだれかが忘れていった本を拾っただけだ、表紙に描いてある女が気にいったんだ、と答えるつもりだ。

十五歳の優等生の件もさがしてみようと思うが、情報が不充分だ。これだけでは午後じゅうググっても見つかるまい。仮に見つかっても、目あての十五歳かどうかはわかるまい。それ以外の点で、ニックの話の裏がとれたとわかれば充分だ。

ルームサービスにサンドイッチとポットの紅茶を注文する。注文の品が運ばれてくると、窓ぎわにすわって食事をしながら『テレーズ・ラカン』を読み進める。この長篇は、ジェイムズ・ケイン作品に一九五〇年代のＥＣホラー・コミックスを混ぜたような雰囲気だ、と思う。遅めの昼食をおえるとベッドに仰向けになり、頭を載せた枕の下で両手を組み、ここに隠れていた心地よい冷たさを楽しむ。この冷たさも、若さや美と同様に長つづきはしない。まずはケン・ホフがどんな話をするのかを待つとしよう。そっちの話も裏がとれれば、今回の仕事を引き受けることになりそうだ。待つことは簡単にはいかない――もともと待つのは苦手だからだ（禅《ゼン》のトレーニングも試したが効果はなかった）。しかし、二百万ドルの支払い日のためなら待てる。

ビリーは目を閉じて眠りに落ちる。

夜の七時、ビリーはルームサービスの夕食をとりながらノートパソコンで映画〈アスファルト・ジャングル〉を見ている。これも、〝最後のひと仕事〟が失敗するたぐいの映画だ。電話が鳴る。かけてきたのはケン・ホフだ。ケン・ホフは、あしたの午後ふたりが顔をあわせる場所をビリーに伝える。ビリーはそれを書きとめたりしない。なにかを書きとめれば、それが命とりになる場合もあるし、記憶力は抜群だ。

第二章

1

たいていの男性映画スターのように——いうまでもなく、ビリーが街ですれちがう映画スターを真似ている男たちのようでもあるが——ケン・ホフもひげ剃りを三、四日サボったようなひげを生やしている。その結果は、ホフにとっては残念なものだ——赤毛だからだ。ひげを生やしても手ごわくてタフな印象はつくれず、痛々しく日焼けしたようにしか見えない。

いまふたりは〈サンスポット・カフェ〉という店の外で、パラソルつきのテーブルをはさんですわっている。場所はメイン・ストリートとコート・ストリートの交差点の角だ。ウィークデイは繁盛する店なのだろう。しかしきょう土曜日の午後、店内はすっかり閑古鳥が鳴いていて、屋外に散在しているテーブルの客はビリーたちだけだ。

ホフはおそらく五十歳、あるいは苦しい生活を強いられている四十五歳といった感じ。いまはグラスでワインを飲んでいる。ビリーはダイエットソーダだ。ホフがニックの下で働いているとはビリーには思えない。ニックの本拠地はラスヴェガスだからだ。ただしニックには各地に多くの伝手《つて》があり、すべてが西部にあるとはかぎらない。ニック・メイジャリアンとケン・ホフのあいだにはなんらかのつながりがあるのかもしれないし、ホフは今度の仕事に金を出す人物とつながっているのかもしれない。どれも、この仕事が実現すると仮定しての話だが。

「道の反対側のあのビル、あれはわたしのだよ」ホフはいう。「たった二十二階建てだがね、それでもあの高さならこのレッドブラフの街では二番めに高いビルになるには充分だ。ヒギンズ・センターが完成したら第三位になる。ヒギンズは三十階建てだ。ショッピングモールもはいる予定でね。わたしは共同所有者のひとりさ。でもこっちは？　全部がわたしの所有だ。トランプが自分なら経済を立て直せるといったときはみんな笑ったものだ。でも、あの政策は成功してるんだよ、そう、成功してるんだ」

ビリーはトランプにもトランプの経済政策にも興味はないが、建物はプロとしての興味からじっとながめている。自分があの建物から狙撃することになるのは確実だ。建物の名はジェラード・タワー。わずか二十二階建てのビルをタワーと呼ぶのは誇張もいいところだが、煉瓦づくりの小さな建物ばかりで、そのうえ建物の大半がくたびれている街では二十二階建てがタワーに思えるのだろう。手入れが行き届いて水やりもされている建物前の芝生には、**《賃貸オフィス・豪華マンション・空室あり》**という立て看板がある。文字の下に電話番号。看板はしばらく前から立っているように見える。

「思うように部屋が埋まらなくてね」ホフはいう。「そりゃ景気はぐんぐんよくなっているし、たんまり金のある連中はとっとと儲けに走ってて、このぶんだと二〇二〇年はもっと景気が上向きそうだ。ただ、そのうちインターネット関連の割合がどれほど多いかを知ったら、きみも驚くぞ、ビリー。ビリーと気安く呼んでもいいかな？」

「もちろん」

「要点をいってしまえば、今年は金銭面でいささか苦しいんだ。WWEの株を買ってから金まわりに問題が起こってね。しかし系列が三社もあって、どうすれば話を断われる？」

ビリーには、この男がなにを話しているのかがまったくわからない。WWEというのは、プロレスに関係している略語か？　それともテレビでいつもCMが流れているモンスタートラック激突レースあたり？　ホフのほうはビリーが話を理解していると決めてかかっているのは明らかなので、ビリーはさも理解しているかのようにうなずいて見せる。

「古くからの地元の金持ちのクソ連中は、わたしが手を広げすぎだと思ってる。だけど、好景気なら波に乗らなくちゃならん。な、そうだろう？　サイコロが冷めないうちにサイコロをふる。金をつくるための金を稼ぐ、そうだろう？」

「もちろん」

「だから、わたしはやるべきことに手を出してるわけだ。で、今回の話を検討するといい面も見えてきて、わたしにとっても有利な取引だとわかった。多少は危険ぶくみだが、わたしには橋が必要なんだよ。それにニックが保証してくれた。もしきみが警察につかまっても――きみなら逃げきれるのはわかっているが、万が一つかまった場合には――きっぱりと口を閉ざしてくれる、とね」

「ああ、おれは口を割ったりしない」ビリーはこれまで一度もつかまらず、今度の仕事でもつかまるつもりはない。

「旅行中のことは口外しないという〝旅の掟〟だな」

「いかにも」ビリーは、ケン・ホフが映画をたくさん見すぎているように思う。見た映画のなかには、〝最後のひと仕事〟のサブジャンル映画もありそうだ。ホフがあの手の映画の要点をつかんでくれていればいいのだが。パラソルの日陰になっているとはいえ、ここは暑い。そのうえ蒸している。いかにも鳥向きの気候だ……いや、鳥だってこんな天候はごめんだろう。

「きみには五階の快適な角部屋《コーナースイート》を用意した」ホフはいう。「二部屋。オフィス、受付スペース、それに簡易キッチン。そう、キッチンつきだ、どうかな？ どれだけ仕事が長引いても快適だぞ。俗にいう〝絨毯のなかの虫《スナッグ・アズ・ア・バグ》なみに居心地いい《イン・ア・ラグ》〟だ。ぶしつけでわるいが、きみも五まで数えるくらいはできるんだろう？」

もちろん。ビリーは思う。それどころか、歩きながらガムを噛むのもお手のもの。

ジェラード・タワーは四角形の建物で――塩味クラッカーの箱に窓をあけたような平凡なビルだ――五階にはコーナースイートが二部屋ある。しかし、ホフがどちらの部屋のことをいっているのかはビリーにはわかっている。その部屋の窓から、わずか二ブロック先のコート・ストリートへ斜めの直線を引く。この斜線は、ビリーが仕事を受ければ銃の射線になるはずで、終端は郡裁判所の正面階段だ。裁判所は灰色の御影石づくりの低く広がった建物。少なくとも二十段はある正面階段をあがると、目隠しをして天秤を手にした正義の女神像《レイディ・ジャスティス》が中央に立つ広場に出る。ケン・ホフに話すつもりのない多くの物事のなかのひとつ――正義の女神の原型になったのはローマ神話に登場する女神のユースティティアだが、この女神はローマ帝国初代皇帝のアウグストゥスの創作といっても過言ではない。

　ビリーは五階のコーナースイートに視線をもどし、ふたたび斜線にそって視線を動かす。窓から正面階段までは五十メートル弱。強風が吹いていても標的に命中させられる距離だ。もちろん、適切な道具があれば。

「で、おれにはなにを用意しているのかな、ミスター・ホフ？」

「はあ？」一瞬、ホフの〝お馬鹿なおいら〟がありありと見えてくる。ビリーは右手の人差し指をくいっと曲げるジェスチャーをして見せる。〝こっちへ来い〟の意味にとれなくもないが、この場合はそうではない。

「ああ、それか！　もちろん！　きみから頼まれた品、そうだね？」ホフはまわりに目を走らせ、だれもいないことを確かめるが、それでも声を落とす。「レミントン７００」

「M24」レミントン社が７００をベースに作製したアメリカ陸軍用の狙撃銃の型番だ。

「M……？」ホフは尻ポケットに手を伸ばして財布をとりだし、中身を調べだす。そこから一枚の紙を抜いて目を落とす。「M24、まちがいない」

　ホフは紙を財布にもどしかけるが、ビリーは手を伸ばす。

　ホフは紙をビリーにわたす。ビリーは紙を自分のポケットにおさめる。あとでニックに会いにいく前にホテルのトイレに流すつもりだ。どんなことであれメモに書きとめるのは禁物だ。ホフという男が先々問題にならないことを祈るばかりだ。

「光学機器は？」

「はあ？」

「スコープ。照準器だ」

　ホフは苛立《いらだ》たしげな顔になる。「きみに頼まれたとおりの品だよ」

「それもメモに書きとめた？」

「いまわたした紙にね」

「オーケイ」

「用意した道具は、その――」

「保管場所まで知る必要はない。この仕事を受けるかどうかをまだ決めていないんでね」とはいえ、心はもう決まっている。「向こうにあるあの建物には警備員が詰めている？」これもまた〝お馬鹿なおいら〟の質問だ。

「ああ。もちろんだ」

「この仕事を受けたら、道具を五階まで運びあげる仕事はおれにまかせること。その点はおたがい了解できるね、ミスター・ホフ？」

「ああ、もちろん」

「それなら話はおわりだ」ビリーは立ちあがって片手を差しだす。「会えて楽しかったよ」というのは嘘だ。目の前の男を信頼していいかどうかが見きわめられず、薄汚い馬鹿げたひげも不快だ。いったいどんな女なら、ちくちくする赤ひげに囲まれた口にキスしたいと思うだろうか？

ホフは握手に応じる。「わたしもおなじ思いだよ、ビリー。いまのちょっとした苦境なら乗り越えられる。そういえば、きみは『英雄の旅』という本を読んだことがあるかな？」

読んではいたが、ビリーはかぶりをふる。

「読むべきだよ、ああ、読むべきだ。文学系の本はぱらぱらとめくって、とにかく肝になる部分だけを読むようにしてる。ずばり本質をつかむ――それがわたしのモットーだ。枝葉末節はばっさり切り落とせ。『英雄の旅』を書いた男の名前はあいにく失念したが、とにかくその本で作者は、あらゆる男は試練の時を経てこそ英雄になれる、と書いていた。で、いまがわたしの試練の時なんだよ」

暗殺者に狙撃銃と見張り場所を提供するのが試練とはね、とビリーは思う。あの本を書いた神話学者のジョーゼフ・キャンベルなら、そんなことを英雄のカテゴリーに含めたりするものか。

「あんたが無事に試練を切り抜けることを祈ってるよ」ビリーはいう。

2

この街に滞在するのならそのうち車を調達するつもりだが、いまのところ街の地理にも不案内なので、ホテルからニックのいう〝住民が不在のあいだの留守番〟をしている家までポーリー・ローガンの車で送ってもらうことに異存はない。たどりついたのは、ビリーが前日に予想したような建て売り豪邸《マックマンション》だ——おおよそ八千平方メートルはあろうかという芝地にそびえる、無秩序な寄せあつめじみた醜悪な建物。車のサンバイザーにとりつけてあるガジェットにローガンが親指を押しつけると、カーブをつくる長いドライブウェイにはいるためのゲートがさっと内側へひらく。たしかに、際限もなく池に小便を垂れている智天使《ケルビム》の像が立っているし、ほかにも二体ある彫像（片方はローマ帝国の兵士、もう片方は乳房もあらわな若い女）はあたりが宵闇につつまれているいま、隠されたスポットライトに照らされている。邸宅もライトアップされている——下品で過剰な装飾をよりはっきり見せつけるためか。ビリーの目にこの屋敷は、スーパーマーケットと巨大教会をかけあわせた子供のように見えている。これは人が住む家ではない——いってみれば建築物版の真っ赤なゴルフズボンだ。

　フランク・マッキントッシュ、またの名フランキー・エルヴィスが果てしなくつづくポーチでビリーを出迎えるために待っている。ダークスーツに地味な青いネクタイ。この姿を見て、マッキントッシュが借金の取立て屋からキャリアをスタートさせたと見抜ける者はいないだろう。もちろんそれは遠い昔、大物にのしあがる前の話。マッキントッシュはポーチの階段を半分まで降りてきて、手を差しのべる。まるで大邸宅住まいの王侯貴族だ。いや、大邸宅住まいの王侯貴族につかえる執事か。

　ニックは今回も廊下で待っているが、ミッドウッドにあるつつましい黄色い家の廊下とは桁ちがいに豪華な廊下だ。ニックは大柄な男だが、となりにいる男は巨漢だ。体重は百四十キロほどもありそうだ。この男はジョルジオ・ピグリエッリ——もちろん、ニックのラスヴェガスにいる中心メンバーのあいだでは、本名と豚《ビッグ》をかけてジョージー・ピッグズと呼ばれている（この男の場合も面と向かってそう呼ぶ者はいない）。ニックが最高経営責任者《CEO》なら、ジョルジオは最高執行責任者《COO》だ。ふたりが顔をそろえて本拠地からこんな遠くまで足を運んでいること自体、代理人手数料がきわめて高額であることを物語っている。ビリーが約束された報酬は二百万。この連中はどれくらいの金額を約束されているのか？　あるいは、すでに受けとっているのか？　だれかさんは、ジョエル・アレンの動向を本気で心配している。そのだれかさんは、ここみたいな家を所有しているのだろう。あるいは、ここよりもなお醜悪な家を。そんな家が現実に存在しているとは考えにくいが、あるにはありそうだ。

ニックがビリーの肩をぱんと叩いていう。「きみはこのでぶっ尻《ちり》をジョルジオ・ピグリエッリだと思っているのかもしれんな」

「まあ、たしかに似ているね」ビリーは慎重にそう答え、ジョルジオはくすくすと含み笑いを洩らす。

ニックがうなずく。その顔には百万ドルの微笑が浮かんでいる。「似ているのはわかるが、ここにいるのはまちがいなくジョージ・ルッソ。きみの代理人《エージェント》だ」

「エージェント？　不動産業界みたいな？」

「いやいや、そのたぐいじゃない」ニックは声をあげて笑う。「リビングに来てくれ。みんなでなにか飲もう。その席でジョルジオがきみに説明する。きのうもいっただろうが、見事な策だよ」

3

リビングルームは、豪華寝台車なみに長い部屋だ。天井のシャンデリアは計三基——ひとつは巨大で、ふたつは小さい。家具はどれも丈が低くて、しゃれているものばかり。ここでは智天使《ケルビム》が大きな姿見を支えもっている。また箱型の大きなグランドファーザー時計は、ここにいることを恥ずかしがっているように見える。

フランク・マッキントッシュ——借金取立て屋から執事になった男——が飲み物のグラスが載ったトレイをもってやってくる。ビリーとニックにはビール、ジョルジオにはチョコレート風味の麦芽乳飲料に見えるもの。五十で寿命を迎える前に、できるかぎり多くのカロリーを摂取してやると決意しているらしい。この男は自分の体格にあう唯一の椅子を選んでいる。ビリーは、はたしてジョルジオは手伝いなしであの椅子から立ちあがれるだろうかと訝《いぶか》しむ。

ニックがビールのグラスをかかげる。「われわれに乾杯だ。全員が幸せになれる仕事をつつがなくおえ、だれもが満足できる首尾になるように」

一同はその言葉に乾杯する。ジョルジオが話す。「ニックからは、きみがこの仕事に興味を示してはいるが、まだ正式に引き受けていないときいた。いうなれば予備調査段階だ、と」

「そのとおり」ビリーはいう。

「まあ、とりあえず会話を進めるために、きみがチームに参加したと仮定しようじゃないか」ジョルジオはストローで麦芽乳飲料を吸いあげる。「おお、こいつはうまい。暖かな夜へのまたとない入場チケットだ」いいながらスーツの上着のポケットに手を入れ——上着だけでも、施設ひとつの子供全員分の服がつくれそうだ、とビリーは思う——財布をとりだして差しだす。

ビリーは財布を受けとる。〈ロード・バクストン〉の長財布。趣味のいい品で、派手ではない。しかし適度につかいこまれ、革の表面にはかすり傷や引っかき傷がちょこちょこついている。

「中身を確かめるといい。きみがこの神に見放された街で仕事をするのなら、その財布の人物になるんだ」

ビリーは中身を調べる。札入れには七十ドル。写真が数枚——ほとんどは友人でもおかしくない男たちと、女友だちでもおかしくない女たちの写真。妻子の存在を示す写真は一枚もない。

「フォトショップできみを入れこんだ写真も用意したかったんだが」ジョルジオがいう。「ほら、グランドキャニオンあたりで撮った記念写真のたぐいさ。しかし、きみの写真をもっている者はひとりもいないようだった」

「写真はトラブルを招くからね」

ニックがいう。「どのみちたいていの人間は、自分の写真を財布に入れてもち歩いたりはしない。ジョルジオにはそういったんだが」

ビリーは財布の中身をなおも調べつづける——あたかも書物を読むように。たとえばホテルの部屋で早めの夕食をとりながら読みおえた『テレーズ・ラカン』。この街に滞在するとなったら、ビリーはデイヴィッド・ロックリッジという男になる。クレジットカードはＶＩＳＡとマスターカードの二枚。いずれもポーツマスのシーコースト銀行の発行だ。

「カードの利用限度額は？」ビリーはジョルジオにたずねる。

「マスターが五百、ＶＩＳＡが千だ。きみの仕事には予算枠がある。むろん、きみが書く本がわれわれの期待どおりの中身になれば、その点も変わるがね」

　ビリーはこれが一種の罠ではないかと思いつつ、まずジョルジオを、ついでニックを見つめる。もしやこいつらは〝お馬鹿なおいら〟の下を見透かしたのか？

「ジョルジオは、きみの著作権代理人《リテラリー・エージェント》だぞ」ニックが叫ぶような大声でいう。「これが笑える話でなくてなんだ？」

「おれが作家になりすます？　よしてくれ。ハイスクールも卒業してないんだぞ。砂漠の国にいたときに高等学校卒業程度認定証《GED》をもらいはしたさ。でもあれは、ファルージャやラマディで即製爆発物《IED》や聖戦士《ムジ》たちをうまくかわしたってことで、アメリカ政府《アンクル・サム》がくれた褒美みたいなもんだ。そんななりすましが成功するか。正気の沙汰じゃないね」

「そんなことはない。天才の策だ」ニックがいう。「ジョルジオの話をきいてくれ、ビリー。いや、さっそくきみをデイヴと呼びはじめたほうがいいか？」

「その作戦でいくにしたって、あんたがおれを作家扱いしてデイヴと呼ぶことはないよ」

　これでは真の顔に近い……危険なほどの近さだ。なるほど、ビリーは読書家だ。たしかに、ものを書こうと夢見ることはたまにあるが、気まぐれに断片めいた文を書き散らしたことこそあれ——ちなみに毎回すべて捨てている——本気で文章を書こうとした経験はない。

「失敗するに決まってるよ、ニック。そりゃ、あんたたちがもう準備にかかっているのは知ってるが……」ビリーは財布をかかげる。「……でも、すまない、うまくいきっこないぞ。だれかに、どんな本を書いているんだとたずねられたら、どう答えればいい？」

「わたしに五分くれ」ジョルジオがいった。「延びても十分。それでもなおきみの気に入らなければ、みんな友人のまま別れよう」

　ビリーは嘘くさい話だと思ったが、話をきかせてほしいと答えた。

　ジョルジオは空になっている麦芽乳飲料のグラスを椅子の隣にあるテーブル（おそらくチッペンデール様式）

に置くと、げっぷをする。しかしいざジョルジオが注意のすべてをむけてくると、ビリーには〝ジョージー・ピッグズ〟の真の姿が見えてくる——遠からぬ将来この男の命とりになる体脂肪の大海原の奥に隠れている、アスリート的な引き締まった精神が。「たしかに、最初ちょっと話をきいただけだとどう思われるかはわかっている。なにせ、きみはそういうたぐいの男だからね——しかし、これなら成功するとも」

ビリーは多少肩の力を抜く。この連中はいまもまだ見たものを額面どおりに信じている。少なくとも自分はその点では安心だ。

「きみはこの街に最低でも六週間、ことによったら六カ月は滞在することになる」ジョルジオはいった。「そいつはひとえに、あのクソ男の弁護士が容疑者引き渡しに抵抗して垂れ流す嘘がいつになれば涸《か》れるかによる。あるいはクソ男が、殺人容疑でも司法取引ができると考えるようになるまでか。きみには仕事の報酬として金を出すが、その待機期間分の金も払う。どうだ、話はすっかりわかったか？」

ビリーはうなずく。

「となると、きみにはレッドブラフの街に滞在する理由が必要だ。あいにくここは、休暇旅行むきの観光地じゃない」

「いえてる」ニックがいい、ブロッコリーの皿を見せられた幼い子供のようなしかめ面になる。

「それに裁判所から道一本くだった建物に滞在するにしても、それなりの理由が必要だ。そして本を執筆中というのは理由になる」

「しかし——」

ジョルジオは肉づきのいい手をかかげて制止する。

「きみは成功するはずがないと考えてる。しかし、わたしはこれで成功すると話している。では、その理由をきみに話そう」

ビリーは疑いの表情をのぞかせるが、〝お馬鹿なおいら〟の仮面の下を見すかされたという恐怖が消えたいま、ジョルジオの話の行先はわかっているように思う。これには、いくつか可能性があるだろうか？

「わたしだって下調べはしたよ。作家志望者むけの雑誌にはどっさり目を通し、くわえてネットでも大量に目を通した。さて、きみがつかう見せかけの身分の話だ。デイヴィッド・ロックリッジはニューハンプシャー州のポーツマスで生まれ育った。昔から作家になりたいと思ってはいたが、ハイスクールでさえかろうじて卒業できたようなもの。建設現場の作業員として働いた。ものを書くことはつづけていたが、パーティー大好き人間でもあった。大酒を飲んでいた。設定に離婚歴を追加することも考えたが、それでは対応が面倒になるのでね」

銃器については凄腕だが、それ以外のことでは頭がお留守になる男にはむずかしい……といいたいのか、とビリーは思った。

「だがついに、きみはすばらしいアイデアを思いつく。いいな？　わたしが目を通したブログにも、突如インスピレーションを得る作家の話がたくさんあったよ。きみもおなじ経験をするわけだ。そしてきみは書く……たとえば七十ページばかり、あるいは百――」

「書くってなにを書く？」ビリーは内心でこれを楽しみはじめているが、注意して顔に出ないよう心がける。

ジョルジオはニックと目を見交わす――ニックは肩をすくめるだけだ。「その点はまだ決めかねているが、いずれなにか思いつく――」

「おれ自身の話はどうだ？　いや、デイヴの物語ってことだ。そういうのをあらわす単語があったと思うが――」

「自叙伝」ニックが、クイズ番組〈ジェパディ！〉の解答者のようにぴしゃりという。

「それもいいかもしれん」ジョルジオがいう。「その顔は《わるくないアイデアだね、ニック。でもあとは専門家にまかせておけ》と語っている。「長篇小説でもいい。大事なのは、内容についてはエージェントから口外禁止をいいわたされているという点だ。最高機密。きみはものを書いている――そのことは秘密にできない。あの建物で顔をあわせる人のすべてが、五階の男が本を書いていることを知ってはいても、内容はだれも知らない。そんなふうにすれば、作り話が混乱する事態は防げるんじゃないか」

おれがそんなドジを踏むと思ってるのか、とビリーは思う。「デイヴィッド・ロックリッジはどうやってポーツマスからこの街に来た？　そしてジェラード・タワーに居場所を定めたのはどんな事情で？」

「そこがわたしのいちばんのお気に入りパートだ」ニッ

クがいう。就眠前にベッドで大好きなおとぎ話をきいている子供のような口調だし、ビリーにはそれが演技や誇張には思えない。ニックは本気でこの件に乗り気になっている。

「きみはネットでエージェントをさがしたんだ」ジョルジオはいったが、そのあとためらう。「ネットはつかっているんだろう？」

「もちろん」ビリーは答える。ふたりの太った男のどちらとくらべても、自分のほうがコンピューターの知識が豊富なのは確かだが、これも明かす気のない情報だ。

「メールをつかってる。たまに携帯でオンラインゲームをするな。あとは〈コミクソロジー〉だ。そういうコミックスのアプリがある。ダウンロードできるんだ。ノートパソコンでそいつをつかってる」

「よし、わかった。で、きみはエージェントをさがしている。そして、これこれこういう本を書いているという手紙をいろいろなエージェントに送る。たいていのエージェントから断わりの返事が来る。連中はジェイムズ・パタースンとかハリー・ポッターの作者の女とか、ドル箱まちがいなしの書き手しか相手にしないからね。あるブログに、いかんともしがたいジレンマだと書いてあった――本を出すにはエージェントが必要なのに、本を出さなければエージェントについてもらえない、とね」

「映画の世界もおなじだな」ニックが言葉をはさむ。「ビッグな映画スターをつかまえても、本当の問題はとにかくエージェントだ。真の権力はあの連中が握ってる。エージェントがスターにあれこれ指示するだろ。するとびっくり、やつらはそのとおりにするんだよ」

ジョルジオは辛抱づよくニックが話しおえるのを待ってから、先をつづける。「そしてようやくひとりのエージェントが、〝ああ、話はわかった、いいとも、ちょっくら見てあげよう、ついては最初の一、二章を送ってくれ〟といってよこす」

「それがあんたか」ビリーはいう。

「そう、わたし、ジョージ・ルッソだ。わたしは原稿を読む。ぱらぱらめくる。それからわたしは、その原稿を知りあいの何人かの出版屋に見せる――」

馬鹿ぬかせ、ビリーは思う。それをいうなら知りあいの何人かの編集者に見せる、だ。しかし、その部分はいずれ必要になれば訂正できる。

「――彼らも原稿に目を通しはするが、いざ作品が完成するまでは大きい額の金――百万ドル単位の金かもしれない――は払ってもらえない。未完成の段階では、きみはまだ未知の商品《アンノウン・コモディティ》だからだ。この言葉の意味はわかるかな？」

　ビリーは危うく、そんなのわかるに決まっていると口走りかける――この可能性の話に昂奮を誘われつつあるからだ。じっさい、これは正体隠しのためのすばらしい作り話になる。なかでも作品執筆にあたっての守秘義務がらみの部分がいい。それに、そもそもかねてから憧れていた職業についているふりをするのは楽しそうだ。

「一発屋とか打ちあげ花火とか、その手の意味だな」

　ニックは金になる笑みをのぞかせ、ジョルジオはうなずく。

「まあ、そんなところか。しばしの月日が流れる。わたしは原稿のつづきを待つが、あいにくデイヴは書きとおせずにいる。わたしはさらに待つ。それでも一ページも送られてこない。それでわたしはデイヴと会うためにロブスター料理の店へ行き……そこでなにを目にすると思う？　クソったれなアーネスト・ヘミングウェイそこのけに飲んで騒いでいるデイヴの姿だ。仕事をしていないときには、この男は親しい仲間たちと連れだって飲みに出ているか、そうでなければふつか酔いになっているかだ。才能には、薬物やアルコールの濫用がつきものだからね」

「本当に？」

「ああ、証明されている事実だ。しかし、エージェントのジョージ・ルッソは、長篇が完成するまでは、この男を助けようと決意する。そして出版社に正式契約をかけあい、前渡し金《アドヴァンス》として三万、あるいは五万の金を払うように交渉する。巨額とはいえないが些少な額でもない。さらに、決められた締切までに作品が完成しなければ、出版社はアドヴァンスの返還を求める権利をもつ。しかし、いいか、ここが肝心だぞ、ビリー。出版社の小切手はきみあてではなく、わたしあてになるんだ」

　ここまできけば、ビリーにはすっかり話が見えている。しかし、とりあえずはジョルジオに最後まで話させよう。

「わたしはいくつか条件を出す。きみのためを思えばこそだ。まずきみは、ロブスター屋や鼻からコカインを吸う大酒飲みの友人たちとすっぱり縁を切らなくてはならない。そして、彼らから遠く離れられる土地に居を移さなくてはならない――ろくに娯楽もなく、娯楽があってもいっしょに楽しめる仲間がいないような、おもしろみのない田舎町にね。そしてわたしは、きみに代わって住まいを借りる意向だと告げる」

「おれが見たあの家だな？」

「そのとおり。そしてそれ以上に大事なのは、わたしがきみに貸しオフィスを世話してやることだ。ウィークデイには毎日オフィスへ通い、小さなスペースに腰をすえ、極秘プロジェクトである著書が完成するまでこつこつ執筆をつづける。そうした条件すべてにきみが同意しなければ、きみは黄金のチケットとさよならする羽目になる」

ジョルジオは椅子の背もたれに体をあずける。椅子は頑丈なつくりだが、それでも重量にうめき声をあげる。

「さて、これがお粗末なアイデアだとか、あるいはお粗末ではないにしても評価できないアイデアだとか、きみがそういうのであれば、ここまでの一切合財をなかったことにしてもいい」

ニックが片手をかかげる。「いやいや、ビリー、きみがなにかいう前に、この計画が魅力的に見えるよう、また別の面をわたしから披露しておきたい。きみは部屋があるフロアに出入りする人すべてと顔見知りになるし、フロアはちがえどおなじ建物に出入りする人の多くとも顔見知りになる。きみのことは知っている――四百メートル先の二十五セント硬貨を撃てる腕以外にも特技があるじゃないか」

おれにそんなことができるようないいぐさだな――ビリーは思う。〈アメリカン・スナイパー〉ことクリス・カイルだったらできるようないいぐさか。

「きみには他人と親しくなりすぎることなく調子をあわせる才能がある。きみがやってくるのを見ると、みんな笑顔になるんだ」つづいて、まるでビリーがその言葉を否定したかのように――「そういった場面を見たんだよ！　地元のホフがいっていたが、あのビルの前には毎日キッチンカーが二、三台は出ているらしい。で、天気がいい日には人々がならんでランチを買い、外のベンチに腰かけて食べているそうだ。きみもそうした人々のひとりになればいい。料理を待っているあいだの時間を無駄にすごすことはないぞ。周囲の人に受け入れてもらえるように利用すればいい。そうやって、きみが本を書いているという話の新味が薄れてしまえば、きみは九時から五時の勤務をおえてミッドウッドの自宅へ帰る、ありふれた人々のひとりにすぎなくなるわけだ」

そんなふうになる次第もビリーには理解できる。

「そしていざ目的が達せられたとき、どうかな、きみはだれにも知られていない正体不明の者だろうか？　凶行の犯人にまちがいない他所者《アウトサイダー》だろうか？　いやいや、きみは数カ月前からあのビルに通っていて、エレベーターでちょっとしたおしゃべりをし、二階の債権取立て会社の面々とは、ドル紙幣のシリアルナンバーでライアーズポーカーをして、だれが全員にタコスを奢るかを決めたりもしていた男だ」

「しかし、銃弾がどこから放たれたかは調べられるはずだぞ」ビリーはいう。

「そりゃそうだ。しかし、すぐじゃない。というのも、最初はだれもがアウトサイダーさがしにむかうからね。それに陽動作戦の予定もなくはない。くわえて、暗殺をおえたあとで姿をくらますことにかけては、きみが偉大なる奇術師のフーディニも顔負けの達人だからでもある。騒ぎがようやく落ち着きはじめるころには、きみはとっくの昔に立ち去っているわけだ」

「陽動作戦とは？」

「それはまた、のちのち話しあおう」ニックがいい、そこからビリーはニックがこの件についてはまだ心を決めていないのかもしれないと思う。ただしニックという男は、本心を読みとりにくいところがある。「時間は充分にあるからね。さしあたりいまは……」そういってジョルジオ――またの名ジョージー・ピッグズ、はたまたジョージ・ルッソ――に顔をむける。その顔は《あとはよろしく》と語っている。

ジョルジオはまた、その巨大なスーツの上着のポケットに手を入れて携帯を抜きだす。「さてと、返事はひとことでいい。そのひとことが、きみが贔屓にしているオフショア銀行へのパスワードだ。承諾のひとことで五十万ドルを送金しよう。着金までは四十秒だ。回線が混んでいると一分半まで遅れることもある。それからきみが行動しはじめるために、地元の銀行にも当座のポケットマネーをたんまり用意する」

彼らが決断を急かしていることがビリーにもわかり、

一瞬、なすすべもないまま狭い通路を引き立てられていく畜牛の姿が脳裡をかすめる。しかしそれも、巨額の報酬がからむ仕事を前にした疑心暗鬼かもしれない。それに〝最後のひと仕事〟なら、単にもっとも儲かる仕事でおわらせてはいけないのかもしれない――同時に、もっとも興味のもてる仕事でなくてはならないのかも。しかし、ビリーが知っておきたいことがもうひとつある。

「なぜホフがこの件にかかわっている？」

「あのビルがやつのものだからだ」ニックが即答する。

「ああ、しかし……」ビリーは眉を寄せ、いかにも頭をしぼっているかのような表情をつくろう。「たしかあのビルには、まだ空室がたくさんあるような話をしていたぞ」

「とはいえ、五階のコーナースイートは一級の物件だ」ニックがいう。「そして部屋は、ここにいるきみのエージェントのジョージがきみのために借りた。これでわれわれは、直接には関係していないことになる」

「さらにホフは銃器を調達する」ジョルジオがいう。「もう用意ずみかもしれんな。いずれにしても、あの男の線からこちらの足がつく気づかいはない」

そのことはビリーもすでに知っている。ニックはビリーといっしょにいるところを見られないように――ゲートのあるこの邸宅のポーチにいるときでも――一貫して気をつかっていたからだ。しかし、いまの答えでビリーがすっかり満足したわけではない。なぜならビリーにはホフという男がおしゃべり屋に思えたからで、おしゃべり屋はこちらが暗殺を企図しているとき近くにいていい人種ではないからだ。

4

その夜遅く。じりじり真夜中に近づくころ。ビリーはホテルの部屋でベッドに仰向けになり、両手を枕の下に差しいれて、はかなく消える冷たさを楽しんでいる。もちろん、引き受けると答えた。ひとたびニック・メイジャリアンにイエスと返事をしたら引き返せない。ビリーはもうおのれの〝最後のひと仕事〟映画の主役だ。

ジョルジオには、カリブ海にある銀行の口座に五十万ドルを送金させた。いまではその口座にもずいぶんな額の金がたまっているし、ジョエル・アレンがあの裁判所前の階段で死ねば、預金はさらにたんまりふくらむ。つましく暮らせば、かなりの長年月にわたって暮らしていける金額だし、またそういう暮らしを送るつもりでもある。豪勢な暮らしを好む趣味はない。シャンパンやエスコートサービスとは無縁の人生だ。前記以外にも、ふたつの銀行――いずれも国内――には、デイヴィッド・ロックリッジ名義で引きだせる金が一万八千ドルある。ポケットマネーとしてはまずまずだが、連邦政府が張っている仕掛け罠にかかるほどの金額ではない。

ビリーはあの場でさらにふたつの質問をした。もっとも重要な質問は、いよいよ仕事を実行するという場面で、どの程度の時間の猶予があるのか、というものだった。

「あまり多くの時間は期待するな」ニックはいった。「そうはいっても、〝標的は十五分後に現地着〟のような急な話にはならん。容疑者引き渡しの命令が出れば、われわれは即座にそれを知る。きみには電話なりテキストメッセージなりで伝える手はずだ。最短でも実行まで二十四時間の余裕があるし、三日、あるいは一週間になるかもしれない。それでいいな？」

「ああ」ビリーは答えた。「十五分前に通告されたのでは、おれが自分の仕事についてなにも確約できないってことだけ、そっちが頭に入れておいてくれればね。いや、一時間でもおなじだ」

「そんなことにはならん」

「もし連中が裁判所の正面階段をつかわなかったら？　別の出入口をつかうとなったらどうする？」

「出入口はもうひとつある」ジョルジオがいった。「裁判所の職員がつかう通用口だ。しかしこちらの出入口も五階のあの部屋からよく見えるし、距離が五、六十メートルほど延びるだけだ。きみならやれるね？」

やれる、ビリーはそう答えた。ニックは、うるさい蠅を追い払うように片手をかかげた。「順を追って進めることになるんだ、案ずるな。ほかに質問は？」

ビリーはもう質問はないと答えて……そしていま、ここに横たわってすべてを思い返しつつ、眠りの訪れを待っている。月曜日には、エージェントが借りた例の小さな黄色い家に移る予定だ。わが著作権エージェント。火曜日には、ジョージー・ピッグズことジョルジオが借りたオフィスを見にいく。オフィスでなにをするつもりかとジョルジオに質問されたので、ビリーはまずノートパソコンに〈コミクソロジー〉のアプリをダウンロードすると答えた。もしかしたら追加で二、三のゲームも。

「漫画もいいが、あいまになにか文を書いておけよ」ジョルジオは半分ジョーク、半分はジョークでない口調でいった。「ほら、架空の人格になりきるためだ。役柄を生きるんだ」

そうするかもしれない。本当にそうするかも。たとえまともな文章が書けなくても時間つぶしはできる。ビリー自身は自叙伝はどうかといった。ジョルジオは長篇小説はどうかと提案した。ビリーが長篇を書けるほど頭がいいと思っての提案ではなく、人から質問されたら──人はそう質問するに決まっている──そう答えればいいからだ。ジェラード・タワーで多くの人と顔見知りになれば、質問する人も多くなるだろう。

眠りに滑り落ちかけたとき、クールなアイデアが頭に浮かんで目が冴える。自叙伝を長篇小説のていで書くというのはどうだろう？　ゾラやハーディーを愛読し、さらには難解をもってなるデイヴィッド・フォスター・ウォレスの『果てなき戯れ《インフィニット・ジェスト》』すら着実に読み進めているビリー・サマーズではなく、もうひとりのビリー・サマーズが書くというのは？　自身が〝お馬鹿なおいら〟と呼んでいる仮想人格が書くのは？　はたして巧くいくだろうか？　巧くいくと思う。なぜならそっちのビリーのことも、自分自身とおなじくらい知りつくしているからだ。

試してみるのもわるくはない。どうせ時間のほかはなにもないのだから、やってみればいい。ようやく眠りに落ちていきながら、ビリーは書きだしをどうしようかと考えている。

第三章

1

ビリー・サマーズは、またしてもホテルのロビーにすわって迎えの車を待っている。

月曜日の正午。スーツケースとノートパソコンのケースは、すわっている椅子の横に置いてある。読んでいるのはきょうもコミックブックで、題名は『アーチー・コミックス特別版：友だちは永遠に』。きょう考えているのは『テレーズ・ラカン』ではなく、まだ見ぬ五階のオフィスでなにを書けばいいだろうかということだ。頭のなかにまだ明確には見えていないが、最初の一文は思いついていて、それにしがみついている。この一文が次の文章に結びついてくれるかもしれない。あるいは、そうはならないか。順調に進むことを期待してはいるが、失望にもそなえている。これがビリーなりのなにかを進める方法で、これまでは上首尾におわってきた。すくなくとも、牢屋暮らしは免れているという意味においては。

十二時を四分まわったとき、フランク・マッキントッシュとポーリー・ローガンがどちらもスーツ姿でロビーにやってくる。ひとわたり握手が交わされる。マッキントッシュのオールバックはヘアオイルを変えたように見える。

「チェックアウトはこれから？」

「もうすませた」

「だったら出発だ」

ビリーは『アーチー』のコミックブックを外側のポケットに押しこんでから、スーツケースをもちあげる。

「ノー・ノー」マッキントッシュがいう。「ポーリーに運ばせるんだ。こいつにはエクササイズが必要でね」

ローガンは突き立てた中指をタイピンのようにネクタイに押し当てるが、ビリーのスーツケースを受けとる。

三人は車にむかう。フランクが運転役、ローガンは後部座席。車が着いた先はミッドウッドの小さな黄色い家だ。ビリーは枯れかけた芝生に目をむけ、水をやっておこうと考える。ホースがなかったら買ってこよう。ドライブウェイに車が一台。サブコンパクトタイプのトヨタ車だ。数年前のモデルのようだが、トヨタ車でそのあたりが正確にわかる者がいるか？

「おれの車か？」

「そう、きみのだ」マッキントッシュがいう。「たいした車じゃないが、きみのエージェントは予算を絞っているみたいでね」

ローガンがビリーのスーツケースをポーチに置く。ポケットから封筒を抜きだしてキーリングをとりだし、玄関ドアを解錠する。それから、鍵を封筒にもどしてビリーに手わたす。封筒の表には《エヴァーグリーン・ストリート二四番地》と住所が書かれている。きのうもきょうも道路名の標識を確認しわすれたビリーは、これで自分が住むところの住所がわかったぞと思う。

「車のキーはキッチンテーブルだ」マッキントッシュはいい、またここでも握手の手を差しのべる。つまりは、これでお別れだ。ビリーにも異存はない。

「あの娘にはやさしく乗るんだぞ」ローガンが車を女に見立てていう。

それからものの六十秒もたたないうちに、マッキントッシュとローガンは引きあげる。智天使《ケルビム》が馬鹿でかい庭に立ち、小便を際限なく垂れている建て売り豪邸にむかうのだろう。

2

ビリーは二階の主寝室にはいって、メイクされたばかりとおぼしいダブルベッドの上でスーツケースを広げる。荷物をしまおうと思ってクロゼットをあけると、すでにシャツや二着のセーター、それにスラックスが二本用意されているのがわかる。クロゼットの床には新品のジョギングシューズが二足。どれもサイズはぴったりに見える。ドレッサーの抽斗には靴下と下着、Tシャツ、それに〈ラングラー〉のジーンズがある。ビリーは空の抽斗のひとつに自分の衣類を詰める。といっても多くはない。

ここへ来る途中でスーパーマーケットの〈ウォルマート〉を見かけたので、あとで服を買い足しにいこうと思ったが、その必要はなさそうだ。

キッチンへ行く。テーブルにはトヨタのキーがあり、凝った浮き文字印刷のカードが横に置いてある。カードには《ケネス・ホフ》というフルネームがあり、《起業《アントレプレ》家《ニュール》》とフランス語が添えられている。起業家《アントレプレニュール》とはいいもいったりだな、ビリーは思う。おまえにお似あいの単語はほかにあるぞ。カードを裏返すと、家の鍵の封筒に書いてあったのとおなじ筆跡で、《必要な品があれば電話を》と書きつけてある。添えてあった電話番号はふたつ。ひとつはオフィス、ひとつは携帯だ。

冷蔵庫をあけると、基本的な食品がぎっしり詰まっているとわかる。ジュース、牛乳、ベーコン、それにハムやソーセージ類の袋、チーズ、プラスティック容器いりのポテトサラダなど。〈ポーランド・スプリング〉のボトルウォーターが一段、〈コーク〉が一段、それに〈バドライト〉の六缶パック。フリーザーの抽斗をあけたビリーは思わず笑みを誘われる——そこにあった品々がケン・ホフがどういう男かを雄弁に語っているからだ。ホフは独身で、離婚するまでは（ビリーは、あの男が最低でも一度は離婚しているにちがいないとにらんでいる）ずっと女たちに飲み食いの世話をされてきたらしい。手はじめは母親で、ホフを〝ケニーちゃん〟と呼び、二週に一回は必ず散髪させていたのだろう。フリーザーには〈ストウファーズ〉の肉料理などの冷凍食品や冷凍のピザ、アイスクリームの新製品（棒つきタイプの品）二箱などが詰めこまれている。そして野菜類は——生野菜であれ冷凍であれ——ゼロだ。

「気にいらない男だ」ビリーは声に出していう。その顔にもう笑みはない。

いかにも。それに、この件でホフがやっているあれこれも気にいらない。話が本決まりになってからホフがやたらに前へ出てくるからだが、ニックに教わっていないこともある。重要なことではないかもしれない。重要なことかもしれない。トランプが毎日一回は口にしている言葉を借りれば——だれにわかる？

3

ホースは地下室にある。巻かれていて埃まみれだ。その日の夕方、昼間の熱気がいくぶんおさまりかけたころを見はからって、ビリーはホースを引きずって外へ行き、家の横手にある水道の蛇口にホースをつなぐ。ジーンズとTシャツという姿で前庭の芝生に立って水をまいていると、隣家から男が出てきて近づいてくる。背が高く、黒々とした肌との対比で白いTシャツがまぶしいほどだ。男は缶ビールを二本もっている。

「やあ、お隣さん」男はいう。「ご近所への引っ越し祝いに冷えたのをもってきたぞ。ジャマル・アッカーマンだ」二本のビールを大きな手でまとめてもち、空いている手を差しだしてくる。

ビリーはその手を握り、「デイヴィッド・ロックリッジだ。デイヴと呼んでくれ。ありがとう」といって蛇口を閉める。「家にあがってくれ。いや、玄関前の階段のほうがいいかな。というのも、まだ部屋の片づけもすんでないんだ」ここでは〝お馬鹿なおいら〟の仮面は不要だ。ミッドウッドではもっと自然体の自分でいられる。

「ポーチの階段で充分だよ」ジャマルはいう。

ふたりは腰をおろし、ビールの缶をあける——ぷしゅっ。ビリーは自分の缶をジャマルの缶にむけて、「ありがとう」と礼をいう。

ふたりはビールを飲む。ふたりは芝生をながめる。

「このありさまの芝生を元にもどすには水だけじゃ足りないな」ジャマルがいう。「つかってみたければ、うちに肥料の〈ミラクル・グロー〉があるぞ。先月〈ウォリー・ワールド・ガーデンセンター〉で、半額セールがあった。一個の値段で二個買えるので、たんまり買いこんだんだ」

「ありがたくその申し出に乗らせてもらおうかな」ビリーはいう。「わたしも〈ウォリー〉に行くつもりでね。ポーチに置くのに椅子を一、二脚買おうと思ってた。でも、それは来週に延ばしてもいいかな。ほら、引っ越しがどんなものかはわかるだろ？」

ジャマルは笑い声をあげる。「わかるもわからないもないね。ここは二〇〇九年に結婚して以来、おれたちが住む三軒めの家だ。最初に住んだのは女房の母親の家でね」そういって、ぶるぶるっと震える演技をしてみせる。ビリーは微笑む。「子供はふたりだ。十歳と八歳。男の子と女の子。もし子供たちが騒いで迷惑をかけたら——かけるに決まってるんだが——家へ帰れと怒鳴ってやってくれ」

「お子さんがうちのガラスを割るとか家に火をつけるとかでなければ、迷惑でもなんでもないさ」

「ここを買ったのかい？　それとも賃貸？」

「リースだよ。しばらく住むことになるが、いつまでかはまだわからない。わたしは……いや、口に出すのはいささか気恥ずかしいが……本を書いていてね。いや、書こうとしているんだ。出版のチャンスがあるように思えてるし、うまくすればそれなりの金が得られるかもしれない。でも、そのためには本気で集中しなくてはならなくて。それで街に仕事場を借りた。ジェラード・タワーだっけ？　いや、借りたはずなんだ。あした見にいくことになってる」

ジャマルはとんでもなく大きく目を見ひらく。「作家先生が！　このエヴァーグリーン・ストリートにお住まいとは！　こりゃあびっくり仰天だ！」

ビリーは笑って頭を左右にふる。「落ち着いてくれよ。いまはまだ作家志望ってだけなんだから」

「それでもたいしたもんだ！　いやはや。コリンヌに話したらどうなるかな。そのうち、あんたをうちに招いて夕食をごちそうしないと。いつになれば、うちの知りあいにあんたの話をきかせられるかな」

ジャマルが片手をかかげる。ビリーはハイタッチの要領で手を叩きつける。《きみには他人と親しくなりすぎることなく調子をあわせる才能がある》とはニックの弁だ。それは事実だし、価値のない才能でもない。ビリーは人々が好きであり、他人と適切な距離をおくことが好きだ。矛盾しているようだが、そうではない。

「それでどういう中身なんだ、あんたの本ってのは？」

「話せないんだ」ここから脚色がはじまる。ジョルジオなら、ビリーが作家志望者むけの雑誌を数冊読んだりネットの書きこみを見たりして学んだと思うだろうが、実はちがう。「といっても、最高機密とかじゃないんだ。ただ、わたしが頭のなかでしっかり封をしておかないと……。いったんしゃべって外に出てしまったら……」そういって肩をすくめる。

「ああ、なるほど、わかる」ジャマルは微笑む。

そう、そういうこと。それだけのことだ。

4

その夜ビリーは娯楽室の大型テレビで、ネットフリックスをながめてみる。昨今はこういった配信サービスが主流だと知ってはいたが、読むべき本があまりにも多いという事情もあって、どんなものかも調べてはいなかった。どうやら見るべきものもあまりにも多いらしいとわかる。選択肢が膨大で手にあまることに恐れをなしたビリーは、なにも見ずに早寝しようと思う。服を脱ぐ前に携帯をチェックすると、新しいエージェントからのテキストメッセージがはいっている。

Gルッソ：明朝九時にジェラード・タワー。車は禁止。Uber《ウーバー》を利用せよ。

ビリーの手もとにはデイヴィッド・ロックリッジ名義の携帯がないし――ジョルジオもフランク・マッキントッシュも携帯をくれなかった――プリペイドの使い捨て携帯ももっていない。ジョルジオがここにメッセージをよこしているのだから、このまま個人用の携帯をつかおう。メッセージを暗号化するアプリを入れておけば用は足りそうだ。ビリーにもジョルジオにぜひ伝えたい意向がある。

ビリーS：了解。ホフは同行させるな。

画面で小さな点が回転し、ジョルジオが返信を作成中であることを示す。長くはかからない。

Gルッソ：同行が必要。すまない。

小さな点が消える。会話終了だ。

ビリーはポケットの中身をそっくり出し、スラックスもほかの衣類ともども洗濯機に入れる。この作業をビリーは眉を寄せたまま、ゆっくりと進める。ケン・ホフのことは好きではない。それどころか、あの男がまだ口をひらかないうちから好きになれないとわかっていたほどだ。本能的反応――ジョルジオの両親や祖父母なら、これをイタリア語で〝リアツィオネ・イスティンティヴァ〟とでもいうのだろう。しかし、ホフはこちらの仲間だ。それは《同行が必要》というジョルジオのテキストメッセージからも明らかだ。これは、ニックとジョルジオが地元の人間を仕事に引き入れたというだけではない――今回のように〝生きるか死ぬか〟の仕事であれば、なおさらそんなことはない。ホフが仲間になったのは建物が理由か？　不動産業界の人間がよくいうように、一に立地、二に立地、三、四がなくて五に立地――という具合？　それとも、ニック自身が地元民ではないから？

　そういった説明のどれをとっても、ビリーの頭のなかではホフの存在がしっくり来ないままだ。《今年は金銭面でいささか苦しいんだ》とホフはいっていた。しかし人がこういった暗殺計画にかかわるのは、金銭面でいささか以上に苦しいからではないか。そもそも最初にひと目見たときから――マッチョ風の無精ひげ、〈ラコステ〉のシャツ、ポケットがわずかにほつれた〈ドッカーズ〉のスラックス、底がすり減っている〈グッチ〉のローファー――ビリーの鼻は、取調室で司法取引をもちかけられるなり、だれよりも先に寝がえる者に特有の悪臭をホフに嗅ぎとっていた。

　ビリーはベッドにはいって暗闇で横たわる――両手を頭の下で組み、なにを見るでもなく。外の通りを車が走っているが、交通量は多くない。ビリーは考える――いつになれば二百万ドルの報酬では充分でないと思えてくるのか？　いつになれば、二百万が愚かしい金に見えてくるのか？　答えはわかりきっているように思える――引き返すには手おくれになってからだ。

5

ビリーは指示されたとおり、Ｕｂｅｒ《ウーバー》で呼んだタクシーでジェラード・タワーまで行く。ホフとジョルジオが正面玄関で待っている。顔の無精ひげは、きょうもまたホフを（少なくともビリーの目には）浮浪者《ホーボー》のように見せてはいるが、それ以外は薄手の夏向きのスーツに落ち着いたグレイのネクタイをあわせた、きっちりした服装だ。一方〝ジョージ・ルッソ〟は似あわない緑のシャツの裾をだらしなく垂らし、ブルージーンズにケツを押しこめて小型テントほども膨らませた姿は、これまで以上に大柄に見える。してみるとジョルジオは、大物著作権エージェントがありふれた地方都市を訪ねる場合、こういった服を着ると考えているようだ。両足のあいだにノートパソコンのケースが立ててある。

ホフは、セールスマンっぽい愛想のよさをほんの少し控えめにしているようだ。おそらくジョルジオからの要請だろうが、それでも快活に小さく敬礼をする誘惑には抗しきれないらしい——〝わが船長《モン・キャプテンヌ》〟とでもいいたげに。

「やあ、会えてよかった。けさの担当警備員は——というかウィークデイの大半を担当しているのは——アーヴ・ディーン。この男はきみの運転免許証を調べて、簡単な身体検査をすることになってる。かまわないね？」

先に進むのならかまわないと答えるしかないため、ビリーはうなずく。

仕事場へむかう人々がいまもロビーを横切って、エレベーターへむかっている。スーツ姿の人もいれば、ビリーが頭のなかで〝こつこつ靴〟という綽名をつけているたぐいのハイヒールの女もいる。しかし驚くほど多くの人々がカジュアルな服装で、ブランドもののTシャツの人さえいる。彼らがどこで働いているかは知らないが、人前に立つ仕事ではなさそうだ。

ロビー中央にある、ホテルならコンシエルジュが詰めていそうなカウンターについているのは太鼓腹の年輩の男だ。口のまわりにかなり深い皺が刻まれているので、腹話術師の人形のように見える。退職した警官だろうとビリーは見当をつける——で、完全な引退まではわずか二、三年といったところだ。制服は紺色のベストだけ。胸に金色の糸で《**ポーク警備**》と社名が刺繍されている。安くつかえる会社。ホフがトラブルに落ちこんでいる証拠がまたひとつ。この建物のためだけに危険をおかしているのなら、かなり大きなトラブルだといえる。

ホフは魅力発揮のためのターボチャージャーを起動、老いぼれ警備員に近づきながら笑顔で握手の手を伸ばす。

「やあ、調子はどうかな、アーヴ？　なんの問題もなしか？」

「問題なしです、ミスター・ホフ」

「奥さんは元気か？」

「リウマチでちょっくら不便してますが、それ以外はいたって健康ですよ」

「こちらはジョージ・ルッソ、先週会っているね。で、こちらの方がデイヴィッド・ロックリッジ。うちのビルの入居者になる作家さんだ」

「お近づきになれて光栄です、ミスター・ロックリッジ」ディーンはいう。顔が笑みに輝くと若返って見える。大幅にではないが、多少は。「このビルですてきな言葉に出会えることをお祈りしてますよ」

その言葉がビリーにはすてきな表現に思える――いや、最高の表現といってもいい。「わたしも祈っているよ」

「どのような本かを教えてもらえますか？」

ビリーは立てた指を唇にあてがう。「最高機密でね」

「なるほど、そうでしたか。五階のスイートはいいお部屋ですよ。お気に召すと思います。よろしければビルの入館カード用にお顔の写真を撮りたいのですが……？」

「いいとも」

「免許証はおもちで？」

ビリーはデイヴィッド・ロックリッジ名義の運転免許証を手わたす。ディーンは、《ジェラード・タワー》という字が打たれたダイモテープが背面に貼られた携帯電話で、最初に免許証の、つづいてビリー本人の写真を撮影する。これでこの建物のコンピューターシステムに自分の顔写真が記録され、それなりの権限をもつ者、あるいはハッキングスキルのある者に入手可能になった。どうせ最後の仕事なのだから心配はない――そう自分にいいきかせるが、気にくわないのは事実だ。すべてがまちがっているように感じられてならない。

「お帰りになるときに入館カードをおわたしします。このカウンターにだれも詰めていないときには、その入館カードをおつかいください。カードを読取りセンサーに当てるだけでけっこう。われわれは、どなたが館内にいるのかを把握しておきたいのです。わたしはほぼ一日じゅうここに詰めていますし、わたしが休みの日はローガンという者がいますので、入館許可を出します」

「わかった」

「入館カードは、メイン・ストリート側にある立体駐車場のご利用のさいもつかいます。そちらは四カ月有効です。あなたさまの……エージェントから利用料金を前払いでいただいています。わたしがあなたさまの情報をコンピューターに入力すれば、すぐにゲートがあくようになります。裁判所の開廷期には、路上駐車はできないものと覚悟してください」これでUber《ウーバー》を指示された理由がわかる。「立体駐車場内の駐車スペースの指定はありません。しかし、たいていの日には一階か二階で空きスペースが見つかりますよ。いまは利用者がそれほど多くないので」いいながらホフにすまなさそうな顔をむけ、また新しい間借り人に注意をもどす。「もしなにかご下命がございましたら、オフィスの電話で11を呼んでください。固定電話は設置ずみです。そちらのエージェントの方が手配いっさいをすませました」

「ミスター・ディーンがずいぶん力になってくれたよ」ジョルジオがいう。

「それがこの男の仕事だからね！」ホフが楽しげに声を張りあげる。「そうだろ、アーヴ？」

「ええ、そのとおりです」

「奥さんによろしくいってくれ、元気になるように、わたしが祈っているとね。あの銅のブレスレットも病気に効くという話だぞ。ほら、テレビでコマーシャルを流してるあれだよ？」

「試してもいいかもしれないですね」ディーンは口ではそういうが、顔は疑わしげだ——そのほうがこの男のためになる。

セキュリティチェックのカウンター前を通りすぎるとき、ビリーはポーク警備所属のディーンが膝の上に〈スポーツ・イラストレイテッド〉誌の水着特集号を置いていることに目をとめる。表紙にはナイスバディの美女。ビリーは、あとでおなじ雑誌を買っておくことと頭にメモをとる。〝お馬鹿なおいら〟はスポーツ好きで、おまけに美女に目がない。

一同はエレベーターで五階まであがり、人けのない廊下へ足を踏みだす。「あっちには会計事務所がはいってる」ホフが指さしながらいう。「ふた部屋が連絡ドアでつながってるんだ。法律事務所もいくつか入居してる。こっち側には歯医者がはいってる。たしかそうだ。出ていってなければね。出ていったんじゃないかな。ドアに出ていた銘板がなくなってるからな。あとで賃貸エージェントに問い合わせておかなくては。それ以外、このフロアは空室だよ」

なるほど、この男はトラブルにはまりこんでいる、とビリーはあらためて思う。危険を承知であえてジョルジオに視線を投げる。しかしジョルジオは——ジョージは——おそらくいまはもう歯科医がいなくなっているドアを見つめているばかりだ。まるで、そこになにか見るべきものがあるとでもいいたげに。

廊下の突きあたりに近づくと、ホフはスーツの上着のポケットに手を入れ、小さな布製のカードキー・ケースを抜きだす。表面には金文字で建物名の頭文字《GT》が箔押しされている。「こちらはきみ用だ。スペアが二枚ある」

ビリーはカードキーを読取りセンサーにあてがい、ここを会社組織が借りれば狭い受付エリアになるはずのスペースに足を踏み入れる。室内には熱気がこもり、空気は黴《かび》くさい。

「これは失礼。だれかがエアコンのスイッチを入れ忘れてるじゃないか！　ちょっと待て、ちょっとだけ」ホフは壁の操作パネルのボタンを二、三押す。すぐにはなにも起こらず、一瞬不安を感じている顔を見せる。天井の換気口からひんやりした空気がすーっと吹きだしてくる。ホフが肩の力を抜いたしぐさから、ビリーはこの男の安堵を読みとる。

その先にあったのは広々としたオフィス、あるいは小ぶりな会議室ともいえる部屋だ。デスクはない。肩を寄せあって詰めてすわれば、六人程度がつける細長いテーブルがあるだけだ。テーブルの上には、オフィス用品の大手チェーン〈ステープルズ〉のノートが数冊積まれているほか、ボールペンの箱と固定電話が置いてある。この部屋——おれの執筆仕事の部屋だ、とビリーは思う——は、さっきの受付エリアよりもさらに暑い。朝の日の光がふんだんに射しいっているからだ。だれもブラインドをおろそうとは思わなかったらしい。ジョルジオはシャツの襟を首にむけて、ぱたぱたとふり動かす。「ふうぅっ！」

「すぐ涼しくなるとも、すぐにね」ホフがいう。わずかにあわてている口調だ。「このビルの冷暖房や空調のシステムは最高だよ。最先端だ。もう動いてる。ほら、感じるだろう？」

しかしビリーは——少なくともいまこのときばかりは——室温のことを気にかけていない。外の通りに面した大きなガラス窓の右側に歩み寄り、斜線にそって視線を下へ動かして裁判所前の階段を見おろす。それから別の斜線にそって視線を移動させ、さらに先にあるもっと小さなドアを見つめる。裁判所職員用の出入口。ビリーは実行当日の情景を想像する。警察の車が近づいてくる。車体側面に《**郡警察署**》とか《**市警察署**》という文字を入れたヴァンか。警察官がおりてくる。最低でもふたり。三人、あるいは四人か。そこまではいないだろう。パトカーであれば歩道側のドアがあく。ヴァンだったら後部ドアだ。ジョエル・アレンが車から出てくるのを見まもる。当人を見分けるのは簡単だろう。左右を警官にはさまれて手錠をかけられている男だからだ。

その瞬間になれば——もしその瞬間が来るのなら——この一発を阻むものはなにもない。

「ビリー！」ホフの声にビリーはぎくりとする——夢から叩き起こされたときのように。

不動産業者のホフは、もっと狭い部屋に通じる入口に立っている。狭い部屋はミニキッチンだ。ビリーの注意を引けたと見るや、ホフは手のひらを上へむけたまま体をくるりとまわし、住宅用最新設備の数々を示す。クイズ番組〈ザ・プライス・イズ・ライト〉で賞品を紹介しているかのように。

「デイヴ」ビリーはいう。「おれはデイヴだぞ」

「そうだった。すまん、こっちのミスだ。で、ここには小さなコンロがふた口あるガステーブルがある。オーブンはないが電子レンジがあるので、ポップコーンも〈ホットポケッツ〉の冷凍パイ包みもTVディナーも、なんでもござれだ。皿や調理用具は食器棚にしまってある。皿を洗うためには小さなシンクがある。それから小型冷蔵庫。あいにく室内に専用トイレはない。男女のトイレがあるのは廊下の突きあたりだが、少なくともこの部屋からは近い側だ。ちょっと歩くだけだな。それからこれがある」

ホフはポケットから鍵をとりだし、オフィス／会議室とミニキッチンをへだてるドアの上にある四角い木のパネルに手を伸ばす。挿しこんだ鍵をまわしてパネルを押すと、パネルが跳ねあがる。奥のスペースは高さが五十センチ弱、幅が一・二メートル、奥行きが六十センチほど。いまはなにもはいっていない。

「収納スペースだ」ホフがいい、ありもしないライフルを撃つ真似までしてみせる。「金曜日には鍵をかけておける。その日には清掃スタッフが――」

ビリーは口をひらきかけるが、ジョルジオが機先を制する。それでいい。考えるのはジョルジオの役目でビリー・サマーズではない。「この部屋に清掃サービスは無用だよ。金曜日だろうとほかの日だろうとね。忘れたか、この執筆プロジェクトは最高機密だ。それにこの部屋なら、デイヴが自分できれいにつかえるさ。きれい好きの男だからね――そうだろ、デイヴ？」

ビリーはうなずく。そう、きれい好きの男だ。

「ディーンにいっておけ。それからもうひとりの警備員――ローガンだったか？――とブローダーにも話を通しておくんだ」それからビリーに説明する。「スティーヴン・ブローダー。このビルの管理人だよ」

ビリーはうなずき、人名を頭にしまいこむ。

ジョルジオがノートパソコンのケースをテーブルにもちあげて、筆記用具の箱を片手でぐいっと横へ押しのけ（この動作がビリーには悲しくもシンボリックなものに思える）、ジッパーをひらく。「マックブック・プロ。金で買える最高級の品で、最新モデルだ。わたしからのプレゼントだよ。自前のマシンがよければ、そっちをつかえばいい。しかし、こっちのマシンは……あらゆるオプション機能搭載だ。ひとりでセットアップできるかな？マニュアルのようなものがどこかにあるとは思うが……」

「なんとか調べるよ」

この点は問題ではない。しかし、問題はほかにもあるかもしれない。この美しき黒い魚雷ともいうべきマックブック・プロに細工を――この部屋でビリーがなにを書いているかをのぞくマジックミラーとしての細工を――ほどこしていなければ、ニック・メイジャリアンが穴をふさぎ忘れたことになる。そしてニックはめったに忘れない男だ。

「ああ、よかった。それで思い出したぞ」ホフはそういい、ミニキッチンへの出入口の上にある収納スペースの鍵といっしょに、また浮き文字で印刷された自分のカードをビリーに手わたす。「Ｗｉ‐Ｆｉのパスワードだ。

接続は安全そのものだよ。銀行の貸金庫なみに鉄壁だ」

嘘っぱちだ、とビリーは思いながら、カードをポケットにしまう。

「さて、と」ジョルジオがいう。「話はこんなところか。創作という冒険に乗りだすきみをひとり残し、われわれは引きあげるよ。さあ、行くぞ、ケン」

ホフは立ち去りがたい顔を見せている——この部屋にはまだ見せておくべきものがあると考えているかのように。「必要なものがあったら電話をくれ、ビ……じゃない、デイヴ。なんだっていいぞ。娯楽方面はどうだ？　テレビは？　それともラジオのほうがいい？」

ビリーはかぶりをふる。携帯には、カントリー&ウェスタンを中心とするかなりの音楽ライブラリーがはいっている。これからの日々にはやることが山積みだが、いずれ自分の音楽コレクションをこの立派な新しいノートパソコンに移す時間もとれるだろう。もしニックがこの部屋に聞き耳をたてようと思い立てば、リーバ・マッキンタイアやウィリー・ネルソンなど、ハンク・ウィリアムズ・ジュニアの仲間たちの騒々しい歌声がきけるようになる。本だって本当に書きあげられるかもしれない。信頼のおける自前のノートパソコンで。両方のノートパソコンに——新しいほうと、古くからの相棒である自前のほうの両方に——セキュリティ手段を講じてもいいかもしれない。

ジョルジオがようやくホフを室外へ連れていき、ビリーは部屋でひとりになる。ふたたび窓ぎわに歩みより、そこに立って二本の斜線にそって目を走らせる——一本は幅のある石づくりの階段に通じる線で、もう一本は裁判所職員用のドアに通じるもの。いままた実行当日の光景を想像すると、その光景が脳裡にありありと見えてくる。現実の事態がこんなふうに頭で想像したとおりに展開することなどあるはずもないが、この仕事はいつもこんなふうに想像の光景を見ることからはじまる。まるで詩のようだ。変わってくる部分、予期できない要素、修正点——そういったあれこれは、いざ出現した段階で対処するしかないが、出発点はいつも〝見ること〟だ。

携帯がテキストメッセージの着信を告げる。

Gルッソ：Hの件は詫びる。いささかクソ男なのはわかった。

ビリーS：またあの男と会わなくてはならない？
　Gルッソ：わからない。
　ビリーとしてはもう少し確定的な答えが欲しいところ。しかし、当面はこれでいい。よしとするしかない。

6

　自宅という建前の一軒家に帰りついたときには、ポケットにデイヴィッド・ロックリッジとしての新しい入館カードがおさまっている。あしたは、新しく入手した中古車で仕事に出よう。ポーチにあがると、玄関ドアに芝生用肥料の〈ミラクル・グロー〉が立てかけてある。袋にはこんなメモがテープでとめてある――《これをつかうといいと思うよ！　ジャマル・A》

　ビリーはジャマルの住む隣家にむけて手をふるが、だれかが見てくれているかどうかはわからない。正午までまだ三十分ある時間だ。アッカーマン夫妻は共働きかもしれない。ビリーは芝生用肥料を家のなかに運んで廊下に立てかけたのち、車で〈ウォルマート〉へ行ってプリペイド携帯を二台買い（一台は後継用、もう一台は予備）、USBメモリーを二本買う。ただし必要になるのは一本だけかもしれない。なにせこの小さなメモリーは、エミール・ゾラの全作品でさえ収納スペースの片隅がかろうじて埋まるだけという大容量だ。

　また衝動的に、オールテック製の安価なノートパソコンも買いこむ。これは箱に入れたまま寝室のクロゼットにしまう。プリペイド携帯とUSBメモリーは現金で買い、ノートパソコンはデイヴィッド・ロックリッジ名義のクレジットカードで買う。プリペイド携帯をすぐに利用する予定はないし、ひょっとすると必要にならないかもしれない。そのあたりのことは逃走プランの中身で左右されるし、現時点では逃走プランはまだ曖昧な影でしかない。

　〈バーガーキング〉に寄ってから黄色い家に帰りつくと、家の前でふたりの子供が自転車に乗って遊んでいる。男の子と女の子。白人と黒人。黒人の女の子はジャマルとコリンヌのアッカーマン夫妻の子供だろう。

「あなたが新しく引っ越してきたご近所さん？」男の子がたずねる。

「そうだよ」ビリーは答え、その〝ご近所さん〟という身分に慣れる必要があるなと考える。それも楽しいかもしれない。「わたしはデイヴィッド・ロックリッジ。きみのお名前は？」

「ダニー・ファジオ。それからこっちは友だちのシャニス。ぼくは九歳でシャニスは八歳だよ」

ビリーはダニーと握手し、それから女の子とも握手をかわす。褐色の手がビリーの白い手に包みこまれると、シャニスという女の子は恥ずかしそうにビリーを見あげる。「ふたりとも、これからよろしく。夏休みを楽しんでるかい？」

「夏の読書プログラムはおもしろいよ」ダニーがいう。「本を一冊読みおわるたびにステッカーをもらえるんだ。ぼくはこれまで四枚。シャニスはもう五枚もらってる。でも、そのうち追いついてやる。これからぼくのうちへ行くんだ。ランチをすませたら、みんなでモノポリーをする予定――この先の公園でね」いいながら、その方向を指さす。「シャンはボードを運ぶ。ぼくはいつもレースカーをもっていく係さ」

この二十一世紀に子供たちだけで遊ぶのか、これは驚いた――ビリーは思う。ただし同時に二軒先の太った男――バミューダショーツとタンクトップ、草の汁で汚れたスニーカー――がビリーの動きをずっと見ていることにも気づいている。ふたりの子供たちにビリーがどう接しているのかを。

「じゃあ、またね、さよなら三角」ダニーは自転車にまたがりながらいう。

「それじゃこっちも、また来て四角だ」ビリーがそう応じると、ふたりの子供は笑い声をあげる。

その日の午後、昼寝をしたあとで――いまは作家なのだから、昼寝をしてもばちはあたるまい――冷蔵庫から〈バドライト〉の六缶パックをとりだし、《芝生用の肥料をありがとう――デイヴ》と書いたメモを貼りつけ、アッカーマン家のポーチに置いておく。

こちらでは幸先のいいスタートだ。ダウンタウンでは？　あちらも幸先のいいスタートだったと思う。そうであってほしいと願う。

ただし、ホフだけは例外かもしれない。ホフがどうにも気がかりだ。

7

その日の夕方、ビリーが芝生に肥料をまいているところへ、ジャマル・アッカーマンがもともとビリーの冷蔵庫にあったビールのうち二缶を手にして近づいてくる。ジャマルは緑色のつなぎ姿だ。片方の胸にジャマルの名前が金の糸で刺繍され、反対の胸には《**エクセレント・タイヤ**》と刺繍されている。ジャマルの横には〈ペプシ〉の缶を手にした少年が立っている。

「やあ、どうも、ミスター・ロックリッジ」ジャマルがいう。「このちっこい男はおれの息子のデレクだ。娘のシャニスは、もうあんたと顔をあわせたと話してたよ」

「ああ。ダニーというちっこい紳士といっしょだったね」

「ビールをありがとう。おいおい、なにをつかってる？ 見たところ、うちのかみさんがつかってる小麦粉用のふるいにそっくりだ」

「そのとおりの品だよ。〈ウォルマート〉で肥料散布機《スプレッダー》を買おうと思ったんだが、しょせんこの芝生らしきものにつかうだけだから……」ビリーは芝生が枯れている小さな部分を見て肩をすくめる。「わずかな見返りしかないのに、ずいぶんな投資になってしまうと思ってね」

「見たところ、ふるいでも立派に役立っているようだ。おれもいっぺん、その手を試そうかな。しかし、裏庭はどうする？ あっちのほうがずっと広いぞ」

「肥料をまく前に、まず芝刈りをして短くする必要がある。ただし、うちには芝刈機がないんだ。まだね」

「だったら、うちのを貸せばいいよね、父さん」デレクがいう。

ジャマルは息子の髪をくしゃくしゃくしゃっとする。「ああ、いつでもいいぞ」

「いや、それじゃ甘えすぎになる」ビリーはいう。「自分で買うよ。といっても、あくまでもいま書こうとしている本に引きもどされて、ここにしばらく居つくという条件つきだけどね」

三人はポーチへ行って階段に腰かける。ビリーはビールの缶をあけて中身を飲む。ビールがひときわ旨く感じられ、その感想を口にする。

「どんな本を書いてるの？」デレクがたずねる。この少年はふたりの大人にはさまれてすわっている。

「最高機密なんだ」ビリーは笑みをのぞかせていう。

「知ってる。でも、つくりもののお話？　それともほんとのお話？」

「どっちも少しずつかな」

「そこまでにしておけ」ジャマルがいう。「しつこく質問するのは失礼だぞ」

通りの反対側の端にならぶ家の一軒から、一人の女性が近づいてくる。五十代なかばで髪が白くなりかけ、鮮やかな赤い口紅をひいている。手にしているのはガラスのコップで、まっすぐ歩けないらしい。

「あれはミセス・ケロッグだ」ジャマルが声を低く抑えたまま話す。「夫に先立たれてね。去年亡くなったんだ。脳卒中で」いいながら、ビリーが仕上げた芝生を考え深げな顔でながめわたす。「それも、まさに芝刈りをしている最中の出来事だった」

「パーティーでもしてるの？　押しかけちゃっていい？」ミセス・ケロッグがたずねる。本人はまだ歩道に立っていて少しの風も吹いていないのに、夫人の息のジンのにおいがビリーには嗅ぎとれる。

「この階段に腰かけるのでもよければ歓迎します」ビリーは立ちあがって、握手の手を差しのべる。「デイヴ・ロックリッジです」

そこへさらに、先ほどシャニスとダニーのふたりを相手にしているビリーをじっと監視していたあの男もやってくる。タンクトップとバミューダショーツから、いまはジーンズと〈マスターズ・オブ・ユニバース〉のTシャツという姿だ。いっしょにいるのは背が高く痩せたブロンド女性で、こちらはハウスドレスとスニーカーという服装。そして隣家からは――ブラウニーらしきものが載った皿を手にして――ジャマルの妻と娘がやってくる。ビリーは全員を家のなかへ、本物の椅子に腰かけられるところへ招く。

これこそ、ご近所へようこそだな――ビリーは思う。

8

〈マスターズ・オブ・ユニバース〉男とその痩せたブロンドの妻はラグランド夫妻。ファジオ夫妻もやってくる——ただし息子のダニーは同行していない。またブロックの反対側に住むピータースン夫妻も、赤ワインを一本持参してやってくる。リビングはたちまち満員になる。ちょっとした楽しい即席パーティーだ。ビリーも楽しんでいる——ひとつには、ここでは〝お馬鹿なおいら〟を演じる必要に迫られないからだし、この人たちが好きだということも理由だ。したたかに酔っ払い、しじゅうトイレへの往復を強いられているジェイン・ケロッグさえ好きだ。この女性はトイレを婉曲に〝ご不浄《ビフィ》〟と呼ぶ。あつまった人々がそれぞれ帰るころには——あしたは仕事の日なので、みな早めに切りあげる——ビリーは自分がすんなり馴染んだと感じている。本を書いている人物となれば物珍しさも手伝って、しばらくは興味をいだかれるだろうが、それもいずれ薄れていくはずだ。盛夏には——ジョエル・アレンが弾丸とのデートのために早々と姿をあらわすことはないと仮定すれば——自分は町内の住人のひとりにすぎなくなっている。ご近所さんのひとりだ。

ビリーはジャマルがエクセレント・タイヤ社で職長をつとめていることを知り、妻のコリーことコリンヌが——なんと狭き世界よ——裁判所の速記者であることも知らされる。またジャマルとコリンヌが仕事に出ているあいだ、ふたりの娘シャニスの面倒をダイアン・ファジオが見ていることも知らされる。シャニスの兄で十歳のデレクはほぼ毎日デイキャンプへ行くほか、八月にはバスケットボール・キャンプへ行く予定。さらにビリーは昨年十月に突如あたふたと（〝尻に帆かけて〟とはポール・ラグランドの表現だ）黄色いこの家から引っ越していったデューガンズ一家が〝鼻もちならない連中〟だったことを教わり、デイヴ・ロックリッジが新しく住人になったのはいい意味での変化だと思われているとも教わる。これなら発砲後でも、この連中は記者たちに〝とてもいい人に思えた〟と話しそうだ。ビリーにも否やはない。自分のことは〝ヤバい仕事をしている善人〟だと考えているからだ。少なくともおれは登校中の十五歳を射殺したりしない、とビリーは考える。〝ジョー〟ことジョエル・アレンがそういう所業におよんだと仮定すれば。

　ベッドにはいる前にビリーはオールテック製のノートパソコンを箱から出して起動させ、グーグルでケン・ホフを調べる。なるほど、あの男はたしかにこのレッドブラフの街の大立者のようだ。エルクス慈善保護会員。ロータリークラブ会員。地元の青年商工会議所総会の議長。また二〇一六年の大統領選挙にあたっては地元の共和党の委員長もつとめており、無精ひげ面《づら》になる前のホフが〝MAGA《メイク・アメリカ・グレート・アゲイン》〟の赤い帽子をかぶっている写真も見つかる。都市計画委員会の委員でもあったが、利益相反にあたるとの告発をうけて二〇一八年に辞任していた。ホフはジェラード・タワーをふくめてダウンタウンに半ダースほどの建物を所有しているとのことなので、ミニチュア版ドナルド・トランプといってもよさそうだ。ホフは三つのテレビ局も所有している――ひとつはここレッドブラフの局、残る二局はアラバマ州の局だ。三局はどれもワールド・ワイド・エンターテインメント社の系列局で、ホフがWWEというこの会社の略称を口にした理由はここにあるのだろう。離婚歴は一回ではなく二回。元妻たちに払う離婚後扶助料はかなりの額になりそうだ。昨年末近くには、ゴルフコースの建設計画が頓挫した。ダウンタウンでのビル新築計画はもっか保留中だ。ホフが出したカジノ営業認可申請も同様。ひっくるめて見るなら、小規模な事業帝国が傾きかけている男の図だといえる。あとひと押しされれば、帝国は崖からまっさかさまになりそうだ。

　ベッドに横たわり、両手を枕の下で組みあわせて暗闇を見あげる。ニックがケン・ホフに惹かれる理由や、ケン・ホフがニックに惹かれる理由がわかりかけてきたところだ。ニックは魅力的にもなれるし（あの百万ドルの笑顔）、平均的な熊よりは頭がいいが、あけすけな真実をいってしまえばニックはハイエナだ。そしてハイエナの得意技は、目の前を通りすぎていく動物の群れを品定めし、足を引きずっている個体を見つけることだ。もうすぐ群れから遅れて脱落しそうな個体。ケン・ホフはいけにえだ。殺人の罪を着せられるのではない――そちらについては鉄壁のアリバイを用意するだろう。しかしだれが暗殺を命じたかを警察が捜査しはじめたら、彼らが見つけるのはニックではない。警察が見つけるのはホフだ。ビリーはこれにも否やはない。

枕の下の冷たさをつかいきってしまうと、ビリーは体の右側を下にする体勢に切り替え、ほぼ即座に眠りに落ちる。

よき隣人でいるのは疲れるものだ。

第四章

1

　翌日ビリーは五階のオフィスで新しいマックブック・プロをネットに接続し、ソリティアのアプリをダウンロードする。ソリティアだけで十以上のアプリが存在する。選んだのはソリティアの一種のキャンフィールドが遊べるバージョンだ。それからコンピューターに細工をほどこし、ソリティアの手と手のあいだに五秒の間隔をはさむよう設定する。これならニックとジョルジオが覗《のぞ》き見をしてビリーの行動を監視していた場合でも（あるいは監視仕事をフランキー・エルヴィスことフランク・マッキントッシュがまかされていても）、コンピューターだけが勝手にゲームを進めているとはわかるまい。

　ビリーは窓に歩み寄って視線を下へむける。コート・ストリートでは道路の左右に駐車中の車が列をつくっている。その多くが警察のパトカーだ。〈サンスポット・カフェ〉の外に出ているパラソルつきのテーブルは、ドーナツやデニッシュを食べている人々で席が埋まっている。裁判所前の幅の広い階段を見ると、おりてくる者の姿もあるにはあるが、あがっていく者のほうがずっと多い。エアロビクス・フィットネスの成果を見せびらかすべく小走りに駆けあがる者もいる。重たげに足を引きずる者もいる。とぼとぼ歩くそうした者たちは、巨大な箱型のブリーフケースをさげていることで見わけがつくように、おおむね弁護士だ。裁判所はまもなく開廷時間を迎える。

　その事実を強調するかのように小型のバスが――かつては赤かったが、いまは色褪せたピンクだ――混みあった道路をのろのろと進んで階段の前を通りすぎ、巨大な石づくりの建物の右側面にある小さな出入口の前でとまる。バスのドアが折り畳まれてひらく。ひとりの警官がまずおりてくる。つづいてオレンジ色のつなぎを着せられた被疑者たちの行列がつづき、そのあと別の警官がおりる。つなぎ姿の男たちは、バスのずんぐりとしたフロントをまわって歩かされ、職員用通用口のドアがあくと、屋内へはいっていく。これから罪状認否手続のために出廷するのだろう。興味深いし、記憶しておく価値もあるが、ビリーはニックが正しいと考える――ここにジョエル・アレンが運ばれてきたら、階段をあがって正面玄関から館内へと連行されるだろう。それが問題だというのではない。どちらのルートで連行されようと、射撃ラインはほとんど同一だ。大事なのは、平日にはこのコート・ストリートがごったがえすことだ。午後になれば通りを行き交う人もいまより少なくなるだろうが、ほとんどの罪状認否は午前中におこなわれる。

《暗殺をおえたあとで姿をくらますことにかけては、きみが偉大なる奇術師のフーディニも顔負けの達人だからでもある》ニックはそういっていた。《騒ぎがようやく落ち着きはじめるころには、きみはとっくの昔に立ち去っているわけだ》

　そうなっていたほうがいい。連中は、ビリーが姿を消す部分も含めて報酬を支払っている。大きな部分だ。ビリーが逃走にしくじったとしても、ニックはビリーを実行犯につかうことに利点があると見ぬいているにちがいない。ビリーには、犯行を指示した主犯の名前を明かせとプレッシャーをかける友人や親族はいないし、なんなら名前を明かせというプレッシャーの道具につかえる友人や親族もいない。ニックはビリーをいささかおつむの弱い人間だと思っているかもしれないが、その一方で殺し屋として雇ったビリーには、訴因を第二級謀殺や故殺に格下げさせようとして、主犯の名前を取引材料にするのが禁じ手だとわかる程度の頭はあると見ている。数週間も数カ月もかけて準備してきた五階の部屋から、スナイパーライフルでひとりの人間を射殺したとなれば、訴因には議論の余地がなくなる。大きな赤い文字で《予謀あり》と書かれたら、あとは第一級謀殺しかありえない。

　ただしビリーがつかまった場合、検察側には切り札としてつかえる取引条件がひとつだけあり、ニックもそのことは知っているはずだ。ここは死刑存置州である。抜け目ない地区首席検事なら、致死薬注射による死刑ではなくリンコン矯正施設での終身刑で手を打たないか、ともちかけてくるだろう。自供すればという条件で。そんな段階にいたっても、自分はニックの名前だけは口に出さないだろう。ただし、ケン・ホフの名前なら出せる。なぜなら、万一警官たちがビリー・サマーズを逮捕してジェラード・タワーから連行するようなことになれば、ホフはもう長くは生きられないからだ。いや、いずれにしてもホフはもう長くないかもしれない。ニック・メイジャリアンの一味と仕事をすれば、いけにえ役は長く生きられないに決まっている。

ビリーも長くは生きられないかもしれない。あとで後悔するくらいなら、先手を打っておいたほうがいいからだ。だから、背中で手錠をかけられたまま拘置所の階段から突き落とされるかもしれない。削って鋭く尖らせた歯ブラシでシャワー中に刺し殺されるかもしれないし、相手がのどに棒状の石鹸を押しこまれるかもしれない。相手がひとりなら押さえきれるし、ふたりでもなんとかなるかもしれない。しかし〈88〉の集団に襲われたら？　ストリートギャングの〈ピープル・ネイション〉あたりのマッチョが三、四人で襲ってきたら？　無理だ。だいたい、これから死ぬまで刑務所で暮らしたいか？　これまた無理だ。檻に閉じこめられるくらいなら死ぬほうがましだ。

ニックもそのあたりはわかっているだろう。

つかまらなければ、こんなことはどれも問題にならない。つかまったことは一度もない。これまでの十七回、すべてきれいに逃げおおせた。しかし、今回のようなシチュエーションの仕事の経験はない。街から逃走するための最善のルートを慎重に選びさだめ、犯行後には足になる車で相手に接近して射殺する仕事とはわけがちがう。

ダウンタウンのオフィスビルの五階から地上にいる男を射殺したあと、市警察や郡警察の警官たちが道をはさんで反対側にうようよいるなかで、どうやって逃げればいい？　これが映画ならどういう具合になるかもわかっている。銃声や銃口炎を抑制するサプレッサーを銃につけるのだ。しかし、今回その選択肢はつかえない。射程がほんの少しだが長すぎるし、一発めをしくじれば二発めのチャンスはないからだ。それに弾丸が音の壁を突破するときには、ききまちがえようのない破裂音が響く。サプレッサーをつけても、その音はどうしようもない。ビリー個人の好みもある——単純にあの〝芋つぶし器《ポテトバスター》〟のたぐいを信用していないのだ。頼れるライフルの銃口部分に別の仕掛けをとりつければ、射撃をしくじる危険が生じる。だから、銃声は大きくなるし、すぐには発砲場所を特定されなくても、最初は身を縮こまらせていた人々がやがて上を見あげれば、五階の窓ガラスの一枚にあいた丸い穴を見つけるだろう。五階の部屋の窓は開閉不可能だ。

　こういった問題を前にしても、ビリーがひるむことはない。むしろその反対で夢中になる。フーディニその人だって、ある種の危険きわまる脱出を実現させられそうなら——鎖で縛られて金庫に閉じこめられたうえでイーストリバーに投げこまれるとか、拘束衣を着せられて超高層ビルから宙づりにされるとか——まちがいなく夢中になったはずだ。逃走プランはまだ完成していないが、とっかかりは得られている。立体駐車場の一階と二階は、警備員のアーヴ・ディーンの口ぶりよりも多少混みあっていたが、四階まであがると、どこでも好きな場所を選び放題だった。いいかえればプライバシーが得られるということであり、プライバシーはいいものだ。フーディニもその点には同意してくれるだろう。

　ビリーはテーブルのもとに引き返す。マックブック・プロはあいかわらずひとりでキャンフィールドをプレイしている。それからビリーは自分のノートパソコンを立ちあげて、アマゾンをたずねる。アマゾンにはなんでも売っている。

2

　ジェラード・タワー前の歩道の縁石の一部には、ステンシル文字で《**許可なき車両の駐停車を禁ず**》と書いてある。十一時を十五分まわったころ、片側の車体側面に大きなソンブレロが描かれたキッチンカーがそこへやってきて停止する。ソンブレロの下には《**ホセのレストラン**》とあり、さらにその下に《**みんな食べよう**《トド・コメン》**！**》とスペイン語が書かれている。人々が建物から外へ出て、砂糖に引き寄せられる蟻のようにキッチンカーのほうへむかっていく。五分後、別のキッチンカーがあらわれて、最初のキッチンカーのうしろにとまる。こちらの車の側面では、漫画タッチで描かれた少年がうれしそうな笑顔でダブルチーズバーガーにかぶりついている。人々がハンバーガーやフライドポテトやタコスやエンチラーダをもとめて行列をつくっているところへ、ホットドッグのキッチンカーが到着する。

食事の時間だ、とビリーは思う。あと、新しい隣人たちとさらに知りあう機会だ、と。

エレベーターを待っている人が四人。男が三人で女がひとり。四人ともビジネススーツ姿で、四人とも三十代なかばに見える。女だけは少し若いかもしれない。ビリーは四人のもとに近づく。そのうちひとりから、あなたが新しく入居した作家の人かとたずねられる……まるでビリーが、前の作家と交替で入居したようないいぐさだ。ビリーはそうだと答えて、自己紹介をする。四人も同様に名乗る。ジョン、ジム、ハリー、フィリス。ビリーは、下にいるキッチンカーでどれがおすすめかをたずねる。ジョンとハリーはメキシコ料理がおすすめだという。

「魚のタコスが絶品だよ」とジョンがいう。ジムは、ハンバーガーもわるくないし、オニオンリングはAプラスだという。フィリスは〈プティ〉のチリドッグにやみつきだ、と語る。

「どれも高級料理っていうわけじゃない」ハリーがいう。「でも紙袋入りの弁当よりましだね」

ビリーが道の反対側にあるカフェはどうかとたずねると、四人がいっせいにかぶりをふる。こんなふうに即座に一致団結したことがビリーには愉快に思えて、思わず口もとがゆるむ。

「あの店には近づかないことだな」ハリーがいう。「ランチタイムは混むぞ」

「おまけに値段が高い」ジョンがいい添える。「作家のことはわからない。でも立ちあげたばかりの法律事務所で働くとなったら、ちょっとした出費にも神経をつかわないとね」

「このビルには弁護士が多いのかい？」ビリーがフィリスにそうたずねると同時に、エレベーターのドアがあく。

「わたしじゃなくて、あの人たちにきいて。わたしはクレセント会計事務所。電話番をして、所得税申告書のチェックをしてる」

「ああ、ここは弁護士が多いな」ハリーがいう。「三階と四階に何人かいるし、六階にはもっといる。七階には起業したばかりの建築事務所があったと思う。八階には写真スタジオがあったかな。カタログ用の商業写真が専門だ」

　ジョンが話す。「これがテレビドラマなら、題名は〈若き弁護士たち《ザ・ヤング・ロイヤーズ》〉ってところだね。大規模法律事務所はほとんど二ブロックか三ブロック先、裁判所をはさんで反対側のホランド・ストリートとエメリー・プラザにあつまってる。われわれは近くに貼りついて、大物たちのテーブルからのおこぼれにあずかっているわけ」

「ついでに大物たちがくたばるのを待ってるのさ」ジムがいい添える。「伝統を誇る事務所となると、所属弁護士はあらかたスリーピースを着た恐竜のような老人で、テレビの〈爆発！デューク〉に出てきた政治家のボス・ホッグみたいなしゃべりかたをするんだ」

　ビリーは建物の前に立てられていた看板を思い出す——**《賃貸オフィス・豪華マンション・空室あり》**。しばらく前から立てられていたように見えたし、ホフ本人とおなじように、どことなく藁をもつかみたい心境の雰囲気があった。

「きみたちの事務所は、賃貸借契約で有利な条件にあずかったと見えるな」ビリーはいう。

　ハリーがビリーへむけて親指をぐいっと突き立てる。

「当たり。信じられないほどの安値での四年契約。おまけに、万一このビルの所有者のホフという男が破産して会社更生手続がはじまっても、賃貸借契約はいささかも変更なく継続する。この条件は鉄壁だよ。われら無名の者が多少なりとも世間に顔を売るための時間を稼げるんだから」

「それだけじゃない」ジムがいう。「自分自身の賃貸借契約でまんまと騙されるような弁護士じゃ、そのうち商売あがったりになるに決まってる」

　三人の若い弁護士は声をあげて笑う。フィリスは微笑む。一階ロビーでドアがあく。三人の男たちは一刻も早く食事にありつきたいのか、先に進んでいく。ビリーはフィリスと肩をならべ、もっとゆっくりしたペースでロビーを横切る。フィリスは控えめな雰囲気の美人だ——たとえるなら花弁の華やかな牡丹《ぼたん》ではなく、白と黄色だけのシンプルなひなぎくだ。

「いろいろと好奇心をかきたてられてね」ビリーはいう。

　フィリスは微笑む。「だって作家さんの商売道具でしょう？　好奇心は」

「そうだと思うよ。ここには、カジュアルな服で出勤してる人が大勢いるね。あの人たちみたいに」ビリーはちょうど玄関のドアに近づいているカップルをさし示した。男は黒いジーンズとサン・ラーのTシャツ姿だ。いっしょにいる女性が着ているスモックは、妊娠でふくらんだお腹を隠すのではなく堂々と見せているようだ。髪はうしろにひっつめて、赤いゴムのヘアバンドで無造作なポニーテールに束ねてある。「あのふたりが弁護士や建築事務所の人とはいわないでくれよ。あの人たちは写真スタジオのスタッフだと思うんだが、それにしては大勢いるもんだな」

「あの人たちは、二階のビジネス・ソリューションズ社の社員ね。二階をワンフロアまるまる借りてるの。債権回収会社。わたしたちがあの会社を頭文字で〝BS〟と呼ぶのも理由あってのことよ」

フィリスは〝でたらめ《ブルシット》〟を意味する略語を口にし、悪臭を感じたかのように鼻に皺を寄せるが、ビリーはこの女性の声ににじんだ羨望の響きをききのがさない。〝成功を目指すファッション〟は、最初のうちこそ胸おどるものだったかもしれないが、時間がたつにつれて重荷になるにちがいない。とりわけ女性にとっては——きれいにととのえた髪、きれいにととのえた化粧、そして〝こつこつ靴〟。五階の会計事務所勤務のこのきれいな女性も、おりおりにジーンズとシェルトップという気取りのない服装で、化粧といえば口紅だけにとどめ、それを〝きれいにととのえた〟ファッションだと呼べれば、どんなに気楽でいられるだろうか、と考えているにちがいない。

「広々として開放的なオープンプラン式のオフィスで、一日じゅう電話をかけているだけだったら、ドレスアップの必要なんかないわけ」フィリスはいう。「だって電話で相手にむかって、とっとと借金を返しな、でないと銀行があんたの自宅を差し押さえるよ、というだけなら、相手に姿を見られないもの」フィリスはならんだドアのすぐ手前で足をとめ、考えをめぐらせる顔になる。「あの人たち、どのくらい稼いでるんだろう……」

「ということは、あの会社の経理仕事を請けおってはいないんだね」

「ええ、お察しのとおり。でも、あなたの本が大成功をおさめたら、うちの会社を思い出してね、ミスター・ロックリッジ。うちもまだできたばかりの会社。たしか、ハンドバッグに名刺があったはず……」

「いや、そこまでしてもらわなくても」ビリーは、フィリスが本格的にバッグをかきまわしだす前に手首に軽く触れる。「本が大成功したら、そのときは廊下を歩いていって、きみの会社のドアをノックするよ」

　フィリスはビリーに笑みをむけると同時に、値踏みするような視線もむける。左手の薬指には婚約指輪も結婚指輪もない。これがもうひとつの人生だったら——ビリーは思う——仕事のあとに一杯飲みにいかないかと誘うタイミングだ。断わられるかもしれない……が、睫毛の下から見あげるあの目つきには、誘いを受けそうだと思わせるものがある。

　しかし、ビリーは誘わない。人と会うのはいい。人から好かれ、そのお返しに人を好きになるのはいい。しかし、親しくなってはいけない。親しくなるのは禁物だ。親しくなるのは危険だからだ。引退したあとなら事情も変わるかもしれないが。

3

　ビリーは中身がこぼれそうなハンバーガーを買い、広場のベンチに弁護士ジム——本名はジム・オルブライト——と肩をならべて腰かける。

「こいつをひとつ食べてみろよ」ジムはいいながら、太いオニオンリングをさしだす。「ぶっとぶ旨さだぞ」

　その言葉どおりだ。ビリーは自分でも買ってこようかなといい、ジム・オルブライトはだったら善は急げだと答える。ビリーはオニオンリングが盛りつけられた舟形の小さい紙皿とケチャップの小袋をふたつばかり手にして、ジムのいるベンチにもどる。

「で、どんな本を書いてるんだ、デイヴ？」

　ビリーは一本指を立てて唇にあてがう。「最高機密でね」

「NDAにサインすれば教えてもらえるかな？」ジムは秘密保持契約書のことを頭文字でいうと、メキシコ料理のキッチンカーの前にいる同僚を指さす。「あそこにいるジョニー・コルトンがその手の契約の専門家だよ」

「それでも無理だ」

「あんたの秘密主義にはほとほと感心するね。てっきり、作家たちは自分が書いているものの話をするのが大好きだとばかり思ってた」

「これはわたしの考えだが、たくさんおしゃべりをする作家にかぎって、あまりたくさん書いていないいんじゃないかな」ビリーはいう。「とはいえ、わたしが知っている作家は自分だけだから、これはただの推測だよ」それから、やはり完全に話題を変えるのではなく、こうつづける。「ホットドッグのキッチンカーにならんでいる男を見てくれ。毎日お目にかかれるファッションとはちがうな」

ビリーが指さしている男は、メキシコ料理のキッチンカーの前にならぶ同僚たちの列にくわわっている。ビジネス・ソリューションズ社の社員たちのあいだにあっても、男はひときわ目立っている。男は大きく広がった黄金色のパラシュートパンツを穿いていて、それを見たビリーは、テネシー州で過ごした少年時代に引きもどされる。あのころ、街でイカした若者になりたがっていた連中は、金曜の夜ともなればあの手の服を着て〈ローラードーム〉のダンスへと繰りだしたものだ。男がその上に着ているのは襟の高いペイズリー柄のシャツ。いまもユーチューブで見られる、当時〈ブリティッシュ・インヴェイジョン〉と騒がれたロックバンドの連中が着ていたようなシャツだ。アンサンブルの仕上げは頭にかぶったポークパイハット。帽子の下からは黒髪がたっぷりと肩まで垂れ下がっている。

ジムは笑う。「あれはコリン・ホワイト。ちょっとした最先端ファッション男だろう？　地獄なみに陽気で、日曜午後のパリなみのにぎやかさ。BS社のスタッフの大多数は仲間うちの輪から出てこない。人生楽しくすすための食い扶持を稼ぐのに、借金というロープの端で縛られている人たちに返済をがみがみ迫るような仕事をしていれば、世間の人気者にはなれないし、そのことを知ってるからね。でもコリンだけはひらひら蝶のように舞い飛んで、つきあいを広げてるんだ」ジムは頭を左右にふる。「ま、少なくともランチタイムのコリンはね。勤務中のようすは知らないよ——夫に先立たれた女性や破産した獣医あたりをどやしつけて脅し、なけなしの金を最後の一セントまで吐きださせようとしているときの姿はね。ただ、その手の仕事では腕がいいにちがいないな――あの会社はかなりの離職率なのに、コリンはこのビルにぼくより前からいるんだから」

「というと？」

「一年半。コリンはたまにキルトを穿いて出勤してるんだぞ。いや、嘘じゃない！　マントを羽織ってくることもある。それにマイケル・ジャクソンのコスチュームだってもってる――ほら、騎兵隊の将校が着ているような金色の肩章だの真鍮のボタンなんかがついている服だよ、わかる？」

　ビリーはうなずく。いまコリン・ホワイトは、タコスがふたつはいっているボール紙のテイクアウト用の箱を手にしている。いったん足をとめてフィリスに話しかける――話の中身がおもしろかったのか、フィリスは顔をのけぞらせて笑い声をあげる。

「やつは本当の人気者だよ」ジムが、本物の愛情と思える響きをともなう声でいう。

　フィリスがぶらぶらと歩き、数人の女たちのいるところで腰をおろす。コリン・ホワイトの仲間ふたりが動いて、コリンがすわるスペースをつくる。腰をおろす前にコリンは片足をもう一方の足のうしろへまわし、すばやいターンを演じる――〈白手袋の男《グラヴド・ワン》〉ことマイケル・ジャクソンも誇らしく思うにちがいない身ごなしだ。ビリーはコリンの身長を百七十三センチ、最高でも百七十五センチだと見積もる。これも計画の一ピースだ。そうかもしれない。立体駐車場の四階、もしかしたら追加のノートパソコン、そこにいまコリン・ホワイトがくわわる。めったにいない派手な装いの鳥。

4

　その日の午後ビリーは、マックブック・プロがクリベッジをオートモードでプレイするように設定する――それもプレイヤーＡの手の前に、かならず五秒のインターバルをはさむように。プレイヤーＢが毎回プレイヤーＡを負かす設定もあわせて組みこむ。これならどんな見物人も、一時間かそこらは足止めできる。ついでビリーは自前のマックを立ちあげてアマゾンを再訪し、ウィッグをふたつ買う。ショートカットのブロンドと、ロングヘアの黒髪。ふだんだったら、こうした品は私設私書箱への配達を手配するところだが、今回の場合は無意味だ。暗殺を実行すれば、日没前には狙撃犯がデイヴィッド・ロックリッジだと判明するのだから、そんな細工に意味はない。

　ウィッグの買い物をすませたので、ビリーは自前のノートパソコンの隣に〈ステープルズ〉の紙のノートの一冊を広げ、貸家や貸しアパートメントのバーチャルツアーにとりかかる。候補物件はいくつも見つかるが、現地に足を運んでの調査はアマゾンからの荷物が届くまで延期するしかない。

　バーチャルな物件探しをおえてもまだ午後二時、仕事おわりにするにはまだ時間が早い。そろそろ本当に執筆にかかるころあいだ。執筆については、もうずいぶんいろいろ考えてきている。最初のうち、執筆には自前のマシンをつかおうと考えた。新しいマックブック・プロをつかえば、仕事の発注者が――おそらく〝著作権エージェント〟も――肩ごしに仕事をのぞきこんでくるかもしれず、ビリーはこれにオーウェルが『一九八四年』に登場させた国民監視装置のテレスクリーンを連想する。ニックとジョルジオがのぞきを働いたとして、コンピューター上になにも書かれていなかったら疑いをもつのではないか？　そうなってもおかしくない、とビリーは思う。彼らはなにもいわないだろうが、ビリーは本人がまわりに見せかけている以上に監視やハッキングについて詳しいのではないか、という疑いをいだくかもしれない。

　リモートで監視されているマシンかもしれないが、それでもマックブック・プロを執筆につかうべき理由はほかにもある。挑戦しがいのある難題だからだ。自分には本当に、架空の存在である〝お馬鹿なおいら〟の自叙伝を書けるだろうか？　危険ぶくみだが、書けるかもしれない。フォークナーは『響きと怒り』で愚者を描いた。もうひとつの好例がダニエル・キイスの『アルジャーノンに花束を』だ。さがせばまだまだあるだろう。

　ビリーはオートモードのクリベッジを終了させ、ワードの新規ファイルをひらいた。文書タイトルは**《ベンジー・コンプスンの物語》**とする――これは『響きと怒り』の登場人物の名前で、フォークナーへの目くばせだが、ニックやジョルジオにはそんなことはわかるまい。ビリーは数秒ほど指先で自分の胸をとんとん叩きつつ、空白のままのスクリーンを見つめたまますわっている。おいおい、こいつはとんでもなく危険な真似だぞ――と、ひとりごちる。

これが最後のひと仕事だ。ビリーはそう思い、この機会のためにあたためていた冒頭の一文を打ちこむ。

母さんが同居していた男は片腕を折って家に帰ってきた。

ビリーはこの文章を一分ほども見つめ、また文字を打ちこんだ。

おれは男の名前も覚えていない。しかし男は猛烈に腹を立てていた。家に帰ってくる前に男は病院に寄っていたにちがいない。腕にギプスをはめられていたからだ。そして妹は――

ビリーはかぶりをふると、修正をくわえて文章をましにする。というか、ビリー本人はましになったと思う。

母さんが同居していた男は片腕を折って家に帰ってきた。男は病院に寄ってから帰ってきたにちがいない。腕にギプスをはめられていたからだ。そのとき妹はクッキーを焼こうとして焦がしてしまっていた。うっかり時間を計るのを忘れたのだろう。帰ってきたとき、男は猛烈に腹を立てていた。男は妹を殺しておれは男の名前すら覚えていない。

これまで書いたところをながめ、これなら書けると思う。いや、書きたいとさえ思う。書きはじめる前なら、《ああ、なにがあったかは覚えている……といっても、ほんの少しだけどね》と答えたところだ。ただし、いまはそれにおさまらない。たったこれだけの短いパラグラフでも、鍵のかかっていた扉をあけて窓をひらいた。いまビリーは焦げた砂糖のにおいを思い出し、オーブンから立ちのぼる煙や、レンジ台側面の欠《か》けた部分やテーブルの上のティーカップに活けた花などをありありと目にしているし、外では子供たちが「ポテトがひとつ、ポテトがふたつ、ポテトがみっつで、よーーっつ」と遊び歌を歌っている。階段をあがってくる例の男の〝どす・どす・どす〟というブーツの足音も思い出す。母親のボーイフレンドだ。男の名前も思い出す。ボブ・レインズ。そればかりか、ボブが母さんに拳骨をふるっていたときに、自分が考えていたことも思い出されてくる。《ボブが雨《レイン》を降らせてる。ボブが母さんに雨《レイン》を降らせてる》だ。拳骨が一段落したあとで母さんが微笑みながら、《あの人は本気じゃなかった》と話していたことも思い出す。それに《母さんがいけなかったの》という言葉も。

　ビリーはそれから一時間半にわたって書きつづける。本音ではがんがん突っ走りたいが、逸《はや》る自分を押さえる。ニックやジョルジオ、それにフランク・マッキントッシュあたりが盗み見しているのなら、〝お馬鹿なおいら〟らしい遅々たる歩みを見せておく必要があるからだ。一文一文を苦労しながら書き進める姿。ただし、少なくとも単語の綴りをわざとまちがえる必要はない。コンピューターが自動で綴りを訂正しない単語は、赤いアンダーラインを引かれるからだ。

　午後四時、ビリーはファイルを保存してコンピューターをシャットダウンする。気がつくと、あしたになって、つづきを書きはじめるのが楽しみになっている。

　もしかしたら、作家こそ天職だったのかもしれない。

5

　ミッドウッドの住宅街に帰りつくと、ドアに画鋲でメモが留めてある。通りの先にあるラグランド家で、プライムリブとコールスローとチェリーコブラーの夕食を食べないかという誘いだ。よそよそしい隣人と見られたくはないので誘いに応じる。しかし、あまり気乗りがしない。炭酸飲料を飲みながらの食後の会話は、コミュニティカレッジに行っている若者がどうとか、汚い移民たちがああだとか、その手の話題に決まっている。ところが、ビリーは衝撃を受ける――ポールとデニースのラグランド夫妻が選挙ではヒラリー・クリントンに投票し、ふたりともトランプに耐えられず、〝泣きごと大統領〟呼ばわりしているからだ。そのあと歩いて家に帰るあいだ、ビリーはこう思う——人をタンクトップだけで判断してはいけないことの正しさが、またしても証明されたわけだ。

ネットフリックスのテレビドラマ〈オザークへようこそ〉にすっかり引きこまれたビリーが第三話を再生しようとしていたそのとき、携帯電話が——デイヴィッド・ロックリッジとしての携帯が——テキストメッセージの着信を告げる音を鳴らす。気づかいあふれるエージェントのジョージ・ルッソが初日のようすを知りたがっている。

Dロック：順調だ。いくらか書き進めたよ。

Gルッソ：それをきいて安心した。こちらはいまもきみをベストセラー作家にするつもりだ。ときに木曜の夜は寄れるかな？　午後七時、ディナー。Nがきみと話をしたがってる。

ということは、ニックはまだこの街にいるのだ。その会合のあとでラスヴェガスへ引っこむのだろう。

Dロック：了解。ただしHは無用。

Gルッソ：そのようにする。

よかった。もう二度とケン・ホフの顔を見ないですむのなら、たっぷり長生きして幸せな死を迎えることもできる。ビリーはテレビを消してベッドにはいる。すんなり眠りにつける。そののち夜明けのプロローグがはじまる直前、ビリーはおなじようにすんなり悪夢の世界にはいりこむ。あしたはこの悪夢を書きとめておこう。それもベンジー・コンプスンとして。罪ある者を守るために名前を変えて。

6

母さんが同居していた男は片腕を折って家に帰ってきた。男は病院に寄ってから帰ってきたにちがいない。腕にギプスをはめられていたからだ。そのとき妹はクッキーを焼こうとして焦がしてしまっていた。うっかり時間を計るのを忘れたのだろう。帰ってきたとき男は猛烈に腹を立てていた。男は妹を殺しておれは男の名前すら覚えていない。家に一歩足を踏み入れるなり男は怒鳴りだした。おれはトレーラーハウスの床に寝そべって五百ピースのジグソーパズルをやっていた。完成すれば毛糸玉にじゃれて遊ぶ二匹の子猫の写真になるはずだった。クッキーが焦げて煙をあげていても男の息が酒くさいのは嗅ぎとれたし男が居酒屋〈ウォリーズ・タヴァーン〉で喧嘩騒ぎを起こしていたことはあとで知った。喧嘩には負けたにちがいない。男も目のまわりに黒い痣《あざ》をつくっていたからだ。妹の

名前はキャサリンだ。ただしビリーは小説にその名前をつかわないつもりだ——いや、ほぼつかう気はないが、確かなことはいえない。キャサリン・アン・サマーズ——死んだ日にはわずか九歳。ブロンド。小さな子。

　妹のキャシーは家族が食事をするテーブルについて塗り絵をしていた。二、三カ月後には十歳の誕生日を迎えるはずで年齢がひと桁からふた桁になるのをとても楽しみにしていた。おれは当時十一歳で妹の面倒を見るのが役目だった。

　母さんのボーイフレンドは大声で怒鳴りながら男が家に帰ってくる少し前から出はじめた煙に指をつきつけていったいなにをしてやがるなにをしてやがるんだとたずねてキャサリ

　ビリーはだれにも覗き見されていないことを願いつつ、急いで文字を削除する。

　キャシーはクッキーを焼いていたのでも焦がしちゃったみたいだからごめんなさいといった。男はおまえはとことん馬鹿なくそビッチだ信じられないくらい馬鹿なくそビッチだよといった。

　男がオーブンの扉をあけるともっとたくさんの煙が出てきた。うちに煙探知機があったらぜったい警報が鳴りだしていたはずだがトレーラーハウスにそんなものはなかった。男はふきんをつかみあげて煙にむかってふりたてはじめた。いつもならおれは起きあがって外に通じる

ドアをあけたはずだがドアはもうあいていた。ボーイフレンドはオーブンに手を入れてクッキーが載ったクッキングシートをつかんだ。骨を折っていないほうの手をつかっていたが手からふきんが落ちたせいで男は手をやけどしておれが型抜きを手伝ったクッキーがこぼれて床一面にちらばって落ちた。キャシーが床にしゃがんでクッキーを拾いはじめたが男がキャシーを殺しにかかったのはそのときだ。いやひょっとしたら男があのギプスで妹の頭をぶん殴って妹の体が壁に叩きつけられたときからはじまっていたのか。いずれにしても妹は明かりが消えるみたいにふっと意識をなくしてそれでもまだ息があったかもしれないが男はすぐにいつも履いていたごっついブーツ母さんが〝モーターハックルブーツ〟と呼んでいたブーツで妹を蹴りはじめた。

　やめて妹が死んじゃうよとおれがいっても男は蹴るのをやめずそれでおれはいますぐやめろよこのクソ下衆男の筋肉馬鹿の弱い者いじめのチンカス野郎め**妹を痛めつけるのをやめろ**といった。それから男に体当たりしたが男はおれを突き飛ばして倒し

ビリーは立ちあがってオフィスの窓に近づく。このオフィスが、いまでは自分の執筆用の仕事部屋だ——そういってもいいだろう。人々が裁判所前の階段をのぼったりくだったりしていたが、ビリーは彼らを見てはいない。水を飲もうとミニキッチンにむかう。コップの水を少しこぼしてしまう。手が震えているからだ。発砲の瞬間に手が震えたことは一度もない。毎回決まって石のようにしっかりしている。それでもいま手は震えている。大きく震えているわけではないが、コップから水がこぼれる程度には震えている。口ものどもからからで、ビリーはコップの水をごくごくと飲み干す。

　すべてがいちどきに思い出され、その記憶がビリーを恥じ入らせている。ボブ・レインズに体当たりしようとしたくだりを書いた文章は、あのままでおわらせよう、なぜならあれは真実に英雄的な行動というフィクションをかぶせたものだからであり、耐えがたいとさえいえるからだ。ボブ・レインズが妹を蹴りつづけ、その体を踏みつけにして、まだ乳房の影もかたちもない胸を踏み潰していたそのとき、ビリーはボブ・レインズに体当たりなどしなかった。本当ならビリーは妹の面倒を見ている

はずだった。《妹の面倒をちゃんと見てやってね》とは、母さんがクリーニング工場の仕事のために出かけていくとき、決まって最後に口にする言葉だった。しかしビリーは妹の面倒を見なかった。逃げた。死にたくない一心で逃げた。

　でもそのことは、あのときですら頭のなかにあった――ビリーはそう思いながら、テーブルとノートパソコンのもとに引き返す。その考えはあったにちがいない。というのも、おれが走って逃げこんだのはおれと妹の部屋ではなかったからだ。

「おれは母さんたちの部屋に逃げこんだんだ」ビリーはいい、先ほど中断したところからつづきを書きはじめる。

　それから男に体当たりしたが男はおれを突き飛ばして倒したけどおれは立ちあがりトレーラーハウス内を走っていちばん端の母さんたちの部屋に駆けこんですぐドアを閉めた。男はすかさずドアをがんがん叩きだしてありとあらゆる表現でおれを罵倒してこのドアをいますぐあけなければベンジーおまえは腐れ外道になったことを悔やむぞといってきた。しかしおれはドアをあけようがあけまいが関係ないとわかっていた。どうせあの男はキャシーにしたことをおれにもするはずだからだ。そしてキャシーがもう死んでいたからだ。たった十一歳のガキでもそのくらいはわかった。

　母さんのボーイフレンド男は陸軍にいたことがあり兵舎用小型トランク《フットロッカー》をベッドの足側に置いて毛布をかぶせていた。おれは毛布を押しのけてトランクをあけた。トランクには南京錠がついていたが男はめったに施錠しなかった。いや一回も鍵をかけなかったのかもしれない。男が南京錠をきっちりかけていればおれは死んでいたはずなのでこの文を書くこともなかったはずだ。それに男の銃に銃弾が装塡されていなかったらおれはやはり死んでいたところだが装塡されていることをおれは知っていた。なぜなら男は本人いうところの〝ごぉ・ごぉ・ごーとーども〟が襲ってきたときのためにいつも銃に弾丸をこめていたからだ。

　ごぉ・ごぉ・ごーとーども……か。ビリーは思う。妙なもんだ、なにもかも思い出されてくるとは。

そして男はおれがそうなるだろうと予想したとおりにドアを打ち破って部屋に

いや、そんなにはっきり予想していたわけじゃない、とビリーは思う。ドアといってもしょせん木材繊維を圧縮した合板だった。キャサリンとおれは母さんと男が毎晩のように部屋で口喧嘩をしているのをきかされていた。午後のときもあった――母さんが早めに帰宅してきた日には。しかし、それもビリーが書かずにすませようとしているフィクションのひとつだ。

部屋に押し入ってきた。そしておれは背中をベッドの足側に押しつけてすわって男に銃の狙いをつけていた。銃はベレッタM9で9×19ミリのパラベラム弾が十五発装塡できるタイプ。もちろん当時のおれはそんなことを知らなかったが銃が重いことは知っていたので両手でかまえて胸に引き寄せていた。男はその銃をおれによこせ役立たずのちび助めガキは銃をおもちゃにしちゃいけないのを知らないのかといってきた。

そしておれは男を撃った。ばっちり体のどまんなか。男はひらいたドアのところになにもなかったように立っていたがなにもなかったわけでないのは知っていた。男の背中から血が猛烈な勢いで噴きだしたからだ。M9が反動でおれの胸に食いこみ

ビリーは自分の口から〝あうっ〟という声が洩れたことを思い出す。それからげっぷも。あとになって、胸骨のすぐ上に痣ができていたことがわかった。

男は倒れた。おれは男に近づきながら男にもう一発お見舞いする必要があるかもしれないぞとひとりごとをいった。必要なら撃つつもりだった。男は母さんのボーイフレンドだが悪人だ。まちがいなく悪人だ！

「ただし死んでいた」ビリーはいう。「ボブ・レインズは死んでいたんだ」

一瞬、これまでに書いた文章をすべて削除しようかという思いに駆られる。恐ろしい内容だからだ。しかし、やはり保存する。他人がどう思うかはまったくわからないが、ビリーにはいい出来に思える。それに恐ろしいの

もいいことだ。ときには恐ろしいものが真実だからだ。いまでは自分が本物の作家になったように思える。というのも、これは作家の思考だからだ。エミール・ゾラも『テレーズ・ラカン』を書いていたときにはおなじような思いをかかえていたのかもしれない。あるいは女優ナナが病におかされ、美しさが腐って落ちるくだりを書いていたときに。

顔が熱く火照《ほて》っている。ビリーはまたミニキッチンにもどって顔に冷たい水を浴びせ、目を閉じて顔を小さなシンクに近づけたまま立っている。ボブ・レインズを撃ち殺したときの記憶に心を乱されることはないが、キャサリンを思い出すと胸が痛む。

《妹の面倒をちゃんと見てやってね》

ものを書くのはいいことだ。昔からものを書きたいと思っていたし、いまは小説を書いている。いいことだ。でも、書くことでこれほど胸が痛むなんてだれにわかったというのか？

固定電話が呼出音を鳴らし、ビリーを飛びあがらせる。かけてきたのはビル警備員のアーヴ・ディーンで、アマゾンからのお荷物が届いていますという。ビリーは、すぐ下へおりていって荷物を受け取ると答える。

「いやはや、あのアマゾンって会社はなんでも売ってるんですな」ディーンはいう。

ビリーはそのとおりだと相槌を打ちながら、あんたはその言葉の意味を半分も知らないね、と思う。

7

荷物はウィッグではない。いくら迅速をもってなるアマゾンをもってしても、ウィッグはあしたまで届かない。きょうビリーが受けとった品々は、オフィスとミニキッチンを仕切るドアの上にある収納スペースにもすんなりおさまりそうだ。しかし、ビリーにはこの品々をそこにしまうつもりはない。アマゾンから買った品々はひとつ残らず、ミッドウッドの黄色い家にもち帰る。

箱をあけ、注文した品をひとつずつとりだしていく。まず香港のファンタイム社からの箱には、本物の人間の毛髪でつくられた口ひげがおさまっている。注文したウィッグの片方とおなじ、ブロンドの口ひげだ。いくぶん毛深すぎるので、いざつけるときには刈りこむことになりそうだ。求めているのはあくまでも変装であって目立つことではない。次の品は素通しレンズがはまっている角縁眼鏡だ。こうした品は驚くほど見つかりにくい。読書用の老眼鏡なら、どこのドラッグストアでも買える。ところがビリーの視力は二・〇で、わずかな拡大率のレンズでも頭痛の引金になってしまうのだ。買った眼鏡を試しにかけたところ、わずかにゆるいのがわかる。つるをたわめればぴったり合わせることもできるが、そうするつもりはない。眼鏡が少し鼻の頭のほうへずり落ちれば、そこはかとなく学者っぽい雰囲気を出せる。

最後にとりだしたのはいちばん高価な品、いわば本日のメインディッシュだ。妊娠中の女性の腹部を模した、シリコン製の偽の腹《フェイクベリー》。販売元はアマゾンだが、製造はマタイムなる会社だ。それなりに高価なのは、妊娠六カ月から九カ月のあいだの好きな時期に見せかけられるようにサイズが調節可能だからだ。体にとりつけるにはマジックテープを利用する。このたぐいのフェイクベリーが万引きツールとして悪名高いことはビリーも知っている。大規模小売店の警備員は、この手の変装に目を光らせろといわれる。しかし、ビリーがこの小さな地方都市へ来たのは万引き目的ではないし、いざそのときが来たら、これを着用するのは女ではない。

これはビリーの仕事のための品だ。

第五章

1

木曜日の夜、ビリーはニックが借りている建て売り豪邸に七時少し前に到着する。礼儀正しい客人は約束の五分前に——それ以上でも以下でもなく五分前に——到着するものだという話を、どこかで読んだことがある。今回、公式の出迎え役をつとめるのはポーリー・ローガンだ。今回もニック・メイジャリアンは廊下で待っている。そうすれば、たまたま通りかかった法執行機関のドローンに見つかる心配もない——ありそうもない事態だが、皆無とはいいきれない。ニックの笑みは最高レベルに高められ、両腕はビリーをハグで迎えようと大きく伸ばされている。

「今夜のメニューにはシャトーブリアンもあるぞ。コックを雇った。あのコックがこんなシケた田舎町でなにをしているのかは知らないが、とにかく腕がいい。きみの気にいると思うな。ただ、腹の空きを残しておけよ」ニックは腕を伸ばしてビリーを押しもどし、背中を撫でながら、かすれた囁《ささや》きまで声を落とす。「デザートはベイクドアラスカだという話だ。そろそろ電子レンジでつくるインスタント食品にも飽きたころだろう？」

「たしかに」ビリーはいう。

フランク・マッキントッシュがあらわれる。ピンクのシャツにアスコットタイをあわせ、てかてか光る髪をオールバックスタイルにまとめ、昔のテレビコメディに出ていたキャラクターのエディー・マンスターを思わせるM字形の生えぎわをあらわにし、その上に前髪をまとめて高く膨らませているので、いかにもギャング映画でまっさきに殺されるちんぴらそっくりだ。手にしたトレイにはグラスと緑色のボトルが載っている。「シャンパーだ。〈モート・アンド・シャンドン〉だぞ」

フランクはトレイを置くと、ボトルの首からコルクを抜く。ぽんと音がすることも泡があふれでることもない。フランキー・エルヴィスの異名をもつこの男はフランス語を知らず、〈モエ・エ・シャンドン〉を英語読みするような男かもしれないが、コルク抜きのテクニックはすばらしい。くわえてグラスに注ぐ手つきもだ。

ニックがグラスをかかげる。ほかの者もそれにならう。

「では、成功を祈って!」

ビリーとローガンとマッキントッシュはグラスを触れあわせ、涼しい音をたててから中身を飲む。シャンパンはすぐさま頭に心地よくがつんと来るが、二杯めは断わる。「車で来ているんでね。検問にひっかかりたくない」

「ほら、これがビリーだよ」ニックが仲間たちにいう。「いつも二歩先のことを考えてるんだ」

「三歩だ」ビリーがそう答えると、ニックはコメディアンのヘニー・ヤングマンが死んでからこっち、これほど愉快なジョークは初めてきいたといわんばかりにげらげら笑う。仲間たちもお義理で調子をあわせる。

「オーケイ」ニックがいう。「泡の出る飲み物はこのへんで充分だな。食事だ《マンジャーモ》、食事だ《マンジャーモ》」

上等な食事だ。最初はフレンチオニオン・スープ。そのあとは赤ワインソースでマリネした牛肉の料理、そしてしめくくりは、約束のベイクドアラスカ。料理を運ぶのは白いお仕着せ姿のにこりともしない女だが、デザートコースだけは別だ。ニックが雇ったコックがみずからカートを押してデザートを運び、お決まりのおおげさな褒め言葉を浴びたのち、感謝のしるしにうなずいて下がっていく。

ニックとマッキントッシュとローガンの三人の会話がはずむ。話題はもっぱらラスヴェガス——だれがどこでプレイし、だれがどこでビルを建て、だれがカジノの営業許可《ライセンス》を求めているかといった話題。まるでヴェガスがもう下り坂だってことも知らないみたいだ、とビリーは思う。本当に知らないのかもしれない。ジョルジオ・ピグリエッツリの姿はない。給仕係の女性が食後の酒を運んでくるが、ビリーは辞退する。ニックも同様。

「マージ、きみとアランはもう帰っていいぞ」ニックが給仕係にいう。「最高にうまかった」

「ありがとうございます。ただ、まだ後片づけにとりかかったばかりですので——」

「そんな仕事はあしたにまわせばいい。さあ、これを。

こっちはアランにわたしてくれ。親父が生きていたら〝お車代〟とかいってわたすんだろうな」ニックは数枚の紙幣をマージの手に押しこむ。マージは、金はちゃんとわたすとつぶやき、体の向きを変えて退出しかける。

「ああ、マージ、ちょっと待ってくれ」

　マージはふりかえる。

「この家のなかでタバコを吸ってはいないだろうね？」

「いえ、吸ってません」

　ニックはうなずく。「ぐずぐずしないで、すぐに帰れ――いいな？　ビリー、ふたりきりでちょっと話したいので、リビングに来てくれ。おまえたちはなんでも好きなことをしていればいい」

　ローガンは会えてよかったとビリーにいって、正面玄関へむかう。マッキントッシュはマージのあとからキッチンへ。ニックは食べたあとの汚れが残るデザート皿にナプキンを落とし、ビリーを引き連れてリビングへむかう。部屋の片側にある煖炉は、ミノタウロスを丸焼きにできるほどの大きさだ。壁龕《へきがん》に彫像が飾られ、天井をいろどる絵はヴァチカンのシスティナ礼拝堂にある絵のポルノ版と見まがうものだ。

「どうだ、すばらしい部屋だろう？」ニックがまわりを見まわしながらいう。

「ああ、たしかに」ビリーはいいながら、あまり長くすごせば頭がどうにかなってしまいそうな部屋だ、と考える。

「すわりたまえ、ビリー。のんびりくつろぐといい」

　ビリーは腰かける。「ジョルジオはどこにいる？　ヴェガスへもどったのか？」

「ああ、あっちにいるかもな」ニックはいう。「ニューヨークにいるかもしれないし、いまごろハリウッドで、担当作家が執筆中の傑作を映画会社の人間に売りこんでいるかもしれないぞ」

　いいかえれば、おまえが鼻をつっこむ筋の話じゃない、ということだ、とビリーは思う。ある意味では、それも公平な話だ。ビリーはしょせん使用人だ。つまりは殺しの請負屋、ミスター・ステペネクが好きだった昔の西部劇映画に出てくる〝雇われ拳銃《ハイヤード・ガン》〟だからだ。

　ミスター・ステペネクのことを思うと、ビリーは千台はあろうかというスクラップ同然のぽんこつ車を思い出す――子供には千台にも思えたが、じっさいはそこまで多くなかったのかもしれない。そういった車の割れたフロントガラスが日ざしを受けてきらきら光っていた光景。あの自動車墓場の光景を最後に思い出してから、いったい何年たっていることか。過去への扉はあいている。ひと息に押して扉を閉め、掛け金をかけて施錠することもできるが、そうしたくはない。風が吹いてくるにまかせよう。冷たい風だが新鮮な空気でもあり、それに引きかえこれまで暮らしていた部屋は空気がこもっていた。

「おおい、ビリー」ニックがぱちりと指を鳴らしている。「地球よりビリー、応答せよ」

「ちゃんとここにいるって」

「そうか？　ほんの少しだが、きみがどこかに消えたように思えたんでね。それできたいんだが、本当になにか書いているのか？」

「書いてる」ビリーはいう。

「実話か？　それとも作り話？」

「作り話」

「まさか、アーチー・アンドリュースと仲間たちにまつわる小説じゃあるまいな？」笑みをのぞかせながら、いつも読んでいるコミックスの登場人物を話に出す。

ビリーも微笑みながら、頭を左右にふる。

「ほら、よくいうだろう、はじめて小説に手を染める者の多くはそれぞれの実体験を材料にするって。〈自分の知っていることを書け〉だ。ハイスクールの最上級生のときの英語の授業さ。ニュージャージーのパラマス・ハイスクール。がんがん行けよ、スパルタンズ。きみもそんな感じか？」

ビリーは片手をシーソーのように動かす。つづけて、さもいまふっと思いついたような調子で――「まさか、おれがなにを書いてるかをのぞいてるわけじゃあるまいな？」危険な質問だが、ビリーは自分を抑えられない。

「というのも、おれはそんなことを望んじゃ――」

「馬鹿いうな！」ニックはただ驚いただけではなく、心底ショックを受けたような口調で、ビリーはこの男が嘘をついていると見抜く。「仮にそんなことができたとしても、われわれがなんでそんなことをする？」

「さあ、どうかな。おれはただ……」肩を一回すくめる。

「……だれにものぞかれたくない、それだけだ。だって、おれは本物の作家じゃなくて、作家の演技をしているだけの人間だからだ。ただの時間つぶしにすぎないからだ。

人に見られたら恥ずかしくてたまらん」

「ノートパソコンにはパスワードをかけてるんだろう？」

ビリーはうなずく。

「だったら、だれにも見られる心配はないよ」ニックは身を乗りだし、鳶色の瞳でじっとビリーの目を見すえる。それから、ベイクドアラスカの話を打ち明けたときとおなじように声を低くする。「エロい小説か？　３Ｐシーンとかなんかか？」

「いや、そんなんじゃない」間をおく。「ほんと、ちがうよ」

「少しはセックスのことを書け──それがわがアドバイスだ。セックスは売れるぞ」ニックは含み笑いを洩らし、部屋の反対側にあるキャビネットに近づく。「ブランディをちょっとひっかけようと思うんだが、おまえも飲むか？」

「いや、遠慮する」ビリーはニックが引き返してくるのを待つ。「ジョーについての知らせは？」

「あいも変わらぬ話ばかり。前に話したように、顧問弁護士は身柄の引き渡しを阻止しようと上訴中で、すべて保留のままだ。それもこれも、おそらく判事閣下が休暇旅行で留守にしているせいかもしれないね」

「しかし、あいつはまだなにもしゃべっていない？」

「もししゃべっていれば、わたしにはわかる」

「ひょっとしたら、やつは拘置所で事故にあったのかもしれないぞ。で、引き渡しは結局おこなわれないのかも」

「連中はやつを手厚くあつかっている。一般の収監者たちから引き離されているんだ、忘れたのか？」

「ああ、そうだった。なるほど」《それはいささか都合よすぎるように思えるね》とは、いまのビリーが口に出せない意見だ。見せかけの自分よりわずかに賢すぎてしまう。

「気長に待て、ビリー。腰をすえろ。フランキーがいっていたが、ミッドウッドの住宅街じゃご近所さんたちと顔をあわせてるそうじゃないか」

そういうこと。フランクをあの住宅街で見かけたことは一度もないが、向こうはビリーを見ていたわけだ。ニックはビリーがつかっている新型のしゃれたパソコンをチェックしつつ、仮住まいのビリーも同時に監視している。いままたビリーは『一九八四年』を連想する。

「まあね」

「オフィスビルでもか？」

「ああ、そうだ。たいていランチタイムにね。キッチンカーの前とかで」

「それはいいな。風景に溶けこめ。風景の一部になることだ。得意なんだろう？　イラクではその特技を発揮したことと思うよ」

　どこでだって得意だったよ、とビリーは思う。少なくともボブ・レインズを殺したあとは得意になったね。

　話題を変える潮時だ。「そういえば、陽動作戦も計画しているという話だったな、で、あんたはその話はあとでしようといっていた。そろそろ〝あとで〟の時期になったんじゃないか？」

「たしかにね」ニックはブランディをたっぷりと口に含み、マウスウォッシュの要領でぐるぐると口中をめぐらせてから飲みくだす。「きみの意見をききたいアイデアがあるので、いい機会だから話しておこう。陽動作戦には閃光粉容器《フラッシュポット》をふたつばかりつかおうと思っている。フラッシュポットがどういうものかは知っているかな？」

　知ってはいるが、ビリーはかぶりをふる。

「ロックバンドがつかうものだよ。大きな爆発音と派手な閃光を出す仕掛けだ。間歇泉みたいなもんだ。ジョーが向こうから東部へやってくると確実にわかった時点で、フラッシュポットを二個ばかり、裁判所の近くに仕掛けるつもりだ。そのうちひとつは、角にあるカフェの裏の路地で決まりだな。ポーリー・ローガンはもうひとつを立体駐車場に仕掛けたらどうかといってきたが、あそこじゃ遠すぎる。そもそも、どこのテロリストがくそくだらない立体駐車場を爆破しようとする？」

　ビリーは警戒感を隠そうともせずにいう。「まさか、その手のしろものを仕掛けるのをホフに任せたりはしないだろうな？」

　ニックはふた口めのブランディを口のなかでまわしたりせず、そのまま飲みくだす。それから咳をしはじめ、咳が笑い声に変わる。「おいおい、わたしがそんな仕事をホフみたいな〝雌犬の大馬鹿息子《グランデ・フィリオ・ディ・プッターナ》〟にまかせるようなぼんくらだと思ってるのかね？　きみからそんなふうに思われているのなら悲しいよ。ちがう。そっちの仕事には、わたしの手下をふたりばかり呼びよせる。腕のたつ男たちだよ。信頼できる」

ビリーは思う。そりゃ、おまえはフラッシュポットを仕掛ける仕事をホフに任せたくないよな。そんなことをすれば、自分が割りだされかねない。ただし、銃器を調達して狙撃手の隠れ家に運びこむ仕事はホフにまかせてもいい――そこから割りだされるのはおれだからだ。おれをどこまでぼんくらだと思ってる？

「こいつがいざ実行されるときには、わたしはヴェガスにいるかもしれない。だがフランキー・エルヴィスとポーリー・ローガンがいるし、わたしが呼ぶふたりの男もこっちにいる。必要なものがあれば、連中が面倒を見てくれるぞ」いいながらまた身を乗りだし、熱っぽい笑みを見せつける。「すばらしいことになるだろうな。まず銃声が響いて、だれもかれも恐怖に震えあがる。つづいてフラッシュポットが炸裂する――**どーん、どーん！**となれば、まだ走りだしていないやつがいたとしても、みんな走りはじめるし、頭がふっ飛ぶような悲鳴をあげはじめるだろうな。活動中の狙撃者！　自爆テロリスト！　アルカイーダ！　ＩＳＩＳ！　なんでもありだ！しかし、この作戦の本当の美点はどこにある？　走って逃げる途中でだれかが足の骨を折りでもしないかぎり、ジョエル・アレン以外はだれも傷つかないことだ。これがあいつの本名だよ。で、コート・ストリートはパニック一色だ。それでやっと、きみに話したい本題にとりかかれる」

「よし、きこう」

「きみがいつも自前で逃走プランを用意していることは知ってるし、逃げるのが得意だってことも――前にもいったが、フーディニなみに得意だってことも――知ってる。だが、ジョルジオとわたしにちょっとした腹案があってね。というのも……」ニックは頭を左右にふる。「いやはや、こいつは手ごわいな――さすがのきみにとっても、あたり一帯をフラッシュポットでパニックに陥らせたとしてもだ。わたしたちはそうするつもりだけどね。もしきみがいろいろ手配ずみなら成功を祈る。しかし、まだ考えていないのなら――」

「考えてない」すでにその段階には達していたが、そう答える。ビリーは〝お馬鹿なおいら〟らしい満面の笑みをのぞかせる。「いつでも喜んで話をきかせてもらうよ、ニック」

2

自宅に――少なくとも当座は、あの黄色い家を〝自宅〟と呼んでもいいだろうとビリーは思う――帰りついたのは午後十一時だ。アマゾンで買った品々はすべてクロゼットにしまってある。ジョエル・アレンがロサンジェルスから東部へむかったという知らせが来るまでは、どれもクロゼットに入れたままの予定だったが、いまでは事情が変わり、ビリーは落ち着かなさをおぼえている。

黒髪のウィッグはいざ実行のときまで、いまの場所のままでいいが、ほかの品々はまとめて外の車まで運んでいき、トランクにしまいこむ。あしたは丸一日を五階のオフィスで過ごすことにはならないが、それはかまわない。ジェラード・タワーで作家として執筆することの利点は、勤務時間にがちがちに縛られる働き蜂ではないという点だ。いつもより遅く出てもかまわないし、早めに退《ひ》けてもかまわない。その気になったら散歩に出たっていい。だれかに質問されたら、新しいアイデアを練っているところだと答えればいい。あるいは下調べ中だとでも。あるいは一、二時間の休憩中とでも。あしたは九ブロックほど散歩して、ピアスン・ストリート六五八番地まで足を伸ばそう。行政上のダウンタウン地域のへりにある三階建ての家だ。家そのものはすでにオンライン不動産データベースの〈ジロウ〉で見ていたが、それだけでは充分ではない。じかに目で確かめたい。

車をロックし、家に引き返す。ぴかぴかの新品のマックブック・プロはオフィスからもち帰り、キッチンテーブルに置いてあった。いまビリーはそのパソコンで、ベンジー・コンプスンとして書いた文章を読む。まだわずか二、三ページで、ベンジーがボブ・レインズを撃つところでおわっている。ニックならこれをどう読むかを想像しながら、三度くりかえして文章を読む。そんなことをしたのも、ニックがこれを読んだからだ。作家が自身の経験をもとに書くことにまつわる軽口が出たいま、ビリーには一片の疑いもない。

子供時代のことをニックに知られても、ビリーはかまわない。ビリーが知るかぎり、ニックはそのあたりも調査ずみだからだ。いまのビリーの気がかりは——少なくとも当座は——〝お馬鹿なおいら〟を守ることにある。だからこの二、三ページのなかに、自分を過度に賢く見せてしまう部分がひとつもないと確認するまでは枕を高くして眠れない。だからこそビリーは四度めの読み直しを進める。

やがてビリーはノートパソコンをシャットダウンする。自分の散文には、英語でCの成績しかとれない生徒には書けないような高度な文章はひとつもなさそうだ——この文章の内容がおおむね実話だと仮定して。単語の綴りはほぼ問題ないし、句読法も同様だが、ニックはコンピューターの自動訂正機能のおかげだと考えるだろう。ワードは、“can't”と“cant”の区別がつかないくせに、“dont”を毎回かならず“don't”に直し、綴りをミスした語には赤いアンダーラインを引き、言語道断な文法ミスを数えあげもする。ビリーが書いた文章では動詞の時制が統一されずに揺れているが、これはかまわない。コンピューターがもらっている給料に見あう仕事ではないからだ……とはいえ、いずれは時制の揺れにコンピューターがフラグを立てる日もくるだろう。

それでも落ち着かない気分だ。

ニックを信用しない理由はない。あの男が悪人であることに疑いの余地はないが、それでもこれまで一貫してビリーには正直に接してくれていた。それがいまは正直に接してくれていない。正直なら、マックブック・プロのクローンを作成していることを否定するはずはない。そもそもクローンをつくるはずはない。いまも仕事そのものはまっとうだと考えていいだろう——全報酬のうち、前金として四分の一の五十万ドルはすでに銀行口座に入金された。大金だ。しかし、この一件全体がどこかしらおかしく思えてならない。大幅におかしいのではなく、ちょっとしたずれのようなもの。たとえるなら映画でたまに見られる、観客の方向感覚を狂わすためにわざとカメラを傾けて撮影されたシーンのような感じだ。映画関係者はそうしたカメラの傾きを〝ダッチアングル〟と呼ぶが、まさにこの仕事全体も〝傾けられた《ダッチド》〟ように感じられる。完全に手を引くといいだすほどの違和感ではないが——いったんイエスと返事をした以上はもう不可能だが——それでも不安に思うほどではある。

そして、ニックから提示された事後の逃亡計画がある。

《もしきみがいろいろ手配ずみなら成功を祈る》ニックはそういった。《しかし、まだ考えていないのなら……ジョルジオとわたしにちょっとした腹案があってね》

　ニックのアイデアがお粗末だから問題なのではない。お粗末ではない。卓抜な計画だ。しかし仕事のあとで姿をくらますのは、これまでずっとビリーが自分の責任でおこなってきたことで、そこにニックがこんなふうに口を出してくるのは……なんというか……

「〝傾けられた《ダッチド》〟みたいだ」ビリーはがらんとしたキッチンにむかっていう。

　ニックの話はこうだった。六週間前、この仕事がかなり具体化しそうな雲行きになってきた時点で、ニックはポール・ローガンをジョージア州メイコンに派遣し、パネルヴァンのフォード・トランジットを買うようにいいつけた。新車ではない——しかし販売から三年以内の車にしろ、と。トランジットは、レッドブラフの公共労働局《DPW》の公用車として採用されているタフな車種だ。ビリーもすでにあちこちで目にしていた。黄色と青の二色に塗られ、《**わたしたちの使命は奉仕です**》というモットーが側面に書かれている。ローガンがジョージア州で購入してきた茶色のトランジットは、いまは郊外のガレージにおさまっている——車体をDPWの色に塗りなおされ、DPWのモットーを書きこまれて。

「ジョエル・アレンの身柄引き渡しが近づいたら、わたしの耳にその情報がはいってくる」ニックはいった。また少しブランディを口に含む。「さっき話したふたりの男、ほかの街から呼び寄せる男たちが、そのヴァンに乗って出歩きはじめる。なんやかやと忙しそうに見せかけてはいるが、現実にはなにかしているわけじゃない。一カ所にあまり長くはとどまらないが、ずっと裁判所とジェラード・タワーの近辺を離れない。こっちで一時間、あっちで二時間。いいかえれば風景の一部になるんだ。きみとおなじだな、ビリー」

　そしてアレンがこちらに到着する日には——と、ニックは語った——DPWのヴァンに偽装したトランジットは、ジェラード・タワーの先の角に停車することになっている。偽の市役所職員たちはおそらくマンホールのふたをあけて、地下でなにかをしているように見せかける。銃声が響き、フラッシュポットが爆発したら、いたるところで人々が逃げまどいはじめる。ジェラード・タワーから飛びだす人々もいて、ビリー・サマーズもそのひとりになる。ビリーは走って角を曲がったら、後部ドアからヴァンに飛び乗り、車内でＤＰＷ職員の作業着であるつなぎに着替える。

「そのあとヴァンは裁判所のほうへむかう」ニックはいった。「現場にはもう警官たちがあつまっているだろうな。わが手下たちは――くわえてきみも――ヴァンからおりて、手伝えることはないかと警官たちにたずねる。バリケードを設置して道路を封鎖するとかなんとか。混乱の場面では、そうたずねても百パーセント自然に見えるはずだ。わかるな？」

ビリーにもわかった。大胆で卓抜な計画だ。

「警官たちは――」

「おそらく、とっとと立ち去れといってよこすだろうな」ビリーはいった。「おれたちは市役所の職員だが、警官から見れば一般人だ。そうだろう？」

ニックは笑い声をあげて手を叩いた。「ほらな？　きみを愚か者だと思ってる連中のほうが愚か者なんだよ。で、わが手下たちは警官連中にわかりましたと返事をし、きみともども車で走り去る。そのまま車を走らせつづける。もちろん、途中で車を乗り換えたあとでな」

「車を走らせてどこへ行く？」

「ウィスコンシン州のディピア。ここから千五百キロ以上離れている街だ。隠れ家の用意もある。きみはそこで二日ばかりのんびり過ごせばいい。銀行口座を調べて報酬の残りの部分が入金されているのを確認し、その金をなににつかうのかを思案するのもいい。それが過ぎれば、きみはもう自由の身だ。どうかな、この案は？」

いい計画に思えた。よすぎるくらいだ。罠の可能性は？　ありそうもない。この仕事全体のなかで罠を仕掛けられる人物がいるとすれば、それはケン・ホフだ。ニックによるこの予想外の提案にビリーがひっかかりを覚えているのは、犯行後に姿をくらます段階で他人に頼ったことが一度もないからだ。どうにも気にいらないが、それを口に出してもいいタイミングではなかった。

「少し考えさせてくれ。いいな？」

「いいとも」ニックはいった。「たっぷり時間をとりたまえ」

3

ビリーは主寝室のクロゼットからスーツケースを引っぱりだし、ベッドに載せてファスナーをあける。なにもはいっていないように見えるが、そうではない。スーツケースの底面側の内張りの布にはマジックテープがとりつけてある。内張りの布を引き剝がし、小さな薄い箱をとりだす。箱は、知識人たち——というのは、『アーチー』のダイジェスト版コミックスやスーパーのレジ待ち行列の横にならぶゴシップ新聞よりも歯ごたえのある物を読む層のことだ——ならフランス語で〝小箱《エテユイ》〟と呼ぶたぐいのもの。箱には数枚のクレジットカードと、ヴァーモント州ストウ在住のドルトン・カーティス・スミス名義の運転免許証をおさめた財布がはいっている。

これまでのビリーのキャリアでは、ほかにも多くの財布と身分証明書がつかわれてきた。一回の暗殺仕事（ビリーは自分の仕事を変にごまかさず、ストレートにこう表現する）のたびにひとつの偽名というのではなく、少なくとも十あまりは利用してきた。そして行き着いたのが、いまつかっているデイヴィッド・ロックリッジなる架空の人格名義の品々だ。過去の人格のなかには質のいい身分証をもっている者もいれば、あまり質がよろしくない身分証しかない者もいた。デイヴィッド・ロックリッジの財布におさまったクレジットカードと運転免許証はかなり高品質だったが、薄い灰色の箱の中身には負ける。そちらの品は黄金そのもの。まとめあげるには五年の歳月を要した——着手したのは、このままでは自分をも——認めたまえ——悪人にしてしまうこの稼業から、いずれ完全に足を洗わなくてはならないと覚悟したときだった。

ドルトン・スミスは、本物としか思えない運転免許証をおさめた〈ロード・バクストン〉の長財布だけの存在ではない。ドルトン・スミスは事実上、実在の人物だ。マスターカード、アメックスカード、それにＶＩＳＡカードは、いずれも定期的に使用されている。バンク・オブ・アメリカのデビットカードも同様。毎日つかっているわけではないが、口座が埃をかぶらない程度には利用している。クレジットカード会社が利用する信用等級は、最上級ではないが――最上級はかえって注目をあつめかねない――かなり上に位置している。

ドルトン・スミスには赤十字の献血者カードがあり、社会保障カードがあり、アップル・ユーザーズ・グループのスミス名義の会員証がある。ここにいるのは〝お馬鹿なおいら〟ではない。ドルトン・カーティス・スミスはフリーのITエンジニアであり、かなり儲かる副業も手がけていて、風のむくまま気のむくままに旅に出る余裕もある、財布にはさらにドルトンと妻の写真がありがあり（ただし六年前に離婚している）、ドルトンと両親の写真があり（両親は、こういったケースの口実として昔から愛用されている交通事故で、ドルトンがティーンエイジャーだったころに死んでいる）、ドルトンとは疎遠になった兄といっしょの写真もある（二〇〇〇年の大統領選挙で兄がラルフ・ネイダーに投票したとわかって以来、ふたりは口をきかなくなった）。

〝小箱《エテュイ》〟にはドルトンの出生証明書や紹介状もはいっている。ドルトンがコンピューターを修理した個人客や小規模な自営業者の紹介状もあれば、ドルトンがポーツマスやシカゴ、アーヴァインなどで派遣された相手先による紹介状もある。紹介状のなかには、ビリーがいちばん頼りにしているニューヨークのバッキー・ハンスンの手になるものがある。バッキーはビリーが心から信頼しているただひとりの人物だ。それ以外の紹介状はビリーが手ずからつくった。ドルトン・スミスはひとつの場所に長くとどまらずに根なし草のように暮らしているが、本来のところに滞在しているあいだは、最高の間借り人だ――礼儀正しく物静か、家賃の支払いは決して遅れない。

ビリーにとって、目立たないが非の打ちどころひとつない完璧な書類がそろったドルトン・スミスは、足跡がまだひとつもついていない純白の雪原のような存在だ。そんなドルトンを仕事に引き入れることで純白の美を汚すのは気が進まないが、ドルトン・スミスをつくりあげた目的はまさに仕事のためではなかったか？　そのとおり。最後のひと仕事、おなじみの最後のひと仕事のためだ。そして新しい人格のなかにビリーが姿を消せるように。残る一生をずっとドルトンのままで過ごすことはないだろうが、それも不可能ではない――といっても、殺されることなくこの街から脱出できた場合だ。五十万ドルの着手金はあちこちをめぐったのち、すでに西インド諸島ネヴィスにあるドルトン名義の銀行口座に到着している。五十万ドルという大金は、ニックがこの件で妙な真似をしていないことを示す最大のサインだ。仕事が完了すれば、残りの金もつづいてやってくるだろう。

ドルトン名義の運転免許証にはビリーと同年代——一、二歳は年下かもしれない——の男の写真がつかわれているが、写真の男は黒髪ではなくブロンドだ。そのうえ男には口ひげがある。

4

翌朝ビリーは、ジェラード・タワー近くにある立体駐車場の四階に車をとめる。自分の外見に多少の改変をほどこしてから、タワーと反対の方向へ歩きだす。いよいよドルトン・スミスの初航海だ。

都市の規模が小さいと、わずかな距離が大きなちがいを生みだすことがある。ピアスン・ストリートはメイン・ストリートの立体駐車場からはわずか九ブロック、速足で歩けば十五分の距離だが（ジェラード・タワーはいまもまだくっきり見えるほど高くそびえていた）、ここはもうメイン・ストリートという世界——ネクタイ姿の白人男たちと〝こつこつ靴〟を履いた女たちがそれぞれの職場で地位を占め、メニューともどもワインリストがさしだされるようなレストランで昼食をとるところ——とは別世界だ。

交差点の角の食料品店は、すでに廃業している。落ち目の界隈の例に洩れず、このあたりも食べ物の面では砂漠だ。バーが二軒あったが、片方はもう店を閉め、残る一軒もかろうじて生きのびているだけ。質屋は小切手の換金と少額ローンを副業にしている。少し先にはさびれた小さなショッピングモール。そしてずらりとならんでいるのは、せめて中流階級に見せようとしながら、その域に達していない一軒家だ。

この地区が落ち目になっている理由は、ビリーの目的地である家屋の反対側にある広大な空地だろう、とビリーは思う。瓦礫だらけで、ごみが散乱している広々とした空虚な荒れ地。その空地を貫いているのは錆《さび》におおわれた鉄道の線路だが、夏に花を咲かせるキリンソウや高く伸びたほかの雑草などでほとんど見えなくなっている。十五メートルおきに《**市公有地**》や《**無断侵入禁止**》《**危険・立入厳禁**》といった立て看板が出されている。

ビリーは、かつては駅舎だったとおぼしき煉瓦づくりの建物の変わりはてた廃墟に目をとめる。ここにあった駅は長距離バスのターミナルとしても機能していたのかもしれない――グレイハウンド、トレイルウェイズ、そしてサザンといったバス会社だ。しかしいま、この都市の地表を移動する交通手段はほかへ移っていき、前世紀をしめくくる最後の十年間にはにぎやかだったはずのこの近辺も、いまでは都市がかかる慢性閉塞性肺疾患で呼吸不全におちいっている。道の反対側の歩道に錆びついたショッピングカートが横倒しになっている。キャスターのひとつにぼろぼろになった男ものの下着がひっかかって熱い風にひらひらなびき、風は同時にビリーがかぶっているドルトン・スミスのブロンドのウィッグの毛をかき乱して、シャツのカラーをぱたぱたと首に打ちつけている。

民家の大半は外壁の塗り直しが必要だ。前に《**売家**》の看板が出ている家もある。六五八番地の建物も塗りなおしは必要だが、前に立っている看板には《**家具つきアパートメント・空室あり**》とある。さらに不動産屋の電話番号。ビリーは番号をメモすると、ひび割れているコンクリートの通路を歩いて、ならんでいるドアベルに目を走らせる。建物は三階建てだが、ドアベルは四つある。そのうち名前があるのは上からふたつめのドアベルだけだ――《**ジェンセン**》とある。ビリーはそのベルを押す。こんな時間でもあるので留守だったとしてもおかしくはないが、ここでは運がビリーの味方だ。

階段をおりてくる足音がする。ついで、汚れたドアのガラス窓からまだ若い女が外をのぞいてくる。女が見ているのは、趣味のいいオープンカラーのシャツにドレスパンツをあわせた白人男の姿だ。ブロンドの髪は短め。口ひげも短く刈りそろえてある。男は眼鏡をかけている。そして、かなりの恰幅のよさだ――病的な肥満というほどではないが、その域に近づきつつある。悪人には見えない。むしろ――十キロから十五キロ体重を落としても問題のない――善人に見える。そこで女はドアをあける。だが、完全にはひらかない。

そうすれば、おれが無理やり押し入って玄関ホールでおまえを縊《くび》り殺すことはできない、とでも考えたか――ビリーは思う。ドライブウェイには一台の車もなく、歩道ぎわにとめてある車もない。つまりは女の亭主は仕事で留守にしており、住人の表示がない三つのドアベルからは、この古い見かけばかりのヴィクトリア朝様式のアパートメントには、いま女しかいないことがはっきり読みとれる。

「訪問販売のセールスマンからはなにも買わないことに決めてるの」ミセス・ジェンセンはいう。

「いいえ、奥さん、わたしは訪問販売のセールスマンじゃありません。この街に来たばかりで、貸部屋をさがしている者です。こちらなら、わたしでも出せる家賃の範囲内じゃないかと思いましてね。それで、こちらが住みやすいかどうかをうかがおうと思ったんです。ときにわたしはドルトン・スミスといいます」

ビリーは片手を差しだす。ミセス・ジェンセンはお義理で手にちょっと触れただけで、すぐその手を引っこめる。しかし話にはつきあう気分らしい。「まあ、見ればわかると思うけれど、このへんは一等地というわけじゃない。いちばん近いスーパーまでは一キロ半以上ある。でも夫もわたしも格別困ってはいないの。たまに若者たちが通りの反対側にある昔の操車場跡に無断侵入するし――おおかたお酒を飲むとかドラッグをやるとかしてるんでしょうね――すぐ近所の家の犬は夜間の半分は吠えまくってる。でも、いちばん困っているのがその程度ってこと」そういってこの女性は言葉を切る。ビリーが見ていると、女は視線を下へむける――ビリーの指にはないが、結婚指輪の有無を確かめたのだろう。「あなたは夜に吠えたりはしないでしょう、ミスター・スミス？つまりパーティーをひらいたり、大きいボリュームで音楽を流したりってことだけど」

「しませんとも、マダム」ビリーは笑みをのぞかせて腹をさする。シリコン製のフェイクベリーは、妊娠六カ月程度に見えるように膨らませてある。「ただ、食べることが大好きでして」

「こんなことをたずねたのも、賃貸借契約に極端な騒音についての条項があるからなの」

「よろしければ、ひと月あたりの家賃をうかがいたいのですが」

「それはわたしと夫だけの秘密。このアパートメントに住みたければ、ミスター・リクターに相談して。この物件を管理してる人。このブロックの先にもあと二軒ばかり物件を所有してる……でも、ここがいちばんましね。わたしの意見だけど」

「よくわかりますよ。質問をしてすみませんでした」

ミセス・ジェンセンはいくぶん態度を和らげる。「これだけはいっておくけど、三階はやめたほうが無難ね。道の反対側の操車場跡から風が吹いてくると――まあ、風はだいたいいつも吹いているけど――三階はサウナなみに暑くなるから」

「というと、エアコンがないんですね？」

「お察しのとおり。でも寒い季節になれば、暖房は問題ない。そっちは費用を払わなくちゃならないけど。電気もね。そういったことはみんな契約書に盛りこまれてる。前にも部屋を借りたことがあれば、その手のことはもう知ってるでしょうけど」

「ええ、それはもう」ビリーは目をぎょろりとまわす。これでようやくミセス・ジェンセンから笑顔を引きだせる。これで本当にききたかったことを質問できるようになる。「地下室はどうなんです？　地下にも貸部屋があるのでは？　こんなことをきくのも、あのドアベルは――」

ミセス・ジェンセンの笑みがさらに広がる。「ええ、そうよ、すごくすてきなお部屋。看板にあるとおり家具はそろってる。といっても、ほら、ごく基本的なものだけね。わたしはあの部屋に住みたかったけど、夫が地下では狭すぎるといったの――もし、わたしたちの申込書が承認された場合には、ね。わたしたち、いま養子をとろうとしていて」

ビリーは内心で驚く。ついさっきは夫とふたりで払っている家賃の額をたずねる質問に嚙みついたくせに、こんな調子で自分の心の奥底の――というか、結婚生活の奥底の――いちばん大事な部分をあっさり明かすとは。そもそも家賃についての質問も本心から知りたかったからではなく、相手に信頼できる人間だと思わせるための口実にすぎない。

「なるほど。幸運をお祈りします。ありがとうございました。ミスター・リクターと話があえば、この先またお目にかかるでしょうね。いい一日をお過ごしください」

「そちらもね。会えてうれしかった」今回ミセス・ジェンセンは本物の握手のため自分から手を伸ばす。このときもビリーは、ニックにいわれた言葉を思い出す――《きみには他人と親しくなりすぎることなく調子をあわせる才能がある》。太っているように見せかけているいまも、この能力が発揮できるとわかって安心する。

廊下を歩くビリーの背中に、ミセス・ジェンセンが声をかけてくる。「地下のあの部屋だけど、猛暑の時期でもひんやり涼しく快適だと思うの！　ほんと、あの部屋に住みたかった！」

ビリーはこの女性に親指を立てて応えると、ダウンタウンに引き返しはじめる。見るべきものはすべて見て、もう結論に達した。ここは望みどおりの物件であり、ニック・メイジャリアンにこの件を知らせる必要はまったくない。

帰り道を半分まで来たところで、ビリーはみすぼらしくむさ苦しい商店に立ち寄る。キャンディやタバコや雑誌や冷えたソフトドリンクのほか、ブリスターパック入りのプリペイド携帯も売っている。ビリーは携帯をひとつ現金で購入すると、バス停留所のベンチに腰かけて、つかえるようにセットアップをすませる。このあと必要なだけつかったら捨てるつもりだ。ほかの品々も同様。いついかなるときでも、取引がご破算になる可能性や、警察がジョエル・アレン暗殺犯人はデイヴィッド・ロックリッジだと即座に割りだす場合を想定しているからだ。そこまで割りだせば、デイヴィッド・ロックリッジが海兵隊出身で狙撃手としての腕《スキル》と狙撃手としての殺し《キル》の経験をあわせもつビリー、すなわちウィリアム・サマーズの変名のひとつであることも割りだすはずだ。そこから警察は、ビリー・サマーズとケネス・ホフ――捨て駒として指名された男――の関係も把握するだろう。彼らに決して知られてはならないのは、デイヴィッド・ロックリッジことビリー・サマーズが姿を消し、ドルトン・スミスという人格に生まれ変わるということだ。これについては、ニックにも決して知られてはならない。

ビリーはニューヨークのバッキー・ハンスンに電話をかけ、《保安用品》と書いてある箱をエヴァーグリーン・ストリートの住所あてに送ってくれと頼む。

「いよいよ時きたれりか？　本気で足を洗うつもりなんだな？」

「そんなところかな」ビリーはいう。「またあとで詳しく話そう」

「ああ、話そうじゃないか。どこぞのへんぴな田舎の刑務所からコレクトコールでかけてくるのだけは勘弁してくれ。おまえは大事な友だちだからな、相棒」

ビリーは通話を切り、別のところに電話をかける。かけた相手はリクター——ピアスン・ストリート六五八番地のアパートメントの賃貸管理をおこなっている不動産屋だ。

「家具はそろっているという話だったね。Ｗｉ－Ｆｉはどうかな？」

「少々お待ちを」ミスター・リクターはそういうが、少々どころか一分も待たされたように思える。ビリーの耳に書類のがさごそという音がきこえる。ようやくリクターがこう答える。「あります。二年前に設置しました。しかしテレビはありません。自前でご用意していただく必要があります」

「わかった」ビリーは答えた。「あの部屋を借りたい。これからわたしが、そちらのオフィスに寄ってもいいかな？」

「現地で待ちあわせでもけっこうですよ。お部屋をご案内できますし」

「その必要はないよ。このあたりにしばらく滞在する予定なので、活動拠点にしたいだけだ。一年かもしれないし、二年になるかもしれない。出張も多くてね。大事なのは、あのあたりが静かな環境に思えたことだよ」

リクターは笑う。「鉄道の駅を壊したんですから、そりゃ静かになろうってものですよ。ただあの近辺の人は、もうちょっと商店ができるのなら、いま少し騒音が増えてもいいと思ってるでしょうね」

ふたりで次の月曜日に会う時間を決めてから、ビリーは立体駐車場の四階に引き返す。四階では監視カメラのいずれの視界にもはいらない死角スポットにトヨタをとめてある。といっても、監視カメラが映像をとらえていればの話だし、どのカメラもかなりくたびれているようだ。ビリーはウィッグとつけひげと眼鏡をはずし、妊婦に見せかけるフェイクベリーをはずす。変装用具をトランクにしまってから、短い距離を歩いてジェラード・タワーのほうへ引き返す。

着いたのは、ちょうどメキシコ料理のキッチンカーからブリトーを買える時刻だ。ビリーはジム・オルブライトとジョン・コルトンという五階の弁護士ふたりといっしょに食べる。ビジネス・ソリューションズ社につとめる伊達男のコリン・ホワイトの姿も目にする。きょうのコリンはセーラー服姿でひときわキュートだ。

「あの男ときたら」ジムが笑いながらいう。「かなりの衣装道楽じゃないか？」

「ああ、たしかに」ビリーは同意しながら、こう思う──その衣装道楽は、たまたまちょうどおれとおなじくらいの背丈なんだよ、と。

5

週末はずっと雨。土曜日の午前中ビリーは〈ウォルマート〉へ行き、安いスーツケースをひとつと、太りすぎのドルトン・スミスという人格の体型にあわせた安い衣料品をどっさりと買いこむ。支払いは現金。現金は跡を残さない。

その日の午後は黄色い家のポーチにすわり、前庭の芝生を見つめて過ごす。ただ漫然と目をむけるのではなく、凝視といったほうがいい。芝生がたちまち生気をとりもどしているのが見える気がするからだ。ここは自分の家ではないし、ここは自分の街でも自分の州でもないし、いずれここを去るにあたっては一度もふりかえらず、一片の心残りも感じないだろうが、それでも庭仕事の成果を目にすると、所有者としての誇りのようなものを感じるのも事実だ。あと二、三週間は芝刈りの必要に迫られないだろうが──それどころか、八月までそうならないかもしれない──それなら待てる。いざ芝刈りのために庭に出るときには──鼻の頭に亜鉛華軟膏を塗り、下はジムショーツ、上はノースリーブのTシャツ（いっそタンクトップでもいいかもしれない）──ここの一員の境地に一歩近づける。ここの風景に溶けこむ境地に。

「ミスター・ロックリッジ」

その声に、ビリーは隣家へ目をむける。ふたりの子供──デレクとシャニスのアッカーマン兄妹──が彼らの家のポーチに立ち、雨をすかしてビリーを見ている。声をかけてきたのは息子のデレクだ。「母さんがいまシュガークッキーを焼いたんです。それで母さんから、おじさんも五、六個食べたくないかきいてこいっていわれました」

「それはおいしそうだね」ビリーはそういうと立ち上がり、雨のなかを走っていく。八歳の妹シャニスが人見知りひとつせずにビリーの手をとると、家のなかへと案内していく。屋内に足を踏み入れると、焼きたてのクッキーの香りにビリーの腹が鳴る。

きれいに整えられた小ぢんまりした家だ——無駄なく整理整頓が行きとどいている。リビングには写真をおさめたフレームが百ほども飾られ、そのうち十あまりは室内で誇らしげに場を占めているピアノの上に置いてある。キッチンではコリンヌ・アッカーマンがオーブンからクッキングシートをとりだしているところだ。「こんにちは、お隣さん。髪の毛を拭くのにタオルが必要?」

「いいえ、けっこうです。雨粒をかわして走ってきました」

コリンヌは笑う。「だったらクッキーを召しあがって。子供たちはミルクといっしょに食べるの。あなたもミルク? よければコーヒーもあるけど」

「ではミルクをいただきます。ほんの少し」

「ダブルショットくらい?」コリンヌは微笑んでいる。

「ええ、それでけっこうです」微笑みかえしながら。

「どうぞ、おかけになって」

ビリーは子供たちといっしょのテーブルにつく。コリンヌがクッキーの皿をテーブルに置く。「気をつけて。まだ熱いから。あなたのお土産にする分はこの次に焼くわ、デイヴィッド」

子供たちがクッキーに飛びつく。ビリーも一枚手にとる、クッキーは甘くて美味だ。「これはすばらしい。ありがとうございます。雨の日にはうってつけのおやつだ」

コリンヌは子供たちにミルクの大きなグラスを、ビリーには小さなグラスを出す。ついで自分のミルクを小さなグラスにつぐと、テーブルの面々に加わる。雨が屋根をドラムのように叩いている。かん高い音を立てて外を車が走っていく。

「おじさんの本が最高機密なのは知ってる」デレクがいう。「でも——」

「口に食べ物を入れたまま話してはだめ」コリンヌが叱

る。「クッキーのかすをあっちこっちにまき散らしてるでしょう？」

「わたしはしてないもん」シャニスがいう。

「ええ、あなたはよく食べてる」コリンヌがそういってから、横目でビリーを見ていいなおす。「上手に食べてる、というべきね」

デレクのほうは文法に関心をむけない。「でも、ひとつだけ教えて。その本には血が出てくる？」

ビリーはうしろむきに吹き飛ばされたボブ・レインズを思う。ついですべての肋骨をへし折られて――そう、一本残らず折られた――胸が窪んでいた妹の姿を思う。

「いや、血は出てこないよ」そう答えて、クッキーをひと口食べる。

シャニスが次のクッキーに手を伸ばす。

「その一枚は食べてもいい」コリンヌが娘にいう。「そのあとも一枚なら食べてもいいわ。おまえもよ、D。残りはロックリッジさんの分と、あとで食べる分。お父さんの好物なのは知ってるでしょう？」それからビリーにむかって、「ジャマルは週に六日仕事に出るだけじゃなく、できるときには残業もしてるの。わたしたちが働きに出てるあいだは、ファジオさんご夫妻がふたりの面倒をよく見てくれてる。ここだって決して住みにくいところじゃないけれど、もっといい住まいを狙ってるの」

「上昇志向ですね」ビリーはいう。

コリンヌが笑ってうなずく。

「わたしは引っ越したくないな」シャニスがいい、さらに子供っぽくて愛らしい威厳をそなえた口調でいい添える。「わたしにだって友だちがいるんだもの」

「ぼくだっておんなじ」デレクがいう。「ね、ロックリッジさん、モノポリーのやりかたは知ってる？　シャニスとあのゲームをするんだけど、母さんがやらないとふたりだけで馬鹿みたいなんだもん」

「母さんがやらないのは当たり前」コリンヌはいう。「世界でいちばん退屈なゲームだから。今夜、父さんが帰ってきたらゲームに誘ってみなさい。あんまり疲れていなければ、つきあってくれるから」

「それじゃ何時間も先になっちゃう」デレクがいう。「ぼくはいま退屈してるんだ」

「わたしも」シャニスがいう。「携帯があれば〈クロッシーロード〉で遊べるのに」

「携帯は来年まで待ちなさい」コリンヌはそういうと、あきれたように目をまわした――その表情からビリーは、この少女がしばらく前から〝携帯買って〟のキャンペーン活動をつづけていることを察した。もしかしたら五歳のときから。

「じゃ、ゲームにつきあってくれる？」デレクはビリーにたずねる――といっても、あまり期待している口調ではない。

「ああ、いいとも」ビリーはそう答えてからテーブルに身を乗りだし、視線でデレク・アッカーマンの目をしっかりとらえる。「でも、これだけは警告しておく――わたしはほんとに強いぞ。わたしがゲームをするのは勝つためだ」

「ぼくだって！」デレクはミルクがつくった口ひげの下でにこにこ笑っている。

「わたしだって！」シャニスがいう。

「こっちは大人だし、子供相手だからといって手加減はしないぞ」ビリーはいう。「いいか、レンタル用の不動産をつかってきみを縛りあげ、所有するホテルできみにとどめを刺してやる。わたしとゲームをするのなら、きみたちはまずその点を頭に入れておく必要があるね」

「よし、わかった！」デレクはそういって弾かれたように立ち、あやうく残っているミルクをこぼしそうになる。

「わかった！」シャニスも大きな声でいいながら、ぴょんと立ちあがる。

「わたしが勝っても泣かないね、子供たち？」

「泣かない！」

「泣かない！」

「オーケイ。その点をはっきりさせておけば問題はないな」

「本当にいいの？」コリンヌがビリーにたずねる。「あのゲームは、はじまったら一日じゅうつづくのに」

「わたしがダイスを転がせば、そう長くなりませんよ」ビリーはいう。

「ゲームは地下室でするの」シャニスがいい、またビリーの手をとる。

地下室はビリーの家にあるものとほぼおなじサイズだったが、スペースの半分は〝男の城〟だ。ジャマルはそちら側の壁にペグを打って工具類を掛けている。それ以外にも帯鋸盤《バンドソウ》がある。ビリーは作動スイッチが錠前つきのカバーで覆われていることに感心する。地下室の半分を占める子供たちのスペースには、おもちゃや塗り絵の本が散らばっている。さらにカセットをつかう安物のゲーム機が接続された小型テレビがある。ビリーの目にはガレージセールで買った品に見える。ボードゲーム類は片側の壁ぎわに積まれている。デレクがモノポリーの箱を手にとり、ゲームボードを子供サイズのテーブルに広げる。

「ロックリッジさんは大きいから、子供用の椅子じゃすわれなそう」シャニスがかっかりした声でいう。

「わたしは床にすわるよ」ビリーはそういって小さな椅子をずらして床にすわりこむ。テーブルの下には胡座《あぐら》の足がちょうどおさまるスペースがある。

「ロックリッジさんはどの駒にする？」デレクがたずねる。「シャニスとふたりでゲームするときは、ぼくは毎回レーシングカー。でもおじさんがその駒にしたければ、ぼくはかまわないよ」

「いや、別のでいいよ。きみはどの駒にするんだい、シャニス？」

「指貫《ゆびぬき》」シャニスはいい、いかにも気が進まない口調でいい添える。「ロックリッジさんが欲しがらなかったらね」

ビリーはトップハットを選ぶ。ゲームがはじまる。四十分後にふたたび順番がめぐってきたデレクが、助けを求めて母親を呼ぶ。「母さん！　アドバイスをお願い！」

コリンヌが階段をおりてやってくると、両手を腰にあてがった姿勢でゲームボードとモノポリー・マネーの分配具合を目で確かめる。「あんたたちがピンチだとはいいたくないけど、ピンチにはちがいないわ」

「わたしからふたりに警告したんですが」ビリーはいう。

「で、母さんになにをききたいわけ、D？　でも、母さんは学生時代に家政学であやうく落第しかけたってことを忘れないようにね」

「で、ぼくの問題はこういうこと」デレクはいう。「ロックリッジさんは緑の土地をふたつ——パシフィック通りとペンシルヴェニア通りをもってて、でもぼくはノースカロライナ通りをもってる。で、ロックリッジさんはぼくにノースカロライナを九百ドルで売れといってきた。たしかにぼくが買った値段の三倍だよ。でも……」

「でも？」コリンヌがいう。

「でも？」ビリーもいう。

「でも、そしたらロックリッジさんは緑の土地に家を建てられるよね。もうパークプレイスとボードウォークの両方にホテルを建ててるんだよ」

「それで？」コリンヌがいう。

「それで？」ビリーもいう。にやにや笑いながら。

「わたしはトイレに行きたいし、どっちみちもう破産寸前」シャニスがいって立ちあがる。

「トイレへ行くのに、いちいちそう断わらなくてもいいのよ、ハニー。ちょっと失礼します、というだけでいいの」

シャニスは先ほどとおなじ愛らしい威厳のこもった声でいう。「お鼻におしろいをはたきにいってくる――いいでしょう？」

ビリーは思わず笑いだす。コリンヌも声をそろえて笑う。デレクはまったくの無関心。ひたすらゲームボードを見つめていたかと思うと、顔をあげて母親に目をむける。「売る？　それとも売らない？　もうお金がなくなる寸前なんだ！」

「それこそ〝ホブスンの選択〟だよ」ビリーはいう。「つまり、きみはあえて危険を引き受けるか、それとも現状にこだわりつづけるかを選ばなくちゃいけない。それで、これはきみとわたしだけの内輪の話だが、どっちみちきみはもう身動きがとれないんじゃないかな」

「お母さんもこの人のいうとおりだと思うわ、ハニー」コリンヌがいう。

「この人、すごく運がよかったんだよ」デレクが母親にいう。「無料駐車場のマスにとまって、そこのお金を全部とったんだ――それもどっさり大金を」

「おまけにわたしはゲームが巧みだった」ビリーはいった。「そこを認めたまえ」

デレクはぎゅっと顔をしかめるが、それもあまり長くはつづけられない。緑のストライプがはいっている土地の権利証書をさっとふりあげる。「千二百ドル！」

「決まりだ！」ビリーが大きな声でいい、紙幣を手わたす。

そして二十分後、子供たちはふたりとも破産してゲームオーバーになる。ビリーが立ちあがると膝がぽきぽきと鳴って、子供たちが笑う。「きみたちが負けたんだから、ゲームを片づけるのはきみたちの役目だぞ」

「父さんとゲームをするときもそういう決まりなんだ」シャニスがいう。「でも、父さんならたまにわざと負けてくれるけど」

ビリーは笑顔で上体をかがめていう。「わたしはしないね」

「おっきな悪人だ」シャニスはそういい、口を手で覆ってくすくす笑いだす。

ダニー・ファジオが黄色いレインコートと、バックルがはずれているままで上部が漏斗状に広がっているレインシューズという格好で、にぎやかに階段をおりてくる。

「ぼくも仲間に入れてくれる?」

「次の機会にね」ビリーは答える。「ゲームでガキどもをこてんぱんに叩きのめすのは、週末ごとに一回だけと決めてるんだ」

これはただの軽口だし、ここにいる子供たちなら〝ディスる〟などと呼ぶのかもしれない。しかしビリーにはいきなりトレーラーハウスのオーブン前の床に散らばっていたクッキーや、ボブ・レインズが腕のギプスをキャサリンの顔に横から叩きつけていた場面がありありと見えてきて、そのとたん愉快な文句ではなくなる。三人の子供たちは笑っている。彼らには笑える言葉だからだ。この子たちのだれひとり、色褪せた人魚のタトゥーを腕に入れている酔いどれの鬼畜に妹が踏み潰される場面を見てはいない。

一階へあがると、コリンヌがクッキーのはいった袋をビリーにわたしてこういう。「ありがとう——こんな雨の日をあの子たちにとって本当に楽しい日にしてくれて」

「わたしも楽しみましたよ」

嘘ではなかった。ぎりぎり最後の瞬間までは。家に帰りつくと、ビリーはクッキーをごみ箱に投げ捨てる。コリンヌ・アッカーマンはクッキーづくりの名人だが、いまは食べられそうもない。それどころか、目にするのも耐えられない。

6

月曜日、ビリーは賃貸物件の仲介をおこなっている男に会いに出かける。男は六五八番地のアパートメントから三ブロックのところにある、さびれた小さなショッピングモール内の事務所で仕事をしている。その男、マートン・リクターの事務所は、日焼けサロンと〈ジョリー・ロジャー・タトゥーパーラー〉という海賊モチーフの刺青店に左右をはさまれた、二部屋だけの壁の穴同然のところだ。事務所の前にはかなり年代物の青いＳＵＶがとめてある。車体の片側には**《リクター不動産》**という屋号のステッカーが貼られ、反対側には長い引っかき傷がある。リクターは、精魂こめて作成されたドルトン・スミスの紹介状にもおざなりに目を通しただけで、すぐに契約書類を添えて突き返してくる。ビリーがサインを書きこむべき場所は、あらかじめ黄色いマーカーペンで目立たせてある。

「賃料は相場よりも多少高めだとおっしゃるかもしれませんね」まるで、ビリーが抗議の言葉を口にしたかのような言いぐさだ。「まちがいではございませんが、高いといってもほんのわずかです――家具つきでＷｉ‐Ｆｉもつかえますしね。午後六時までは前の通りは駐車禁止ですから、ドライブウェイがあるのは勝手がよろしいかと。もちろん、ジェンセンさんとの共同利用になりますが――」

「自分の車は市営駐車場にとめるつもりだよ。少しは運動もしないとね」ビリーはそういって、フェイクベリーでふくらんだ腹をぽんと叩く。「家賃はたしかに多少高めだが、それでもあそこを借りたい」

「現地をごらんにならずとも、ですか」リクターは驚いた声だ。

「ミセス・ジェンセンから褒め言葉をきいたからね」

「ああ、なるほど。いずれにせよ、もしこれで合意に達したのであればですね……」

ビリーは書類にサインを書きこみ、ドルトン・スミス名義の初小切手を切る――最初の月といずれ退去する月の合計二カ月分の家賃にくわえ、調理器具がオールクラッド製で陶磁器はリモージュ、室内ランプのシェードがティファニー製でもないかぎり、法外なほど馬鹿高い破損供託金もだ。

「ＩＴ関係のお仕事なんですな？」リクターは小切手をデスクの抽斗にしまいこみ、**《鍵》**と書いてある封筒をデスクの反対側へ滑らせる。それから、たいして役に立たないが身近に置いている犬を叩くような手つきで、古いPCのキーボードを打ちはじめる。「いうことをきかない癪にさわるこの機械の使いこなし方を教わりたいところですよ」

「あいにくいまはオフタイムだが」ビリーはいう。「多少のアドバイスならしてあげられるかな」

「というと？」

「すべてをうしなう前に新品に入れ替えることだね。で、暖房や電気、水道やケーブルテレビの業者に取りついでもらえるか？」

リクターは、ビリーから表彰されたかのように微笑んだ。「いえ、ぜんぶお客さままでやっていただきます」そういって握手の手を差しのべる。

ビリーとしては、それならなんのための仲介手数料なのかと問いただすこともできるし、そもそも契約書にしても、明らかにインターネットで拾ったテンプレートに街の詳細な情報を書きこんだだけのしろものだが、そういったことが気になるだろうか？　まったく気にならない。

7

ビリーは自分の小説（あれを〝本〟と呼ぶのは時期尚早に思えるし、そう呼ぶのは縁起がわるいかもしれない）の執筆にもどりたいが、ほかにやることがまだある。火曜の朝、銀行の営業開始時刻にあわせて、ビリーはサザントラスト銀行へ足を運び、デイヴィッド・ロックリッジ名義の口座にはいっている当座資金から多少の現金を引きだす。その足でそれぞれちがう三軒のチェーンストアに立ち寄って、さらに三台のノートパソコンをすべて現金で買いこむ。いずれもオールテック製のノートパソコンとおなじく、安価なノーブランド品だ。卓上タイプの安価なテレビも購入するが、こちらはドルトン・スミス名義のクレジットカードで買う。

リストの次の項目は車をリースすることだ。まず乗っているトヨタを、デイヴィッド・ロックリッジとして使用している立体駐車場とは街の反対側にある、別の立体駐車場に隠す。おなじ建物で働いている人たちに、ドルトン・スミスの変装姿を見られたくないからだ。見られる確率はごくわずか——一日のこの時間帯なら、働き蜂たちは巣にいるはずだ。しかし、わずかな確率を無視するのは愚かだ。人はそういったことが理由でつかまるのだから。

ウィッグと眼鏡とつけひげ、それに大きなフェイクベリーで変装をすませると、ビリーはＵｂｅｒ《ウーバー》でタクシーを呼び、街の西の端にある自動車ディーラーの〈マッコイ・フォード〉へ行きたいと告げる。ディーラーでビリーはフォード・フュージョンを三十六カ月契約でリースする。担当者はビリーに、年間走行距離が一万七千キロ以上になった場合には高額な超過料金が発生する、と警告する。ビリーは、このフュージョンでは五百キロも走らないのではないかと考える。大事なのは、ビリーにはニックが知っている車がある一方、ドルトン・スミスがニックの知らない車を手にいれたことだ。ニックがなにやら奸計《かんけい》を企んでいた場合の予防策だが、それだけにとどまらない。いずれ裁判所前の階段で発生する事態から、ドルトン・カーティス・スミスを切り離しておくための策でもある。ドルトン・スミスをクリーンに保つためだ。

ビリーは新しく借りたフュージョンを以前から乗っているトヨタの隣にとめ（ちがう立体駐車場だが、上の方の階のカメラの死角という点はおなじ）、テレビと新しく買ったノートパソコンを手早くフュージョンに積み替える。同時に、前夜遅くにトランクに積んだ安物のスーツケースも。スーツケースには〈ウォルマート〉で買った安物の衣料品が詰まっている。それからフュージョンを走らせてピアスン・ストリート六五八番地へ行き、ドライブウェイにとめる。どこにでもあるアスファルト舗装で、中央部分に雑草が伸びでている。この引っ越し現場をミセス・ジェンセンに見ていてほしいというビリーの願いが、失望におわることはない。

ではドルトン・スミスは、二階の窓から見おろしているミセス・ジェンセンに目をむけるだろうか？　いや、目はむけないだろう。ドルトンはコンピューターおたくで、自分の世界に没頭しているからだ。ビリーは悪戦苦闘して息を切らしながらふたつのスーツケースをドアまで運び、新しい鍵でドアをあける。そこから九段の階段をおりると、ドルトン・スミスの新しいアパートメントのドアにたどりつき、ここで別の鍵をつかう。ドアをあけると、その先はいきなりリビングだ。ビリーは大量生産品のカーペットにスーツケースをおろすと、アパートメント内を歩いて四つの部屋をざっと見てまわる——バスルームを勘定に入れれば五部屋だ。

《家具調度は立派なものですよ》リクターはそういっていた。その言葉が事実どおりだったとはいえないが、おぞましい品ばかりでもない。頭に浮かんだのは〝ノーブランド品〟という単語。ベッドはダブルで、ビリーが横たわると軋《きし》むが、マットレスのスプリングが背中を刺すようなことはないので合格だ。さっき〈ディスカウント・エレクトロニクス〉で買ってきた小型テレビを置くのにうってつけのテーブルがあり、その前に安楽椅子が置いてある。椅子のすわり心地に不満はなかったが、シマウマじみたストライプ柄は悪夢そのものだ。なにかで覆い隠しておきたくなる。

全体としては、このアパートメントが気にいる。ビリーはひとつきりの横長の窓に近づく。窓は外の芝生の高さにつくられている。潜望鏡で地表を見ている気分だ、とビリーは思う。窓からの眺めをさらに調べる。なぜだか居心地のよい気分だ。ミッドウッドの隣人たち——なかでも隣家のアッカーマン家の人々——には好意をいだいたが、こちらの部屋のほうが気にいった。ここにいると身の安全を感じられる。部屋には、やはりすわり心地のよさそうな古いソファもある。あのソファを、いまストライプ柄の椅子がある場所に移動させよう。そうすれば、ソファにすわって外の通りをながめていられる。歩道を行きかう人々はこの家に目をむけるかもしれないが、わざわざ地下室の窓を見おろして、そこから外を見ているビリーに目をとめる人はまずいないだろう。ここはねぐらだ、とビリーは思う。地下にもぐる必要が生じたら、もぐるのはウィスコンシン州にあるという隠れ家ではなく、ここにするべきだ。というのも、ここなら比喩ではなく現実に地下——

背後からいきなりノックの音がする——ノックというよりドアをがたがた揺する音だ。あわててふりかえると、あけはなしたままのドアのところにミセス・ジェンセンが立って、ドア框《がまち》に爪先を打ちつけている。

「こんにちは、スミスさん」

「やあ、どうも」ドルトン・スミスとしての声は、ビリー・サマーズやデイヴィッド・ロックリッジよりもわずかに高い。わずかに息が洩れる感じの声――喘息《ぜんそく》気味のような声だ。「いま引っ越しをしてたところです、ミセス・ジェンセン」いいながら、スーツケースをさし示す。「これからご近所さんになるんだから、わたしのことはベヴァリーと呼んでちょうだい」

「ええ、わかりました。じゃ、わたしのことはドルトンと。コーヒーひとつ出せずに申しわけありませんが、なにせ必要な品がまだそろっていなくて――」

「いいのよ、わかってる。引っ越しって頭がおかしくなりそうじゃない？」

「たしかに。ただし、いい面といえば出張が多い仕事なので、普段から荷物を少なくしてることですかね。あっちこっちで、いやというほどモーテルの部屋を見てきました。今週はこれからリンカーンとネブラスカに行って、そのあとはオマハです」かねてからビリーは、出張にまつわる嘘をつくときには、中規模程度で経済面でこれといった特徴のない都市の名前をあげれば相手に信じてもらえることを学んでいる。「まだ少し運びこむ荷物があるので、もしよければこれで失礼させて……」

「手伝いが必要？」

「いいえ、ひとりで大丈夫です」と答えてから、さも考えているかのように――「でも、やっぱり……」

ふたりは外にとめてあるフュージョンに歩み寄る。ビリーはベヴァリー・ジェンセンに、三台のノーブランド品のコンピューターを手わたす。両腕に薄い箱を三つかかえているベヴァリーの姿は宅配ピザのデリバリースタッフといったところ。「おっと、落とさないように気をつけないと。どれも新品なんでしょう？　あわせればひと財産くらいしそう」

三台あわせても九百ドルほどだが、ビリーはあえて訂正せず、重くないかとベヴァリーにたずねる。

「ぜんぜん。濡れた洗濯物のバスケットのほうが重いくらい。PCは三台ともセットアップするの？」

「ええ、電源が確保できればすぐにでも」ビリーはいう。「仕事はそんなふうにして進めてます。まあ、仕事の一部ですね。大部分の仕事はアウトソーシングしてます」

この〝アウトソーシング〟はいかにも大仰な響きがあって、どんな意味にでも解釈できる便利な単語だ。ビリーは小型テレビの箱を車から運びだす。ふたりでアパートメントのあいたままの玄関をくぐり、階段をおりる。

「少し落ち着いたら、上のわたしの部屋をたずねてちょうだい」ベヴァリー・ジェンセンはいう。「コーヒーポットをセットしておくから。あと、よければドーナツも食べて――一日前のでもよければだけど」

「こう見えてドーナツを断わったことはないんですよ。ありがとうございます、ミセス・ジェンセン」

「ベヴァリー」

ビリーは微笑む。「そうでした、ベヴァリー。あと残ったスーツケースをひとつ運びこんだら、そちらへお邪魔します」

　バッキーがビリーの箱、《保安用品》と書いてある箱を送ってくれていた。中身はドルトン・スミスのiPh《アイフ》one《オン》。フュージョンから荷物をすっかりおろしたあと、ビリーはこの携帯でドルトン・スミスに必要な電話を数本すませる。そのあと、ビリーが二階のジェンセン家のアパートメントでコーヒーを一杯飲んでドーナツをひとつ食べつつ、夫が勤務先で上司と起こしているいざこざについてベヴァリーが洗いざらい話すのをいかにも釣りこまれた顔で拝聴しているあいだに、引っ越し先の新居の電気が開通する。

　ビリーの地下のねぐらに。

8

　六五八番地のアパートメントには午後のなかばまでとどまって、安物の衣料品をスーツケースからとりだし、安物のコンピューターを起動させ、一キロ半ばかり離れたスーパーマーケット〈ブルックシャーズ〉で買い物をすませる。卵を一ダースとバターこそ買ったが、それ以外の生鮮食料品は避ける。買いこんだのは自分が不在にしても腐らないものだけ――缶詰や冷凍食品などだ。三時、ビリーはリースしたフュージョンを運転して立体駐車場Bの四階に引き返し、だれにも見られていないことを確認したのち、眼鏡とつけひげをはずす。フェイクベリーをはずすと信じられないほど楽になると同時に、今後はあせもを避けたかったら、どこかでベビーパウダーを調達したほうがいいこともわかる。

それからトヨタを立体駐車場Aへもどしたのち、ジェラード・タワー五階へもどる。といっても小説の執筆はせず、コンピューターでゲームをするわけでもない。すわって考えをめぐらせるだけだ。このオフィスにはライフルはない。武器になる危険な品といえばミニキッチンの抽斗にある果物ナイフくらいだが、それはかまわない。ビリーが銃器を必要とするのは数週間後、いや、ことによったら数カ月後になるからだ。暗殺そのものがおこなわれない可能性すらある。それが困った事態だろうか？　金銭面を考えればイエスだ。百五十万ドルがふいになる。すでに支払いずみの五十万ドルについていえば……はたして暗殺の発注者、つまりニックが仲介者をつとめている人物は、ビリーに返金を求めてくるだろうか？

「せいぜい幸運を祈ってやるさ」ビリーは声に出していう。それから笑う。

9

そして立体駐車場へ歩いて——とぼとぼと歩いて——引き返しながら、ビリーは重婚について考えている。

といっても、ふたりの女と同時に結婚していたことはないし、そもそも結婚したことは一度もないが、いまは重婚者の気持ちがわかる。簡単にいえば、心身が消耗させられる気分だ。しかもいまビリーは、三つの異なる人生に足を踏み入れつつある。ニックとジョルジオの前では（くわえて、あの不快なケン・ホフの前でも）、自分は雇われ殺し屋のビリー・サマーズだ。ジェラード・タワーに出入りする人々の前では作家志望者のデイヴィッド・ロックリッジ。ミッドウッドのエヴァーグリーン・ストリートの住民たちにとっても同様。そしてピアスン・ストリート——ジェラード・タワーからは九ブロック、ミッドウッドからは六キロ以上という安心できる距離でへだてられている——では、ドルトン・スミスという太りすぎのコンピューターおたくだ。

考えてみれば、さらに第四の人生がある。ベンジー・コンプスンの人生だ。これまでずっと避けてきた苦痛だらけの記憶と向きあえるのは、小説内の人物であるベンジーがビリーとはぎりぎりで異なっているためだ。

ベンジーの物語を書きはじめるにあたって、ほぼ確実に（いや、〝ほぼ〟の語は不要だ）クローンを作成されているノートパソコンをつかったのは、それが挑戦しがいのある課題で、これこそ世に名高い〝最後のひと仕事〟だったからだが、いまビリーはもっと深く、もっと真実に肉迫した理由があったことに気づかされている――自分は文章を読まれたがっているのだ。相手はだれでもいい――それこそニック・メイジャリアンとジョルジオ・ピグリエッツリのようなラスヴェガスを根城にする悪人たちでもいい。これまで理解したことはおろか、考えたことすらなかったにもかかわらず、いまビリーはひとつの理解に達している――つまり自作をたずさえて世に出る作家はだれであれ、みずから危険を呼びこむ存在だ、と。危険はこの仕事の魅力のひとつだ。《おれを見てくれ。おれはいま、ありのままのおれをみんなに見せている。一糸まとわぬ丸裸だ。おれはいま自分をさらけだしているぞ》

こういった考えごとに深く没頭しながら立体駐車場の入口にさしかかったそのとき、ビリーはいきなり何者かに肩を叩かれ、驚きに跳びあがる。ふりかえると、そこにいたのはフィリス・スタンホープ、会計事務所に勤めている女性だ。

「ごめんなさい」フィリスはそういって、一歩あとずさる。「驚かせるつもりはなかったの」

この女は、おれが無防備になった一瞬のあいだになにかを目にしただろうか？　本当のおれをちらりと見たのか？　だから、あんなふうにあとずさりした？　そうかもしれない。そう考えたビリーは、気やすい微笑みと嘘いつわりない真実でいまのひと幕を帳消しにしようと努める。「いや、大丈夫。ちょっと頭が千キロばかり遠くをただよっていた」

「小説のことを考えていたの？」

考えていたのは重婚だ。「ああ、そうだ」

フィリスはビリーと肩をならべる。ハンドバッグを片方の肩にかけている。くわえて、アニメ〈スポンジ・ボブ〉のキャラクターいりの子供用バックパックを背負ってもいる。そしてきょうの足もとは〝こつこつ靴〟ではなく、白いソックスとスニーカーだ。「さっきはランチで顔を見なかったけど。デスクで昼食をとっていたの?」

「あちこち出かけていたんだ。まだ暮らしが落ち着かなくてね。それにエージェントとの話しあいが長びいてね」

ジョルジオと話をしたのは事実だが、会話はそれほど長くなかった。ニックはすでにラスヴェガスへ帰っていたが、ジョルジオはいまも例の邸宅にとどまり、新顔ふたりを呼び寄せてもいた――名前はレジーとデイナ。ビリーは、ニックやジョルジオが自分とタッグチームを組んでいるとは思っていないが、今回の件はふたりにとって大きな仕事だからこそ、ふたりが不注意なことをしでかせば自分は驚くだろうと思う。それればかりか、ショックをうけるだろう。ふたりが本当に目を光らせている相手はケン・ホフかもしれない。下働き役の捨て駒。

「そもそも作家は、デスクについていないときも仕事をつづけているものさ」ビリーはこめかみを指で叩く。

フィリスは笑みを返す。すてきな笑みだ。「作家の人はみんな、そういうことをいうみたいね」

「打ち明けると、どうやらちょっとしたスランプみたいなんだ」

「環境が変わったせいかも」

「そうかもしれないね」

とはいえ、現実にはスランプだとは思っていない。最初のエピソードから先はまだひとつも書いていないが、残りはもうそこにある。書かれるのを待っている。早くとりかかりたい。ビリーにとって意味のあることだ。日々の記録のようなものではない。多くの意味で不幸であり心に傷を残した人生と折りあいをつけるための努力というのともちがう。ほぼ告白録と同等のものかもしれないが、それでも告白録ではない。大事なのは力《パワー》だ。ようやく、銃口からあふれでるものではない別種のパワーの源にふれることができた。借りた部屋の地表レベルにある窓からの眺めとおなじく、ビリーはこちらも気にいっている。

「いずれにしても」ふたりで立体駐車場の入口にたどりつくと、ビリーはいう。「本気で仕事に打ちこむつもりだよ。あしたからね」

フィリスは両眉を吊りあげて、諺《ことわざ》の文句を口にする。

「あしたはジャム、きのうもジャム」

ビリーも声をあわせ、ふたりで締めの文句を口にする。

「だけども、きょうのジャムはない！」

「いずれにしても、早く読みたくてたまらない」ふたりはスロープをあがりはじめる。ハンマーのように街路を叩きつけている直射日光のあとでは、日陰がたとえようもなく甘美に思える。フィリスは最初の折り返しまで半分のところで足をとめる。「わたしはここ」そういってスマートキーを押して、電子音をたてる。小さな青いプリウスのテールライトが反応する。ナンバープレートを左右からはさむバンパーステッカーは《**わたしたちの体、わたしたちの選択**》と、《**女たちを信じろ**》というものだ。

「あのステッカーだが、まわりにあわせたほうがいいかもしれない」ビリーはいう。「ここは筋金いりの〝赤い《レッド》州《ステート》〟なんだから」

　フィリスはハンドバッグを前にかかげ、ビリーを迎えたときとはまるっきりちがう種類の笑みをのぞかせる。前者よりもダーティハリーに近い笑みだ。「ここは同時に、銃器の隠匿携行が許可されている州よ。わたしの車からバンパーステッカーを剝《は》がそうとするのなら、わたしがそばにいないときにしたほうが身のためね」

　これは本気ではなく演技か？　会計事務所勤めの女性が関心をもった男の気を引きたい一心で、少しばかり悪ぶっている？　そうかもしれないし、ちがうかもしれない。どっちにせよ、こんなふうに信念を正面に押し出せるフィリスに賞賛を禁じえない。その勇気ある姿勢に。これこそ善人のとるべき行動だ。すくなくとも、人々が最善の自分であるときには。

「また近いうちに会う機会もあるだろうね」ビリーはいう。「わたしの車はもう少し上の階だ」

「あら、もっと近いところにスペースが見つからなかったの？」

　きょうはここへ来た時間が遅かったからと答えてもいいが、あとあとその言葉が自分に嚙みついてくるかもしれない。いつも四階に車をとめるのだから。ビリーはぐいっと親指を突き立てた。「上のほうが空《す》いてるから、車を当て逃げされる心配が減るんだよ」

「あるいはバンパーステッカーを剝がされる危険も？」

「ステッカーは一枚も貼ってない」ビリーはいい、それから嘘いつわりない事実を告げる。「レーダーに探知されないように低空を飛ぶのが好きな性質《たち》でね」それから衝動のおもむくまま（ビリーはめったに衝動に身をまかせない男だ）、ぜったい口にしないと自分に約束した言葉を口にしている。「よければ、そのうち一杯つきあってほしい。どうかな？」

「ええ、ぜひ」打てば響くような返答。まるでビリーからの誘いを待っていたかのようだ。「金曜日はどう？　二ブロック先にすてきな店があるの。割り勘にしましょうね。男と飲むときは割り勘にする主義なの」ここでいったん言葉を切り、「少なくとも初回は」

「賢明な主義かもしれないな。じゃ、安全運転を、フィリス」

「フィル。わたしのことはフィルと」

ビリーはフィリスの車のテールライトに手をふってから、残りのスロープをあがって四階にたどりつく。エレベーターもあるが、歩きたい気分だ。それに、どうしてあんなことを口走ったのかと自分を問いつめたくもある。さらには、デレクとシャニスのアッカーマン兄妹とモノポリーをしたことについてもだ――それも、ふたりが次の週末にもまたゲームをしようとせがんでくることも、自分がそれに従うこともわかっていながら、だ。他人とやたらに親しくならずに調子をあわせる才能はどこへ行った？　前景に立っていても風景の一部になれるのか？

答えはわずか一語――ノー。

第六章

1

夏の日々が過ぎていく。焼けつくような日ざしの炎暑と湿気の日々のアクセントになるのは突然の雷雨だ。なかには、いっぱいに溜めこんだ雹《ひょう》を一気に吐きだす苛烈な雷雨もある。また竜巻も二度ほど来襲するが、いずれも発生したのは郊外で、ダウンタウンやミッドウッドは被害をまぬがれる。雷雨が去ったあとには水蒸気を立ちのぼらせる道路が残され、その道路もたちまち乾く。ジエラード・タワーの上層階の部屋は、大部分が無人だ──そもそもテナントがいない空室もあれば、入居者が避暑に出かけていて無人の部屋もある。オフィスの大半では、スタッフが通常どおりに出勤している──というのも大多数がまだ若い会社で、地歩を固めるべく奮闘しているさなかだからだ。なかには、それこそビリーのオフィスの外廊下の先にある法律事務所のように、二年前には影も形もなかった生まれたての会社もある。

ビリーはフィルことフィリス・スタンホープと飲みに出かける。行った先は、ビリーの見立てではレッドブラフの街でも上等の部類にはいるレストランの一軒──ステーキが店の名物料理だ──のなかの、板壁づくりの落ち着けるバーだ。フィリスはウィスキーのソーダ割り（「父の定番のお酒だったの」とはフィルの弁だ）。ビリーはいま禁酒中だと断わって、アーノルドパーマーを注文する──執筆中は、たとえビールでも飲まないようにしているんでね。

「自分がほんとうにアルコール依存症かどうかはわからないし、まだはっきりした結論は出てないよ」ビリーはいう。「でも、前に酒で面倒を起こしたことがあってね」

それからビリーは、ニックとジョルジオが用意してくれた背景話を披露する。以前に故郷のニューハンプシャーにいたころ、あまりにも多くのパーティーマニアの友人たちと、あまりにも多くの酒を飲んでいた、という話だ。

ふたりは楽しく三十分ほど過ごす。しかしビリーは、フィリスが自分にむけている関心――ただの友人ではなく、それ以上の存在としての関心――が、当初望んでいたレベルを下まわっていることを察しはじめる。ひとえに、ふたりのグラスの中身に隔たりがあるせいだ。甘いアイスティーとレモネードを混ぜたノンアルコールのカクテルを飲む男と同席してウィスキーを飲むのは、ひとりでディナーをとるようなものだし、もしかすると（グラスの中身を飲みくだすなり、たちまち両の頬が朱色に染まりだしたことが示唆しているように）フィリス自身も酒の問題をかかえているのかもしれない。あるいは、近い将来そんな問題をかかえることになるのか。こんな次第になったのは残念だ。ビリーのほうは、この女性をベッドに連れこむのもやぶさかではないからだ。しかし友人としての距離をたもっていれば、事態が紛糾する危険をそれだけ減らせる。フィリスがいっしょでは完全に背景へ消え去ることはできないが、いまのままなら――両者ともに惹かれあっているとはいえ――鑑識が調べてもフィリスの寝室からビリーの指紋が見つかる心配は皆無。いいことだ。両者にとって。それでもこんなふうに親しくなって人生のあれこれ（フィリスの話は事実、ビリーの話はでっちあげ）を教えあうのは度が過ぎた親密さではあるし、ビリーにもそれはわかっている。

ドルトン・スミスにも背景の物語があるが、こちらには酒の問題はひとつもない。だからピアスン・ストリート六五八番地のアパートメント裏手のポーチで、ベヴァリーの夫といっしょにビールを飲んでもかまわない。夫のドン・ジェンセンは造園業のグローイング・コンサーン社に勤務し、もうひとりのドン――ワシントンのペンシルヴェニア・アヴェニュー一六〇〇番地に建つ、ここよりずっと豪華な白亜の館《ホワイトハウス》に住むドンことドナルド――にぞっこん傾倒している。移民問題については、もうひとりのドンとまったく同意見だ（「アメリカが茶色くなるのは見たくないね」と話している）――グローイング・コンサーン社の労働者集団の大部分は必要書類をもたない外国人、英語を話せない外国人だというのに（「でも連中は〝食料品割引切符《フードスタンプ》〟って単語ならしゃべれるんだ」とはドンの弁）。ビリーがそのあたりの矛盾を指摘すると、ドン・ジェンセンはさっと手をふって払いのける（「映画スターならやってきては去っていく。なのにメキシコの不法移民どもはずっと居座るんだぞ」）。それからドンは、この次はどこへ出張かとビリーにたずねる。ビリーは、このあと二週間ばかりアイオワシティで過ごす予定だと答える。そのあとは、おなじアイオワ州の州都デモインとエイムズだ。

「それじゃ、こっちでのんびりする時間もろくにないんだな」ドンはいう。「家賃が無駄になるんじゃないのか？」

「夏はいつでも忙しい季節なんですよ。それに、わたしにも根城が必要でしてね。今年の秋になれば、わたしの顔をもっとたくさんごらんになれますって」

「そいつはうれしいな。ビールをもっと飲むかい？」

「いや、遠慮しておきます」ビリーはいいながら立ちあがる。「仕事が残っていますので」

「このオタクめ」ドンはいい、好意のこもった手つきでビリーの背中をぱんと叩く。

「おっしゃるとおり」ビリーはいう。

ミッドウッドのエヴァーグリーン・ストリートではポールとデニースのラグランド夫妻が、〈ビッグクラックス〉でテイクアウトしたバーベキューチキンの食事にビリーを誘う。デザートにデニースが出してきたのはお手製の苺のショートケーキだ。ケーキは美味しい。ビリーは二個めをもらう。ピートとダイアンのファジオ夫妻も、ビリーを金曜のピザ・ディナーに招く。息子のダニー・ファジオや筋向かいのアッカーマン家の子供たちもまじえて地下の娯楽室でピザを食べながら、一同は〈レイダース／失われたアーク〉を鑑賞する。昔あった三番館の〈ビジュー劇場〉に妹のキャサリンとふたりで見にいったときとおなじく、ビリーはこの映画に夢中になる。ジャマルとコリンヌのアッカーマン夫妻からは、タコスとチョコレート・シルクパイの食事に誘われる。パイは美味しい。ビリーはお代わりをする。そんなこんなで体重が二キロちょっと増える。隣人に奢られるだけの男に見られたくはないので、ビリーはデイヴィッド・ロックリッジ名義のクレジットカードの一枚をつかって、〈ウォルマート〉でバーベキューグリルを買い、これまで招待された三家族の全員を招待し、さらにブロックのいちばん遠いところに住んでいる夫に先立たれたジェイン・ケログも招いて、裏庭で一同にハンバーガーとホットドッグをふるまう。前庭とおなじく、裏庭もビリーの監督のもとですばらしい再生ぶりを見せている。

週末のモノポリーのゲームもつづいている。いまではエヴァーグリーン・ストリートだけでなく近所一帯の子供たちがゲームの場に引き寄せられ、そのだれもが勝者ビリーを引きずりおろしたい一心だ。ビリーはその全員を倒して掃除係にしてしまう。ある土曜日、ジャマル・アッカーマンがゲームボード前の席にすわり、レーシングカーを自分の駒にすると宣言する（ジャマルはにやにや笑いながら、「かかってこいや、白い《ホワイト・》アメリカ人《アメリカ》」とビリーにいう）。七十分後にジャマルは破産し、ビリーは満足げにほくそえんでいる。最終的にビリーを打ち負かすのはコリンヌ。新学期を前にした最後の土曜日のことだ。ビリーが破産を宣言すると、ふたりのゲームをうしろからのぞきこんでいた子供たち全員がやんやの喝采をおくる。ビリーも拍手の輪にくわわる。コリンヌがお辞儀をして、ゲームボードを写真におさめる――ビリーは用心深く写真に姿が写らないようにする。といっても、あまり意味はない。現代は携帯カメラの時代だし、自分の姿がアッカーマン家の十歳のデレクの携帯に撮られていることは確実だ。九歳のダニー・ファジオの携帯にも写真があるだろう。アッカーマン家の子供たちふたりは、拍手をしながら輝く目をビリーにむけている。デレクと八歳の妹シャニスにとって、ここでのモノポリーのゲームが大事なものになっているのだ。それはほかの子供たち全員にもいえるが、この兄妹の場合にはさらに特別だ。ふたりは、土曜日恒例のゲームがはじまった場面に立ち会っていたからだ。こうしてビリーは兄妹にとって重要な存在になる……が、いずれはふたりをがっかりさせてしまう。ビリーとしてはいずれジョエル・アレンを暗殺したとき、この子供たちに胸の張り裂ける思いを味わわせるとは思っていないが（そんなことになると信じたくないし、信じるのを拒んでもいる）、子供たちがショックで動揺することはわかっている。幻滅される。見限られる。おれ個人がそんな気分を感じさせるわけではなく、他人が感じさせるだけだと自分にいいきかせることもできた（し、実際そういいきかせてもいた）が、気分は晴れない。まっとうな人間のおこないではないからだ。しかし、情況がどう変わるかは読めない。ビリーはいま、ジョエル・アレンが身柄の引き渡しをまぬがれればいい、あるいは拘禁中に殺されるとか、いっそ脱走するとかして、すべてが帳消しになればいいと前にも増して強く思うようになっている。

　ウィークデイには――あまり暑くなければ――ジェラード・タワーの中庭にすわってランチを食べる。派手なファッションに身をつつむコリン・ホワイトの知己を得ることをビリーは自分の仕事にする。コリンは典型的な男性同性愛者というよりも、むしろその戯画が歩いているような雰囲気だ。一九八〇年代のテレビのコメディドラマに出てきたユーモラスな登場人物のおもむき。話し声は吐息まじりで、動作は大げさに誇張され、〝まあびっくり〟といいたげに盛大に目玉をぎょろりとまわして見せもする。ビリーのことを〝ダーリン〟とか〝ハニーパイ〟と呼びもする。そのレベルを突き抜けてもっと近づきになると、ビリーはすばらしくウィットに富む人物を見いだす。寸鉄人を刺すウィットだ。ぎょろりとまわって天を仰いでいないとき、コリンの目は鋭く観察している。のちのち……というのは任務を果たしおえたあとという意味だが、多くの人がデイヴィッド・ロックリッジについてその人物像を語るだろう。なかには――フィリス・スタンホープの語る話のように――好意的なものもあるはずだ。しかし、もっとも正確な談話となると、このコリン・ホワイトによるものになるとビリーはにらんでいる。ビリーはコリン・ホワイトを利用する肚《はら》だ。しかしいざそのときまで、この男には注意を絶やしてはならない。ビリーには〝お馬鹿なおいら〟という仮面がある。コリン・ホワイトの仮面は〝笑える変わり者〟だ。そして、似た者は互いに察しあう。

　ある日、昼どきの中庭には珍しい日陰のベンチにならんですわっているときに、ビリーはコリンに、きみは基本的には善人だし、いうまでもないことながら復活祭《イースター》にかぶる花飾りつきの帽子なみに陽気《ゲイ》で、それなのに人々をなだめすかして金を搾りあげるような仕事をどうやってこなしているのか、とたずねてみる。コリンは片手をぴたっと頬にあてがい、無邪気な少女を演じる女優さながらに目をぱっちり見ひらくと、「それはね……うん……ぼく、人が変わるんだよね」と答える。同時に手がすとんと下へ落ちる。愛想のよい微笑み（ほんの少しのせただけのリップグロスが笑みの魅力を高めている）が消える。うきうきと軽快な口ぶりも消える。金色のパラシュートパンツとペイズリーのハイカラーシャツという服装のほっそりしたコリン・ホワイトの口から出てくるのは、怒れる弁護士そのものの声だ。

「奥さん、あなたがこれまでどんな相手に甘言を弄してきたかは知らないが、わたしはそんな言葉にひっかかるようなタマじゃない。とにかく、あなたはもう時間切れだ。今後も車をとりあげられたくないでしょう？　こんな質問をするのはね、奥さん、このまま収穫なしでわたしが電話を切ったら——いいですか、収穫というのはただの口約束以上のものですぞ——次はうちの会社がつかっている債権回収屋に電話をかけるからですよ。ああ、好きなだけ泣くといい。わたしは泣き落としとは無縁の男だ」いかにもその言葉どおりの男の口調。「よろしいか、いまから十分以内にわたしのコンピューター画面に六十ドルの入金が表示されるようにしてほしい。いや、サービスで最低五十ドルにしておこうか。ま、たまたまきょうは寝覚めがよくて気分もいいからね」

コリンは言葉を切り、大きく見ひらいた目（ほんのわずかなアイライナーが魅力を高めている）をビリーにむけていう。

「どう、これでわかってもらう助けになった？」

助けになった。ただしこれだけでは、コリン・ホワイトが善人なのか悪人なのかを判別する助けにはならない。両方なのかもしれない。善悪両面をそなえる人間がいるという考えに、ビリーは以前から落ち着かないものを感じている。

2

夏のあいだデイヴィッド・ロックリッジ名義の携帯には、〝エージェント〟から週に一回、あるいは二回のペースでテキストメッセージが届く。

Gルッソ：きみの担当編集者はまだきみの最新執筆分を読む機会を得ていないぞ。

Gルッソ：きみの担当編集者に電話をかけたが不在だった。

Gルッソ：きみの担当編集者はまだカリフォルニアにいる。

と、まあ、そんな具合。ビリーが待っているメッセージ、カリフォルニアの裁判所判事がジョエル・アレンの身柄引き渡しを承認したという意味のメッセージは《きみの担当編集者が作品刊行を望んでいる》になるはずだ。そのメッセージを受けとりしだい、ビリーは準備の仕上げにかかる予定だ。

ジョルジオからの最後のメッセージは《小切手は配達中》になるはずだ。

3

八月中旬、ニックがラスヴェガスからもどる。ニックは電話でビリーに、暗くなってから例の建て売り豪邸に来いという。ビリーにとっては薬にもしたくない指令だ。午後九時半、ふたりは遅い夕食のテーブルにつく。今回プロのスタッフはいない——料理はニックがつくる。子牛のカツレツのパルメザン風。特筆するほどではないが、ピノノワールの赤ワインは旨い。ただし帰りも車を走らせることを考えて、ビリーはグラス一杯にとどめる。

同席者はフランキーことフランク・マッキントッシュとポーリーことポール・ローガン、それに新顔のレジーとデイナだ。四人は大げさに料理を褒めそやす。デザートも例外ではないが、これはスーパーマーケットで売っているスポンジケーキに、やはり市販の〈クールホイップ〉か〈ドリームホイップ〉といったクリームを塗りたくっただけのしろもの。ビリーの舌は味を知っている。〈ステペネク・ハウス〉で過ごした子供時代には、金曜の夜には決まってこの手のデザートを食べていた。あの家のことをビリーやロビンやガッドは——それに雑多なとりあわせの子供たちも——〈永遠のペンキの家〉と呼んでいた。

このところ、あの家のことをひんぱんに思い返している。ロビンのことも。あのころビリーはロビンに首ったけだった。近いうちにビリーはあの少女のことを小説に書くつもりだ。ただし、実名ではなく似たような名前に変える。リッキー、あるいはロニーあたりか。全員の名前を小説内では変えるつもりだった。しかし、片目の少女だけは例外になるかもしれない。

ニックの手下たち――ビリーが〝ヴェガスの用心棒たち〟と考えるようになっている面々――の大半は、コッポラやスコセッシの映画の登場人物のように、最後が〝イー〟という音でおわる名前だ。デイナ・エディスンはちがう。デイナは赤毛を後頭部できゅっと小さく束ねた団子ヘアにしているが、寂しくなった生えぎわの埋めあわせだろうか――おかげでひたいはまるで滑走路だ。フランキー・エルヴィスことフランク・マッキントッシュ、ポーリー・ローガン、それにレジーは腕っぷし一辺倒の男たちだ。一方デイナは痩せぎすの男で、縁なし眼鏡のレンズごしに世界を見ている。ひと目見ただけなら人はデイナのことを毒にも薬にもならない男、昔の漫画に出てきたミスター・ミルクトーストなみの小心者だと思うだろう。しかし眼鏡の奥の目は青く冷たい。狙撃者の目だ。

「アレンについて新情報は？」食事をおえるとビリーはたずねる。

「意外かもしれないが、新情報があるんだよ」ニックはそう答えてからローガンにむきなおる。「おい、この家でその悪臭爆弾に火をつけるな。賃貸借契約に禁煙条項があるんだ。違反してタバコを吸ったら、賃貸借契約は即時打ち切り、おまけに罰金一千ドルだ」

ポーリー・ローガンは、〝どこからこんなものが出てきたのか見当もつかない〟という顔で〈ポール・スチュアート〉のピンクのシャツの胸ポケットから出した両切り葉巻を見おろし、ぶつぶつと謝罪の言葉をつぶやきながらポケットにしまいなおす。ニックはビリーにむきなおる。

「アレンは〝労働者の日《レイバー・デイ》〟、つまり九月の第一月曜日の翌日の火曜日に出廷の予定だ。顧問弁護士があらためて審理延期を求めてくる。その要求が通るかって？」ニックは両手をさっとあげ、手のひらを上へむける。「かもしれない。ただしLAの友人からきかされた話によれば、担当の判事は気むずかし屋のばあさんらしい」

フランク・マッキントッシュが笑う。しかしニックに渋い顔をむけられると、笑いやんで腕組みをする。今夜のニックはずっとご機嫌ななめのようすだ。内心ではヴェガスに帰りたがっているのだろう、とビリーは見当をつける。向こうで昔懐かしい歌手――フランキー・アヴァロン、あるいはボビー・ライデルあたり――が歌う〈ヴォラーレ〉でもきいていたいのかもしれない。

「そういえば、こっちでは夏に雨が多くなるっていう話をきいたぞ。本当かい、ビリー？」

「降るときもあれば降らないときもあるさ」ビリーはミッドウッドの庭の芝生を思い返しながら答える。芝生は新品のビリヤードテーブルのフェルトにも負けないほど鮮やかな緑だ。ピアスン・ストリート六五八番地のアパートメント前の芝生ですら、前よりも生き生きとしている。また道の反対側にある煉瓦づくりの駅舎の廃屋は、高く伸びた雑草で入口がすっかり隠されている。

「いざ降りだせば決まってどしゃ降りだよ」レジーがいう。「ヴェガスとはずいぶんちがうね、ボス」

「雨が降っていても狙撃できるか？」ニックがたずねる。「その点をきいておきたかった。本当のところをきかせてほしい――楽観的なほら話じゃなく」

「犬も猫も降ってくるような豪雨じゃなければ撃てる」

「そりゃいい。よかった。犬や猫はおうちにいてもらおう。いっしょに書斎へ来てくれ、ビリー。もうちょっと話がしたい。話がすんだら、家へ帰って美容と健康のためにおねんねしてもいいぞ。残りのおまえたちは好きなことをしてすごせ。ポーリー、さっきのあれを外で吸うのはかまわないが、あしたの朝わたしが芝生で吸殻を見つけるようなことがないようにしろ」

「オーケイ、ニック」

「ちゃんと調べるからな」

ポーリー・ローガンとヴェガスから来た三名はいっしょに部屋から出ていく。ニックは、天井から床までの書棚に本がぎっしりならぶ部屋にビリーを連れていく。絶妙に配置された小さなスポットライトが革装の全集本を浮かびあがらせている。ビリーとしてはここの書棚の本をざっとながめてみたいところだが――ちらりと見えたが、キプリングとディケンズ両方の全集があるのは確実だ――しかしそれは、ニックが知っているビリーのやりそうなことではない。ニックが知っているビリーがするのは、ウィングバックチェアに腰かけ、大きく見ひらいた賛嘆の目つきでニックを見つめることのほうだ。

「いままでにレジーとデイナをこの近辺で見かけたこと

は？」ニックがたずねる。

「ある。たまに見かけるね」ふたりは公共労働局《DPW》のヴァンを走らせている。前に一度、ジェラード・タワー前の歩道ぎわ──ランチタイムにキッチンカーがあつまるところ──にヴァンをとめ、ふたりでマンホールの蓋に作業をするふりをしていた。ホランド・ストリートでふたりを見かけたこともある。地面に膝をつき、鉄格子の蓋ごしに地下排水溝を懐中電灯で照らしていた。ふたりとも灰色のつなぎを着て、頭には市が支給したキャップをかぶり、足にはワークブーツを履いていた。

「これからはもっと頻繁にふたりを見ることになるぞ。ふたりの見た目に問題はなかったか？」

ビリーは肩をすくめる。

ニックが苛立ちの表情で言葉を返す。「おいおい、そりゃどういう意味だ？」

「ふたりとも見た目に問題ないってことだ」

「妙に目立っているようなこともない？」

「おれが見たかぎりは」

「よし。いいぞ。あの車はこの屋敷のガレージに置いてある。ふたりは毎日あれに乗って出かけはしないが──少なくともいまのところはね──ただ、あのヴァンがこの近辺を走りまわっている光景を街の人たちに見慣れてほしくてね」

「〝風景に溶けこむ〟ってやつだな」ビリーはとっておきの〝お馬鹿なおいら〟の笑みを浮かべながらいう。

ニックは拳銃のかたちにした指をビリーに突きつける。この男のトレードマークのしぐさだということは、ビリーも知っている。ラスヴェガスのラウンジあたりで身につけたものだろう。しかし、たとえただの指真似でも、銃を突きつけられるのはいい気分ではない。「ああ、まさしくそのとおり。ホフはもう武器をおまえのところに運んできたか？」

「いや、まだだ」

「ホフと会ったか？」

「いや。あまり会いたい気分じゃない」

「オーケイ」ニックはため息をつき、広げた指で髪を梳《す》きあげる。「事前に銃の調整をしたいんじゃないのか？　田舎のほうへ行って試し撃ちを少しばかりしたいとか？」

「わるくないね」ビリーは答えるが、本音では発砲の危険をおかしたくはない──たとえ、一時停止の標識という標識が弾痕だらけになっているような田舎でもだ。ライフルの照準あわせなら、iPhone《アイフォン》のアプリとアマゾンでも売っているレーザー光線利用のガジェットがあれば充分できる。

ニックはかなり立派なズボンのふくらみの前で手を組み、身を乗りだす。顔には気づかわしげな友人めいた表情を貼りつけている。その表情のせいで、ビリーにはニックがぺてん師に見える。「あっちでの暮らしはどんな調子かな？　ほら……なんという街だったか……ミッドウッド？」

「そう、ミッドウッドだ。順調そのものだよ」

「クソみたいな住宅街だろ？　だが、いずれはそれに見あう報酬が払われるぞ」

「そうだな」いいながら、ミッドウッドは本当に住みやすいところだ、と考えている。

「目立たないようにしてるか？」

ビリーはうなずく。モノポリーのゲームのことも、自宅裏庭での親睦パーティーのことも、ましてやフィリス・スタンホープと酒を飲んだことも、ニックに教える必要はない。いまだけではなく永遠に。

「前に話した逃走プランだが、あれから考えてくれたかな？　そんな質問をするのも、いずれ時がいたれば男たちも準備をととのえるからだ。レジーはロケット科学者の頭なんかもっちゃいないが、デイナのほうは頭をつかう仕事が得意でね。それに、ふたりとも車の運転ができる」

「おれは走って角を曲がるだけでいいんだな？　そこでヴァンの後部ドアから車内に飛びこめばいいんだろう？」

「そのとおり。車内で市の職員が着ているようなつなぎに着替える。そのあとまわりの警官たちに、群集整理でもなんでも手伝えることはないかと質問するわけだ」まるで、ビリーが話をすべて忘れているといいたげだ。「もしも警官たちが頼むといったら――って、そんな返事をするとは思えないが、もしもの場合には――すぐ手伝いにとりかかってくれ。いずれにしても日暮れまでには、きみはこの州から出て一路ウィスコンシン州へむかっている予定だ。いや、もっと早い時間になるかもな。この計画をどう思う？」

ビリーが想像した自分はウィスコンシン州へむかっている姿ではない。ビールの空き缶や捨てられた〈ビッグマック〉の容器ともども、どこかの田舎道の側溝に死体となって横たわっている自分だ。しかも、この光景はとびきり鮮明に見える。

ビリーは微笑み——満面の笑み——こういう。「いい話に思える。おれじゃ、これ以上の案はとても考えつかなかっただろうな」

これは口から出まかせだ。一方自分で考えた計画は、何度あちこち見方を変えて検討してもかなり有望に思えている。危険はあるにはあるが最小限だ。本当の逃走プランをわざわざニックに教える必要はない。ニックはあとあと怒り狂うかもしれないが、現実問題として仕事がおわったあと、この男がどこまで怒り狂えるというのか？

ニックが立ちあがる。「よかった。きみの手助けができるのは本望だよ、ビリー。きみはいいやつだな、まったく」

《それはちがうぞ。おまえだって、いい人間なんかじゃない》と思いながら、「礼をいわせてもらうよ、ニック」

「それにしても、最後のひと仕事だって？　本気でおわりにするのか？」

「ああ、本気だ」

「頼む、わたしのところへ来てくれ、バンビーノ。ハグしてほしい」

ビリーは従う。

そうはいっても、ニックを信じていないのではない——黄色い家への帰途、ビリーは思う。自分のほうがもっと信じられるだけだ。昔からそうだったし、これから先もずっとそうだろう。

4

それから二日後、つづき部屋になったビリーの小オフィスのドアにノックの音がする。それまでビリーは小説を書いていた——部分的にはベンジー・コンプスンの、しかし大部分は自分の過去に没入していたのだ。ビリーはデータを保存してコンピューターをシャットダウンし、ドアをあける。たずねてきたのはケン・ホフだ。六月の初対面のときとくらべると、五キロ近くも痩せたような顔になっている。むさ苦しいひげは、一段とむさ苦しくなっている。ひげを生やせばアクション映画の主演俳優に見えると思っているのかもしれないが、ビリーには六日のうち五日は飲んだくれている男にしか見えない。口臭もまたひどい。ミントタブレットを嚙んではいるが、ここへ来る途中に——まだ朝の十時四十分なのに——一、二杯ひっかけてきた酒のにおいは消えていない。ネクタイは小ぎれいだがシャツは皺だらけで、片側の裾だけがズボンからはみだしかけている。こいつはトラブルに足が生えたような男だ、とビリーは思う。

「やあ、ビリー」

「おれの名前はデイヴ、デイヴィッド・ロックリッジだ。忘れたか？」

「わかってるさ、デイヴ、わかってる」ホフは顔をうしろへめぐらせ、自分の言いまちがいを耳に入れていたらしき者が廊下にいないことを確かめる。「部屋に入れてくれるか？」

「もちろんだとも、ミスター・ホフ」ビリーには、煎じつめれば自分の大家であるこの男をケンとファーストネームで呼ぶつもりはない。ビリーは一歩わきへ退く。

ホフはいま一度背後をふりかえって確かめてから部屋にはいってくる。ふたりは、ここが本当にビジネスオフィスなら〝受付エリア〟と呼ばれる場所に立っている。ビリーは玄関ドアを閉める。「で、おれはなにをすればいい？」

「いや、なにもしないでけっこう」ホフが唇を舌で湿らせ、それを見てビリーはこの男が自分を怖がっていることを察する。「なんというか、その……万事問題なしかどうかを確かめようと思って立ち寄ったまでさ。あんたに必要な品でもないかと思ってね」

ニックがこいつを送ってよこしたんだ、とビリーは思う。「おれが必要としたときに、ブツが確実にここにあるようにしてくれ、いいな？」ブツというのはM24。ホフがレミントン700といっている銃だ。

「もう全部そろってる。全部そろってるさ、わが友。いますぐ欲しいのか、それとも——」

「いまではなくていい。いざそのときになれば、おれたちの共通の友人のひとりがそう教えるはずだ。それまでは、どこかに保管しておいてくれ」

「造作もないことだ。いま銃があるのはわたしの——」

「ありかは知りたくない。いまのところは」その日の苦労はその日だけで充分である――ビリーは思う。「マタイによる福音書」の一節だ。きょうこの日ビリーが望んでいるのは、さっきまでの書き物を再開することだけ。いい文章を書くことに打ちこむとどれだけ気分がよくなるか、これまで知らなかった。

「そうか、わかった。どうだろう、そのうちいっしょに一杯飲みにいかないか？」

「褒められた考えじゃないな」

　ホフはにっこりと笑う。意気軒昂としているときなら魅力的な笑みだったかもしれない。しかし、いまは意気軒昂とはしていない。なんといっても雇われ殺し屋とおなじ部屋にいるのだ。それが理由の一部だが、全部ではない。ホフは周囲の壁がじわじわ迫ってくるのを感じている。その理由は――ビリーが見るところ――騙されやすいカモの役を押しつけられているのではないか、と疑っているからではなさそうだ。それが事実だと知っていて当然なのに、ホフは知らない。もしかしたら、考えられないのかもしれない――ちょうど、ビリーが大宇宙にあるブラックホールを現実の存在として考えられないように。

「ま、いいってことよ。なんといっても、あんたは作家さんだ。社会的にいうなら、あんたはわたしのゾーン内にいるってことだ」

　これはどういう意味かとビリーは内心首をひねる。

「そんなことをすれば、あとあとよくない影響が出るかもしれない。おまえがどんな質問をされるかわかったものじゃない。そりゃ、おれがこの部屋でなにをしていたかは知らなかったとしらを切ればいい話だが、それより質問される立場にならないほうがいいに決まってる」

「そうはいうが、われわれは善人だ、ビリー。そうだろ？」

「デイヴだ。うっかり口が滑ることがなくなるまで慣れてくれないと困る。それに……ああ、そのとおり、おれたちは善人の側だ。善人じゃなくなる道理があるか？」ビリーは目を丸くして〝お馬鹿なおいら〟の顔をつくる。

　これには効き目がある。今回ホフの笑みは、かろうじて魅力的といえなくもない――微笑みの途中で舌が出てきて、唇を這いまわったりしないからだ。「デイヴ、いまもこれからもデイヴ。ああ、もう忘れないね。で、必要なものがないのは本当だな？　というのも……ああ、そうそう、わたしは〈サウスゲートモール〉にある映画館〈カーマイク・シネマ〉を所有してる。九スクリーンあって、来年にはＩＭＡＸを導入予定だ。なんなら、映画館の無料鑑賞パスをあんたに――」

「もらえればありがたいな」

「よかった。じゃ、きょうの午後にでもこちらへ持参――」

「どうせなら郵便で送ってくれ。ここ宛てでもいいし、エヴァーグリーン・ストリートの家宛てでもいい。あの家の住所は知ってるな？」

「ああ、もちろん。エージェントに教えてもらった。知ってると思うが、夏にはいろんな大作映画が公開されるぞ」

ビリーはうなずく――スーパースーツに身を包んだ役者たちを早く見たくてたまらないといいたげに。

「それからな、デイヴ。あるエスコートサービスに知りあいがいる。すごくいい子がそろってて、みんなとびきり口が固い。ご要望なら、喜んで紹介――」

「遠慮しておくほうがいい。目立たないことが一番――そうだろう？」そういってビリーはドアをあける。ホフはトラブルが服を着て歩いているような男というだけではない。この男はこれから確実に発生する事故のような男だ。

「アーヴ・ディーンの働きに問題はないか？」

昼間のあいだロビーに詰めているビルの警備員のことだ。「問題ない。そのうちいつか、ふたりで一ドルずつ出しあってスクラッチくじを買おうと話してる」

ホフは度を越した大声で笑いだすなり、うしろをふりかえって、だれかに声をきかれていないかを確かめる。ビリーはふと、コリン・ホワイトをはじめとするビジネス・ソリューションズ社の電話対象者リストにケン・ホフの名前があるのだろうかと思う。いや、おそらくないだろう。ケン・ホフの借金相手は――ホフが借金をしている《ヽヽヽ》ことをビリーはひとつも疑っていない――取立ての電話をかけたりしない。金を借りた者の自宅をしかるべきタイミングでおとずれて愛犬をプールで溺死させ、小切手を書くのにつかわないほうの手の指の骨を折っていくのだ。

「いいね、実にいい。ではスティーヴン・ブローダーは？」ビリーの困惑顔を見てとり、ホフが説明する。「このビルの管理人だよ」

「姿を見かけてもいないな」ビリーは答える。「ともあれ、ケン、わざわざ立ち寄ってくれてありがとう」ビリーは皺だらけのシャツの肩に腕をまわしてホフを廊下へとエスコートし、体をエレベーターの方角にむけさせる。

「いいってことよ。例のブツはわたしがきっちり運んできてやる」

「ああ、信じてるよ」

ホフは廊下を歩きはじめる。ようやく厄介払いができたとビリーが思ったその瞬間を狙ったように、ホフが引き返してくる。いまはもう目に浮かぶ必死な光を隠そうともしていない。低い声でこう話す。「われわれは良好な関係だよな？　つまり、その……わたしのことであんたが気をわるくしていたり、あるいはあんたが怒ったりしているのなら謝らせてもらうからさ」

「良好そのものだよ」ビリーはいいながら考える――この男はどかんと爆発してもおかしくない。仮に爆発するとしたら、そのとき爆心地にいるのはニック・メイジャリアンではない。そこにいるのはおれだ。

「というのも、わたしにはこの仕事が必要だからだ」ホフはいう。あいかわらず押し殺した声。〈サーツ〉のミントタブレットと酒と〈クリード〉のコロンの香りをさせながら――「いってみれば、わたしはフットボールのクォーターバックみたいなものだ。パスを送ろうにも、レシーバーは全員カバーされている。そんなとき、まるで魔法みたいにスロットレシーバーへのパスコースがひらけるんだ。そこでわたしは――わかるだろ、わたしはそこで――」

押し殺した声で語られるこの喩《たと》え話の途中で、廊下の先にある法律事務所の扉がひらく。ドアから出てきたジム・オルブライトは洗面所にむかいつつ、ビリーを目にとめて片手をあげる。ビリーも片手をあげて、挨拶を返す。

「ああ、わかるよ」ビリーはいう。「きっと万事うまく運ぶさ」そして、ほかにいうべき言葉も思いつかないまま――「タッチダウン目指して突っ走れ」

ホフの表情がぱっと晴れる。「サード・アンド・ゴール！」といい、ビリーの手を握ってきびきび上下にふったのち、楽しげなようすをつくって廊下を歩いていく。

ビリーは、ホフがエレベーターに足を踏み入れて姿が見えなくなるまで廊下でその姿を見まもる。もしかしたら、さっさと逃げだすべきかもしれない。ドルトン・カーティス・スミスとしてBMWを買って逃げるのだ。

しかし、自分が逃げないこともわかっている。報酬の残金の百五十万ドルは、逃げない理由の半分でしかない。残り半分の理由は、いまオフィス兼会議室でビリーを待っているものの存在だ。理由の半分以上かもしれない。いまのビリーがなによりも望んでいるのはモノポリーでもなければ、ドン・ジェンセンとビールを飲むことでも、フィリス・スタンホープとベッドに行くことでも、ジョエル・アレンを狙撃することでもない。なによりも望んでいるのは書くことだ。ビリーは椅子に腰をすえてノートパソコンの電源を入れる。それから作業中の文書ファイルをひらき、たちまち過去へ落ちていく。

第七章

1

おれはやつに近づきながらもう一度撃つ必要があるかもしれないと自分にいいきかせた。必要に迫られたら撃つまでだ。やつは母さんのボーイフレンドだが悪人だ。見たところはくたばっているようだったが確かめなくては。そこでおれは手のひらを唾でたっぷり濡らしてその手をやつの口と鼻に近づけた。まだ息があれば呼気が感じとれるはずだ。しかし呼吸は感じられず男が死んでいるのはまちがいなかった。

次にするべきことはわかっていたがその前にまずキャシーに近づいた。助かっていてほしかったが妹も死んでいることはわかっていた。死んでいるはずだ、胸がすっかり押し潰されていたからだ。それでも怪我をしていないほうの手を濡らしてキャシーの口に近づけたが呼気はやはり感じとれなかった。おれは妹を抱きかかえておいおいと泣いた。母さんがクリーニング工場の仕事へ出かけるとき決まって口にしていた妹の面倒を見るようにという言葉を泣きながら思いかえしていた。おれは妹の面倒を見なかった。あのクソ野郎をもっと早く撃ち殺していればおれは妹の面倒を見てやったことになったはずだ。そうしていれば母さんの面倒を見たことにもなったはずだ。というのもあの男がときたま母さんを殴っていることをおれは知っていたからで母さんはそういうとき目のまわりの黒い痣や唇の切り傷なんかを笑い飛ばしてベンジーわたしたちはふざけていただけでわたしが顔をぶつけてしまっただけよといっていたからだ。そう話せばおれが信じると思っているみたいだった。でもあのころまだたった九歳のキャシーさえそんな話は信じていなかった。

泣きおわると電話に近づいた。電話は通じていた。いつも通じているとはかぎらなかったが、たまたま料金を支払ったあとだったのでこの日はつかえたのだ。おれは緊急通報の911にかけた。女の人が出た。

おれはハロー、おれの名前はベンジー・コンプスンといいさっき母親のボーイフレンドが妹を殺したのでぼくがそいつを撃ち殺しましたといった。電話の女性がボーイフレンドの男が死んでいるのは確実かとたずねた。おれは確実ですと答えた。女性はおれに家の住所をたずねた。おれは〈ヒルヴュー・トレーラーハウス団地〉内スカイライン・ドライブ一九番地ですと答えた。女性は母親は家にいるのかと質問した。おれはいま母親はイーデンデイルにある勤務先の〈24時間クリーニング〉にいますと答えた。女性は妹が死んでいるのは確実かとたずねた。おれはまちがいありませんと答えた。なぜかというと男が妹の体を踏みつけて胸をすっかり踏み潰してしまったからですと言葉をつづけた。手を唾で濡らして息が感じられるか確かめたら息をしてませんでしたとも話した。女の人はわかったからきみはいまいる場所から動かないようにといい警察官がすぐそちらに着くはずだからといった。おれは女性にありがとうございますと礼をいった。

読者のなかには銃声だのなんだのがあったのだからもう警官が家にやってきているのが普通だと思う向きもあるだろう。しかしトレーラーハウス団地はそもそもが街のはずれで住民はそれぞれの庭にはいりこんできた鹿やアライグマやウッドチャックを銃でしじゅう撃っていた。だいたいここはテネシーだ。ここでは人々はのべつまくなしに発砲していた。テネシーでは銃は趣味みたいなもんだった。

物音をきいたような気がした。もう死んでいるのに母さんのボーイフレンドが起きあがっておれに突進しようとしているような物音だった。そんなことがあるわけないとわかっていたが頭では前にこっそり映画館に忍びこんで見た映画のことを思い出していた。そのときはキャシーも連れていってキャシーはグロいシーンでは目を覆っていたばかりかあとあと悪夢に悩まされていた。そんな妹を連れていったのは意地のわるいふるまいだとわかってもいた。たぶん人のなかにはそういう意地わるさが潜んでいてたまに血や膿みたいに外に出てくるのだろう。できることなら映画のことは取り消したかったけれども母親のボーイフレンドを撃ち殺したことは取り消したいと思わなかった。罪もない幼い女の子を踏み殺すなんて悪人、とんでもない悪人だ。たとえそれで少年院に閉じこめられるとしてもやっぱりあいつを撃ち殺していただろう。

　ともあれゾンビなんてものが存在するのはホラー映画のなかだけだ。やつは犬の糞なみにくたばっていた。キャシーの体を毛布かなにかで覆うことも考えたがそんなことをするのは悲しく恐ろしく思えてやめにした。それから電話機近くの壁にテープで貼ってあったメモを見ながら〈24時間クリーニング〉に電話をかけた。電話に出た女性がこちらは〈24時間クリーニング〉だといいおれはベンジー・コンプスンという者だと名乗ってから皺延《マン》ばし《グル》機係の母親のアーリーン・コンプスンと話をする必要があると伝えた。女性が緊急の用件なのかといった。おれはそのとおりですと答えた。女性はけさの工場は目がまわるような忙しさだ、それほど大変な緊急の用件はなんなのかと質問した。おれはこれを穿鑿《せんさく》がましくて鼻もちならない態度に感じた。そう感じたのもあのときは動揺しているせいかと思ったが今はそう思っていない。おれは妹が死んだと話した。それが大変な緊急の用件だと話した。女はまあびっくりでも確かなことなのといったのでおれはとにかく母さんと話をさせてくださいといった。この穿鑿がましい女にとことんうんざりしていたからだ。

　待っていると母さんがぜいぜいと息を切らしながら電話に出てきていった。ベンジーなにがあったの？　冗談だったらおやめなさい。これが冗談だったらおれたちみんなにとっていいことになると思ったがでも冗談ではないとおれは思った。おれは母さんのボーイフレンドが腕の骨を折ってギプスをはめられて酔っぱらって帰ってきてキャシーを殺してからおれを殺そうとしたがおれが銃でやつを撃ち殺したと母さんに話した。おれは警察が向かってる、もうサイレンがきこえてる、だから母さんは家に帰ってきて警官がおれを牢屋に連れていかないようにしてほしいと話した。やつを殺すかおれが殺されるかだったのだから。

　おれはトレーラーハウスから外の階段の最上段に出た。階段といっても、本物の階段ではなかった。ひとり前の母さんのボーイフレンド、悪人ボーイフレンドの前のボーイフレンドがコンクリートブロックを階段みたいに積みあげただけだった。この男の名前はミルトンでいい人だった。ミルトンがそのまま家にいればいいと思っていたが去ってしまった。あの人は子供ふたりを育てる責任をとりたくなかった、母さんはそう話した。おれたちのせいだといわんばかりに。まるでおれたちが生んでくれと頼んだみたいに。ともかくおれは階段の最上段に出た。死人といっしょにトレーラーハウスにいたくなかったからだ。おれはくりかえし何度も本当にキャシーは死んでいただろうかと自問しまちがいなく死んでいたと自分に答えた。

　警官たちの第一陣がやってきておれが警官たちになにがあったかを話しているあいだに母さんが帰ってきた。警官たちは母さんが部屋にはいるのをとめようとしたけれども母さんは無理やり家にはいってきてキャシーを見つけるなり金切り声で叫んだりうめいたりしはじめそれが延々とつづくのでおれは両手で耳をふさがずにはいられなくなった。それにおれは母さんに怒っていた。母さんいずれどんなことになると思っていたんだよと考えた。あいつは母さんを殴る前からぼくたちを殴ってたんだからその先どんなことになると母さんは思っていたんだよ。悪人が遅かれ早かれわるいことをするに決まっていることくらい、子供にだってわかるぞ。

　このころには隣近所の人たちがこぞって外に出て見物していた。警官のひとりは親切だった。この警官はおれを隣人たちの目が届きにくいパトカー車内へみちびいてハグをしてくれた。警官はグローブボックスにお菓子がはいっているが食べたいかとたずねた。おれは遠慮しますと答えた。警官はよしベンジーなにがあったかを話してくれといった。おれは話した。その後おんなじ話をなんべんくりかえしたのかは覚えていないがかなりの回数だった。とにかくおれが泣きはじめると警官はまたおれをハグしておれを勇敢な男の子だといった。おれは母さんがこの警官みたいな男をボーイフレンドにしてくれればいいのにと思った。

　パトカー車内にすわって警官になにがあったのかを話しているあいだにもさらに警官が到着しただけでなく**《メイヴィル警察署鑑識ユニット》**と側面に書いてあるヴァンもやってきた。ヴァンでやってきた警官のひとりが写真を撮影していた。あとあと審問会でそのうち何枚かの写真を見せられたが死体の写真はなかった。すでに死体をじかに見ていたおれがどうして死体の写真を直視できないと審問会の人々が考えたのかは謎だ。でもここでおれがいいたいのはこの警官が撮った写真の一枚が新聞に掲載されたということだ。写真には妹がつくったクッキーが写っていた。クッキーが床一面に散乱しているようすがありありと。写真の下に、《**少女はクッキーのために殺された**》という見出し。ぜったいに忘れない。この見出しがどれだけ邪悪でどれだけ真実だったのかを。

　おれは審問会に出席しなくてはならなかった。といっても判事ひとりが相手の審問会ではなく三人の人物が出席していた。男がふたりで女がひとりで見た目も教師そっくりなら話しぶりも教師そっくりだった。部屋にいるのはこの三人とおれと母さんと最初にトレーラーハウスにやってきた警官だけで、みんなトレーラーハウスのことを〝現場〟といっていた。テレビドラマの〈ロー＆オーダー〉とはちがって弁護士は同席しなかった。まず女がおれのことを勇敢な少年だといいおれにはカウンセリングを受けさせるべきだと母さんにいった。母さんはそれはいい考えだといっていたがあとで世の中には金が木になると思っている人もいるんだよとおれに話した。

　おれたちが帰りかけてこれでもうおわりだと思ったとき男その1がちょっと待ってください、ミセス・コンプスンといった。話しておきたいことがあります。わたしとしては今回のこの悲劇の責任の一端はあなたがその肩に背負うべきだとお話ししなくてはなりません。そういって男は一匹のサソリが激流の川を対岸へわたるのを手伝ってくれと親切なカエルに頼みこむという話をはじめた。しかし川のなかほどまで行ったところでサソリは毒針でカエルを刺してしまう。カエルはなんでこんな真似をするんだこれじゃふたりとも溺れ死んでしまうという。サソリは毒針を刺すのはぼくの本能だしそっちだって背中にぼくを乗せたときにはぼくがサソリだと知っていたはずだといった。

　それから男その1はあなたが選んだ男はサソリでそのサソリがお嬢さんを刺して死にいたらしめたのですと話した。息子さんまでなくしていても不思議はなかった。幸い息子さんをうしなうことはなかったが息子さんの〝しんてきがいしょう《トローマ》〟はこのあと一生残るでしょう。だから次にサソリと出会ったら乗せてやろうとはせずひと思いに踏み潰してしまうことをおすすめします。

母さんは顔を真っ赤にしてよくもそんなことがいえたものねといった。こんなことになるとわかっていれば子供たちを危険にさらすような真似をしたはずがないと。男はあなたは息子ベンジャミンくんの監護権を奪われませんがそれはあくまでも事実はちがっていたとわれわれには立証できないからですといった。しかし以前にあなたがミスター・ラッセルの暴力的な性格についての危険信号に気づいていなかったのなら——信号はわずかだったかもしれず、多かったかもしれません——そちらのほうがわたしには大きな驚きです。

母さんが泣きはじめたのでおれも泣きたい気分になった。母さんはそんなふうに一段高いところでふんぞりかえっているだけなんて不公平もいいところだと男にいった。家にもって帰る食べ物を買うのに週四十時間の重労働を強いられたこともないくせに。男その1はこれはわたしの話ではないのですよ、ミセス・コンプスンといった。あなたは人を見る目のなさが原因で、お子さんをひとり亡くしたのです。もうひとりを亡くさないように。

以上で審問会をおわります。

2

その年の夏——ビリーが多くの顔をつかいわけた夏——のあるとき、ビリーはボブ・レインズの死とその後の審問会にまつわる物語を再読する。読みおわると窓辺に近づき、裁判所をながめる。郡警察の車が裁判所前の歩道に近づいてとまるところだ。前の座席から、茶色い郡警察の制服を身につけたふたりの男が降りたつ。ひとりが後部座席のドアをあけ、そこにすわっている男が降りてくるのを待っている。拘束されているのは手足がひょろ長くて痩せた男で、尻の部分がだぶついているカーペンタージーンズと、きょうの陽気では暑すぎる鮮やかな紫のトレーナーという服装だ。トレーナーの背にはアーカンソー・レイザーバックスのロゴ。五百メートル近く離れていても、この男が哀れな負け犬だということはビリーにも明らかだ。ふたりの警官は左右から男の腕をとると、いっしょになって幅の広い正面階段をあがっていき、その先で男を待つ裁きの場へ引き立てていく。その裁きとはまさしく、いずれ（もし）その時になったらビリーが実行する狙撃のことだが、いまのビリーの目にはそれもろくに見えていない。頭のなかは執筆のことでいっぱいだ。

　書きはじめた当初こそ、この小説は〝お馬鹿なおいら〟によって語られるものと想定していたが、いつのまにかちがうものになっている。それに気がついたのは改めて精読したときだ。たしかに〝お馬鹿なおいら〟は作品内にいるし、これを読んだ者はだれでも（たとえばニックやジョルジオ）、作者はおおむねゴシップ雑誌の〈スター〉や〈インサイド・ヴュー〉、コミックス『アーチー』のシリーズから離れられない人物だと見抜くだろう。しかし、ここにはそれ以上のものがある。〝子供の自分〟の語り口《ヴォイス》だ。書きだしたときにはその語り口で小説を書こうとはしていなかった——少なくとも意識のうえでは。それなのに、この語り口で書いていた。催眠術をかけられて子供返りしたかのようだ。ものを書くというのはそういうことなのかもしれない——本当に重要なことを書くときには。


　しかしこれが重要なのか？　これを読むのは自分と二、三人のラスヴェガスの用心棒だけで、後者にいたってはもう興味をなくしているかもしれないのに？

「ああ、重要だ」ビリーは窓にむけていう。「おれの作品だからな」

　そのとおり。これが真実だからだ。登場人物の名前はわずかに変更したが——妹の名前はキャシーではなくキャサリン、母親はアーリーンではなくダーリーン——それ以外はおおむね事実に即している。子供の声は事実そのままだ。言葉を話す機会に恵まれなかった声、審問会の席でもその機会がなかった声。むけられた質問には答えたが、胸を踏み潰された妹の体を抱いたときの心境はだれにもきかれなかった。《妹の面倒をちゃんと見てやってね》といわれながら、丸い地球上でもっとも大切なこの仕事をしくじったときの心境も、だれにもきかれなかった。望みはないと知りながらも望みをいだきつつ、妹の口や鼻の前に濡らした手をかざしたときの心境も、やはりだれにもきかれなかった。発砲時の反動で思わずげっぷをしてしまったが、それが炭酸飲料を一気飲みしたときに似ていたことはだれひとり知らない。ビリーをハグしていくつもの質問をしたあの警官さえ知らないことで、例の語り口でそういった事柄を話したいま、どれほどの解放感をおぼえていることか。

ビリーはひらいたままのマックブック・プロのもとへ引き返して椅子に腰をおろす。モニターを見つめる。考える。いずれ執筆が〈ステペネク・ハウス〉のくだりにさしかかったら——ただし作中では〈スペック・ハウス〉としよう——この語り口を少し成長させられる。なぜなら、そのときのおれは少しばかり成長していたからだ。

ビリーはキーを打ちはじめる——最初はのろのろとしたペースだが、やがて勢いがつきはじめる。ビリーのまわりで夏の日々が過ぎていく。

3

審問会がおわると、おれと母さんは歩いて家に帰った。キャシーの埋葬もすませた。母さんのボーイフレンドをだれが埋葬したのかは知らないし知りたくもない。秋になってまた学校に通いだすと生徒の一部から〝バン・バン・ビリー〟と綽名で呼ばれたがその年のあいだは我慢した。だから喧嘩沙汰でトラブルになりはしなかったが学校はしじゅうサボるようになりやがて母さんからもし家から連れだされて里親のいる家庭養護施設《ファミリーホーム》に入れられたくなかったら真面目にやる必要があるといいわたされた。そんなことになるのはいやだったから翌年はそれまでよりがんばって及第点をとった。そのあと〈スペック・ハウス〉に送りこまれたのはおれのせいではない。母さんのせいだ。

キャシーが死んでから、母さんは深酒をするようになった。いつもは家で飲んでいたがバーへ出かける日もあり家に男を連れ帰る日もあった。おれの目にはそういった男たちのだれもがあの悪いボーイフレンドそっくりに見えた。いいかえればクソ野郎だ。あんなことがあったあとなのになぜ母さんがおなじタイプの男にもどっていったのかおれにはわからない。でも現実はそうなった。母さんは自分が吐いたげろをぺろぺろ舐めてしまう犬みたいなものだった。こんな表現がどう受けとめられるかはわかる。でもおれには撤回する気はない。

母さんとそうした男たち――少なくとも三人、もしかしたら五人いた――はいつも寝室にはいっていき、母さんはふたりでレスリングをしていただけだと話していたが、このころにはおれも成長していたので母さんたちがセックスしていたことも知っていた。そしてトレーラーハウスで酒を飲んでいたある夜に母さんはクラッカーの〈チーズイット〉を買うために〈セブン－イレブン〉まで出かけて帰り道に警官に停車を命じられた。母さんは飲酒運転の罪で訴えられて留置場に二十四時間閉じこめられた。おれと暮らすのは許されたが母さんは半年間の免許停止処分を食らったのでクリーニング工場への通勤にはバスをつかうしかなかった。

免許が返却されてから一週間後、母さんはふたたび飲酒運転で停止を命じられた。そのあとまた審問会がひらかれた。今回はおれについてだけの審問会だったが、これはびっくり、ふたりの初対面の者とならんですわっていたのはサソリとカエルの話をきかせてくれたあの男だった！　男はまたきみかといった。母さんはそうそのとおり、またあたしであたしが娘を亡くしたことは知ってるよねと話した。男は知っている、きみは自分の体験から教訓を得なかったようだね、ミセス・コンプスンといった。母さんはあんたは一度だってあたしみたいな立場になったこともないくせにといった。このとき母さんは弁護士を連れてきていたけれど弁護士はあまりしゃべらなかった。審問会のあとで母さんは弁護士を怒鳴りつけてあんたはいったいなんの役に立つんだと問いつめた。弁護士はそもそもあなたはわたしに仕事をする材料もろくに与えませんでしたよ、ミセス・コンプスンといいかえした。母さんはおまえなんかクビだといった。弁護士はそいつは無理だ、こっちから辞めてやるからだといった。

あくる日おれたちが審問室へはいっていくと連中はおれが〈スペック・ハウス〉という名前の家庭養護施設に行くしかないといった。母さんが母親として不適格だというのがその理由だった。母さんはおまえたちなんか嘘八百のぺてん師だ、わたしは最高裁まで争ってやるといった。カエルとサソリの話を披露した男が母さんにあなたは飲酒をしていたではないかといった。母さんはあたしのおケツにキスでもしてなよデブのなめくじ野郎といった。男は母さんのこの発言にいいかえさなかったが代わりに二十四時間以内にベンジーの荷物をまとめてお別れをしてくださいといった。そのあいだ、あなたが酒を飲まずにしらふなら息子さんにとってなによりです。それから男とほかの二名は部屋から出ていった。

　おれたちはバスで帰宅した。母さんはふたりで逃げようベンジーといった。ほかの街まで逃げて名前を変えてしまおう。一から新しくやりなおそう。しかしおれたち母子は翌日もおなじところにとどまっていて、それが〈ヒルヴュー・トレーラーハウス団地〉でおれが過ごす最後の日、母さんと暮らした最後の日だった。郡警察の警官がおれを〈スペック・ハウス〉に連れていくためにやってきた。できればおれをハグしてくれた警官がよかったがあらわれたのは別の警官だった。でもこのモーキン巡査もそんなにわるくなかった。

　いずれにしても母さんはしらふだったので面倒を起こすこともなかった。母さんは警官におれが行きたくないので荷造りをサボっていたと話した。だから十五分だけ時間をくれないか。警官はまったくかまわないと答えて母さんがダッフルバッグいっぱいにおれの衣類を詰めこむあいだ家の外で待っていた。それから母さんはおれにPB&J――ピーナッツバターとジャムのサンドイッチ――をふたつつくってランチ袋に入れるといい子にしているのよといった。そういうと母さんは泣きはじめておれも泣きはじめた。おれが家を離れなくてはならないのも母さんのせい、なにもかも母さんのせいでサソリを背中に乗せたのも母さんで四六時中酔っぱらっては深酒をキャシーが死んだせいにしていたがそれでもおれが泣いたのは、母さんを愛していたからだ。

　おれたちが外へ出ると警官がエヴァンズヴィルの〈スペック・ハウス〉に着いたら母さんに電話をかけられるかもしれないぞと話した。母さんはぼくに電話をかけるのならお隣のミセス・ティリットスンにかけなさいといい警官にはいまうちの電話がつかえなくなっているからだと説明した。つまり請求書の支払いがまたも滞っているということだ。モーキン巡査はそれもいい案だといいおれに母さんをハグしろといった。おれはそうした。母さんの髪の毛の香りを嗅いだ。いつもいい匂いがしたからだ。エヴァンズヴィルまでは二時間かかった。おれはそのあいだ前の座席にすわっていた。前の座席のうしろには金網の仕切りがあって後部座席を檻に仕立てていた。警官はこれからトラブルを避けていればパトカーの後部座席にすわるような目にあわずにすむぞと話した。警官はトラブルを避けていられそうかとたずね、おれはイエスと答えたが頭のなかではパトカーで養護施設に連れていかれる時点ですでにトラブルにはまっているんじゃないかと考えていた。

　ひとつめのPB&Jを食べると母さんがランチ袋にデヴィルドエッグも詰めてくれていたのがわかって詰めている母さんの手を思ってまた泣けてきた。警官はおれの肩をやさしく叩いてそのうち気持ちも楽になるさといった。警官の小さな名札には《F・W・S・モーキン》と書いてあった。おれはF・W・Sがなんの略なのかと質問した。特別な仕事を示す略称なのかと思ったからだ。警官は自分の名前の頭文字だと答えた。フランクリン・ウィンフィールド・スコット・モーキンがフルネーム。でもおれのことはフランクと呼びな、ベンジー。

　このときには泣いていなかったが警官はおれが悲しんでいてひょっとしたら怯《おび》えていると思ったのだろう、手を伸ばしておれの肩をぽんぽん叩きながら大丈夫だ心配するなベンジーといった。あっちには気立てのいい子供たちが大勢いる。みんな仲よくしているしおまえもお行儀に気をつけていれば仲よくやっていけるはずだ。おれは三郡地帯《トライ・カウンティーズ》の養護施設のことは知っているしスペック夫妻が最悪の里親でないことも知っている。だからといって最高の里親でもないがこれまで夫妻がトラブルを起こしたことはない。おれが見てきたもののなかには、おまえに見せたくないもんもある。おまえがお行儀よくして仲よく力をあわせて進んでいけば心配はなにもないさ。

　おれは母さんと離れて寂しいといった。警官はおまえが悲しむのも当たり前だしお母さんがしっかり立ち直ることができたら改めて審問会がひらかれておまえは家へ帰れるようになるぞといった。それまでお母さんは毎週水曜日の夕方それから土曜日と日曜日は午後七時まで面会できることになっている。お母さんと話すときにはそのことを忘れずに伝えておくんだぞ。

　とはいえ結局母さんがしっかり立ち直ることはなかった。母さんはそれからも酒を飲みつづけ、ボーイフレンドをつくって、この男から覚醒剤《クリスタルメス》をもらった。ひとたびこの薬の依存症になると立ち直るどころか足を地につけることもおぼつかなくなる。四六時中ハイになりっぱなしだからだ。最初のうちはしょっちゅう面会に来てくれた母さんだったが間隔があくようになり面会にめったに来なくなってしまいにはまったく来なくなった。最後に面会に来たときには歯が何本か抜けていて髪は汚れたままだった。母さんはあんたにこんな姿のあたしを見せたくはなかったよベンジーといいおれはこっちだって見たくなかったよといった。ほんとに汚らしいよ母さんともいった。そのころのおれはティーンエイジャーであの年代の若者は自分たちが傷ついたときには人さまを傷つけるような言葉を口にすると決まっている。

〈スペック・ハウス〉は人里離れた田舎にあった。いまにも倒壊しそうな建物だったが大邸宅といえるほど大きくて部屋がいたるところにある三階建てだった。ひょっとしたら四階建てだったかもしれない。外から見ると立派だったが屋内は古く隙間風が吹きこみ雨漏りがして冬場は寒くてたまらなかった。冷凍庫で娼婦とやる一発なみの寒さ、とはロニーが口ぐせのようにいってた言葉。でも最初に到着したときには古いとは知らず新しい建物だと思いこんだ。外壁はまばゆいほど赤いペンキ、窓枠やへりが青いペンキで塗装されていたからだ。間もなくおれは〈スペック・ハウス〉の子供たちは毎年一回一時間あたり二ドルの時給で家の塗装をやらされていると知ることになる。ある年は外壁が緑で、窓枠やへりは白。またある年は外壁が黄色で窓枠とへりが緑だった。これでおれとロニーがあそこを〈永遠のペンキ館〉と呼んだわけもわかるだろう！　おれがあの施設を出て海兵隊の一員になったときには赤と青の二色にもどっていた。ロニーはおんぼろ屋敷はペンキのおかげでばらばらにならずにすんでいると話していた。これはジョークだ。ロニーはしじゅうジョークを飛ばしている女の子だったがこの言葉は真実だった。思うにジョークにはそれなりの真実が含まれていて、だからジョークは笑えるのだろう。

F・W・S・モーキン巡査はスペック夫妻が最低でもなければ最高でもないと話していてこの言葉は真実だと判明した。海兵隊に志願できる年齢になるまでおれは都合五年間をこの施設で過ごしていたしそのあいだにはミセス・スペックにタオルやふきんでときどき横っつらをはたかれてもいた。しかし素手で殴られたことは一度もなかったし片方の目をタバコで潰された六歳の女の子のペギー・パイをはじめとする小さな子供をミセス・スペックがぶったこともなかった。横っつらをはたかれたときには、それなりの理由があった。ミスター・スペックはといえば、子供を殴ったのを二回しか見ていない。一回はジミー・ダイクマンが石を投げて防風窓のガラスを割ったとき。もう一回はサラ・ピーボディがペギー・パイのまわりで踊りながらペギー・パイ、ペギー・パイ、誓っていうわあんたなんか死んじゃえばいい、片目しかないペギー・パイと歌っている場面を見つけたときのことだ。ミスター・スペックはそんな真似をした罰としてサラに平手打ちを食らわせた。サラは意地悪な少女であり悪人だった。一回サラに大きくなったらなにになりたいかとたずねたことがある。サラはわたしはコールガールになってセレブな男たちとファックしてやつらの金を巻きあげたいと答えた。そのあと笑いながらこれはジョークだといっていたのでたぶんジョークだったのだろう。

スペック夫妻は善人でもなければ悪人でもなく、テネシー州からの助成金で暮らしているだけの人たちだった。夫妻の施設はあらゆる審査基準をパスしていた。おれたちはみんなバスで学校へ通っていつも清潔な服を着せてもらっていた。おれが海兵隊に入隊すると決めるとミスター・スペックがおれといっしょに審問会に出席してくれたおかげでおれは法律でいう行為能力を付与されて親権者である母さんと正式に親子の縁を切り、ミスター・スペックがおれの法定後見人になった。そのうえでミスター・スペックが一枚の書類に署名してくれたのでおれは十八歳になるのを待たず十七歳半で軍隊にはいれることになった。ひょっとしたら母さんが行為能力付与の審問会に来るかもしれないと思ったが姿をあらわすことはなかったしそもそも審問会がひらかれることを知らなければ来られるはずはない。教えられるものならおれから教えてもよかったが母さんはトレーラーハウス団地から引っ越してそのあと母さんを覚醒剤依存症にさせた男としばらく住んでいたアパートメントからも消えていた。二回の審問会をおわらせるとミスター・スペックはおれに神さまのおかげでこれからはやりたいことを自由にやれるようになったんだぞベンジーといった。おれが神さまなんか信じてないと答えるとミスター・スペックはいずれきみも信じるようになる、まあ待っていたまえといった。

〈永遠のペンキ館〉にいたあいだに学んだこと。人間の行動についてもっぱらテレビから学んでいた子供時代には世の中の人間は善人と悪人の二種類にわけられると信じていたが、それ以外の人間もいるということ。三種類めの人だ。どんな人たちかというと、F・W・S・モーキン巡査が話してくれたように仲よく力をあわせて進んでいく人々だ。世界の大半はこの人々でおれは彼らを灰色の人々と考えている。彼らは人を（少なくとも意図的には）傷つけたりしないが、同時に人を助けることもあまりない。やりたいようにやれといい、あとは神が助けてくれるというだけだ。

やはりこの世界で人は自分で自分を助けるほかはないのだろう。

おれが〈永遠のペンキ館〉に来たときには、おれを勘定に入れて十四人の子供たちが暮らしていた。ロニーはおれが来てくれてよかった十三というのは不吉な数字だからだといっていた。いちばん年少だったペギー・パイはときたまズボンにお洩らしをすることがあった。それからティミーとトミーという双子がいて六歳か七歳だった。いちばん年長だったグレン・ダットンという少年は十七歳でおれが住みはじめてからまもなく軍隊にはいった。ただしグレンの場合にはミスター・スペックが法定後見人になってグレンの代わりに書類にサインする必要はなかった。そういうことは母親がやったからだ。それもこれもグレンが軍の給料を母親に送るといったからだ。グレンはおれとロニーに、あのクソ女のことだからそれで自分のところに金がはいるのなら息子のおれをターバン野郎どもの奴隷にするという契約書にもサインしたはずだと話した。グレンは体も大きく水夫なみに言葉が汚いロニーよりもなお四六時中悪口雑言をまきちらしていたが、自分より小さな子供をいじめることはなかった。それにグレンはペンキ塗りの達人で、決まって足場のいちばん上に乗っていた。

モーキン巡査がパトカーをドライブウェイに乗り入れたとき、おれは施設の隣の光景に完全に目を奪われていた。見わたすかぎり廃車の山がつづいていた。数台単位でなく数百台単位だった。廃車は丘の斜面ひとつを完全に埋めつくし、そのあとすぐにわかったが反対側の斜面も埋めつくしていた。先へ進むにつれて年代が古くなって錆もひどくなっていた。太陽の光は、フロントガラスが残っている車すべてのフロントガラスに反射していた。〈スペック・ハウス〉から半キロほど先には緑色の波型トタン板でつくられた自動車の修理工場があった。工場からはエアードリルやレンチをつかって作業している物音がきこえた。工場の正面側にある看板には《**スペックズ　自動車部品各種　簡単な修理　最高の品を格安で**》とあった。

モーキン巡査はあれはスペックの兄の工場だ、実に目ざわりだなといった。工場があるのは郡の規制地区のすぐ外だった。スペックの兄はこうやって規制逃れをしているんだ。おまえがこれから行くスペックの施設は規制地区の境界線のすぐ内側だ。だから弟のスペックは施設の左右と裏に金網フェンスをはりめぐらさざるをえなかった。こんな話をしているのは、おまえがあのフェンスを目にして自分がこれから刑務所に行くんだなどと思ってほしくないからだよ。あの自動車墓場は危険なところだぞ、ベンジー。立入禁止になっているのには理由がある。あそこへ行ってみようなんて考えを頭に招きいれたりするな。おれはわかったと答えたがもちろん行った。おれとグレンとロニーとドニーで。おれとロニーふたりだけのときもあった。グレンが陸軍に入隊したあとはおれとドニーだけのときもあった。そのあとロニーが脱走してからはだいたいおれひとりだった。いまでもときおりロニーはどこへ行ったのだろうと考える。元気にしていることを祈っている。ロニーがいなくなって悲しかった。それもおれが海兵隊に入隊した理由かもしれないが、もし真実をいうようにいわれたら、いずれにしても海兵隊に行ったはずだと答えよう。

おれが〈スペック・ハウス〉に住むスペック・ボーイだった五年という歳月はこの通称〈永遠のペンキ館〉の色が三回変わるのを見るだけの長さだった。おれがそこにいた年月のなかには目立った出来事もなくはない。たとえば喧嘩沙汰を起こして停学処分になったことだ。ふたりの少年から〝バン・バン・ベンジー〟と呼ばれたからだ。そう呼ばれたことは前にもあったがこのころにはもううんざりだった。相手のふたりはおれよりも大柄だったがおれは片方の少年から目のまわりに黒痣をつくられもうひとりには危うく鼻の骨を折られかけても戦いつづけた。後者の少年はジャレド・クラインという名前で、おれはジャレドのズボンをつかんで引きおろしてやった。

おかげでまわりのみんなが小便の染みのあるこいつの下着を目にすることになった。ジャレドはこのことでさんざんからかわれたが身から出た錆だ。

もうひとつの目立った出来事はペギー・パイが肺炎にかかって入院しなくてはならなくなったことだ。一週間後、あるいは十日後だったかもしれないが、ミセス・スペックがおれたち子供をリビングルームにあつめて祈りを捧げるようにいった。というのもペギーは亡くなっていまは天国でイエスさまのもとにおり両目でものを見られるようになっているからです。ドニー・ウィグモアが天国ではここよりもずっと美味しいものを食べられているといいなといいミスター・スペックがわたしにひっぱたかれたくなければ減らず口は自分の胸にしまっておけといった。それはともかくおれたちはみんなでペギーの魂のために祈りを捧げた。ロニーはドニーの言葉でこみあげた笑いをこらえるのに手を口に当てていなくてはならなかったが同時に泣いてもいた。ほかの子たちも泣いていた。というのも、ペギーはみんなの〝お気に入り〟だったからだ。おれは泣かなかったが気分は暗かった。

そのあとおれとロニーとグレンとドニーで〈デモ・ダービー〉に行ったときにもロニーはまた泣いていた。グレンがハグするとロニーはペギーってとってもいい子だったねといいグレンは本当そうだよといった。

それからロニーがおれをハグしておれもハグをしかえした。これは、ペギーが死んだという不幸がもたらしたひとつの幸せだった。おれはロニー・ギヴンズに恋していた。ただしこの恋がそれ以上にならないこともわかっていた。ロニーはおれよりも二歳年上でおまけにグレンに夢中になっていたからだ。とはいえ気持ちは自分でもどうにもならない。気持ちは呼吸とおんなじで体にはいっては体から出ていく。

〈デモ・ダービー〉は〈デモリション・ダービー〉の略だけどここでは車をぶつけあう派手なカーレースのことじゃなく、〈永遠のペンキ館〉の裏手で〈スペックズ自動車部品〉の隣にある廃車置場のことだった。そこはおれたちだけの特別な場所だった。近づくなといわれればいわれるほど、おれたちの行きたい気持ちは膨らんだ。ロニーはそのあたりの事情を、エデンの園でイブが食べてはいけないといわれていた禁断の木の実のようなものだといった。グレンは何列も並んで太陽の光をフロントガラスで反射することでひとつだけの太陽を何百もの太陽に増やしている大量の廃車をざっと片手でさし示しながら、これの全部がクソくだらない果樹園なんだぜといっておれとロニーをともに笑わせた。

あそこへ出かけていくとみんなでいちばんいい車をさがした。キャディラックやリンカーンやBMWみたいな車だ。あるとき車体後部がすっかりなくなっているメルセデスのリムジンを見つけた。まずグレンがいつも持参していた箒《ほうき》でシートをばしばし何度か叩いたのは鼠が隠れていても驚かせて追い払えるからで、おれたちはそのあと車内に乗りこんだ。そういえば一度グレンがでっかい鼠を叩きだしたこともあった。そのときはドニーがいっしょにいて見ろよミスター・スペックが走っていくぞといいおれたちみんな腹が裂けるほど激しく笑った。それはともかくおれたちはそのたぐいの車に乗りこんで自分たちだけでどこかへ行こうとしているつもりになって遊んだ。

施設の運動場の奥に立つ金網フェンスには隅に穴があいていたので〈デモ・ダービー〉に忍びこむのは簡単だった。あるときグレンは頭がいかれた施設の子供がこれまで何人この穴を通っていまいるところまで逃げだしていったのかわかったものじゃないなと話しておれたちを笑わせたがひとりロニーだけはこんないいところはないといった。ドニーはこの言葉にも笑い声をあげたが、おれとグレンは笑わなかった。おれが顔を見るとグレンもおれの顔を見ていてふたりは〝こんないいところはない〟とおなじ思いだった！

運転席にすわったグレンが車を走らせているふりをして助手席にロニーがすわることもあった。すわる場所が逆の場合もあってグレンが助手席にすわっているときには大声で**うっわーロニーやばいぞあのクソ犬を撥《は》ねるなよ**とかなんとかわめきちらしロニーは急ハンドルを切る真似をしていた。グレンは遠心力でばったり倒れるていでロニーの膝に頭を載せロニーはそんなグレンを押しもどしてシートベルトをきちんと締めてなさい馬鹿といった。

おれはいつも後部座席にすわった。ドニーが来ればならんですわったがだいたいおれひとりだった。そのほうがよかった。二、三度はグレンが缶ビールを買ってきて空っぽになるまでみんなでまわし飲みをした。飲んだあとはロニーがにおい隠しのために〈サーツ〉のミントタブレットをくれた。一度はグレンが缶ビールを三本も仕入れてきておれたち全員がすっかり酔っ払いもした。ロニーは運転席でハンドルを右に左に切りまくりグレンが警官《ファイブ・オー》につかまるんじゃないぞガールフレンドといっていた。

　ふたりはいっしょになって笑っていたけれどおれは笑わなかった。だって母さんは本当に警官《ファイブ・オー》につかまったし冗談ごとでもなんでもなかったからだ。

　ドニーはタバコを吸っていた。グレンにビールを売ったのとドニーにタバコを売ったのが同一人物かどうかは知らないが、とにかくドニーはベッド下の床板がゆるんではずれるところにいつもマルボロの箱を隠していた。タバコを吸うのはだいたいキッチンを出たあたりの家の裏だったがある日みんなで大きなぽんこつのビュイック・エステートにすわってラスヴェガスをドライブしてはルーレットで遊んでクラップス賭博をしているというごっこ遊びのさなかドニーがそのタバコの箱をとりだしたことがあった。ロニーはお願いここで火をつけたりしないで、だってまわりは枯れ草とこぼれたオイルだらけなんだからといった。ドニーはなんだよおまえは生理中かなにかかといった。グレンがうしろへ顔をむけて拳骨をつくると自分の前歯を食べたくなければいまの言葉を引っこめろとドニーにいった。それからずっとあと、ファルージャにいたとき、おれは〝ピザ・スライス〟と呼ばれていた地区にあった反政府勢力のアジトへウェスト軍曹がロケット推進擲弾《RPG》を撃ちこむ場面を目にした。アジト内に弾薬類がどっさりあったせいで建物は空高くまでふっ飛んだ。そんなことは予測していなかったので味方全員が死ななかったのは幸運といえた。その事件でおれはドニーがときおりスペック夫妻がペンキ類をしまっていた備品倉庫にはいってタバコを吸っていたことを思い出した。あんなところでの喫煙は〈デモ・ダービー〉での喫煙とはくらべものにならないほど危険だったかもしれない。

　ドニーは先ほどの言葉を撤回したがロニーは拳骨にかなりの力をこめてグレンの肩を叩いた。あたしはなにもあんたに味方をしてもらう必要なんかないんだよダットンとロニーはグレンにいった。

　こんなふうにロニーが相手を苗字で呼ぶのはロニーが

本気で怒っている証拠だった。ロニーは後部座席をふりかえると火事の心配をしてるからって生理と関係なんかないんだよウィグモア心配してるのはこんな目にあったからさとドニーに苗字で話しかけた。ロニーは片腕を突きだして光沢のある火傷《やけど》跡をおれたちに見せてきた。みんな前にもこの火傷跡を見たことがあった。火傷跡は前腕の中間あたりからはじまって肩までつづいていた。ロニーの両親は住宅火災で死亡した。ロニーはすんでのところで二階の窓から飛びおりたので片腕と片方の足の一部に火傷を負って髪が燃えただけで助かった。そのあと親戚、つまりおばが自分はロニーを引きとれないといいだしたのでロニーは〈永遠のペンキ館〉にたどりついたのだ。このおばは入院中のロニーを一度だけ見舞いにやってきて自分は子供をふたり育てていて二人とも手に負えないわんぱくな子でそれだけで手いっぱいだと話した。ロニーはそのことではおばを責められないといっていた。

あたしは炎がなにをするかを知ってるんだよとロニーはいった。もし忘れたって腕をひと目見ればすっかり思い出せるんだ。ドニーはわるかったよと謝り、おれも同様の言葉をいった。本当はおれに謝る理由はなかったがロニーが火傷を負ったことでは胸が痛みロニーの顔が火傷を免れたことでほっとしてもいた。かわいらしい顔だったからだ。とにかくそのあとおれたちはみんなまた友だち同士にもどった。といってもおれとドニー・ウィグモアはおれとロニーやグレンとのような友だちにはついぞならなかった。

4

「〈デモ・ダービー〉では本当に楽しい時間を過ごしたもんだ」ビリーはいう。

いまはふたたび窓から裁判所を見おろしているところだ。八月はすでに九月に席を譲っていたが、熱気による陽炎《かげろう》はいまも残っている。路面からゆらゆらと立ちのぼる熱気がビリーにも見える。それを見て思いだすのは、〈永遠のペンキ館〉のキッチンの裏にあった大きな焼却炉の上でも、やはり空気がこんなふうにゆらゆら波打って見えていたことだ。

スペック夫妻は本当はステペネク夫妻。ロニー・ギヴンズはロビン・マグワイア、グレン・ダットンはガズデン・ドレイク。ガズデンという名前は、アメリカがメキシコから土地を買い入れた〝ガズデン購入〟にちなんでいたのだろうとビリーは思う。海兵隊時代に『奴隷制、醜聞、そして鋼鉄の線路』という本を読んだことがあった。アメリカがメキシコから乾燥地帯の土地を購入した件が書かれていた。その本を読んだのは二〇〇四年四月にあったファルージャでの最初の戦闘、〈ヴィジラント・リゾルヴ作戦〉と同年十一月の〈ファントム・フューリー作戦〉のあいだだった。ガッドことガズデンは癌で死んだ母親から生前、ずいぶん昔に世を去った父親が歴史の教師だったときかされた、と話していた。そういうことならこの命名もわからないではない。

《そりゃ世界には、ガズデンって名前の人がほかにもいるだろうさ》ふたりで〈デモ・ダービー〉に行き、どこかへ車でむかっているふりをしていたとき、ガッドがそう話していた。《でも、せいぜい十人前後だろうと思うよ。ガズデンっていうファーストネームの人の話だけど》

ビリーは友人たちの名前こそ変えたが、〈デモ・ダービー〉は〈デモ・ダービー〉のままだ。自分たちはあそこで本当に楽しい時間を過ごした……しかしそのあとガッドが陸軍に入隊し、ロビンが脱走して……そういえばロビンはどういう話をしていただろうか？

「わたしは幸せをさがしにいくんだよ、七里靴を履いてさ……だ」ビリーはそういう。まちがいない。ただしロビンが履いていたのは童話の七里靴ではなく、スエードが傷だらけになってサイドのゴムパーツが劣化しかけた並のブーツだった。

おれは廃車の山のなかでロビンを愛していたんだ――ビリーはそう思い、あと一、二パラグラフ書き足したらきょうの仕事はおわりにしようと考えながら執筆にもどる。

第八章

1

〝労働者の日《レイバー・デイ》〟の週末には、困ったことが二件起こる。ひとつは愚かしく不安をかきたてる出来事で、もうひとつの出来事はビリーの意図にはなかった、いささか不愉快な人物像をあらわにしてしまう。ふたつの出来事を考えあわせると、このレッドブラフの街を出るのが早ければ早いほどどいいことがわかる。週末がおわるころにはビリーは、待機期間がこんなに長い仕事はそもそも引き受けるべきではなかったと考えるが、事前に知るのは不可能だった。

なにを知るのが？　ひとつはアッカーマン夫妻をはじめとするエヴァーグリーン・ストリートの人々がどれだけの好意をビリーに寄せるようになったかだ。そしてもうひとつは、ビリー自身が住民たちにどれだけの好意をいだくようになったかだ。

ホリデイシーズンの週末には、ダウンタウンでパレードがおこなわれる。ビリーとアッカーマン家の面々は、ジャマルがエクセレント・タイヤ社から借りたヴァンに乗って会場へ行く。八歳のシャニス・アッカーマンは片手で母コリンヌの手を握り、片手でビリーと手をつなぎ、一同はそんなふうにして人ごみのなかを歩いて、ホランド・ストリートとメイン・ストリートの交差点近くに見物場所を見つける。いよいよパレードが近づいてくると、ジャマルは娘を肩車し、ビリーはデレクを肩車してやる。肩の上に子供を乗せるのはいい気分だ。

パレードは問題ない——たとえ肩車をしてやっている男の子が、あとあと自分は暗殺者の肩に乗っていたと知っても問題ない……といってもいいだろう。愚かしく不安をかきたてる出来事、失態は日曜日にやってくる。レッドブラフの郊外住宅地であるミッドウッドに隣接して、田舎の雰囲気を残しているコーディという町がある。そして夏の最後の二週間はこの街に小規模の侘しい移動遊園地《カーニバル》がやってきて商売をする。子供たちが新学期で学校にもどる前に、最後のひと稼ぎを目論んでのことだ。

ジャマルのところにはまだ借りたヴァンがあり、日曜日は天気もいい。となれば子供たちを連れて遊園地までドライブする以外の選択肢はない。おなじ通りの先に住んでいるポールとデニースのラグランド夫妻もやってくる。七人は遊園地の中央通り《ミッドウェイ》をそぞろ歩いて、甘いソーセージを食べたり、ソーダを飲んだりする。デレクとシャニスは回転木馬や〈トーターヴィルトロリー〉や〈ワイルドカップス〉といった乗り物《ライド》を楽しむ。ラグランド夫妻はビンゴゲームに参加するためにいったん離れる。コリンヌ・アッカーマンはダーツによる水風船割りに挑戦して、**《世界一のママ》**と書かれたぴかぴか光るヘッドバンドという賞品を獲得する。シャニスは母親に、まるでお姫さまみたいにかわいく見えるね、という。

ジャマルは牛乳瓶の形の木のポールを倒すゲームに挑戦して賞品をひとつも獲得できなかったが、〈力だめし〉コーナーではハンマーで重石《おもし》を叩いてポールのてっぺんにまで押しあげ、まんまと鐘を鳴らすことに成功する。コリンヌは拍手をして、「それでこそわたしのヒーロー」という。この力比べゲームの賞品に、ジャマルは帯に花が挿してあるボール紙製のトップハットをもらう。ジャマルがこの帽子をかぶると、息子のデレクはあまりにも激しく笑ったのでパンツを濡らしそうになったのを、ぎゅっと足を組んで我慢し、小走りに最寄りの簡易トイレに駆けこむ羽目になる。

子供たちはそのあともいくつかの乗り物に乗るが、デレクは〈ウォンキー・キャタピラー〉には乗ろうとしない。赤ん坊むけの乗り物だという。そこでビリーはシャニスといっしょに乗るが、座席があまりにも窮屈で、いざコースを走りおえたときにはジャマルが瓶からコルクを抜くようにビリーを引っぱらねばならず、全員が笑いを誘われる。

それからみんなで引き返して〈百発百中の射的場《デッド・アイ・ディック》〉まで来ると、たまたまここにいたラグランド夫妻と合流する。五、六人の男たちがBB弾でゲームにチャレンジしている——狙っているのは、それぞれ反対方向に動く五列にならんだ標的と、さらにぴょこぴょこ出たりはいったりするブリキのウサギだ。シャニスは賞品がならぶ棚のいちばん上に置いてある巨大なピンクのフラミンゴを指さす。「あれ、寝室に飾りたい。あたしのお小遣いで買ってもいい？」

父親のジャマルは、あれは売り物じゃなくて賞品だ、手に入れるには射的で勝つ必要があるんだ、と説明する。

「じゃ、父さんが射的で勝ってよ！」

射的ゲーム場を仕切っている男はストライプのシャツを着て、麦わら製のかんかん帽を小粋に傾け、先端がぴんと跳ねたつけひげを貼りつけている。アカペラで歌う四人組、いわゆるバーバーショップ・カルテットのメンバーのような外見だ。男はシャニスのおねだりをききつけてジャマルを手招きする。「旦那さん、お嬢ちゃんを喜ばせてやんなよ。ウサギを三羽仕留めるか、最上段の鳥を四羽仕留めれば、お嬢ちゃんはフラミンゴのフレディを連れて家へ帰れるってわけでね」

ジャマルは笑い声をあげて五ドルをわたし、ＢＢ弾二十発を受けとる。「がっかりさせるかもしれないから覚悟しておけよ」とシャニスにいう。「でも、もっと下のほうの賞品なら獲《と》れるかもしれないな」

「父さんなら大丈夫だよね」デレクが挑発するような調子でいう。

ジャマルがライフルを肩に載せるしぐさを見たビリーは、二発しか命中させられなかった者への残念賞である亀のぬいぐるみをひとつでも獲得できれば御の字だ、と察しとる。

「鳥を狙うんだ」ビリーはいう。「ウサギの的《まと》のほうが大きいのはわかってる。でも仕留めるには、ぴょんと顔を出した瞬間に速射しなくちゃならないぞ」

「きみがいうならそうしよう、デイヴ」

ジャマルは最上段の鳥を狙って十発撃ったが、一発として命中させられない。ジャマルは照準を下げて最下段をうろうろしている大鹿を狙って撃ち、亀をひとつ獲得する。シャニスは亀のぬいぐるみにあまりうれしそうではない目をむけるが、それでもありがとうと礼を口にする。

「あんたはどうする？」バーバーショップ・カルテットの一員っぽい男がビリーにたずねる。ほかの客はあらかた離れていったあとだ。「挑戦してみないか？　五ドルでＢＢ弾が二十発。それをつかって鳥を四羽仕留めるだけで、そこのかわいいお嬢さんにフランキー・フラミンゴを手に入れて大喜びさせてやれるぞ」

「フランキーじゃなくてフレディだと思ったぞ」ビリーはいう。

　射的ゲームの男はにっこりと微笑み、かんかん帽を逆むきに傾けなおす。「フランキーでもフレディでも、あるいはフェリシアでも、小さなお嬢さんは大喜びだね」

　シャニスは期待のまなざしでビリーを見つめているが、なにもしゃべらない。この馬鹿馬鹿しいゲームをやってやろうとビリーに決意させたのはデレクだ。デレクはこんなことを口にする。「ラグランドさんがいってたけど、カーニバルのこの手のゲームはみんないんちきで、一等賞はだれにも獲れないようになってるらしいよ」

「そうか、じゃそれが本当かどうか試してみよう」ビリーはそういい、五ドル紙幣を台に置く。ミスター・バーバーショップ・カルテットがこより状の紙に包まれていたBB弾を装塡し、ライフルをビリーに手わたす。いま射手用カウンターの前にいるのは数人の男とふたりの女。ビリーはカウンターの先のほうへ移動する。ひとつには彼らにスペースの余裕を与えるためだが、ブリキの鳥たちは——そこより上の四つの段で動いている標的も——姿が見えなくなる寸前に移動速度がわずかに落ちることを見てとったからでもある。標的を動かしているチェーンドライブにオイルを差す必要があるのかもしれない。つまりは怠惰だ。射的ゲームの経営者は怠惰の代償を払うことになる。

「やっぱり鳥を狙うの、デイヴ？」デレクがたずねる。子供たちがミスター・ロックリッジと堅苦しい呼びかけをしなくなってから、もうずいぶんたっている。「さっき父さんにいったみたいにさ」

「もちろん」ビリーはいい、息を吸って吐き、もう一度吸って吐き、三回めも吸っては吐く。小さなライフルの照準をつかったりはしない。お話にならないほど狂っているからだ。頭でライフルの銃床を固定して、すばやく立てつづけに引金を絞るだけ——ぱん・ぱん・ぱん・ぱん・ぱん・ぱん。最初の一発は外れるが、つづく四発はブリキの鳥を倒していく。自分が馬鹿な真似をしている自覚はあるし、切りあげるべきだともわかっていながら、穴からぴょこんと出てきたウサギも撃って倒したいという誘惑には抵抗できない。

　アッカーマン夫妻が拍手をする。ほかの射手も同様だ。

名誉のためにいっておくなら、ミスター・バーバーショップ・カルテットも拍手をしてからピンクのフラミンゴを手にとってシャニスに手わたす。シャニスはフラミンゴを抱きしめて笑う。

「すっげー、デイヴ」デレクがいう。目をきらきらさせている。「あんたって最高！」

さあ、これからジャマルがあんなふうに銃を撃てる腕前をどこで身につけたと質問してくるぞ。ついでビリーはこう考える——自分が愚かだとわかるのはどんな場面だ？　いまのように周囲の目を一身にあつめてしまったら、おまえは愚か者だ。

みんなでそぞろ歩きを再開して、ビンゴ会場の天幕へとむかうなか、じっさいに質問を口にするのはコリンヌだ。ビリーは、予備役将校訓練部隊で習ったことにする。もとから才能があったようだとも話す。昔ファルージャで少なくとも二十九人の聖戦士《ムジャーヒディーン》を殺したことを——それも〈ファントム・フューリー作戦〉のあいだの九日間に、ビルの屋上から狙撃して殺したことを——ここでコリンヌに話すのはまずいだろう。

おや、本気でそう思ってるのか？　ビリーは——考えるだけであれ声を出しての会話であれ——めったにつかわない皮肉っぽい調子でそう自問する。

そして月曜日——〝労働者の日《レイバー・デイ》〟の当日——には、またほかの事件が起こる。人格チェックだ。いまのビリーはフリーランスの作家という立場なので、仕事時間は自分で自由に決められる。とりたいときに休みをとれるし、ほかの人々が国家の定めた安息日を楽しんでいるあいだ仕事をすることもできる。ジェラード・タワーは人っこひとりいないも同然だ。ロビーのドアは施錠されていないが（国境にほど近い南の州でこれほど他人を信じる人々が多いとは）、警備員がいるべき詰所は無人だ。エレベーターが二階を通りすぎるときにも、いつもならきこえるビジネス・ソリューションズ社の社員がおたがいを奮いたたせている大声や鳴り響く電話のベルなどはいっさいきこえない。となると、債務者の面々もきょうは休日になるのだろう。彼らにとってはいいことだ。

それから二時間、ビリーは執筆に打ちこむ。あと少しでファルージャのパートだ。そこでなにをいうべきか？　少しにとどめるか多弁になるか、あるいは、なにもいわずにすませるか。コンピューターをシャットダウンしたあと、ピアスン・ストリートを訪ねてベヴァリー・ジェンセンと夫のドンとの関係を再度深めておこうと決める。夫婦ふたりともきょうはまちがいなく休日にしているはずだ。ビリーはウィッグとつけひげにくわえ、シリコン製のフェイクベリーも腹に巻いて、リースした車を走らせる。ドン・ジェンセンは前庭の芝刈り中だ。ベヴァリーはライムグリーンの残念なショートパンツ姿でポーチに腰かけている。三人はその場でひとときおしゃべりに興じる。今年の夏がどれほど暑かったか、その夏がおわってどれほどほっとしているかという話題、近々予定されているドルトン・スミスのアラバマ州ハンツヴィルへの出張旅行のこと。その地でドルトンは新たに設立されるエクイティ保険の地方本部のために、最新鋭のコンピューター・システムを構築することになっている。といっても、長くはかかりませんよ。その仕事をおわらせたら、またこっちへ帰ってきたいものです。

「そっちの会社もずいぶん人づかいが荒いんだね」ドンがいう。

　ビリーはうなずいてから、ミズーリ州に住んでいる体調を崩した母親のようすをベヴァリーにたずねる。ベヴァリーはため息をついて相変わらずだと答え、ビリーは一日も早い恢復を祈るといい、ベヴァリーは自分もそう願っていると話す。ベヴァリーがそう話しているあいだ、ビリーは背後のドンと目をあわせる。ドンは頭をゆっくりと左右にふる。ドンは義母の今後の見通しについてどう考えているかをベヴァリーには知られたくないらしく、そのことでビリーはドンに好感をもつ。そんなドン・ジェンセンなら、ライムグリーンのショートパンツを穿くと太って見えると妻に指摘することはなさそうだ。

　そのあとビリーは、心地よく涼しい地下の部屋へおりていく。デイヴィッド・ロックリッジには自作の小説があり、ドルトン・スミスにはノートパソコンがある。スミスとしての仕事に大きな意味はないかもしれないが、将来のいずれかの時点で大きな意味をもってくるかもしれず、それゆえ注意深く仕事を進めていく（とはいえベンジーことベンジャミン・コンプスンの物語のあとでは、こちらの仕事は退屈で機械的なものにしか思えない）。ビリーは三つのモニターをざっとながめて仕事をおわらせる。**《死んだも同然の超有名セレブ10人》《あなたの命を救う七つの食材とは？》**そして**《世界でいちばん知的**

な**ワンちゃんベスト10**》。完成した記事をフェイスブック広告へ投稿する。なんならこの仕事で食っていくことも不可能ではなさそうだが……だれがこんな仕事をしたがるというのか?

ビリーはノートパソコンをすべてシャットダウンし、少し読書をして(目下ビリーはイアン・マキューアン三味だ)、冷蔵庫をチェックする。コーヒー用の〈ハーフ&ハーフ〉は大丈夫だったが、牛乳は傷《いた》んでいる。〈ゾニーズ・ゴーマート〉までひとっ走りして代わりの品を仕入れてこようと思いたつ。外へ出るとドンとベヴァリーはまだポーチにいて、ひと缶のビールをわけあって飲んでいるところだ。ビリーは、必要な品があれば買ってくるとふたりに声をかける。

ベヴァリーは、電子レンジでつくるポップコーンの〈ポップシークレット〉があるかどうかを見てきてほしいという。「今夜はネットフリックスでなにかを見て過ごすつもりなの。よかったらごいっしょにいかが?」

ビリーはもう少しで誘いに乗りそうになる。誘いを受けるのは言語道断といっていい。そこでジェンセン夫妻には、あしたは朝一番でアラバマへむけて出発するので、今夜は早めにベッドにはいりたい、と話す。

それから歩いて、寂れた小さなショッピングモールまで行く。不動産屋のマートン・リクターの車体側面に傷があるSUVは見あたらず、事務所の扉も閉まっている。〈ヌ・ユーの日焼けサロン〉も〈ホット・ネイルズ〉も〈ジョリー・ロジャー・タトゥーパーラー〉も同様。〈ホット・ネイルズ〉の先には廃業したコインランドリーがあり、一ドルショップは《〈**パイン・プラザ**〉**内の新店舗にて営業中**》という掲示を窓に貼りだしている。〈ゾニーズ〉はモールのいちばん端だ。ビリーは冷蔵ケースから牛乳を一本手にとる。〈ポップシークレット〉はないが、おなじく電子レンジでつくるポップコーンの〈アクトII《ツー》〉があったのでひと箱手にとる。店員はヘンナ染料で髪を赤茶色に染めた中年の女性で、しばらく前から——ひょっとしたら二十年ばかりも前から——運に見はなされているような外見だ。店員はレジ袋を薦めるが、ビリーは断わる。〈ゾニーズ〉は環境に優しくないプラスティック素材のレジ袋をつかっている。

帰る途中、ビリーは廃業したコインランドリーの前に立つふたりの若い男の前を通りかかる。ひとりは白人。

もうひとりは黒人。ふたりともフードつきのパーカを着ている。ポケットが前についているカンガルータイプだ。そのポケットがなかの品物の重みで垂れ下がっている。ふたりはひたいをつけあうようにして、こそこそ小声で会話している。ふたりとも、通りかかるビリーにおなじように細めた目で品定めしてくる。ビリーはまっすぐ目をむけはしないが、目の隅でふたりの姿を完璧にとらえている。ビリーが足どりをゆるめず歩きつづけていると、ふたりはまた小声での会話を再開する。ふたりの男は首からこんなプラカードを吊り下げているも同然だ――**《〝労働者の日《レイバー・デイ》〟のお祝いにこれから地元の〈ゾニーズ〉を襲撃してやるぞ》**。

ビリーは小さなさびれたショッピングモールを出て、表通りに引き返す。ふたりの男の視線が感じられる。といってもテレパシーは関係ない。いや、片足の親指を半分なくし、その名誉の負傷にふたつのパープルハート勲章（とっくの昔に捨てた）をもらっただけで戦闘地帯から生還した人間の平凡なテレパシーなら関係しているだろう。

ビリーは先ほど商品を売ってくれた女性、外見からして不幸つづきのような女性のことを思う。きょうという祝日にも、あの女性の運が変わることはなさそうだ。店に引き返して男たちの来襲にそなえようとは、ビリーも考えもしない。ふたりの興奮しきった顔つきから察するに、そんなことをしても殺されるのがおちだ。しかし、911に通報の電話をかけようと考える。ただし、このあたりにはもう公衆電話は一台もなくなっている。いま手もとにあるのはドルトン・スミス名義の携帯電話だ。警察に通報するのにつかえば、この携帯に火がつく。そこから炎は、ドルトン・スミスという人物の身元のあれこれに広がっていく。なぜか？ 身元はどれも紙でできているからだ。

ビリーはなにもしないままアパートメントにもどって、ベヴァリーに〈ポップシークレット〉はなかったと告げる。ベヴァリーは、〈アクトII《ツー》〉でも問題ないという。ピアスン・ストリートはラッシュアワーでも車や人の往来が少ないが、祝日のきょうはさらに閑散としている。ビリーは銃声がしないかと耳をそばだてつづける。銃声はきこえない。そのこと自体には、なんの意味もない。

2

　一刻も早く立ち去りたいこの街に来てすぐ、ビリーは地元新聞社のアプリをダウンロードしていた。あくる日ビリーがそのアプリで〈ゾニーズ〉での強盗事件を検索すると、ローカルニュースのコーナーで記事が一本ヒットする――それも小さなニュースを報じる短信をまとめて掲載しているコーナーで。それによれば拳銃で武装したふたり組の強盗が押し入って、百ドルにも満たない現金（その一部はおれとベヴァリーの金だったかもしれないな、とビリーは思う）を奪って逃走したとのこと。事件当時、勤務中の店員はウォンダ・スタッブスひとりだけ。スタッブスはロックランド記念病院に搬送され、頭部外傷の治療をうけたのちに帰宅を許されたとある。ということは、どちらかの下衆男が拳銃の台尻かなにかをあの女性の頭に叩きつけたのだろう。それも、レジから現金を取りだす店員の手つきが自分たちには遅すぎたという、それだけの理由だったかもしれない。

　もっと悲惨なことになってもおかしくなかったのに不幸中のさいわいだったと自分にいうこともできる（し、実際そうしている）。あのとき９１１に通報しても、強盗事件はおなじように発生したに決まっていると自分にいうこともできる（し、実際そうしている）。それでも、〝善いサマリア人《びと》〟が通りかかって救う前に、見て見ぬふりをして道の反対側へわたった祭司やレビ人《びと》になった気分を拭うことはできない。

　ビリーはクソ戦地にいるあいだに聖書を最初から最後まで読んだ――海兵隊では要望に応じて聖書が支給されたのだ。そのことはしょっちゅう後悔していて、いまがその機会のひとつだ。聖書にはあらゆる逃げ口上や否定の言葉を封じこめる物語がある。聖書は――旧約のみならず新約も――およそ赦《ゆる》すことがない。

3

おれはミスター・スペックとチャタヌーガへ行き、そこで海兵隊に入隊した。正式な契約のためには海兵隊の基地に足を運ばなくてはならないと思いこんでいたが、行った先はショッピングモール内にあるただのオフィスで、隣は掃除機の専門店、反対側は税金の納付窓口だった。ドアの上にかかげられた旗のストライプの一本にこの街のキャッチフレーズ《**ヌーガ・ストロング**》の文字があった。窓に飾られていた海兵隊員の写真には、モットーである《**誇り高き少数精鋭**》と《**きみに不可欠な資質ありや**》という文字が入れてあった。

ミスター・スペックはおれに海兵隊にはいりたい気持ちに迷いはないのかベンジー？　とたずね、おれは迷いはないと答えた。そうはいっても十七歳半という年齢ではなにごとであれ迷いがないなんてことはないだろう——いくら完全なドジ野郎に見えないように気を張っていたところで。

ともあれおれたちはオフィスへはいっていき、おれはウォルトン・フレック二等軍曹と話をした。軍曹が海兵隊への志望動機をたずねてきたのでおれは祖国への奉仕だと答えた。ただし本当の狙いは〈スペック・ハウス〉から出てテネシー州からも出て、あまりみじめでない新たな生活をスタートさせることにあった。グレンとロニーはいなくなったし、あとに残るのはペンキだけだというたドニーの言葉は正しかった。

次にウォルトン・フレック二等軍曹はおれに自分は海兵隊員になれるようなタフな人間だと思うかとたずね、おれはイエスと答えたが、実はこの答えにも迷いがあった。つづいて戦闘状態になった場合に人を殺すことができるかとたずねられてイエスと答えた。

ミスター・スペックがちょっとだけふたりで話せないかと軍曹にたずね、フレック軍曹はかまわないと答えた。おれを外に出してからミスター・スペックがデスクの反対側の椅子に腰かけてふたりの会話がはじまった。母さんの性悪なボーイフレンドの身になにがあったかということならおれが自分で話せたのだが、そういった話題は

〝責任ある大人〟が話したほうがいいのだろうと思った。ただしそれまでの経験とそれ以降の経験をあわせて考えると〝責任ある大人〟が実在するのかどうかも怪しまざるをえない。

しばらくするとおれは部屋に呼びもどされた。おれは過去になにがあったのかを書類の《個人的情報》という欄に書きとめてさらに四カ所に署名した。それも軍曹から指示されたように力をこめて書いた。おれが書きおわると軍曹はおれに月曜日にここへ出頭するようにといった。それから若い男性の入隊希望者は処理に数カ月待ってもらう場合もあるのだがおれはいい時期に来たといった。月曜日にはほかの志願者ともども軍隊用職業適性検査《ASVAB》や身体検査をうける予定とのこと。こういった検査は彼ら（海兵隊）がおれたちにどんな能力があって頭がどれほどいいのかを見きわめる助けになる。

フレック軍曹がおれにタトゥーを入れているかとたずねたのでノーと答えた。軍曹が眼鏡かそれに類したものをつかう場合があるかとたずねたのでノーと答えた。軍曹の話はほかにもあった。社会保障番号カードを忘れずに持参しろとかイヤリングをしていたら外せとかだ。それから軍曹が口にしたのは（おれにはユーモラスに思えたが真剣な顔をたもっていた）下着のパンツを忘れずに穿いてこいという言葉だった。おれはオーケイと答えた。それから軍曹は書類に書いたこと以外にもきみになにか不都合な点があるのならいまここで話したほうがいい、そうすれば無駄足を踏まずにすむからだといった。おれはそんなものはないと答えた。

フレック軍曹はおれの手を握ると羽目をはずして遊びたければ週末にとことん遊んでおけ、といった。なぜなら月曜日の検査を受けたらきみはミスター自家発電マンになるんだから。おれはオーケイと答えた。軍曹はその言い方はもうやめろ、はいウォルトン・フレック二等軍曹、と答えろといった。おれがそのとおりにくりかえすと軍曹はおれの手を握ってきみと会えてよかったといった。「それからあなたにもです、サー」軍曹はミスター・スペックにいった。

引き返す途中でミスター・スペックはあの軍曹は口ぶりこそタフだったがきみとちがって人を殺した経験はないみたいだぞベンジーといった。あの男には例の目つきってものがなかった。

そのころにはロニーが〈あの七里靴を履いて〉逃げだしてから四、五カ月たっていた。でも施設から姿をくらます前、ロニーは〈デモ・ダービー〉でおれに体をまさぐらせてくれた。最高だった。でもおれがもっと先まで進みたがるとロニーは笑っておれを押しのけてあんたはまだ若すぎるといった。でもあんたにはわたしを忘れないようにあるものをプレゼントしたい。おれは忘れるもんかといい実際に忘れなかった。本気のファーストキスをしてくれた女の子のことを人は忘れないものだ。ロニーがおれにいった言葉

4

ビリーはそこで執筆の手をとめ、ノートパソコンごしに窓の外をながめる。ロビンがビリーにいった言葉は、いずれどこかに落ち着いたらステペネク夫妻に手紙を書く、そうすれば〈永遠のペンキ館〉のみんなに手紙の返事を書いてもらえるから、というものだった。ロビンはさらに、あんたがここを出たらわたしとおんなじことをしてほしいともいった。

「だって、あんたがここを出ていく日もそう遠くないように感じられるからさ」あの日、車体がひしゃげたメルセデスの車内にすわっているときにロビンはそういった。あのときロビンはビリーにシャツのボタンをはずすのを許してくれ——といっても許すのはそこまで——こんなふうに話しながらボタンをかけなおして、内側にあるすばらしいものを隠してしまった。「でも、自分で自分を戦争機械の餌にしようっていうあんたの考えだけど……やっぱり考えなおすべきじゃないかな、ビリー。だってあんたは死ぬには若すぎるから」ロビンはビリーの鼻の頭にキスをした。「それに、かわいすぎるし」

ビリーがこのくだりを——ただし、あまりにも短くおわったロビンとのネッキングのあいだ、ペニスが生涯最高の硬度と最大のうずきと空前絶後の快感で勃起していた事実だけは省いて——書きはじめたとき、デイヴィッド・ロックリッジ名義の携帯がテキストメッセージの着信を告げる。送信者はケン・ホフだ。

《わたしたいものがある。そっちもそろそろ受けとる夕

イミングだろうし》

その言葉には一理あるように思えるので、ビリーはこう返信する。《オーケイ》

ホフからの返信。《そっちの自宅に寄るよ》

だめだ、だめ、ぜったいにだめだ。ホフがあの家に来る？　アッカーマン家の隣家に？　週末にはビリーとモノポリーで遊ぶ子供たちがいる家の隣に？　ホフのことだから、ライフルを毛布でくるんだだけでもってくるかもしれない。いや、そうするに決まっている。それでは脳味噌が半分で目が片方だけの人でも、中身がわかってしまう。

《だめだ》ビリーはテキストメッセージを返す。《場所は〈ウォルマート〉。〈ガーデン・センター〉の駐車場。今夜七時半》

ホフが返信を作成しているあいだ、ビリーは携帯画面で点滅しているドットを見つめる。ホフが待ちあわせ場所は交渉可能だと考えているのなら、あの男は驚かされることになる。しかし、いざ送られてきた返信はごく簡潔だ。《OK》

ビリーはさっきまで書いていた文章を最後まで書くこともせず、ノートパソコンをシャットダウンする。一日分の仕事はすでにこなした。ビリーの見立てでは、ホフは泉に毒を入れている。ただしビリーのほうが上手《うわて》だ。ホフはしょせんホフ、自分で自分を抑えられない。本物の毒は銃器だ。その銃器がいま刻々と近づいている。

5

午後七時二十五分、ビリーはデイヴィッド・ロックリッジのトヨタを〈ウォルマート〉の広大な駐車場の〈ガーデン・センター〉の前にとめる。五分後の午後七時半きっかりにテキストメッセージが届く。

そっちを見つけられない。車が多すぎる。外に出て手をふってくれ。

ビリーは車からおりると、さも友人を見つけたかのように手をふる。ヴィンテージもののチェリーレッドのマスタング・コンバーティブル——世の中にケン・ホフの車というジャンルがあれば、まさにあてはまる車——が駐車場内の車路のひとつを走って近づき、もっとつつましやかなビリーの車の隣にとまる。ホフが外に降り立つ。この前ビリーが会ったときとくらべると、きょうのホフはずっとましな外見だ。息が酒くさいこともない。ホフが運んできた荷物を考えれば歓迎すべきことだ。きょうのホフはポロシャツ（もちろん胸にロゴいりの品）とプレスされたチノパンツ、それにローファーという服装だ。髪もヘアサロンで切ったばかり。それでもケン・ホフとしての本質は変わらずそこにあるようにビリーには思える。高価なコロンでも不安のにおいは覆い隠せない。もとより重大な仕事をこなせる人物ではない。雇われ殺し屋に武器を運ぶという仕事はすこぶる重荷なのだろう。

結局のところライフルは毛布で包まれてはいない。この点についてビリーはホフを評価する気になる。ホフがマスタングのトランクから運びだしたのは、タータンチェックのゴルフバッグだ。バッグからは四本のクラブヘッドが飛びでている。暮れゆく日ざしのなかで、クラブヘッドがぎらりと輝く。

ビリーはゴルフバッグを受けとり、自分の車のトランクにおさめる。「ほかには？」

ホフはタッセルつきのローファーを履いた足を落ち着きなく動かし、こういう。「あるといえばあるかな。少し話せるか？」

ホフの考えを知るのも賢明なことかもしれない。そこでビリーはトヨタの助手席側ドアをあけ、手ぶりでホフに乗るようにうながす。ホフが車に乗る。ビリーは反対側へまわり、運転席にすわる。

「いやね、ニックにわたしなら心配ないと伝えてほしいといいたかっただけだ。伝えてくれるか？」

「大丈夫とはどういう意味で？」

「あらゆる意味だよ。あれだ」ホフは親指を後方にぐいっとむける。トランクにおさめられたゴルフバッグを指しているのだ。「とにかく、わたしが信用できる男だということを、ニックにちゃんと伝えてくれ」

「映画の見すぎじゃないのか」

「なにもかも問題ないとニックに話してくれ。わたしが金を借りている相手にも喜んでいる向きがある。きみが仕事をきっちりすませれば、だれもが喜ぶんだ。ニックにはわれわれに共通する友人たちがいて、だれもがそれぞれの道を進んでいる、と伝えてほしい。仮に人から質問されても、わたしは一切なにも知らない。きみはただの作家さん、わたしは所有するビルのひと部屋をきみに貸しただけだ」

　ちがうね、とビリーは思う。おまえはおれに部屋を貸したんじゃない。おまえが部屋を貸した相手はおれのエージェントだ。そしてジョージ・ルッソは本当はジョルジオ・ピグリエッツリ、またの名をジョージー・ピッグズ、ニックことニコライ・メイジャリアンの一味として知られている。おまえは連絡役で、自分でもそのことはわかっているはずで、おれたちがこんな会話をしている理由はそこにある。おまえはいまもまだ、取引がおしゃかになっても自分はすいすい滑って切り抜けられると思っている。そう信じるのはおまえの勝手だ。しょせん、おまえはすいすい滑っているだけなんだから。ただし問題がある。取調室で警官たちのタッグチームから十時間ほど追及されたら、おまえはもうすいすい滑って切り抜けられなくなる、とおれは踏んでいる。いや、警官たちがおまえの前に司法取引という餌をぶらさげたら、五時間ももたないかもしれない。おまえの口は卵みたいにあっさり割れるだろう。

「少し話をきいてくれ」ビリーは親切そうな声を出そうと努めつつ、一方ではざっくばらんな口調にきこえることを願う――トヨタの車内で、ふたりの男が真剣に話をしているだけという雰囲気だ。人間の形をしたこの目の上のたんこぶにルールを守らせるのは、本当にビリー・サマーズの仕事なのか？　本当なら自分はただの職人のはず、契約仕事がおわったら奇術師フーディニのように姿を消す人物だったはずではないのか？　そう、これまではずっとそういう契約だった。しかし、二百万ドルのためとあれば……。

　一方ホフは食い入るようにビリーを見つめている。安心できるあの手の言葉を、不安をなだめるあの手のシロップを欲しているのだ。本来それを与えるのはジョルジオの役目だし、ジョルジオはその技に長《た》けている。しかし、ジョルジオはこの場にいない。

「今回の仕事があんたのいつもの仕事とちがうことはわかっていて――」

「ああ！　ちがうね！」

ビリーはいう。「――だから、あんたが不安になっているのもわかる。だが、いま話に出ている人物は映画スターや政治家ではないし、ローマ教皇でもない。あいつは悪党だ」

おまえも悪党だよ――ホフの表情がそう語っている。当たり前だ。ビリーが、髪の毛をリボンで飾った愛らしい少女のためにピンクのフラミンゴという賞品を獲得していても関係ない。そんなことは情状酌量の根拠にならないのだ。

ビリーは顔をめぐらせ、相手の男に正面からむきあう。

「ケン、どうしてもたずねておきたいことがある。あてつけだとは思わないでほしい」

「ああ、わかった。いいとも」

「いま体に盗聴器のたぐいを帯びてはいないね？」

ホフのショックもあらわな顔がビリーの必要とする答えになっている。狼狽まじりのホフの抗議の言葉をビリーはすぐにさえぎる。

「わかった。もういい、あんたを信じる。いちおう質問しただけだ。さて、話をきいてくれ。今回の件で、特別捜査本部のようなものが設置されることはないだろう。捜査が大規模になることもなさそうだ。警官はあんたに二、三の質問をするだろうし、おれのエージェントをさがしもするだろう。その結果エージェントなる人物は幽霊も同然、あんたをもっともらしい書類で騙していたことがわかるが、それだけだ」ただの出まかせだ。「それで、捜査関係者がなにを話すかわかるか？　新聞やテレビの取材で話すことじゃなく、仲間内《うち》でなにを話すかわかるか？」

ケン・ホフはかぶりをふる。その目はビリーの目から離れない。

「警官たちは、どうせこれはギャング同士の抗争か報復の殺しにちがいないし、だれがやったにせよ、そいつは市の訴訟コストを節約したんだ……と話すんだよ。連中は犯人のおれをさがす……でも、おれは見つからない……で、捜査書類はそのまま未解決事件のファイル行きだ。屑みたいなやつが殺されて、いい厄介払いになったと話すのがおちだ。わかったか？」

「まあ、きみからそう話してもらえると……」

「そうだよ。こんなふうに話してる。だからもう家に帰るといい。あとのことはおれにまかせろ」

ケン・ホフがいきなりビリーに近づく。ビリーは一瞬この男に殴られるものと覚悟する。ところがホフはビリーをハグしてくる。今夜のホフは前よりも元気そうだが、口臭はまたちがうことを物語っている。酒くさくはないが、くさいのは変わりない。

ビリーはひどい口臭までふくめてハグを耐え忍ぶ。そればかりか、わずかに抱きかえしさえする。それからビリーはホフに、もう行ってもいいと告げる。ホフは車から降り立つ。これにはほっとする（大いにほっとする）が、ホフがすぐに窓から顔を突き入れてくる。顔には笑み。今回の笑みは本物に見える——たとえるなら内なる本人からの笑みのよう。どうやら内なる本人は実在するらしい。

「きみのことで、ひとつわかったことがあるよ」

「というと、なにかな？」

「きみからのテキストメッセージ。ガーデニング用品屋などとは書いてこなかった。律儀に〈ガーデン・センター〉というコーナー名を書いてきた。それにさっきは〝仲間内《なかまない》〟じゃなく、ちゃんと〝仲間内《なかまうち》〟といっていた。つまりきみは、まわりに見せかけてるほど愚か者じゃない」

「おれは、あんたがことをややこしくしなければ問題はないとわきまえている程度には、頭が切れる。あんたはおれがどこでライフルを入手したかも知らなければ、そのライフルでなにを企んでいるかもまったく知らない。話は以上だ」

「オーケイ。じゃ、あとひとつだけ。ま、事前の警告みたいなもんだ。コーディを知ってるかい？」

もちろん知っている。あのちんけな移動遊園地が開催されていた町だ。最初ビリーはてっきり、あの町での射的ゲームが人目についておまえの存在が見とがめられたぞ、といわれるものと覚悟する。疑心暗鬼の妄想もいいところだ。しかし、仕事の前には疑心暗鬼になってしかるべきだ。

「ああ、知ってる。いま住んでいるところからも遠くない町だ」

「そのとおり。いよいよこっちの仕事を決行するとなったら、おなじ日にコーディでも陽動作戦が予定されてる」

ビリーが知っている陽動作戦は閃光粉容器《フラッシュポット》をつかうも

のだけだ――ひとつを〈サンスポット・カフェ〉の裏手、もうひとつを裁判所近くのどこかに仕掛けるという話だった。ところが、コーディは裁判所から何キロも離れている。さらにいえば、ニックがフラッシュポットの計画をこのぼんくら男に話すとは思えない。

「どういう陽動作戦なんだ？」

「火災だよ。燃えるのは倉庫かもしれないな――あっちのほうには倉庫がたくさんあるからね。火事はきみの相手が――いや、きみの標的が裁判所に到着するよりも先に発生する。どのくらい前かはわからない。きみなら知っておきたいだろうと思っただけさ――きみの携帯なりコンピューターなりに緊急速報が届く場合にそなえてね」

「オーケイ。ありがとう。さあ、そろそろここを立ち去るタイミングだぞ」

ホフは親指をぐいっと突き立て、金満家御用達の愛車へ引きかえす。ビリーはホフの姿が見えなくなるまで待ってから、エヴァーグリーン・ストリートへもどる――トランクに高性能ライフルがあることを考えて、慎重な運転を心がけつつ。

コーディの町で倉庫火災？　本当か？　ニックは知っているのだろうか？　おそらく知らないだろう。ビリーの行動リズムを乱しかねないものがあれば、ニックなら話してくれていたはずだ。しかし、ホフは知っている。

そこで問題になるのは、自分――すなわちビリー――はこの想定外のちょっとした新趣向のことを、ニックかジョルジオに話しておくべきか、ということだ。とりあえず自分の胸にしまっておこう。自分の胸でじっくり考えよう。そう、聖母マリアが赤ちゃんイエスの誕生についてじっくり考えたように。

ビリーはホフに、ことを単純にしておけと話した。しかし、あの手の狭苦しい取調室に三時間も四時間も閉じこめられたあげく、強硬に返済を迫られていた借金をどうやって完済したのかと警官から質問されたら、どこまでことを単純にしたまま押し通せるだろうか？　その段階になれば警官たちはもう折り目正しくミスター・ホフとは呼ばず、気さくにケンと呼んでいるはずだ。血のにおいを嗅ぎつけたときの警官の手口だ。ケン、それだけの大金の出どころはどこかな？　裕福なおじさんが亡くなったのかね、ケン？　いまならまだ、ここから抜けだせる道もないではないよ。どうかな、われわれに話したいことがあるんじゃないのか、ケン？　ケン？

　気づけばビリーはゴルフバッグや、ライフルといっしょにおさまっているゴルフクラブのことを考えだしている。あれはホフの私物なのか？　もしそうなら指紋がついていた場合を想定して、きっちりクラブヘッドを拭いてきただろうか？　いや、そんなことは考えないほうが無難だ。ホフがみずから招いた災難なのだし。

　しかし、おなじことはビリーにもいえないだろうか？　ビリーはいまもニック提案の逃走プランについて考えつづけている。ありえないほど上出来なプランだ。だからこそビリーは、あの逃走プランをつかわないと決めていた――そう決めたことをニックには知らせずに。なぜかといえば……知れたこと――仕事の取引をまとめて武器を供給した人物を始末するつもりなら、銃を実地でつかった人物も始末しようとするに決まっている。ニックがそんなことをするとは信じたくないが、ビリーは議論の余地のない事実に気づいている――信じたくないのは、ひとたび足を踏みいれたらほぼ確実に抜けだせない立場にケン・ホフがはまりこんだいきさつだ。

　また、暗殺当日にコーディの町で倉庫火災を起こすというのはだれの発案だ？　ニックではないしホフでもない。だとすれば、だれか？

　心配の種はつきない。しかし自宅ドライブウェイに車を乗り入れたビリーの目に、ひとつだけ楽しい光景が見えてくる――庭の芝生がそれはそれは見事だったことだ。

6

　八月いっぱい、ビリーはほぼ毎日たっぷりと眠る。毎日、翌日にはなにを書こうかということだけを考えているうちに、眠りへただよい落ちていく。ファルージャと、中庭のパームツリーに緑色のごみ回収袋が引っかかって、ぱたぱたはためいていた家のことを数回ほど夢に見た（それにしても、なにがあってごみ袋が木の上に引っかかったのか？　そもそもなぜあんなところにあったのか？）。小説はもうビリーの物語ではなく、ベンジーの物語になっている。ふたつの物語はしだいにただよって離れていくが、それはそれでかまわない。以前ユーチューブで、作家ティム・オブライエンのインタビューを見た。オブライエンは自作『本当の戦争の話をしよう』の話をしていた。オブライエンは、フィクションは真実ではない、むしろ真実に通じる道だと話していて、いまのビリーならこの言葉も理解できる。とりわけ戦争について書く行為にはあてはまるし、そもそもビリーの小説はその大部分が戦争のことではなかったか。廃車になったメルセデス車内でのロビン・マグワイア——またの名ロニー・ギヴンズ——とのキスは中休みにすぎない。それ以外のほぼすべてが戦いにまつわる文章だ。

　そして夏が過ぎて秋がやってきた今夜、ビリーは不安で眠れずにいる。不安の原因はゴルフバッグ内の銃器ではない。いま考えているのは、その銃をつかって実行すると約束した仕事のことだ。ビリーは主義として、ふたつの基本事項以外はやらないことにしている——基本事項のひとつめは狙撃そのもの、ふたつめは現場からの逃走だ。ところが、今回は事情が変わった。報酬のための殺人仕事をこれで最後にすることだけが理由ではない。事情が変わったのは悪臭を嗅ぎつけたからだ——ホフがいきなりぎこちないハグをしてきたとき、あの男の呼気に悪臭を嗅ぎつけたのとおなじように。

　何者かがホフに接触したのだろうとビリーは思い、すぐにそうではないと思いいたる。ホフに接触する者はひとりもいない。なぜなら、ホフはだれでもない存在だからだ。もしかすると本人は自分を——自社開発の不動産物件や映画館や真っ赤なマスタングのコンバーティブルを所有しているのだから——ひとかどの人物だと思っているかもしれないが、しょせんは小さな池の大きな魚にすぎず、もっといえばそれほど大きい魚でもない。一方、今回の件は大きなヤマだ。報酬をうけとる人間も多い。ホフ当人もそのひとりだ。借金の一部はすでに返済がおわっているし、いざジョエル・アレンが凶弾に斃《たお》れれば残りの借金も完済できると踏んでいる。それからニック。そしてニックが今回の作戦のために引っぱってきた兵隊たち。あわせても分隊なみのマンパワーにさえ届かないが、いい線をいってはいる。いや、もしかしたら分隊そのものかもしれない。ニックから明かされていないことがまだあるのかもしれない。

　ホフにはだれも接触していない。ニックには、だれかが接触し、その何者かがホフを仲間に引き入れろとニックにいった。ビリーは〈サンスポット・カフェ〉でのホフとの初対面のとき、ニックとホフが密接な関係にちがいないと考えたことを思い出す。そしていまは、それが事実ではないという確信まであと一歩のところだ。ホフはカジノの営業許可証を求めていたが、手に入れられなかった。ホフがニックと親しい関係なら、そんなことにならなかったはずはない。ニックにはその筋での小細工の心得があるからだ。カジノはいってみれば金を印刷する許可証のようなもので、ホフは現金を必要としている。

この件の裏にいるのは、ホフにコーディの町の倉庫でいずれ火災が発生する予定だと事前に知らせたのとおなじ人物だろうか？

それから、いま現在はロサンジェルスで獄中にいるジョエル・アレンのことも考えてみよう。アレンはいま保護拘置下にあり、慣用句でいう〝絨緞のなかの虫なみに《スナッグ・アズ・ア・バグ・》居心地いい《イン・ア・ラグ》〟暮らしを送っていると見ていい。さらに顧問弁護士が容疑者引き渡し手続に抵抗している。いずれは当地へ送りだされるとわかっているのに、なぜそんなことを？　ロサンジェルスの郡拘置所のほうが食べ物がいいというのが理由のはずはない。時間を稼いでいるのか？　この馬鹿騒ぎのきっかけをつくった人間とのあいだに取引を成立させようとしている？　顧問弁護士を仲介者として？

そしてその何者かは、ジョエル・アレンがいずれはこちらへ送りかえされることも、そして当地に到着すれば、知っている情報で取引をする間もなくビリー・サマーズの銃弾に斃されてしまうことも知っているはずだ。その何者かは、アレンが保険証書を用意している危険性があることも承知しているにちがいない——写真や録音、あるいは罪を告白する書面のようなもの、あるいはそれ以外のなにか（とはいえ、それがなんなのかは想像できない）。ただし何者かは、その危険は受け入れなくてはならず、また受け入れられる程度だと考えているにちがいない。この見立てどおりでもおかしくない。おそらく正しいのだろう。アレンのような男は保険証書を用意したりはしない——アレンのような男は自分が無敵だと思いこみがちだ。請負の暗殺仕事の腕はいいかもしれないが、いまのように糞便の樽に落ちて身動きできなくなったのも、もとはといえば自身の衝動的な犯罪ゆえだ。

それにこの何者氏《ミスター・サムバディ》は、自分に選択の余地がないと感じているのかもしれない。どのような内容であれ、醜悪な秘密であることはまちがいない。死刑存置州でアレンを法廷の証人席につかせるような事態はぜったいに阻むべし。アレンは取引材料になるホットな秘密を握っているのだからなおさらだ。

ビリーは眠りの国へとただよいはじめる。眠りに落ちる寸前の思考はモノポリーにまつわるものだ。それも、手もちの不動産をひとつずつ売却することで破産へと滑り落ちていくのを防ぐ方法にまつわるもの。ただし、この策はめったに成功しない。

7

翌朝ビリーが車に乗ろうとしていると、コリンヌ・アッカーマンが自宅前とビリーの家の前にある芝生を横切って近づいてくる。手には茶色い紙袋。中身はわからないが、なにやら美味しそうな香りがする。

「クランベリーマフィンをつくったの。シャニスとデレクは学校で温かいランチを食べられるけど、ちょっとした食後のデザートを欲しがるから。で、ふたつ残ったから、あなたに食べてもらいたくて」

「それはご親切に」ビリーは紙袋をうけとりながらいう。「でも、ジャマルが会社から帰ってきたときのために、ひとつとっておかなくてもいいんですか？」

「大丈夫、もうとりわけてあるから。この二個はあなたに食べてほしい。わかった？」

「ええ、その任務なら達成できそうです」ビリーは笑顔で応じる。

「痩せたみたいね」コリンヌは言葉をいったん切る。「体は大丈夫？」

ビリーは驚いて自分を見おろす。体重が減った？　どうやらそのようだ。以前にはつかっていなかったベルトの穴がいまは利用されている。ビリーは視線をコリンヌにもどす。「ええ、なんともありませんよ」

「たしかに元気そうに見える。でも、いいたかったのはそういうことじゃない。というか、それだけじゃない。本の執筆は順調？」

「絶好調です」

「だったら、もっと食べたほうがいいみたい。健康にいいものよ。緑黄色野菜とかね――テイクアウトのピザやタコスじゃなく。長い目で見ると、その手の独身者の食べ物はお酒よりも体に害になるの。今夜はうちに夕食を食べにきて。六時に。シェパーズパイをつくる予定よ。にんじんと豆を詰めるつもり」

「それはうまそうだ」ビリーはいう。「もちろんご迷惑でなければです」

「迷惑なんかじゃないって。こっちがお礼をいいたいくらい。だってうちの子供たちにとっても親切にしてくれてるもの。シャニスはもとからあなたが大好きだったけど、あのフラミンゴのことでその気持ちがもっと大きく膨らんだみたい」そういうとコリンヌは秘密を打ち明けるかのように声を落とす。「フラミンゴの名前をフランキーからデイヴに変えてたくらい」

そのあとダウンタウンにむけて車を走らせながら、ビリーはシャニスがフラミンゴの名前を変えたことを思い、うれしくなると同時にうしろめたくもなる。なぜなら、それも結局は嘘の名前だからだ。

8

その日の午後、ビリーはジェラード・タワーをあとにして、ピアスン・ストリート方面にむけて二ブロックばかりのんびり歩いている。途中でちょっと足をとめて路地をのぞきこむ。路地には大型のごみ回収ボックスがふたつならんでいる。これはつかえるぞ、と思う。そこからUターンして立体駐車場へ行く。

そのあとミッドウッドに帰りがてら、〈ウォルマート〉に立ち寄る。ミッドウッドに来てからは、いつもこの大型スーパーに立ち寄っているようだ。買物かごを手にしてレジの列にならんでいるあいだ、ビリーは今回の仕事から手を引くことをまたも考える。なにもいわずに姿を消そうか。とはいえニックがあとを追ってくるだろう。それも、ビリーの口座に払いこまれているかなりの大金の払いもどしを求めてのことだけではないはずだ。ビリーは姿を消すことの達人だが、ニックが狩りから手を引くとは思えない。手はじめにバッキー・ハンスンを尋問するという強硬手段に出るだろう。かなり荒っぽい尋問になるはずだ。というのもニックは、ビリー・サマーズの居場所につながる線があるとすれば、ニューヨーク在住のビリーの協力者であるバッキーだと考えるからだ。尋問がおわるころには、バッキーは指の爪を剝がされているかもしれない。それどころか死んでいるかもしれない。バッキーはそんな目にあっていい人間ではない。

ニックはさらにビリーが住んでいた界隈に男たちを――おそらくフランキー・エルヴィスことフランク・マッキントッシュとポール・ローガンあたりを――派遣する。ファジオ一家やラグランド夫妻が尋問される。ジャマルとコリンヌのアッカーマン夫妻も。ひょっとしたら子供たちもか？　それはなさそうだ――成人男性が小さな子供と話をしていれば人目を引きやすい。しかし、あのふたりの男がシャニスやデレクを尋問している場面を想像すると、ビリーはいてもたってもいられない気分になる。

それ以外にも気になることが二点。仕事を途中で投げたことは一度もない――これが第一点。もうひとつは、ジョエル・アレンにとっては自業自得だということ。そう、アレンは悪人だ。

「お客さん？　順番ですよ」

ビリーは自分が〈ウォルマート〉のレジの順番待ちをしていたことを思い出す。「すまない、ぼんやり考えごとをしていてね」

「いいんですよ。わたしもしょっちゅう考えごとをしてますし」

ビリーは買物かごの中身をあける。《**ぽーん！**》とか《**わーお！**》と書いてある色あざやかなグリーンのゴルフクラブ用ヘッドカバーがいくつか。銃のクリーニングキット。木製のキッチンスプーンのセット、ラメ入りの塗料で《**ハッピー・バースデイ**》と書いてある蝶ネクタイ形のバッグ用タグ、背中にローリング・ストーンズのロゴがはいっている薄手のジャケット、子供用のランチボックス。レジ係の若い女は最後にランチボックスをレジに通してから、あらためてしげしげと見つめる。

「美少女戦士セーラームーンね！　小さな女の子が大喜びまちがいなしよ！」

シャニス・アッカーマンなら大喜びするだろうな、とビリーは思う。しかし、これはシャニスへのプレゼントではない。もっといい世界でならそうなっただろうが。

9

その夜、アッカーマン家での夕食をおえると（ちなみにコリンヌのシェパーズパイは絶品だ）、ビリーは自宅の地下の娯楽室におりていき、ゴルフバッグから銃器を抜きだしてみる。指定どおりのM24、見たところ問題はない。ビリーはこの銃を分解して部品を卓球台にならべ、全部で五十以上ある部品をひとつひとつクリーニングしていく。ゴルフバッグにふたつあるジッパーつきポケットの片方には光学式照準眼鏡《テレスコピック・サイト》がおさまっている。もうひとつのポケットには実包五発を入れられるマガジン。シエラ社製のマッチキング・ホローポイント・ボートテイル弾。

必要になるのは一発だけだ。

10

あくる日の朝十時十五分前、ビリーはゴルフバッグのストラップを左肩にかけてジェラード・タワーのロビーにはいっていく。遅い時間に来たのは意図してのことだ——この時間なら、勤め人というアレチネズミたちがみんな忙しく動きまわっているからだ。年輩の警備員のアーヴ・ディーンは読んでいた雑誌——きょうは自動車雑誌の〈モーター・トレンド〉——から顔をあげ、ビリーににやりと笑いかける。「ゴルフの冒険に出発ですか、デイヴ？　それでこそ作家の暮らしだ！」

「わたしじゃない」ビリーはいう。「わたしにいわせれば、あれはこの宇宙でいちばん退屈なスポーツだね。これはわたしのエージェント用のバッグだよ」

ビリーはそういってバッグの位置を変え、サイドにつけた金文字の刺繡がはいっている蝶ネクタイ形のアクセサリーが警備員にも見えるようにする。蝶ネクタイはサイドポケットにかぶさっている——二十本ほどのティーではなく、実包を装塡されたマガジンがはいっているポケットに。

「こりゃまた気前のいいことで。こんな高価なプレゼントとは！」

「ずいぶん世話になっているからね」

「なるほど、そういうことですか。だけど、ミスター・ルッソはあんまりゴルフコースがお似あいって感じには見えませんよね」いいながら両手を体の前にまわして、ルッソと名乗っているジョルジオの立派な太鼓腹をしぐさで示す。

ビリーはこうした反応にも答えを用意している。「たしかに、コースに出ても歩いていたら、三番ホールをまわるころには心臓発作を起こして即死してしまうかも。ただ、ジョージは自前でカスタムしたゴルフカートをもっているんだ。わたしに話してくれたところでは、ゴルフをはじめたのはいまよりずっとスリムだった大学時代のことらしい。ついでにいい話をひとつ——前にジョージに説得されて、いっしょにコースに出たことがあるんだが、そのときは信じられないほど強烈なショットを披露していたぞ」

アーヴは椅子から立ちあがり、ビリーは一瞬凍りつく——老いた体のなかで眠っていた警官ならではの反射神経が最後に一度だけ目を覚まし、ゴルフクラブを調べようとするのではないかと思ったのだ。そんなことになればジョエル・アレンが命拾いして、ビリーの命がおわることにもなりかねない。しかしアーヴはそんなことをせずに横をむき、とるにたらないというには立派すぎる臀部を両手のひらでぴしゃりと叩く。

「こいつがパワーの源です」アーヴは強調のためにまたもや尻を平手で叩く。「そう、まさにここがね。嘘だと思ったら、NFLのラインマンや野球のホームランバッターにきいてみるといい。ホセ・アルトゥーベでもいい。あの野球選手は身長が百六十八センチしかなくても、ケツは煉瓦なみですって」

「たしかに。ジョージの尻はかなり立派だしね」ビリーはいいながら、緑色のクラブカバーの位置を直す。「アーヴ、いい一日を」

「あなたにもね。ああ、そうだ、あの人の誕生日はいつです？　お祝いのカードかなにかを差しあげようと思って」

「来週だよ。ただ、こっちにはいないかもしれないな。西海岸に行くといってたからね」

「パームツリーとかわい子ちゃんがいっぱいのプールサイド」アーヴは椅子にすわりながらいう。「最高ですね。ところで今夜は遅くまでこちらに？」

「わからない。仕事の調子を確かめてみないと」

「ああ、それでこそ作家の暮らしですな」アーヴは先ほどとおなじことをいい、雑誌をひらく。

11

オフィスにはいると、ビリーは緑色のクラブカバーのひとつを取り去る——《**ばしっ！**》という文字がはいっているカバーだ。レミントンの銃身から、ビリー自身が適当な長さに切ったカーテンレールが突きでている。レールの端に、木製の取りわけ用スプーンがテープで固定してある。これに緑のクラブカバーをぴったりかぶせれば、ゴルフクラブのヘッド部分に見えなくもない。ビリーはレミントン７００の銃床と銃身とボルトをとりだす。それから二本のゴルフクラブを抜きだし、底部におさめたランチボックスをとりだす。動かしたときにからからと金属音をたてないよう、ランチボックスはセーターでくるんである。中身は小さな部品類だ——ボルトプラグ、撃針、エジェクターピン、フロアープレートラッチなどの部品一式。ビリーは分解してある銃と五発の実包を装塡したマガジン、リューポルド社製のライフルスコープ、それにガラスカッターを、オフィスとミニキッチンを仕切る壁の上方にある収納スペースにおさめる。ついで扉を施錠し、鍵はポケットにしまう。

　きょうは小説を書こうともしない。小説は、このクソなショーがついに幕をおろすまでお預けだ。ビリーは小説執筆につかっていたマックブックをわきへ押しやり、自前のノートパソコンをひらいてパスワードを打ちこむ。適当な数字と文字のランダムな組みあわせだが、ビリーは記憶している（パスワードを書きつけた販促グッズの付箋紙をどこかに隠すような真似はしない）。つづいて《**ド派手なヤツ**《ゲイ・ブレイド》》という名前のファイルをひらく。ここでいう〝ド派手なヤツ〟とは、もちろんビジネス・ソリューションズ社のコリン・ホワイトのことだ。このファイルには、コリン・ホワイトが出勤してくるにあたって身にまとってきた派手な衣類のうち、ビリーが目にしたものがすべて記録されている。

　ジョエル・アレンが当地の裁判所に身柄を移される当日に、コリン・ホワイトがどのような服装であらわれるかは予測不可能だが、ビリーはそれも問題ではないと結論づけている。人は見たいものしか見ないからだが、パラシュートパンツに決まっているという理由もある。パラシュートパンツに肩幅の広い花柄のシャツをあわせていることもあれば、**《トランプ支持のクイア》**と書いてあるTシャツのときもあるし、たくさんもっているバンドTシャツをあわせているときもある。そのあたりは問題にならない——人々が目にするコリンは、唇をあしらったローリング・ストーンズのロゴが背中についているジャケットを着るからだ。これまで——おわったばかりの夏の炎暑の日々に——コリンがそのたぐいのジャケットを着ている姿を見たことはないが、クロゼットにはその種の服がかならずあるはずだ。狙撃当日が気温の高い暑い日になったとしても——この町では、秋にもそういう気候になりがちだ——ジャケットを着ているのは問題にならない。ジャケットはファッション宣言だ。

　偽の公共労働局《DPW》のトラックに乗っているニックの手下たちが、トラックに飛び乗らずに横を走って逃げていくビリーの姿を見ても、まず《ビリー・サマーズが逃げていったぞ》とは思わないだろう。パラシュートパンツと肩まで伸ばした黒い長髪をちらりと見た手下たちは、《あのカマ野郎がけばけばしい服を着たまま一目散に走って逃げていくぞ》としか思わないはずだ。

　というか、そうなってほしい。

　ビリーは今回も自前のノートパソコンをつかってアマゾンで買い物をし、商品の翌日配達を指定する。

第九章

1

一週間が過ぎる。ジョルジオ・ピグリエッリからいつ連絡があってもおかしくなさそうなものだが、連絡は一回もない。金曜の夕方には隣人たちを裏庭でのバーベキューに招く。食後はしばし、ジャマル・アッカーマンとポール・ラグランドのふたりと裏庭で三人キャッチボールをする。そのあいだ子供たちは、ポールとジャマルがびゅんびゅん投げる速球の下をくぐって鬼ごっこに興じている。ジャマルがビリーに見つくろってきたのはクッションが充分なキャッチャーミットだったが、そのあと皿洗いをするときにもまだ手がじんじんと痛んでいる。

そのとき電話が鳴る。

最初に手にとったのはデイヴィッド・ロックリッジの電話。しかし、鳴っているのはこの電話ではない。次にとりあげたのはビリー・サマーズの電話で、これでもない。となると残っているのは、呼出音が鳴るとは予想していない電話だけだ。かけてきたのはニューヨークのバッキーだろう。ほかに、ドルトン・スミスの番号を知る者はいない。しかし、リビングルームの食器棚にそなえつけのカウンターから携帯を手にとると、ほかにも番号を知っている者がいることを思い出す。不動産屋のマートン・リクターのために作成した書類に携帯番号を書いたし、ピアスン・ストリートのアパートメントで上の階に住んでいるベヴァリー・ジェンセンにも番号を教えていた。

「もしもし?」

「やあ、ご近所さん」その声はベヴァリーではない。夫のドン・ジェンセンだ。「アラバマはどうだ?」

一瞬、ビリーにはドンがなにを話しているのかがさっぱりわからず、その場で凍りついてしまう。

「ドルトン? 電話が切れたかな?」

つづいて〝かちり〟と音がして、すべての合点がいく。ドルトン・スミスとしての自分はいまアラバマ州で、エクイティ保険の地方本部のためにコンピューター・システムを構築していることになっているのだ。「いやいや、切れてない。アラバマがどうかって？　いやはや、こっちは暑いよ」

「それ以外には天気は問題なしか？」

アラバマ州ハンツヴィルの天気がどうなのか、ビリーはまったく知らない。どうせこの街とたいして変わらないだろうが……だれにわかる？　ドン・ジェンセンが電話をかけてくるかもしれないとちらりでも思っていれば、あらかじめ調べておいたはずだ。

「これといって話すほどのことはないね」ビリーはいう。「それで、きょうはどんな用事で？」

いやね、おれたち夫婦はあんたが本当は何者なんだろうと考えていたんだよ——てっきりドンがそんな言葉を口にするものと思う。あの腹に巻いてるフェイクベリー、たいていの人間なら騙されるんだろうが、うちの女房はそもそもの最初から偽の腹だと見抜いていたよ。

「話をきいてくれ」ドンがいう。「きのう、ベヴの母親の容態が悪化しちまって、きょうの午後とうとう息を引きとったんだ」

「ああ、それはたいへんお気の毒に」ビリーは心の底から相手を気の毒に思う。もしかしたら〝たいへん〟ではなく〝それなりに〟かもしれないが。ベヴァリー・ジェンセンはコリンヌ・アッカーマンほどではないが、気立てのいい女性だ。

「ああ、おかげでベヴァリーはすっかり落胆しちまってる。いまも寝室で荷造りをしては大泣きし、大泣きしては荷造りしてるありさまだ。あしたにはセントルイスまで飛び、空港でレンタカーを借りたら、ディギンズとかいうシケたちっぽけな町まで行くんだよ。埋葬だけすませればいいって話じゃない。いろんな用事を片づけなくちゃならなくてね。しばらくは向こうに滞在することになるな」ドンはため息を洩らす。「そんなことに金をつかうのも癪だが、義母の顧問弁護士が火曜日に遺言状を読みあげる予定でね。おれたちも多少は金がもらえるらしい。弁護士がそんなふうに話してた。でも、弁護士がどういう連中かはあんたも知ってるよな」

「抜け目のない連中だね」ビリーはいう。

「ああ、たしかに抜け目がないさ。それでも義母のアネットは貯金が趣味の倹約家だったし、ベヴはひとりっ子なんでね」

「なるほど」

「そんなこんなで、しばらく向こうに滞在することになる。あんたに電話をかけた理由もそれでね。ベヴは、あんたさえよければ、あんたの部屋のドアの下にうちのドアの鍵を置かせてほしいっていってるんだ。アラバマからこっちへもどったら、うちの冷蔵庫のなかをチェックし、ベヴが丹精してるオリヅルランとホウセンカの鉢植えに水やりをしてくれないか？　あいつは鉢植えに夢中でね。信じられないかもしれないが、植物に名前までつけてるんだ。もしあんたがこの先一週間以上もどらないってなると、ちょっくら困ったことになる。あいにく、近所には知りあいがあまりいないもんでね」

それはそうだろう、そもそもあの界隈にはろくに人がいないのだから――ビリーは思う。さらにビリーは、これは好機だぞ、とも思う。ただの好機ではない。とんでもない幸運がもたらした好機だ。ジョエル・アレンがカリフォルニアからこっちへ来るまでにジェンセン夫妻が帰ってこなければ、あのピアスン・ストリートの建物をまるまるひとりでつかえるのだ。

「もし無理なら――」

「無理なものか。喜んで手伝うよ。何日くらい留守にする見込みかな？」

「なんともいえない。最低でも一週間、ことによれば二週間か。職場からは休暇をもらった。もちろん無給休暇だ。しかし、もしこの件で金が手にはいるなら……」

「わかった。引き受ける」ますます好都合な話になっていく。「鉢植えのことはご心配なく。そちらにはもうすぐもどるし、こんどはしばらくそちらで暮らすことになってる」

「ありがたや。ベヴからは、冷蔵庫の食べ物は好きにもっていってくれと言《こと》づかってる。腐らせるくらいなら、食べてもらうほうがいいってね。もちろん、牛乳は酸っぱくなっちまうかもしれないが」

「たしかに」ビリーはいう。「わたしも牛乳はうっかり腐らせてしまいがちだ。とにかく、道中ご無事で」

「恩に着るよ、ドルトン」

「礼にはおよばんさ」ビリーはいう。

2

その日の夜、ビリーは枕の下に両手を差しいれてベッドに横たわり、ファジオ家の前の街灯が寝室の天井に投げかけている、ぼんやりした黄色っぽい光の楕円を見あげている。カーテンの取りつけをずっと忘れたままだ。いまやろうと思っても、そのたびに度忘れしてしまう。いまなら、ほかにやることもないため、忘れずにいられるかもしれない。

この待機期間が短くすめばいい。いまならドンとベヴァリーのジェンセン夫妻が家をあけていることも理由だが、ベンジーの物語の執筆がなくなると、ジェラード・タワーで過ごす時間が重苦しくのしかかってくることも理由だ。次に来るのはファルージャだ。自分のいいたいことはわかっているし、どんな輝かしい瞬間をとらえておきたいかもわかっている。パームツリーにひっかかって熱風に吹かれ、旗のようになびいていたずたずたに裂けたごみ袋。複数のタクシーに分乗して出現し、海兵隊と戦闘をくりひろげた聖戦士《ムジャーヒディーン》たち──彼らは、小さな車から何人も転がりでてくるサーカスのピエロのようにタクシーからまろびでてきた。ただしサーカスのピエロたちなら、銃をかまえて転がりでてきたりしない。また弾薬の運搬係になって、くたびれた〈ナイキ〉や〈コンバース・チャックテイラー〉を履いて瓦礫のなかを縦横無尽に走りまわる、50セントやスヌープ・ドッグのTシャツを着た若者たち。ファルージャの廃業した遊園地〈ジョラン・パーク〉内を三本足の犬が半分になった人間の手首をくわえて、小走りに駆けていた光景。その犬の足先が白い粉塵に覆われていた光景が、いまでもくっきり目に浮かぶ。

いくつもの断片はそこにある。しかしこの仕事をおわらせるまでは断片群をひとつにまとめることができない。ウィリアム・ワーズワースにいわせれば、最高の文章とは静謐のなかで思いかえす激しい感情にほかならない。いまのビリーは静謐さをなくした状態だ。

ビリーはようやく眠りの国に滑り落ちていくが、まだあたりが暗い時刻に〝ぴん・ぽん〟というテキストメッセージの着信音で目を覚ます。ふつうならこの手の音が響いても眠りつづけられるが、いまはいつも眠りは浅い。見る夢は断片的なものばかり。あのひどい地ではいつもそうだった。

ベッドわきのナイトスタンドでは三台の携帯がならんで充電中だ。ビリーの携帯、作家デイヴの携帯、ITエンジニアのドルトンの携帯。明るくなっているのはビリー自身の携帯だ。

ダブドミ：電話をよこせ。

そのあとに書かれた電話番号はラスヴェガスの市外局番のもの。〝ダブドミ〟とは〈ダブル・ドミノ〉だ。ラスヴェガスにあるニックのカジノホテル。ビリーがいる街のタイムゾーンでは夜中の三時。ラスヴェガスでは、ニックがそろそろベッドにはいろうという時間か。

ビリーは電話をかける。ニックが電話に出て調子はどうかとたずねる。ビリーは元気に過ごしてはいるが、いまは夜中の三時だということだけが残念だ、と答える。

ニックは愉快そうに笑う。「電話をかけるにはいちばんいい時間だな。たいていのやつは家にいるに決まってる。いましがた連絡があってね、ことによると水曜日にわれらが友人氏がそちらへむかうらしい。本来なら月曜日だったはずだが、友人氏にちょっとした食中毒の症状が出てね。なに、狂言かもしれない。友人氏は車でホテルへ送られて、そこで夜を過ごす予定だ。話はわかるな？」

ビリーには話がわかっている。アレンが泊まるホテルというのは郡刑務所のことだろう。

「明朝、われらが友人氏はA地点へむかうべく、そちらの方向へ移動する。意味はわかるな？」

わかる。〝A地点〟とは罪状認否手続《アラインメント》のことだ。

「ときに、赤毛の友人はきみが必要とする品々を調達したかね？」

「ああ」

「問題なし？」

「ああ」

「よかった。きみのエージェントからもテキストメッセージが届くはずだ。そうなればきみは待機状態になる。すべてをすませたら、きみは休暇旅行へ出発だ。そのあたりはもうわかっているね？」

「わかってる」ビリーはいう。

「いまかけている携帯の料金や、それ以外にも利用した品々の料金も払っておいたほうがいい。話はわかるな？」

「わかる」ビリーはいう。ニックがしつこく話の意味がわかるかとたずねてくるのにはうんざりさせられるが、一方でこれはいいことだ。いまでもニックが話し相手のビリーを、脳味噌に減光スイッチを入れられっぱなしのいかれたのろまだと思いこんでいるしるしだからだ。ビリー・サマーズの電話を破壊しろ、デイヴィッド・ロックリッジの電話を破壊しろ、そのほか任務達成までにつかったプリペイド携帯があれば残らず破壊せよ――すべて了解。破壊せずにおく電話は一台だけ、ニックが存在を知らない電話だ。

「いずれまた話そう」ニックはいう。「携帯はまだ手もとにおいておきたければ、そうしてもいい。ただし、わたしが送ったメッセージは削除しておくように」

そういってニックは通話を切る。

メッセージを消去して横になると、ビリーはそれから一分とかからずに眠りこんでいる。

3

涼しい週末。待ちわびていた秋の訪れのようだ。エヴァーグリーン・ストリートの木々がわずかにちらほらと色づきはじめたのをビリーは目にとめる。日曜日の午後はモノポリーで遊ぶ。ビリーは三人の子供たち相手に戦うが、十人ばかりの見物人がゲームボードのまわりにあつまって余計な助言をしている。いつもはビリーの味方をするサイコロも、きょうはそうではない。ダイスでゾロ目を三回出して、三ターン連続で刑務所入りになる。これは統計学的にいえばナンバーズ賭博で六回のメガミリオンをすべて当てるのとおなじ、きわめて珍しい事態だ。ビリーはふたりの対戦相手が破産するまではもちこたえるが、最後はデレク・アッカーマンに負ける。ビリーの最後の担保物件を銀行がとりあげると、子供たちはビリーの上に積み重なり、声をあわせて〝負け犬・負け犬・ウォッカ・へべれけ〟とさかんにはやしたてる。なんの騒ぎかとコリンヌが地下室へおりてきて、ビリーから離れなさい、その人に楽に息をさせてあげなさい、と笑いながら子供たちにいう。

「おじさん負けてやんの！」九歳のダニー・ファジオがうれしそうに声をあげる。「おじさんったら子供に負けてやんの！」

「ああ、こてんぱんだな」ビリーも笑い声をあげながらいう。「あそこで刑務所には行かず、鉄道をすっかり自分のものにできていれば――」

シャニスの友だちのベッキーが、唇を震わせる〝ぶるぶるぶる〟という音でビリーをからかい、全員がまたひとしきり大笑いする。それからみんなで地下からあがり、野球のプレーオフ試合をジャマル・アッカーマンが観戦しているリビングルームでパイを食べる。シャニスはソファでビリーの隣にすわって、膝にフラミンゴを載せる。野球が七回を迎えたころ、シャニスはビリーの腕に頭を預けて眠りこんでしまう。コリンヌはこのまま家にとどまって早めの夕食をとっていけと誘うが、ビリーは断わる。早い回の映画を見にいこうと思っているんです。前から〈死の急行列車《デッドリー・エキスプレス》〉を見たくて。

「その映画なら予告篇を見たよ」デレクがいう。「とっても怖そうな雰囲気だった」

「わたしはポップコーンをいっぱい食べる」ビリーはいう。「そうすると怖がらずに見ていられるようになるぞ」

しかしビリーは映画館には行かず、ポッドキャストでその映画のレビューをききながら、車を町の反対側へ走らせ、フォード・フュージョンが待っている立体駐車場へむかう。いつも慎重な行動を心がければ、後悔することもない。ビリーはフュージョンでピアスン・ストリート六五八番地に行き、ドルトン・スミス関係の品々をクロゼットにしまう。そのあと上の階へあがって、ベヴァリー・ジェンセンのオリヅルランとホウセンカの鉢植えに水をやる。オリヅルランは元気溌剌《はつらつ》としているが、ホウセンカのほうはかなり萎《しお》れている。

「ほら、水だぞ、ダフネ」ビリーはいう。ホウセンカの前に立ててある小さなプレートによれば、それがこの草の名前らしい。オリヅルランのほうは――命名の由来はさっぱりわからないが――ウォルターと名づけてある。

ビリーは戸締まりをすませて、ブロンドではない髪を販促グッズのキャップで隠し、アパートメントをあとにする。あたりはもうほとんど暗いが、サングラスもかける。それからフュージョンを立体駐車場にもどし、トヨタを走らせてミッドウッドにもどる。テレビを少し見てベッドにはいる。ほぼ即座に眠りこむ。

4

月曜日の午後、オフィスのドアにノックの音がする。どうせケン・ホフだろうと思って、暗い気分でドアをあける。しかし、来訪者はホフではない。フィリス・スタンホープだ。微笑んではいるが、目は赤く充血して腫れぼったい。

「女の子を食事に連れていく気はある？」いきなりそんな感じ。「彼氏にフラれちゃって。だからちょっとでも元気の出ることがしたいの」いったん言葉を切ってから、こういい添える。「わたしの奢りで」

「その必要はないよ」ビリーはいう。その先の展開も予想できたし、あまり褒められたことでないのもわかっていたが、気にしないことにする。「喜んで勘定を払わせてもらう。ただしきみの気がすすまなければ、このあいだのように割り勘にすればいい」

しかし、ふたりは勘定を割り勘にしない。ビリーが支払う。もしかしたらフィリスは恋人との交際終了をビリーと寝ることで祝おうと考えていたのかもしれない——ビリーはそう思う。それにフィリスが飲んだ三杯のスクリュードライバー——二杯はディナー前、もう一杯はディナー中——もその考えを固めてくれたのかもしれない。ビリーはワインリストを差しだすが、フィリスは手をふって遠ざける。

「交わらなければ憂いなし」フィリスはいう。「どこからの引用かというと——」

「『バージニア・ウルフなんかこわくない』だ」ビリーが言葉をしめくくり、「人間関係の話か酒のちゃんぽんの話かはともかくね」といい、フィリスが笑う。

フィリスはディナーでもあまり料理を口にしない。別れがかなりの修羅場になってしまい——第一幕は顔をあわせての話しあいで、第二幕は電話だったとのこと——それで食欲をなくしたという。いまフィリスが本心から求めているのは、ウォッカベースのこのカクテルだ。ふたりは割り勘《ダッチ》にしないかもしれないが、フィリスには、次の展開に備えて酔った勢いでの空元気《ダッチ・カレッジ》が必要なのだ。その次の展開は、いまではもう可能性のひとつではなく避けがたい展開になっている。ビリーもそれを望んでいる。もうずいぶん長いあいだ女っ気なしで過ごしてきた。デイヴィッド・ロックリッジ名義のクレジットカードの一枚で支払いをすませているあいだ、ビリーは自分の体の上に積み重なって、〝負け犬・負け犬・ウォッカ・へべれけ〟とはやしたてていた子供たちのことを思い出す。あれからたった一日しかたっていないのに、ここには本当に〝ウォッカ・へべれけ〟な者がいるし、その人物は恋愛の〝負け犬〟だ。

「あなたの家へ行きましょう。うちには行きたくない。行けば、バスルームの棚に置いてある元カレのアフターシェイブローションが目にはいるから」

だったら――ビリーは考える――おれの家でおれのアフターシェイブローションを見るといい。

ふたりでエヴァーグリーン・ストリートの黄色い外壁の家にたどりつくと、フィリスは賞賛の目つきで室内を見まわし、ビリーがダウンタウンのがらくた屋で買ってきた映画〈ドクトル・ジバゴ〉のポスターを褒めてから、なにか飲むものの用意はあるかとビリーにたずねる。ビリーは冷蔵庫にビールの六缶パックがあると答えてから、グラスは必要かとたずねる。フィリスは缶からそのまま飲むと答える。ビリーは缶をふたつもって、リビングルームに引き返す。

「あら、あなたは禁酒期間中じゃなかった？」

ビリーは肩をすくめる。「約束は破られるためにある。それに、いまは業務時間外だ」

ふたりが缶をあけるかあけないかのタイミングで、フィリスが「この部屋は暑いわ」といいながら、ブラウスのボタンをはずしはじめる。あいた缶ビールは、朝までコーヒーテーブルに置かれたままになる――ちなみにすっかり気が抜けて、ろくに味がしなくなっている。

セックスはすばらしい――少なくともビリーにとっては。ビリーはフィリスもおなじ気持ちだろうと思うが、これについて女の真実は読みとりがたい。ときとして女は早く眠りたい一心で、男が行為をおわらせて離れていくように仕向けるからだ――しかし、フィリスが演技をしているのなら見あげた名演技だ。そしてビリーがこらえきれなくなる寸前、その瞬間が訪れる――フィリスがビリーの肩に顔を埋《うず》めて〝んんんんっ〟といううめき声をあげ、血が流れてもおかしくないほど深々と爪を突き立てる瞬間が。

　そのあとビリーがベッドの自分の側にむけて体を転がすと、フィリスは〝よくできました〟というようにビリーの肩をぽんとひとつ叩く。「お願いだから、いまのは〝お情けファック〟だなんていわないでね」

「そんなもののわけないだろう、本当に」ビリーはいう。「こっちだって〝腹いせファック〟だったのかなんて質問はしないよ」

　フィリスは笑い声をあげ、「そんな質問はしないほうが無難よ」といい、寝がえりを打ってビリーに背中をむける。五分後にはいびきをかいている。

　ビリーは横になったまましばらく眠らずにいる。フィリスのいびきで眠れないのではなく――いかにもレディらしいいびき、むしろ寝息というべきか――精神のスイッチが切れてくれないためだ。あんなふうにフィリスが姿をあらわし、こんなふうに自分といっしょに家にやってくるという展開が、ビリーにはゾラの長篇小説の一パートのように思える。ゾラの小説ではあらゆる登場人物が充分に利用され、最後に姿を消す前に一度だけ――カーテンコールのように――登場する。ビリーとしては自分自身という物語がおわって欲しくはないが、いまのこのパートにかぎってはまもなく完結するのだろうと思っている。例の仕事をきっちりおわらせて報酬を受けとったら、その先はまた新しい人生（ドルトン・スミスとしての人生かもしれないし、さらに別人としての人生かもしれない）がはじまる。おそらく、よりよい人生が。

　少し前から――おそらくベンジーの物語を書きはじめてから――気づいていたが、息づまる思いをせずにこの人生を生きていくことはもはやできない。自分が殺すのは悪人にかぎるという考え――いや、私見――は、この先も適用されるだろう。いま自分がいるこの住宅街には、何人もの善人たちがそれぞれの家で眠っている。そんな善人たちを自分が殺すことはないが、自分がここに住んでいる真の理由を彼らが知れば、自分は彼らの心のなかのなにかを殺すことになるのではないか。

　詩的すぎる考えだろうか？　あまりにもロマンティッ

ク？　ビリーにはそうは思えなかった。見知らぬ人物がやってきて……その人物が隣人になった。しかし、この話にはその先におちがある。隣人だと思われていたその人物は、結局はずっと見知らぬ人物のままだったと明らかになるのだ。

午前三時ごろ、バスルームでフィリスが吐いている物音でビリーは目を覚ます。つづいてトイレの水洗の音。水が流れる音。それからフィリスがベッドにもどってくる。少しだけ泣いている。ビリーは寝たふりを通す。泣き声がとまる。いびきが再開する。ビリーは眠りこみ、パームツリーに引っかかって風にはためくごみ袋を夢に見る。

5

朝の六時を少しまわったころ、ビリーはコーヒーの香りで目を覚ます。フィリスがビリーのワイシャツを羽織り、裸足でキッチンに立っている。

「眠れたかい？」ビリーはたずねる。

「ぐっすりと。あなたは？」

「文句なし。ついでにいえばコーヒーの香りも最高だ」

「あなたのアスピリンを勝手にもらっちゃった。なんだかゆうべは、一杯ばかり飲みすぎたみたい」そういってフィリスは、愉快な気持ちと当惑が半々の表情をむけてくる。

「かまわないよ――きみがおれのアフターシェイブを盗まないかぎりはね」このせりふがフィリスを笑わせる。

〝一夜の愛《ワンナイトラブ》〟の翌朝がいたく不愉快な時間になることもないではない――ビリーにもそのたぐいの経験が二、三度ある。しかし、今回は問題はなさそうでよかった。フィリスは気立てのいい女だ。

ビリーはスクランブルエッグをつくると申しでるが、フィリスは顔をしかめてかぶりをふる。それでもなんとか、バターなしトーストだけは食べさせる。食事がすむと、ビリーはフィリスがひとりでシャワーをあびて着替えをすませられるように、寝室とバスルームを明けわたす。部屋から出てきたフィリスは元気そうだ。ブラウスには少し皺が残っているものの、それ以外におかしな点は見あたらない。この女性はいずれ世間に話を披露することになるだろう、とビリーは思う。《暗殺犯との一夜》とかなんとか。披露することを選んだ場合の話。選ばないかもしれない。

「家まで車で送ってくれる、デイヴ？　着替えたくて」

「喜んで」

フィリスはドアのところで足をとめ、ビリーの腕に手をかける。「ゆうべのは〝腹いせセックス〟なんかじゃなかった」

「そうか？」

「女には、ひたすら求められたいだけのときもある、ということ。そして、あなたはわたしを求めていた……ちがう？」

「ちがわない」

フィリスはきっぱりとうなずく。そのしぐさは話はこれで決まりだと語っている。「わたしもあなたを求めていた。でも、一回かぎりでおわらせることだとも思う。もちろん、ぜったいということはぜったいないけど、これがいまのわたしの気持ち」

これが一回かぎりでおわることを知っているビリーはうなずく。

「友だち同士かな？」フィリスがたずねる。

ビリーはフィリスをハグして、頬にキスをする。「最後までずっと」

まだ朝早い時刻だが、エヴァーグリーン・ストリートの朝は早い。通りの反対側では、ダイアン・ファジオが正面ポーチに置いた揺り椅子にすわっている。ピンクのウールのハウスコートに身をくるみ、片手にコーヒーのカップをもっている。ビリーはフィリスのためにトヨタの助手席ドアをあける。そのあと車体後部をまわってビリーが運転席へむかっていると、ダイアンがいかにも隣人らしく親指をぐいっと突き立ててくる。

ビリーはいやでも顔をほころばせてしまう。

6

キッチンカーがやってくると、ビリーは下へおりていってタコスとコークを買う。ジム・オルブライトとジョン・コルトンとハリー・ストーン――〝若き弁護士たち《ザ・ヤング・ロイヤーズ》〟と表現すると、テレビドラマかジョン・グリシャム作品の登場人物のようだ――の三人が手をふってビリーを招き、いっしょに食べようと誘ってくる。しかしビリーは、デスクで食べながら仕事を少し進めたいといって誘いを断わる。

ジムが指を一本立て、芝居がかった口調でいう。「死の床にあって『もっと会社で仕事をしていたかった』といった者はひとりとしていない。これは、いままさにあの世へ旅立たんとするオスカー・ワイルドの名言だぞ」

この場でジムに、オスカー・ワイルドの有名な生涯最後の言葉は「あの壁紙がなくなるか、このわたしがいなくなるかだ」だと教えてもいいが、ビリーはただ微笑むだけにする。

本心をいうなら、仕事を決行する瞬間が近づいているいま、ビリーはもうこの若者たちといっしょに過ごしたくないと思っている。若者たちがきらいだからではなく、彼らに好意をいだいているからだ。フィリスはきょうは休みにしたようだ。水曜日と木曜日も休みにしてくれればいいとも思うが、これは高望みにすぎるだろう。

ビリーがオフィスにはいると同時に、ドルトン・スミス名義の電話が着信音を鳴らす。かけてきたのはドン・ジェンセンだ。

「やあ、心の友よ！　出張からもどってきたのか？」

「ああ、もどった」

「元気だったかい？　ダフネとウォルターのようすは？」と、鉢植えのこともたずねる。

「わたしをはじめ、三人とも元気そのものだ。そっちはどうかな？」

まだ時刻は正午を少しまわった程度だが、口ぶりからするとドンは酔っぱらっているらしい。

「こんなに調子がよかったためしはないくらいさ」呂律がまわっていないせいで〝調子《ちょうち》〟ときこえる。「ベヴィーもだよ。おおい、ベヴィー、ひとこと挨拶だ！」

声は遠くからだが、それでもはっきりきこえるのはベヴァリーが大声をあげているからだ。「はーい、こんにちは、ハニー・バニー！」ベヴァリーはそういってから、疳高《かんだか》い声で馬鹿笑いをしはじめる。ベヴァリーも飲んでいるのだ。してみるとふたりとも、暗く喪に服しているわけではないらしい。

「いま挨拶したのはベヴィーだぞ」ドンがいう。

「ああ、きこえていたよ」

「ドォルトン……なあ、相棒……」ドンは声をひそめる。

「おれたちは大金もちになったぞ」

「ほんとに？」

「きょうの午前中に弁護士が遺言状を読みあげたんだが、ベヴのおふくろさんは全財産をおれたちに遺してた。株も銀行預金も全部。全部で二十万ドルだ！」

　ドンの背後でベヴァリーが黄色い声をあげ、ビリーは思わず顔をほころばせてしまう。いずれ酔いがさめれば、ベヴァリーはふたたび悲しみに沈むのかもしれない。しかしいまこの瞬間、街でも人気があるとはいえない地区のアパートメントに住むこの夫婦は祝杯をあげている。ビリーにはふたりを責められない。

「よかったな、ドン。最高じゃないか」

「今度は何日くらい家にいられる？　いや、それがききたくて電話をかけたんだ」

「しばらくはこっちにいられると思う。新しい契約仕事を請け負って――」

　ドンはビリーの言葉を最後まで待たない。「おお、それはありがたい。ダフネとウォルターの水やりもつづけて頼むよ。どうしてかっていうと……どうだ、当ててみるか？」

「どうしてかな？」

「当ててみろって！」

「見当もつかないね」

「なんかいえよ、コンピューター野郎。当てずっぽうでもいい」

「ふたりで〈ディズニーランド〉へ行くのか？」

　ドンの笑い声が桁はずれに大きく、ビリーは思わず顔をわずかにしかめて携帯を耳から離す。しかし同時に顔には笑みが残ったままだ。まっとうに暮らす人たちにうれしい出来事があった――自分がいまどんな立場にあろうとも関係なく、ビリーは喜ぶほかなかった。ゾラはこういった人生の転変を書いていただろうか？　書いていなかったかもしれない。しかしディケンズなら――

「惜しいな、ドォルトン、惜しいぞ。おれたちはクルーズ船に乗るんだ！」

　うしろのほうでベヴァリーが歓声をあげている。

「それで、ひと月くらいはその家にいるのか？　六週間はそっちにいる？　というのも――」

　ここでベヴァリーが電話をひったくるようにして夫からとりあげる。ビリーはすでに酷使されている鼓膜を保護する必要に迫られ、電話をまた五センチほど耳から離す。「でもね、いなければいないで、あの子たちを枯らしちゃってもいいの！　だって新しい鉢植えを買えるんだもの！　いいえ、温室ひとつ丸ごとだって買えちゃう！」

　この機会にビリーは、お悔やみとお祝いの言葉をベヴァリーにかける。それがすむと、またドンが電話に出てくる。

「で、そっちへもどったらすぐに引っ越すぞ。道の反対側はだだっ広い空地で、いいのは見晴らしだけなんて部屋はもうごめんだ。いや、あんたが住んでる部屋をけなしてんじゃないぞ。あそこは前からベヴィーが住みたがってたところだし」

　ベヴァリーが声を張りあげる。「もう住みたくないもん！」

　ビリーはいう。「ダフネとウォルターにはちゃんと水をやっておくから、心配するな」

「その分のバイト代はちゃんと払うぞ、コンピューター野郎の鉢植えシッター！　それくらいの金はあるんだ！」

「その必要はないよ。そちらとはいい近所づきあいの仲なんだから」

「それはこっちのせりふだよ、ドルトン。こっちのね。おれたちがなにを飲んでると思う？」

「シャンパンとか？」

　このときもビリーは電話を耳から離さざるをえなくなる。「ばっちり図星の大正解だ！」

「飲みすぎるなよ」ビリーはいう。「ベヴァリーによろしく伝えてくれ。きいてるのか？　お母さんのことは気の毒だが、遺産のことはおめでとう、とね」

「ああ、まちがいなく伝えるよ。いろいろ本当にありがとうな、相棒」いったん言葉を切り、ふたたび話しだしたとき、ドンはしらふに立ちかえったかのような畏怖に満ちた声になる。「二十万ドルだぞ。これが信じられるかい？」

「ああ」ビリーはそういって通話をおわらせ、オフィスの椅子にすわりなおす。自分は二十万ドルをはるかに超える大金を得たが、真に豊かなのはドンとベヴァリーのジェンセン夫妻のような人たちではないか。そう、本当に豊かなふたりだ。感傷的な考えだが、真実でもある。

7

翌朝、ジェラード・タワーから角を曲がったところの立体駐車場に車を入れようとしているときに、デイヴィッド・ロックリッジ名義の携帯がテキストメッセージの着信を告げる。駐車場四階に車をとめるまで待ってから、メッセージを読む。

Gルッソ：獲物がそちらへ移動中。

西海岸ではまだ朝の六時半なので怪しいとは思うが、獲物がまもなく移動を開始するという意味だと承知してもいる。まもなくジョエル・アレンがやってくる——おそらく民間旅客機に乗り、市警察の刑事か州警察の警官と手錠で片手をつながれた姿で。問題はない。仕事にとりかかるタイミングだ。時間外労働。

車の後部ドアをあけ、シートに置いてあった紙のショッピングバッグを取りだす。中身はパラシュートパンツと、ローリング・ストーンズの唇のロゴが背中にあしらわれたジャケットだ。コリン・ホワイトのお気に入りは金色のパンツだが、これは金色ではない。脳内で多少議論をかわしたのち、ビリーは金色のパラシュートパンツがあまりにも目立ちすぎるという結論を出した。アマゾンで注文したこちらの品は、黒地に金のラメがちりばめてある。コリンなら気にいってくれるはずだという確信がある。

ビル警備員のアーヴから、どうしてきょうは紙袋持参で出勤なのかと質問された場合を想定して適切な答えを用意したが、アーヴはビジネス・ソリューションズ社の美しき数名の女性社員と立ち話中で、ビリーが入館手続をしてエレベーターホールに向かっても、おざなりに手をふってよこすだけだ。

オフィスにはいると、ビリーは袋をあけて衣類の下を手探りし、オフィス用品店の〈ステープルズ〉で買い求めてきたサインプレートをとりだす。《**閉鎖中　ご不便**

をお詫びします》と書いてある。このメッセージを、漫画タッチの悲しげな顔のイラストが左右からはさんでいて、その下に理由を書き添える小さなスペースがある。そこに〈シャーピー〉の油性ペンで《**断水　四時〜六時**》と書きこむ。書きおえたあと、サインプレートを宙で数回ほどふり動かす。文字がこすれてしまうのを防ぐためだ。サインプレートを紙袋にもどし、さらに黒い長髪のウィッグも袋におさめると、クロゼットにその袋をしまう。

　つぎにデスクにつくと、ベンジーの物語のファイルをＵＳＢメモリーに移す。それがすむと、マックブック・プロに完全消去プログラムを走らせて内部データをすべて消す。このノートパソコンはオフィスに残す。パソコンには自分の指紋がいたるところに残っているし、この部屋にあるそれ以外の品にも——どれだけ注意をして拭き掃除をしたところで見逃しがあるはずなので——指紋が残っているだろう。しかし、それはかまわない。ひとたび発砲してジョエル・アレンが裁判所前の階段に死体となって倒れるのを見とどけたら、その瞬間ビリー・サマーズは存在しなくなるからだ。自前のノートパソコンについていえば……こちらもデータを抹消して、ここに残していき、あとはピアスン・ストリートの部屋にあるオールテック製の安物をつかう手もあるが、それは気が進まない。こちらの自前のノートパソコンは旅の道づれだ。

8

　一時間後、外の廊下に面したドアにノックの音がする。ビリーは、どうせケン・ホフが怖じ気づいたとかでまたやってきたのだろうと思いながらドアをあけるが、きょうもその予測ははずれる。今回たずねてきたのはデイナ・エディスン、ニックのラスヴェガス・チームからやってきたふたりの片割れだ。きょうは市の公共労働局《DPW》のつなぎの制服姿ではない。きょうは黒っぽいスラックスにグレイのスポーツジャケットという服装なので、さしずめミスター無個性マンというところ。小柄で眼鏡をかけた姿をひと目見ただけなら、廊下の先にあってフィリス・スタンホープが勤めている会計事務所のスタッフだと思ってしまいそうだ。そのあと綿密に観察してみれば――とりわけ観察する者が海兵隊出身なら――第一印象とは異なるものが見えてくるかもしれない。

「やあ、邪魔するよ」デイナの声は低く、口調は丁寧だ。「ニックから、あんたと話しあってほしいといわれたんだ。部屋に入れてもらえるかな？」

ビリーは横へどく。デイナはしゃれた茶色いローファーを履いた足で受付スペースを軽やかに通りぬけ、ビリーが仕事部屋にしている小さな会議室へはいってくる。いうまでもなく、狙撃者としてのビリーにとっては監視スポットだ。デイナの流れるような挙措には自信が感じられる。まずちらりと会議テーブルに視線を投げ――ビリー私物のノートパソコンはひらいたままで、画面ではクリベッジのゲームが半分ほど進んでいる――そのあと窓から外を見る。夏のあいだビリーが何度も風景に描きこんだ射線を、デイナも目でたどっているのだろう。ただし夏はもう過ぎ去り、いまでは空気に寒さの気配がまじっている。

デイナから多少なりとも時間の余裕を与えられていてよかった。なぜならこの仕事場ではデイヴィッド・ロックリッジという賢い男でいることに慣れてしまっていたので、うっかり馬脚をあらわしかねなかったからだ。しかしいざデイナがふりかえったときには、ビリーは顔にぬかりなく〝お馬鹿なおいら〟の仮面をつけている――目を大きく見ひらき、口を半開きにした表情だ。といっても、中世の〝村の愚者〟と見まちがえるほどではなく、ゾラという名前を耳にしても、スーパーマンの仇敵のひとりだろうと考えがちな人間に見える程度の仮面だ。

「あんたはデイナだったな？　たしかニックのところで会ったはずだ」

デイナはうなずく。「それから市のトラックで、おれとレジーが街のあちこちを走ってるところも見てるだろう？」

「もちろん」

「ニックは、あんたの準備があしたには整っているかどうかを知りたがってる」

「大丈夫だ」

「銃はどこにある？」

「それは……」

デイナはにやりと笑い、体のほかのパーツと同様にコンパクトで小ぎれいな歯ならびをのぞかせる。「いや、話さないでいい。ただ手近なところにあるんだな？」

「そのとおり」

「窓に細工するためのガラスカッターは？」

愚かな質問だが、それでいい。ビリーは愚かな男という建前だからだ。「あるとも」

「きょうのうちにカッターをつかうのはやめたほうがいいな。ビルのこっち側は、午後じゅうずっと日ざしに照らされるから、だれかにガラスの穴を見とがめられるかもしれん」

「わかってる」

「ああ、そうだろうな。ニックは軍隊時代のあんたは狙撃手だったと話してた。ファルージャで敵を何人も仕留めたって？　どんな気分だった？」

「いい気分だったよ」これは嘘だ。ちなみにこの会話もいい気分のものではない。デイナをこの部屋に入れるのは、ミニサイズの嵐雲を部屋に入れるようなものだからだ。

「それからニックは、あんたが計画どおりに動くつもりかを確かめたいといってた」

「そのつもりだ」

デイナはメッセージを伝えつづける。「あんたが銃を撃つ。その五秒後、あそこに見えるカフェの裏手ででっかい爆発音があがる」

「閃光粉容器《フラッシュポット》」

「そう、フラッシュポットだ。そっちの担当はフランキーだよ。その五秒後――長くても十秒以内には――交差点の角にある新聞と文具の店の裏で、また爆発音があがる。こっちはポーリー・ローガンの担当だ。これで周囲の人々は浮き足立ってばらばらに走りだす。あんたもそこにくわわるんだ。いってみれば、なんの騒ぎかと思ってオフィスから出てきたものの、いまは一刻も早くこの場を離れたがっている男になるわけだ。そしてあんたは角を曲がる。そこにＤＰＷのヴァンがとまっているはずだ。レジーが後部ドアをあけておく手はずになっている。おれは運転席だ。あんたはトラックに飛び乗り、なるべく早く制服のつなぎに着替える。覚えたか？」

いつもとおなじだ。ビリーには土壇場での手順のおさらいは必要ではない。「ああ。あとひとつだけ、きいておきたいことがある、デイナ」

「どんなことかな？」

「おれにはいろいろ準備作業がある。で、ひとたび実行しはじめたら、もうあともどりは不可能だ。あしたの決行でまちがいないんだな？」

　デイナは口をひらいて、あしたの決行に決まっているといいかけたが、ビリーはすかさずかぶりをふる。

「言葉を口に出す前に考えるんだ。真剣に考えろ。どこかに変更点があれば、この一件すべてが崩れ去るんだぞ——その場合おれはいなくなって、ジョエル・アレンはその後も生きて呼吸をつづけるんだ。それで……まちがいないな？」

　デイナはまじまじとビリーを見つめる。ひょっとしたら、人物評価の見直しをしていたのかもしれない。一拍おいてにやりと笑う。「ああ、まちがいない——太陽が東からのぼるのとおなじくらいにね。ほかには？」

「なにもない」

「オーケイ」デイナが弾むような足どりで受付スペースへ出ていく。うしろで団子に束ねた髪が暗紅色のドアノブのように見えている。デイナはドアのところでふりかえり、きらきら輝くブルーの瞳、それでいて無表情な瞳でじっとビリーを見つめて口をひらき、「外すなよ」といって去っていく。

　ビリーは書き物仕事の部屋へ引き返し、停止したままになっているクリベッジのゲームを見おろす。考えていたのは、デイナがコーディの町の倉庫で発生するという火事の話をしなかったことだ。火事の件を知っていれば、かならず話に出したはずなのに。さらにビリーは、もしニックの計画にそのまま従ったら、自分が最後はひたいに風穴をあけられて、どこか田舎道の側溝に転がされた死体になっておわるだろう、とも考える。自分がそんな運命をたどるなら、デイナはその場でひたいに穴をあける係になりそうだ。そうなったら、本来ビリーが受けとるはずの残りの百五十万ドルはだれの手に？　むろんニックだ。ビリーとしては疑心暗鬼の妄想だと片づけたいところだったが、こうしてデイナがたずねてきたあとはこの予想に現実味が増したのも事実だ。ビリーとは長いつきあいだが、少なくともその手の企みがニックの頭をよぎったことは確実だ。ケン・ホフを排除する……ビリー・サマーズを始末する……そうすれば、全員がきれいな体で立ち去れる。

　ビリーはノートパソコンを閉じる。自身の物語を書くという作業がいまほど遠く感じられたことはない。それどころか、きょうはクリベッジすらプレイできそうもない。

9

　帰宅途中にビリーはホームセンターの〈エース〉に立ち寄り、必要な品のうち最後まで買っていなかったものを購入する。エール錠だ。自宅に帰りつくと——この家で過ごす夜もきょうが最後だ——ポーチにあがる階段の最上段に一枚の紙が置いてあり、文鎮代わりの石が載っている。ビリーは肩にさげていたノートパソコンのキャリングケースをおろすと、紙を拾って階段に腰かけ、あらためて紙を見つめる。そして思う——これは、仮にいままおわってても不満はなかったカーテンコールだ。紙にはクレヨン画が描かれている——ひと目で子供の作だとわかるが、少なくとも多少の才能の片鱗をうかがわせている子供の作品だ。どのくらいの才能があるかは見さだめがたい。というのも、絵の作者がまだわずか八歳だからだ。作者の女の子は絵のいちばん下にサインを書き入れていた——シャニス・アーニャ・アッカーマン。いちばん上には大文字だけで《**デイヴに！**》とある。

　絵に描かれているのは深みのある褐色の肌で、笑顔を見せている少女。コーンロウに編んだ髪の毛をあざやかな赤いリボンが飾っている。女の子の腕にはピンクのフラミンゴ。フラミンゴからは、ハートがいくつも連なって浮かんでいる。ビリーは長いこと絵を見つめてから、折り畳んで尻ポケットにおさめる。自分は気づかぬうちに、そんなものがあるとは夢にも思わなかった箱に自分を閉じこめてしまっていた。もしカレンダーを三カ月前にもどせるなら、ホテルのロビーにすわって、『アーチーの仲間と娘っ子たち』を読みながら迎えの車を待っていた時点まで時間をもどせるなら、二百万ドルの報酬をふくめて、どんなものでも差しだしたい気分だ。時間を過去にもどせれば、ホテルにやってきたフランキー・エルヴィスとポール・ローガンに、気が変わった、ついてはふたりからニックに詫びを伝えてほしい、といえるものを。しかし時間はさかのぼれず、前へ進むほかはない。さらにデイナ・エディスンがおそらく聞きこみ目的でこの住宅街に立ち寄っていたかもしれず、そのおりにあの小さくて整った手をシャニスの肩にかけたかもしれないと思い、ビリーは唇が薄くなって消えてしまうほどきつく口を引き結ぶ。いまの自分は箱に閉じこめられていて、そんな自分にできるのは狙撃で血路をひらくことだけだ。

第十章

1

木曜日の朝。決行の日。ビリーは五時に起床する。朝食はトースト一枚、それをグラスの水で胃に流しこむ。コーヒーは飲まない。仕事をすませるまでカフェインはいっさい摂取しない。M700を肩に載せてリューポルド社製のライフルスコープをのぞきこんだときに手が震えてしまってはまずい。

トーストの皿と空になったグラスをシンクに置く。テーブルには四台の携帯がならんでいる。そのうちの三台——ビリーの電話、デイヴの電話、プリペイドの電話——からSIMカードを抜きとり、電子レンジで二分間加熱する。オーブン用の手袋をはめ、黒焦げになったカードの残骸をとりだし、生ごみ用のディスポーザーで粉々にする。SIMを抜かれた三台の携帯は紙袋行きだ。さらにドルトン・スミスの携帯とエール錠、ドルトン・スミス用の品々を運んだりベヴァリーの鉢植えに水やりをしたりするためにピアスン・ストリートのアパートメントに行くときかぶっていた販促グッズのキャップも、あわせておなじ紙袋におさめる。

そのあとノートパソコンのケースを肩にかけたまま、戸口でしばし足をとめて室内を見まわす。ここは断じて〝わが家《ホーム》〟などではない。そもそもF・W・S・モーキン巡査が運転する車で〈ヒルヴュー・トレーラーハウス団地〉内スカイライン・ドライブ一九番地の家から連れだされて以来、〝わが家《ホーム》〟と呼ぶにふさわしい場所はビリーにはひとつもなかった（し、そもそも一九番地も〝わが家《ホーム》〟と呼ぶにはあまりにもお粗末だった——とりわけボブ・レインズがビリーの妹をその家で殺してからは）。しかし、この家は〝わが家《ホーム》〟に近い場所だったといえるだろう。

「それならよかった」ビリーはそう声に出していい、外へ出る。ドアに鍵をかける手間は省く。そうすれば警官たちがドアを押し破らずにすむ。警官たちはビリーがあれだけ丹精こめて復活させた芝生を残らず踏み荒らすに決まっていて、それだけでも災難といえるからだ。

2

ビリーは車を立体駐車場に入れない。立体駐車場はもう用ずみだ。六時五分前、ビリーは車をジェラード・タワーから数ブロック離れたメイン・ストリートに路上駐車する。朝早いので歩道ぎわの駐車スペースの空きはふんだんで、歩道にも人影はない。ノートパソコンのケースは肩にかけている。手には紙袋。トヨタのキーは車内のカップホルダーに残す。いずれだれかが車を盗んでいくかもしれないが、かならずしも盗まれることが必要というわけではない。SIMを抜かれて死んでいる三台の携帯を――毎回だれにも見られていないことを確かめつつ――三カ所の道路側溝の金網から地下の下水道に落として処分するが、これもかならずしも必要な行動ではない。海兵隊でいう〝関係各所のあと片づけ〟をしているだけだ。三台めの携帯を落としてから、自分とフラミンゴを描いたシャニスの絵を忘れずにもってきたことを確かめる。シャニスがデイヴと改名したフラミンゴ。絵はそこにある。よかった。これは捨てない。

ビリーはギアリー・ストリートに歩を進め、ジェラード・タワーから一ブロックのところで、かねて偵察をすませた路地に近づく。ここでもだれにも見られていないことを確かめてから（同時に不都合にも路地のなかで眠りこけているアルコール依存症のホームレスがいないことも確かめつつ）、路地に飛びこみ、ふたつある大型のごみ回収ボックスのうち奥にあるほうの裏側にしゃがみこむ。この街のごみ回収は毎週金曜日なので、木曜のきょうはすでにどちらもごみで満杯、悪臭をただよわせている。ビリーは大型ごみ回収ボックスの裏にノートパソコンと販促グッズのキャップを隠し、さらにごみ回収ボックスから拾いあげた包装紙をかぶせて人目につかないようにする。

ビリーにはこの部分が狙撃自体よりも不安に思えてい

る。これを皮肉と呼ぶべきか。ビリーにはわからない。わかっているのは、ノートパソコンをうしないたくない気持ちは、この街に来たときに読んでいた『テレーズ・ラカン』をうしないたくない気持ちにまさるとも劣らない、ということだ（ちなみにその本はピアスン・ストリート六五八番地の部屋に安全に保管されている）。こうした品々は幸運のお守りだ。ファルージャでの〈ヴィジラント・リゾルヴ作戦〉のあいだずっと、そして〈ファントム・フューリー作戦〉のほぼ全期間にわたってもち歩いていた赤ん坊の靴のようなものといえる。

だれかがこの路地にふらりと足を踏み入れて、ごみ回収ボックスの裏側をのぞきこみ、汚水のしみが飛び散っている捨てられた包装紙をもちあげ、ビリーのノートパソコンを盗んでいくといった事態はまず考えられないし、盗んだところで起動用パスワードを突破できるはずはないが、パソコンという物体そのものは問題になる。とはいえ、これをもち運ぶわけにはいかない。ジェラード・タワーから逃げるのに、これを肩にかけたままではいられない。というのも、コリン・ホワイトが携帯を手にしている場面は見ていたし、当人の一部と化しているようなヘッドセットを着けたままランチタイムに外出してきた姿も何度かは見かけていたが、ノートパソコンを所持している姿は一度も見ていないからだ。

ジェラード・タワーに着いたのは六時二十分。裁判所で行きどまりになっている道路は後刻になれば働きバチでいっぱいのハチの巣なみになるだろうが、いまは墓場も同然にさびれている。見わたしても目についた人物は、〈サンスポット・カフェ〉の店先に朝食メニューのスタンド看板を出している女性店員だけだ。閃光粉容器《フラッシュポット》はもうあの店の裏に仕掛けられているのだろうかと思い、ビリーは思うそばからその思いを打ち消す。フラッシュポットは自分の問題ではないし、それをいうならケン・ホフが確約していたコーディの町での火事も同様だ。なにがどうなっても引金を引くまでだ。狙撃こそビリーのなすべき仕事。背後の橋をひとつ、またひとつとみずから焼き落としつつ仕事をまっとうする覚悟はできている。ほかの選択肢は存在しない。

アーヴ・ディーンの姿は警備員の定位置に見あたらない。七時、あるいは七時半にならないと姿を見せないのだろう。しかし、ビルに二名いる清掃員のうちのひとりがロビーの床掃除をしている。ビリーがまっとうな人物ならするように読取りセンサーに歩み寄って入館を記録していると、清掃員が顔をあげる。

「やあ、トミー」ビリーは清掃員に声をかけて、エレベーターホールへむかう。

「こんなに朝早くからなんのお仕事ですか、デイヴ？神さまだってまだ寝てるのに」

「締切が迫っているんだ」ビリーはトミーにいいながら、きょうという日の仕事にこれほどふさわしい言葉もないのではないかと考える。「起きだした神さまがまたベッドにはいるときも、わたしはまだここで仕事をしているような気がするよ」

この言葉にトミーは笑う。「がっつり進めてくださいね」

「ああ、そのつもりさ」ビリーはいう。

3

ビリーは紙袋ふたつを手にして五階の男性用洗面所にむかう。そこでコリン・ホワイト用の変装用具一式——黒い長髪のウィッグも忘れずに（これが最重要アイテムかもしれない）——を洗面台わきのごみ箱の底におさめ、ペーパータオルで覆い隠す。洗面所のドアにサインプレートをかけ、エール錠で施錠する。エール錠の鍵は、ドルトン・スミス名義の携帯とベンジー・コンプスンの物語をおさめたUSBメモリーともども、ポケットにおさめる。

オフィスへ半分もどりかけたところで、ビリーはいきなり不穏な思いに襲われる。けさここへ来る途中の準備のあいだ、精神が本来の場所から離れて——たとえばシャニスの絵について考えていたときなどに——頭がお留守になってしまった瞬間が何度かあった。そのとき自分は下水道に捨てるべき携帯と勘ちがいして、ドルトン・

スミス名義の携帯を捨ててしまってはいないか？　あまりにも恐ろしいこの思いに、ビリーはそのとおりのことをしでかしたにちがいないと思いこみ、いまポケットに手を入れれば、そこにあるのはビリーの携帯かデイヴの携帯、あるいは役立たずのプリペイド携帯にちがいないとまで思う。そうだったとしても、ドルトン・スミス名義のクレジットカードはどれも有効なので新しい携帯を調達することはできる。しかし、フェデックスの宅配で新品がピアスン・ストリート六五八番地に届く前にドン・ジェンセンや妻のベヴァリーが電話をかけてきたらどうなる？　ふたりはドルトン・スミスに連絡がとれないことを不審に思うだろう。それが問題にならないかもしれないし、問題になるかもしれない。善良な隣人たち……感謝している善良な隣人たちなればこそ、警察に電話をかけ、アパートメント地下の部屋に立ち寄ってドルトン・スミスの無事を確かめてくれと依頼するかもしれない。

　ビリーは携帯をつかみ、ひとときそのままにする。小さな玉が赤と黒のどちらのマスに落ちたのか、怖くて確かめられないルーレット・プレイヤーのような気分だ。

最悪なのは——不都合よりも厄介で、危険の可能性よりもさらに厄介なのは——自分が不注意だったと知らされてしまうことだ。ビリーはすでに起こってしまった過去へ、あえて思考をむけさせる。

　ビリーはポケットから携帯をとりだし、安堵の吐息をつく。手のなかにあるのはドルトン・スミスの携帯だ。ミスをしでかしかけたが、からくも助かった。ミスの上塗りはぜったいに避けなくては。運命はそこまで寛容ではない。

4

　七時十五分前。ビリーはドルトン・スミス名義の携帯で地元新聞社のサイトにアクセスし、ドルトン・スミス名義のクレジットカードをつかって有料記事エリアに進む。第一面トップの見出しは州の総選挙がらみのものだが、その一面の下に近いあたり、古きよき時代の本物の紙の新聞なら中央の折り目のすぐ下のところに、《アレ

ン被告の罪状認否近づく　ホートン殺人事件で起訴》という見出しがある。記事はこんな文章ではじまっている。《長期にわたる容疑者引き渡し手続をめぐる争いがようやく終結し、ジョエル・アレンはついにこれからつづく裁判の最初の出廷日を迎えることとなった。ちなみにその後も出廷の機会は多くなる模様。検事局はアレンをジェイムズ・ホートン（当時四十三歳）を殺害したとして第一級謀殺容疑で、さらに殺害目的での銃撃による殺人未遂容疑で――》

ビリーはいちいち残りの部分に目を通したりはしないが、この新聞社サイトからの更新通知を受けとれるよう携帯にセットする。それからデスクにつくと、一度もつかっていない〈ステープルズ〉のノートから一ページ破りとり、《**締切前の追いこみ中につき入室ご遠慮ください**》と書きつける。この注意書きをドアの外側にテープで貼りつけ、室内から施錠する。

収納スペースからレミントン７００のパーツをとりだして、これまで執筆につかっていたテーブルにならべる。銃砲の取扱説明書にある分解組立図どおりに配置されたパーツを見ていると、ファルージャ時代が思い出される。ビリーは思い出を頭から押しのける。あれも過去のものにした人生のひとつだ。

「二度とミスをするものか」ビリーはそう口にしてライフルを組み立てていく。銃身、遊底、抽筒子、薬莢排出スプリング、床尾板、床尾板用スペーサー、そのほか一式。ビリーの両手はてきぱきと、それ自身が意志をそなえているかのように動く。《きょうわれわれは部品の名を学ぶ。そしてきのうは日課の掃除をすませた》とはじまるヘンリー・リードの詩が、頭をちらりとかすめすぎていく。この詩のことも頭から押しのける。きょうはもう幼い少女が描いた絵のことや詩のことは考えない。あとでなら考えてもいいかもしれない。あとでなら文章を書くのもいいかもしれない。いまは精神を仕事に集中させ、報酬だけを見すえていなくては。いまとなってはその報酬のこともそれほど気にしていないが、その事実は関係ない。

最後にとりつけるのはスコープ。このときも専用の照準アプリを利用して正確さを確かめる。かつてはこの状態を〝どんぴしゃ・ばっちり〟といいならわしていた。ビリーは遊底を三回動かし、オイルを一、二滴垂らしてからふたたび動かす。一回しか発砲しない予定なので本来は必要のない作業だが、こうするように教わってきたのだ。そして最後にマガジンに実弾を装塡し、遊底をまわして必殺のための銃弾を薬室に送りこむ。そのあと慎重な手つきで（といっても、もうやうやしい手つきではない）銃をテーブルに置く。

つぎにビリーは画鋲と一本の紐、それに〈シャーピー〉の油性マーカーをつかって、窓ガラスに直径五センチの円を描く。円の上にマスキングテープを格子状に貼ってから、ガラスカッターをつかいはじめる。円に沿ってカッターの刃を進めているあいだに携帯が静かにチャイムを鳴らすが、ビリーは一瞬も手を休めない。ガラスが厚いのでいささか時間はかかるが、最後にはワインのボトルからコルクが抜けるように、小さな円形のガラスが抜ける。その穴を通って、朝の涼しいそよ風が室内に吹きこんでくる。

携帯をチェックすると、新聞社サイトからの更新通知だったことがわかる。コーディの町で倉庫火災が発生。出動警報が四回。窓から外に目をむけると、黒煙が柱となって立ちのぼっているのが見える。ケン・ホフがあの情報をどこで得たかはわからないが、中身が正確だったことは事実だ。

時刻は七時半、ビリーは準備万端ととのっている。必要充分なほど準備がととのっていることを祈るだけだ。ビリーは小説の執筆につかっていた椅子に腰をおろし、膝でゆったりと両手を組んで待機する。ファルージャで待機していたとき――軍事請負会社ブラックウォーターの傭兵の情報を流し、襲撃を仕掛けていたアラブ人のインターネットカフェ経営者を狙い、川の対岸の高所という持ち場で待機していたときのように。十以上におよぶ建物の屋上で、銃声やパームツリーにひっかかって風にあおられるごみ袋の音をききながら待機していたときのように。心搏はゆるやかで一定している。神経過敏になってはいない。見ているあいだにも、コート・ストリートを走る車の量が増えてくる。ほどなく駐車スペースはすべて埋まるだろう。見ていると、〈サンスポット・カフェ〉に客たちが吸いこまれていく。戸外のテラス席――ビリーが数カ月前にケン・ホフとすわった席――にも客がちらほら見える。チャンネル6のニュース中継車がごとごと音をたてながら走ってやってくる。しかし、ほかの局の中継車は見あたらない。倉庫火災がほかの中継車を引き寄せたか、さもなければジョエル・アレンにはそれほどニュースバリューがないということか。おそらくその両方が理由だろうとビリーは思う。ビリーは待つ。時間が過ぎていく。いつもと変わらずに。

5

八時十分前になるとビジネス・ソリューションズ社の社員たちが出社してくる。テイクアウトのドリンク容器を手にしている者もいる。八時十五分になれば、彼らは借金の海で溺れそうな人々に返済を口やかましく迫る仕事を全力で進めているはずだ——たとえ数秒間でも社員が目の前の仕事から目をそらさぬよう、遮光カーテンが大きな窓を覆っているオフィスで。なかにはロビーのドアの手前で足をとめ、コーディの方角から裁判所の上空のほうへ立ちのぼる黒煙の柱に目をむけている者もいる。コリン・ホワイトはそのひとりだ。コリンの手にあるのはコーヒーのテイクアウト容器ではない——〈レッドブル〉の缶だ。きょうの服装は絞り染めのベルボトムジーンズとまばゆいオレンジ色のTシャツ。ビリーが隠した服とは似ても似つかないが、混乱のなかでは問題にならないだろう。

さらに人々が出勤してくる。ただしこのビルには空き部屋が多いので、それほど多くの人々は来ない。大多数の人々は裁判所へむかう。八時半になると、ジム・オルブライトとジョン・コルトンがコート・ストリートを歩き、広場を横切ってやってくる。ふたりとも大きな箱形のブリーフケースをさげている。ふたりの背後から会計事務所勤務のフィリス・スタンホープ。着ている秋物のコートは、今季はじめてクロゼットの冬眠から目覚めた品だ。色は緋色。その色にビリーは童話の赤ずきんちゃんを連想する。ほんの一瞬だったが、ビリーは自分を見おろしていたフィリスの姿をありありと思い出す——ビリーが両手の親指で乳首をさすりあげていたあのとき、もっと奥まで来てとせがんでいたフィリス。ビリーはその記憶を押しのける。

いま五階にいるのは——ビリー本人を勘定にいれずに

——十二人。五人は法律事務所、七人は会計事務所だ。法律事務所にいる面々にはビリーの銃声がきこえるかどうかわからないが、最初の閃光粉容器《フラッシュポット》が爆発すればその音はきこえるはずだとビリーは考える。そのあと彼らが顔を見あわせて〝いまのはなんだ？〟と無言で問いかけあう一瞬の間をはさんでから、いっせいに廊下の反対側にあるクレセント会計事務所のオフィスへむかうことだろう。そちらの窓がコート・ストリートに面しているからだ。そのころには、ふたつめのフラッシュポットが爆発する。彼らは肩を寄せあって外をながめながら、なにが起きたのか、自分たちはどうするべきなのかを思案する。一階へおりるべきか、この場にとどまるべきか？　さまざまな意見が出てくるだろう。彼らが下へおりるという決断をくだすまでには五分を要するはずだ、とビリーは見ている。なぜなら、そもそも彼らは見晴らしのいい高い場所にいて、騒動が起こっているのはいずれも道の反対側にある裁判所か、その先の新聞雑誌や文房具の売店がある交差点周辺だからだ。ビリーには五分も必要ではない。三分もあれば充分だし、ことによれば二分でもいいかもしれない。

携帯がまたニュースの新着を告げる通知音を鳴らす。倉庫火災は近くの物流施設に延焼し、いまは近隣地区から消防隊が急行中だという。国道六四号線は少なくとも正午までは通行止めになる模様。迂回路として州道四七A号線が推奨されている。九時五分前にまたプッシュ通知があり、火災は鎮火されたと知らされる。これまでのところ死傷者の報告はない。

いまビリーは窓の前にすわって、横にしたレミントンを膝に載せている。空はすっきり晴れわたってニックがやきもき心配していた雨は降っていないし、吹いているそよ風はすがすがしい吐息程度で、チャンネル6の中継クルーは〈お昼のニュース〉のための撮影にそなえて準備をすっかりととのえている。となれば、本日の主役はいまどこに？　ビリーは、アレンが被告人たちをまとめて護送するバスではなく郡警察の車で、午前九時ちょうどにここまで運ばれたのち待合室に連行され、判事の準備がととのうのを待つことになると予測していたが、もう九時を五分すぎたにもかかわらず、ホランド・ストリートにある郡拘置所から来るはずの公用車は影もかたちも見あたらない。

十分になってもなにも起こらない。〈サンスポット・カフェ〉周辺にいた朝食客たちも減っている。もうじき店の責任者の女性が——もう眠そうな目ではなくなって——外へ出てきて、朝食メニューが書いてあるスタンド看板をしまいこみ、かわりにランチメニューのスタンド看板を店先に出すだろう。

九時十五分すぎ。裁判所の上空をうねるように流れていた煙も薄まりかけている。ビリーは、なにか手ちがいでもあったのだろうかと思いはじめる。九時二十分になると、その思いは確信に変わる。アレンの体調が悪化したか、みずから体調を崩したかしたのだろう。郡拘置所でアレンが何者かに襲われたのかも。それでいまは診療所にいるか……あるいは死んでいることも考えられる。もしかしたら、罪状認否を引き延ばしたい一心でアレンが狂気を装っているのか？　いや本当に狂気におかされてしまっているのかも？

九時三十分、ビリーがいよいよ脱出プランを選択肢として考慮しはじめたとき——なにがどうなるにせよ、その第一歩はライフルの分解だ——車体側面に《**郡警察**》という文字のある黒いＳＵＶがコート・ストリートに走りこんでくる。ルーフと格子内側の両方で青い警告灯が点滅している。チャンネル6の少人数の撮影クルーが——それまで中継車のまわりでくつろいでいたが——すかさず行動を開始する。フィリス・スタンホープの秋物コートとまったく同色の赤いショート丈のワンピースを着た女性が中継車のステップから降り立つ。女性は片手にマイク、反対の手に小さなコンパクトをもっていて、いまもメーキャップのチェック中だ。コンパクトのミラーが日光反射信号機のように、朝のまばゆい日光をビリーのほうへむけてくる。ビリーは顔をそむけて、目がくらむのを避ける。

裁判所からトランシーバーを手にした警官がふたり出てきて、歩道ぎわに停車しているＳＵＶにむかって石づくりの階段を小走りにおりていく。助手席のドアがあき、茶色いスーツを着て、馬鹿みたいに大きい白いカウボーイハットをかぶった恰幅のいい男が外に出てくる。運転席のドアからは制服警官が降り立つ。テレビクルーは撮影中だ。リポーターは恰幅のいい男に近づいていく。この男が郡警察署長にちがいない。ほかにだれが、こんな巨大なカウボーイハットをかぶるというのか。裁判所の警官たちがリポーターの進路をふさごうとして動くが、恰幅のいい男はリポーターを手招きする。リポーターが質問し、答えをきくためにマイクを男にむけて差しだす。ビリーには答えの中身も見当がつく――われわれはこの手の危険な連中のあつかいを心得ている、これから正義がなされるだろう、次の十一月の選挙ではぜひとも清き一票をこのわたしに。

リポーターは目的の短い音声の収録をおえると一歩あとずさる。恰幅のいい男がSUVにむきなおる。後部ドアがあいて、また制服警官が出てくる。この警官はXLサイズの体格をもつ偉丈夫だ。ビリーはレミントンを立たせて控《ひか》え銃《つつ》の態勢をとる。運転手役の警官が偉丈夫の隣にやってくる。ふたりがひらいた後部ドアにむきなおり、ドアからジョエル・アレンが姿をあらわす。きょうはただの罪状認否であり、いい心象を与える必要がある陪審もいないために、アレンはスーツなどの私服ではなく、カリフォルニア州矯正局の《DOCC》という頭文字がはいったつなぎ姿だ。両手は体の前で手錠をかけられている。

リポーターがアレンに近づいて質問しようとする――おおかた〝あなたがやったんですか〟とかなんとか、その手の見識あふれる質問だろう。しかし今回あの恰幅のいい男は、両手を女性リポーターに突きだす。アレンはリポーターににやりと笑い、なにもいわない。スコープをつかわなくても、ビリーにはそれが見てとれる。

偉丈夫の警官がアレンの肘をとって、裁判所前の階段にむかわせる。一行は階段をあがりはじめる。ビリーはレミントンの銃身をガラスの穴に差し入れる。ついで床尾板を肩のくぼみにおさめ、わずかにひらいた左右の膝に肘をのせる――こういった狙撃には体の支えが少しでも多く必要だ。スコープをのぞくと、眼下の光景がぐっと近づく。恰幅のいい男の日焼けした首すじの皺も見える、偉丈夫警官のベルトに吊られたキーリングの鍵がぶつかりあって跳ねているのも見える。アレンの薄茶色の髪が後頭部からひと房突き立っているのも見える。ビリーは弾丸をあの癖毛に命中させ、その下の脳味噌に撃ちこむつもりだ。アレンがかかえている秘密をまっすぐ撃ち抜く……そう、アレンが自分を刑務所から自由の身にする切符だと信じている秘密に。

今回頭をよぎるのは、最後のモノポリーゲームでデレクに負かされて、子供たちが体の上に折り重なってきたときの記憶だ。ビリーはその記憶を追い払う。これで自分とアレンだけになった。いま世界にいるのは自分たちだけ。そこにまで絞りこまれた。ビリーは軽く空気を吸って息をとめ、引金を引く。

6

着弾の衝撃でアレンの体は吹き飛ばされ、連行役の警官の手から離れていく。アレンは両腕を広げて宙を飛び、階段に叩きつけられる。いちばん最初に階段にぶつかるのはひたい、すぐに残りの部分がつづく。恰幅のいい男は馬鹿げたカウボーイハットが脱げた姿で、身を隠せる場所を求めて走りだす。リポーターの女性も逃げ足が速い。カメラをかまえていた男はとっさにしゃがみこむが、その場にとどまったままだ。偉丈夫の警官も同様。ビリーの入隊手続を担当した、あのどこから見ても南部出身の海兵隊の二等軍曹なら、その場にとどまっているふたりを褒めただろう。なかでも偉丈夫を褒めたはずだ――この男はアレンをひと目見ただけで、すぐにくるりと身をひるがえしつつ銃を抜き、狙撃者の居場所を目でさがしはじめたのだ。男は冷静に対処している。しかも迅速に。しかしビリーは、もうレミントンを室内へ引っこめている。そのまま銃を床に落として部屋を出る。

受付スペースから廊下をのぞく。だれの姿もない。最初の閃光粉容器《フラッシュポット》が爆発する。かなり大きな爆発音が響く。ビリーは全速力で男性用洗面所にむかって一気に走りだし、走りながらポケットから鍵をとりだす。その鍵をエール錠の底の鍵穴に挿しこんで解錠、洗面所内に身を滑りこませたそのとき、廊下の突きあたりのほうから興奮した声高な話し声がきこえてくる。〝若き弁護士たち《ザ・ヤング・ロイヤーズ》〟にくわえてそれぞれの補助職員《パラリーガル》や秘書たちが、ビリーの予想どおりのタイミングでクレセント会計事務所のオフィスへむかっている。

ビリーは上体をかがめてごみ箱に手を突っこみ、ペーパータオルを払い捨て、変装用具一式をつかみだす。ジーンズの上からパラシュートパンツを引きあげて紐を引いて腰を絞り、逆さ結びで縛る。前のファスナーを閉める必要はない。ローリング・ストーンズのロゴつきのジャケットを羽織る。洗面台の鏡を見ながら、かつらをかぶる。黒髪はせいぜいうなじの半分までしか届かないが、ひたいを眉毛まで隠し、左右の横顔を人目につきにくくしてくれる。

洗面所のドアをあける。廊下は無人だ。弁護士と会計士たち（そのなかにはフィリスもいる）はいまもまだ、地上の大混乱の見物に余念がないのだろう。ほどなく彼らはビルから外に出ようと思いたつはずだし、エレベーターをつかうには人数が多すぎるので階段をつかおうとする者も出てくるはずだ。しかし、いまはまだそうなっていない。

ビリーは洗面所を出て、階段をくだりはじめる。下からかなり騒がしい物音がきこえてくるが、四階と三階のあいだの階段には人影はない。四階と三階の人々はいまもまだ窓から外を見物していると見える。しかし、二階の人々はちがう。二階はビジネス・ソリューションズ社が占めている。二階は窓が半透明で外が見られないが、それでなくてもそこより上の階の通りに面した窓からの見はらしのよさは得られない。しゃべりながら階段をおりていく人々のざわめきがきこえている。そのなかにはコリン・ホワイトもいるだろう。しかし、コリンのドッペルゲンガーがいることにはだれも気づくまい。なぜなら、ビリーは彼らの背後につくことになっているし、うしろをふりかえる者はひとりもいないからだ。きょうの朝にかぎっては。

ビリーは二階におりる一歩手前でいったん足をとめる。騒がしい音をたてながらおりていく人波がいったん途切れるのを待ち、カーキ色のカーゴパンツの男と趣味のよろしくない格子柄のスラックスを穿いた女のうしろから、一階までおりていこうとする。ただし、短時間ながら足どめを食らう。階段室からロビーへ出ていくドアのところで、人の流れが詰まっているのだろう。これにビリーは不安を感じる。上のほうの階にいる人々が、間もなくこのあたりの階までおりてくるはずだからだ。おりてくる人々のなかには、五階の面々もいるだろう。

ついで、また人ごみが前に動きはじめ、ビリーは五秒後に——ジムとジョンとハリーとフィリスといった面々がまだ五階の窓から外を見ていることを祈りつつ——ロビーに出ていく。警備員のアーヴ・ディーンは持ち場を離れている。ビリーはアーヴが広場にいるのを目にとめる――警備員の青いベストのせいで目につきやすい。鮮やかなオレンジ色のシャツ姿のコリン・ホワイトも目につきやすい。いまは携帯を高くかかげて、混乱の現場を動画におさめている――〈サンスポット・カフェ〉と隣の旅行代理店のあいだから波打つように流れでてくる煙の方向へ道を走っていく警官たち、すぐに裁判所内にもどって安全な場所に隠れていろと人々に叫びかける警官たちと廷吏たち、頭が吹き飛びそうな悲鳴をあげながら、交差点でも立ちのぼっている煙から走って逃げている人たち。

　動画を撮影しているのはコリンだけではない。iPh《アイ》one《フォン》を高くかかげれば不死身になると感じているらしい人々が、おなじように現場を撮影している。しかし外に足を踏み出したビリーが見たところ、そういった人々は少数派だ。大多数の人々は一刻も早く、ここから遠ざかりたがっているらしい。だれかが《銃を撃ってるやつがいるぞ！》と叫んでいる。《裁判所が爆弾でやられた！》と叫んでいる人もいる。《武装した男たちだ！》とわめく者もいる。

　ビリーは広場を右に突っきって、コート・ストリート・プレイスに出る。街路樹がならぶこの短い道を斜めにわたれば、立体駐車場の裏手を通っているセカンド・ストリートだ。この道をつかっているのはビリーだけではない。前には三十人以上もの人々が、そして背後にもおなじくらいの人々が歩いている。その全員がおなじルートで混乱の現場から離れようとしているが、歩道ぎわにとまっている公共労働局《DPW》のトランジットのヴァンに目をむけているのはビリーだけだ。運転席にすわっているのはデイナ。職員の制服であるつなぎを着たレジーが、ひらいたままの後部ドアの横に立って群集に目を走らせている。コート・ストリートから逃げている人々の大半が、携帯電話でだれかと会話中だ。ビリーもおなじことをしているふりをしたかったが、あいにくドルトン・スミス名義の携帯はジーンズのポケットのなか、つまりパラシュートパンツの下だ。機会をひとつ逃したことになるが、しょせん、あらゆることを考えられるわけではない。

　ここで顔を伏せるような馬鹿な真似をするビリーではない――そんなことをすれば、デイナかレジーが気づくに決まっている（どちらかといえばデイナが）。ビリーは太った女の横にならぶ。女ははあはあと息を切らし、まるで楯のように手帳を胸もとに抱きかかえている。ヴァンに近づくとビリーは女に顔をむけ、コリン・ホワイトが〝あたしってだれよりも陽気《ゲイ》でしょう？〟とおどけてみせるときの物真似っぽい口調で、「いったいなにがあったっていうのよ、ったく？　ほんとにねえ、いったいなにがあったの？」という。

「テロリストの攻撃があったみたい」女はそう答える。「だってほら、何回も爆発があったでしょう？」

「うん、あったあった！」ビリーは声を張りあげる。「わかるわかる、さっき音がしたもん！」

ふたりはヴァンの横を通りすぎる。ビリーは危険を承知で一回だけ、すばやくうしろをふりかえる。あのふたりが自分を見ていないことを確かめずにはいられない。あるいは、ふたりが自分を追ってきているかどうかを。だが、そんなことはない。これまで以上に増えた人々が、コート・ストリート・プレイスを通って現場から離れようとしているだけだ。人々は歩道を埋めつくしている。レジーは爪先立ちで食い入るように群集をながめわたし、ビリーの姿をさがしている。デイナもおなじことをしているだろう。ビリーは歩調を速めて太った女の先へ出ると、さらにほかの人々のあいだを縫って進む。競歩ほどの速足ではないが、かなり近い。左に曲がってセカンド・ストリート、もう一度左に曲がってローレル・ストリートに、そのあと右に曲がってヤンシー・ストリートに折れる。逃走手段はいまや後方に去った。通りを歩いていた若い男がビリーの肩に手をかけて、いったいこれはなんの騒ぎだとたずねる。

「ぼくも知らないんだ」ビリーはいい、男の手をふり払って歩きつづける。

背後ではサイレンの音が空へ立ちのぼっている。

7

ノートパソコンが消えている。

かぶせておいた包装紙を引っぱりだしても――回収ボックスからあふれたごみから跳ねた中華料理のしずくが

散っている——その下には古い舗石があるだけで、なにも見つからない。頭の中身がファルージャと赤ん坊の靴に引きもどされる。《そいつをせいぜい大事にしろよ、兄弟》と話しているタコへと。スラックスのベルト通しに靴紐を結びつけた赤ん坊の靴は、揺れてビリーの腰にあたっていた——それ以外のすべての携行品とおなじく。ビリーたち全員が携行していたさまざまな品とおなじく。

クソったれなノートパソコンはぜったい必要というわけではない。ベンジーの物語はすでにUSBメモリーに保存したし、ルーディ・ベル——レストランチェーンの〈タコベル〉にひっかけて〝タコ〟という通り名で呼ばれていた男——やそれ以外の戦友たちも、すでに舞台袖に控えている。アパートメント地下の部屋にたどりつけば、すぐにでもつづきを書ける。消えたノートパソコンには——たとえ何者かが、それこそ映画に出てくるようなスーパーハッカーがパスワードの壁を破ったとしても——ドルトン・スミス名義の生活と自分を結びつける情報はひとつもない。ビリーとドルトン・スミスを結びつけるのは——アパートメント住民のジェンセン夫妻以外には——バッキー・ハンスンだけだし、バッキーと話すのに使用した携帯はもうどこにも存在しない。

だったらこのままでいい。どうしようもないし、損もしない。

それでも、これがとんでもない悪運に思える。とんでもなく不吉な前兆に。知恵があれば最初から引きうけるべきでなかったクソ仕事を要約する最終弁論のようにさえ感じられる。

ビリーは痛いほどの力をこめて拳を大型ごみ回収ボックスの側面に叩きつけ、サイレンの音に耳をそばだてる。いまは警察のことも心配ではない。パトカーは残らず、もっか同時多発的にクソ事態が進行中の裁判所を目指している。ビリーが心配しているのはレジーとデイナだ。ひとたび待つことに飽きたら、ふたりはビリーがジェラード・タワー内で身動きがとれなくなっているか、そうでなければ自分たちを裏切ったにちがいないという結論に達するはずだ。ビリーが建物のなかで足止めされていたら、ふたりには手も足も出ない。しかし、ビリーが計画を投げ捨てて勝手に逃げたとわかれば、ふたりは車で街路を移動しながら、ビリーをさがしにかかるだろう。

パソコンは赤ん坊の靴とはちがうぞ——ビリーは思う。

だいたい赤ん坊の靴だって魔力があったわけじゃない。魔力があると思いこんでいただけだ。靴をなくしたあとの悲惨な出来事にも意味などない。戦時の運のめぐりあわせにすぎない。だれかがノートパソコンを見つけて盗んだ……ここから消え失せた……そしておまえは、あのトランジットのヴァンがゆっくり走りながら目の前に出現する前に、身を隠さなくてはならない。

いまビリーは、縁なし眼鏡の奥にあったデイナの小さな鋭い目を思いかえす。きょうはあの鋭い目のすぐ近くを一度通りすぎた——しかし、あの男の目に二度めのチャンスを与えたくはない。とりあえずピアスン・ストリートの地下の部屋まで行かなくては。それも迅速に。

ビリーは立ちあがると、速足で路地の出口へむかう。数台の車が走っているが、逃走用ヴァンは見あたらない。出口から右に曲がりかけたところで、ビリーは凍りつく——自分の愚かさに仰天し、同時に嫌悪も感じる。〝お馬鹿なおいら〟が本当の自分になったかのようではないか。いま自分はウィッグをかぶってローリング・ストーンズのジャケットを羽織り、クソふざけたパラシュートパンツという格好のままでピアスン・ストリートへむかおうとしたのだ。そう、《**ぼくをちゃんと見て**》と叫ぶネオンサインを身にまとっているも同然の姿で。

ビリーは路地の奥に走って引き返し、歩きながらウィッグとジャケットを脱ぐ。ふたたびごみ回収ボックスの裏に身を隠すと、クソ馬鹿馬鹿しいパラシュートパンツの腰を締めている紐の逆さ結びをほどいて、そのままパンツを下へおろし、足踏みして脱ぎ捨てる。いったんしゃがんで、すべてをひとつにくるくると丸める。それから包みを、くしゃくしゃになってしみが飛び散っている包装紙の山のできるだけ奥へ押しこめると……指先がなにかに触れる。硬くて薄いなにか。ひょっとして、販促グッズのキャップのひさしではないか？

そのとおりだった。自分はあのキャップを、ごみ回収ボックスの裏のそんなに奥へ押しこんでいたのか？　ビリーはキャップをわきへ投げ捨てると、回収ボックスの錆びた側面に肩を押しつけ、手をさらに奥へ伸ばす。中華料理の腐臭はまるで有毒な瘴気《しょうき》だ。思いきり伸ばした指先がなにかをかすめる。なにに触れたかはすぐわかるが、にわかには信じられない。さらに奥へ手を伸ばす。いまでは頬がごみ回収ボックスの錆びた側面にこすれている始末。そしてついにノートパソコンのケースのハンドルをつかむことができる。手前へ引っぱりだし、信じられない気持ちのまま見おろす。これほど奥へ押しこんだ覚えはないが、どうやら押しこんだらしい。捨てるべき携帯をまちがえたと思いこんだのとはわけがちがう……まったくちがう、と自分にいいきかせるが、現実にはおなじようなものだ。

そもそもこの街に長く滞在することを承諾したのがミスだった。モノポリーもミスだ。裏庭でのバーベキューパーティーもミスだ。射的の屋台でブリキの鳥を首尾よく撃って倒したことは？　ミスだ。なかでも最悪最大のミスはといえば、一般の人間のように考えて行動するように強いられたことだ。自分は一般の人間ではない。自分は金で雇われる殺し屋だ。金で雇われる殺し屋として考えることをやめてしまえば、決して逃げられなくなる。

ビリーは、比較的きれいに見える捨てられた包装紙で、キャップとパソコンケースの汚れを拭きとる。ケースのストラップを肩にかけ、販促グッズのキャップを深くかぶる――以前はきれいだったキャップもいまは薄汚れている。路地の出口まで進み、こっそりと外を見わたす。一台のパトカーがタイヤを軋《きし》らせ、ひとつ先の角を曲がってくる。ビリーは路地に引っこみ、パトカーが通りすぎるのを待つ。それから外へ出ると、ピアスン・ストリートのほうへ、閉鎖された駅舎の筋むかいに立つアパートメントの建物のほうへ、きびきびした足どりで歩きだす。またもやファルージャのことが頭に浮かぶ――赤ん坊の靴が揺れて腰に当たるなか、狭い道路の偵察を果てしもなくつづけていたこと。哨戒任務がおわるのをひたすら待っていたこと。市街地から一キロ半ばかり離れていて、比較的安全とされていた基地にもどりたくて仕方がなかったこと――基地にもどれば温かい食事があり、タッチフットボールの試合ができて、うまくすれば砂漠の星空のもとで映画を見ることもできた。

九ブロックだ――ビリーは自分にいいきかせる。九ブロックで帰りつける、体を乾かせる。九ブロックでこの斥候任務もおわる。砂漠で映画を見ることはない――それはビリー・サマーズの体験だ。ドルトン・スミスにはユーチューブもｉＴｕｎｅｓ《アイチューンズ》もある。オールテック製のパソコンの一台で両方とも楽しめる。暴力もなければ爆発もない。ただ、滑稽なことをしている人々がいるだけ。

そして最後にはキスシーンも。

あと九ブロック。

8

九ブロックのうち七ブロックまで歩き、この街の一段とモダンな地域を通りすぎたとき、公共労働局《ＤＰＷ》のフォード・トランジットのヴァンが前方の交差点を通過していく。ＤＰＷのヴァンはどれも似ているので、ほかのヴァンとも考えられるが、このヴァンは低速で進んでいるばかりか、ウェスト・アヴェニューのまんなかでいったん停止寸前まで減速してから、あらためて加速して走っていく。

ビリーは一軒の建物の扉口に身をひそめている。先ほどのヴァンが引き返してこないのを確かめてから、また歩きはじめる。そのあいだも常に前方に目を光らせ、万一ヴァンがもどってきたら隠れ場所につかえそうなところの目星をつける。連中が引き返してきて姿を見とがめられれば、おそらく死ぬことになる。手もとにある品々のうち、いちばん武器に近いのはキーリングについている鍵だけだ。もちろん、そうなるのはニックがこれまで一貫してビリーに正直に接してはいなかった場合だけ。正直だったら、きつい言葉のお叱りだけでおさまるかもしれない。ただし、その真偽を実地に確かめる気はない。いずれにせよアパートメントの建物にはいりたければ、このまま先に進むほかはない。

ビリーは交差点で足をとめ、トランジットが走っていった方向に目をむける。見えたのは数台の乗用車とＵＰＳの宅配トラックだけだ。頭を低くして小走りに道を横断していると、いやでもファルージャの一〇号線を思い出してしまう——即製爆発物《インプロバイズド・エクスプローシブ・デバイス》によるテロが多発していたので、その頭文字をとって〝ＩＥＤ街道〟と呼ばれていたあの道を。

ピアスン・ストリートに折れて、最後の一ブロックを小走りに駆けていくと、目指す建物はもう目の前だ。ただし建物にはいるには道をわたらねばならず、そのとき右の肩胛骨に感じるはずのない痒みが走る。何者かが——たとえば、もちろんデイナが——サイレンサーを装着した拳銃で、ビリーの肩にぴたりと狙いをつけているかのような感覚だ。石ころが転がっているだけの空地をほぼ絶え間なく吹く風にあおられて、地元発行の新聞に折りこまれていた優待クーポンのページが片方の足首にへばりつき、ビリーは驚いて小さくスキップを踏む。

　冬季の土壌凍結で舗装が浮いている六五八番地の前庭の通路を急ぎ足で進み、玄関前の階段をあがる。顔を背後へめぐらせてトランジットを――ぜったい見えるはずと思いつつ――目でさがす。しかし、外の通りには人も車も見あたらない。サイレンの音はずっと背後に遠ざかっている――それ以外のデイヴィッド・ロックリッジとしての生活と同様に。ビリーは一本めの鍵を鍵穴にいれる。ちがう鍵だ。別の鍵を試したが、こちらもちがう。まちがって捨てていてもおかしくなかった携帯電話や、あの赤ん坊の靴とおなじ流儀でなくしたと思いこんだノートパソコンのことが頭に浮かぶ。

　落ち着け、と自分にいいきかせる。いまの二本はエヴァーグリーン・ストリートの一軒家の鍵で、おまえがキーリングからはずしていなかっただけだ、だから落ち着け。あと一歩で自由の身だぞ。

　次に試した鍵でアパートメントの玄関ドアがひらく。足を踏み入れてドアを閉める。レースのカーテン――おそらくベヴァリー・ジェンセンのお手製だろう――の不ぞろいな隙間ごしに外を見やる。なにも見えない……なにも見えない……道の反対側の空地に転がっている瓦礫に一羽の鴉《からす》がとまり……その鴉が飛びたって……なにも見えない……子供が三輪車を漕ぎ、その横を母親が辛抱強く付き添って歩き……また別の新聞紙が、つぎはぎだらけの歩道を風に吹かれて滑って……《ピアスン・ストリートのつぎはぎだらけの歩道《パッチド・ペイヴメント》》と頭韻を踏んで考える時間こそあるが、つぎに目に飛びこんでくるのは、のろのろと道を走っているトランジットのヴァンだ。ビリーは体のいっさいの動きをとめる。こちらからはレースの網目ごしに外が見える。しかし、助手席のレジーからは屋内のようすが見えない。それでもレースのカーテンの内側でいきなり動く気配があれば、レジーが気づくかもしれない。もうひとりの男もかならず気づくだろう。

　トランジットはのろのろ進む。ビリーはいつブレーキライトが点灯して車が停止することかと待ちかまえる。ところがブレーキライトはともらず、ヴァンは見えなくなる。身の安全を確信できたわけではないが、まずまず安全だろう。望むらくは。地階におりて部屋にはいる。自宅ではない。ただの隠れ家だ。それでもいましばらくは、それだけで充分だ。

第十一章

1

地下の部屋のたったひとつの窓を、臙脂《えんじ》色のカーテンが覆っている。ビリーはレールから吊ってあるカーテンをひらいて腰をおろし、そうしながらこの部屋は潜水艦のようで、この窓は潜望鏡のようだとの思いを新たにする。そのあと十五分ほど腕組みをしてソファにすわったまま、トランジットのヴァンが引き返してくるのを待つ。決して愚かではないデイナがこの建物は調べる価値があると判断すれば、ヴァンが建物の前で停車してもおかしくはない。街の周縁部にはほかにも数カ所のうらぶれた住宅街があるので、ここにだけ目をつけるのはありそうもないが、絶無だともいいきれない。

おれを見つけたら、あいつらはおれを殺すつもりにちがいない——その確信がぐんぐんと強まっている。

いまのビリーは拳銃をもっていない。ただし、その気になれば入手は簡単だ。この地域では一週間ずっと毎日、どこかしらで銃器のセールがひらかれているようだからだ。とはいえ、セール会場の建物に足を踏み入れたりはしない。どうせ、どこかの駐車場に行けば、あれこれ穿《せん》鑿《さく》されることもなく現金で信頼できる銃器が買える。それもごくベーシックな銃、簡単に隠せる三二口径か三八口径あたり。この件については、度忘れではない。銃が必要になるかもしれない情況を予測していなかっただけだ。

ただし、ニックに告げずに計画を変更するのなら、なんらかの事態を予測していてしかるべきだった。

もしあいつらがもどってきたら——疑心暗鬼が生む妄想のレベルだが、ありえないとは断定できない——いまの自分にどんな手が打てる？　たいしたことはできない。キッチンに肉切り包丁がある。それからミートフォークが一本。最初に侵入してくる敵にミートフォークをつかえばいい。最初に来るのがレジーなのはわかっている。楽勝の相手だ。そのあと来るデイナに仕留められるというわけか。

　十五分が経過しても偽の公共労働局《DPW》のヴァンが引き返してこないところを見ると、ふたりは街のほかの地域へ移動したか、エヴァーグリーン・ストリートの家を調べにいったか、そうでなければあの建て売り豪邸へ引き返して、ニックのさらなる指示をあおぐことにしたのだろう。ビリーはカーテンを閉めて外の光景をシャットアウトし、腕時計を確かめる。十一時十分前。おやおや、楽しい時間はなんとすばやく流れていくことか。

　チャンネル2とチャンネル4は、いつもどおり午前中のクズ番組を放映中だが、画面の最下段では狙撃事件と爆発事件についての見出しの文字が横スクロールで流れている。真の報道の源泉はチャンネル6。通常枠の朝のニュースバラエティをつぶして、現場からの中継中だ。この局が中継放送を敢行する理由はたくさんある。まずジョエル・アレンの罪状認否手続を報じるために中継クルーを裁判所へ派遣しており、さらに倉庫火災が発生しても中継クルーをコーディに派遣していなかったからだ。それだけだったら報道陣がものぐさだとか、もっとストレートに怠慢だとのそしりをまぬがれなかったかもしれない。レッドブラフのような南の国境に近い小規模な街では、ウォルター・クロンカイトなみの大物キャスターでも、それだけでニュースジャンルのトップにたどりつくことはできない。しかし今回ばかりは——後からふりかえれば——報道の責任者がかなり賢明に見えることだろう。

　テレビ画面最下段には《**裁判所襲撃事件で死者一名、負傷者の報告なし**》というテロップが表示されている。赤いワンピースの女性リポーターは中継を担当しつづけているが、いまはメイン・ストリートの交差点に立って話している。コート・ストリートは規制線が張られて通行止めになっているからだ。ビリーが見たところ、全市の警察官が残らず現場にかきあつめられているように見える。それにくわえて鑑識のヴァンが二台。一台は州警察のものだ。

　「ビル」リポーターは、スタジオにいるニュースキャスターに話しかけているようだ。「のちほど正規の記者会見がひらかれると思いますが、現時点ではなんの公式発表もありません。とはいえ、わたしたちは現場をつぶさに見ています。みなさんにはこれから、われらが勇敢なカメラマンのジョージ・ウィルスンがつい数分前に発見したものをごらんいただこうと思います。ジョージ、先ほどのものをまた映してもらえる？」

　ジョージはテレビカメラをかまえるとジェラード・タワーにレンズをむけ、さらに五階にピントをあわせていく。拡大率が最大になっても画面がほとんどブレないことが、ビリーには驚嘆以外のなにものでもない。周囲ではクソが扇風機に投げつけられたような騒ぎになっていたのに、カメラマンのジョージはしっかりその場にとどまり、いずれまちがいなく全国に報道されるはずの映像をとらえたばかりか、その鋭い目のおかげで、いまの時点では警察にわずか一歩半しか遅れをとっていない。あのカメラマンが海兵隊出身でも不思議はないとビリーは思う。事実そのとおりかもしれない。運わるくあの場に送りこまれた珍しくもない海兵隊のライフルマン。ひょっとしたら、おれたちが〝ブルックリン橋〟と呼んでいたあの場所ですれちがっていたかもしれないし、ファルージャ市内北西部のジョラン地区の墓地で、風が吹いてクソが舞い飛ぶなか、おれがあいつのすぐ横にしゃがんで身を低くしていたとしてもおかしくない。

　チャンネル6の視聴者たち——ビリーもそのひとりだ——には、ガラス窓に狙撃者が穿《うが》ったのぞき穴の映像が提供される。以前にデイナ・エディスンが話していたように、ガラスにあたった日光が穴を目立たせている。

「犯人はあの穴をつかって狙撃したと見てまちがいはなさそうです」リポーターが話す。「あのオフィスをどんな人物がつかっていたのか、もうすぐわたしたちにもわかるでしょう。警察ではすでに情報をつかんでいるかもしれません」

　画面はスタジオにいるキャスターのビルに切り替わる。この場にふさわしい深刻な面持ちだ。「アンドレア、いまこの番組を見はじめた視聴者の方々のために、きみの最初のリポートをここでもう一度流そうと思うんだ。息をのむような映像だからね」

　ビデオ映像が流れはじめた。青い警告灯を点滅させて近づくSUVがビリーにも見えてくる。ドアがひらいて、恰幅のいい郡警察署長がおりてくる。クラーク・ゲイブルにも匹敵する大きな耳のもちぬしだ。それこそ耳が、かぶっている馬鹿げたカウボーイハットの錨《いかり》になっているように見える。アンドレアがマイクを差しだしながら近づく。裁判所の警官が近づこうとするが、郡警察署長は傲慢なしぐさで片手をあげて警官たちを制止し、リポーターの質問に答えようとする。

「署長、ジョエル・アレンはホートン氏の殺害について自白したのですか？」

郡警察署長は微笑む。署長の訛《なま》りは、粗挽きトウモロコシやコラードの葉のサラダにも負けないほど南部そのものだ。「いやいや、自白の言葉もわれわれには必要ないよ、ミズ・ブラドック。こちらにはもう、あの男を有罪にするに足る材料がそろってる。いずれ正義の裁きがくだされるね。まあ、われらに任せておきたまえ」

赤いワンピースのリポーター——アンドレア・ブラドック——が一歩あとずさる。ジョージ・ウィルスンがカメラのレンズの焦点をSUVのひらきつつあるドアにあわせる。車内からジョエル・アレンがおりたつ——専用のトレーラーハウスから出てくる映画スターのようだ。アンドレア・ブラドックはまたしても質問をしようと進みでていくが、郡警察署長が片手をあげると、すなおに引きさがる。

そんな態度じゃ、一気に大出世するのは夢のまた夢だぞ、アンドレア——ビリーは思う。必要なのは押しの一手だ。

ビリーは身を乗りだす。いよいよ決定的瞬間。現場を別の角度から、別の視点で見ることにはつねに昂奮がともなう。銃声がきこえる——鞭を打ちつけたような水っぽい音。弾丸で標的にどんな被害が生じたのかは見てとれないが——チャンネル6の報道局のビデオエディターが、映像のその部分にぼかし処理をほどこしているからだ——アレンの体が前方に吹き飛ばされて階段に叩きつけられるさまは見える。映像が激しく揺れて、がくんと沈みこむのは、カメラマンのジョージ・ウィルスンが反射的にしゃがみこんだからだが、映像はすぐに安定する。カメラは死体にむけられたままひととき静止したのちに移動して、偉丈夫警官の姿をとらえる——警官は狙撃者の位置を確かめようとして、上を見あげている。

そのとき《どかん！》と轟音《ごうおん》が響く。道の先にある〈サンスポット・カフェ〉の裏手からだ。幾人もの悲鳴があがる。ウィルスンがそちらへカメラをふりむけると、逃げまどう人々（そのなかにはアンドレア・ブラドックの姿もある――真っ赤なワンピースは見逃しようもない）や、〈サンスポット・カフェ〉と隣の旅行代理店のあいだの隙間からうねりながらあふれてくる黒煙をとらえる。アンドレアが引き返そうとする――この行動についてはビリーも褒めるしかない――が、その瞬間を狙いすましたかのように二個めの閃光粉容器《フラッシュポット》が爆発する。アンドレアが身をすくめつつ、爆発音のほうに身をひるがえして視線を一巡させてから、小走りに当初の立ち位置へ引き返す。髪の毛は乱れ、小型マイクはケーブルでぶらさがっている状態で、本人は息を切らせている。

「複数回の爆発です」アンドレアはいう。「くわえて狙撃による死者が出ています」ここでぐっと空気を吸いこむ。「ジョエル・アレン――ジェイムズ・ホートン殺害容疑で罪状認否手続に出廷する予定だったジョエル・アレンが、裁判所前の階段で銃撃されました！」

このクライマックスのあとアンドレアが口にする言葉は、いずれも迫力をなくしていく一方だ。ビリーはテレビの電源を切る。あしたになれば、デイヴィッド・ロックリッジとしてのビリーを知っているエヴァーグリーン・ストリートの知人たちのインタビューがテレビ画面をにぎわすだろう。そんな映像は見たくない。ジャマルとコリンヌのアッカーマン夫妻なら子供たちを取材のカメラに近づけたりしないだろうが、あの夫婦がテレビに出るだけでも胸が痛みそうだ。ファジオ一家も。ピータースン夫妻も。いや、道のずっと先に住んでいる、夫に先立たれたアルコール依存症のジェイン・ケロッグでさえ。彼らの怒りには胸が痛むだろうし、彼らが負った心の傷や困惑にはもっと胸が痛むことだろう。みんな口をそろえて、まともな人だとばかり思っていたというのだろう。みんな口をそろえて、いい人だとばかり思っていたというのだろう。そんな言葉に接したら、自分が感じるのは恥だろうか？

「ああ、そうだな」ビリーはほかにだれもいないアパートの部屋にむかっていう。「なにも感じないよりはましだ」

モノポリー仲間が銃で撃ったのが悪人だとわかれば、アッカーマン家のシャニスとデレクをはじめとする子供たちも少しは気持ちが楽になるだろうか？　そんなふうに考えるのもわるくないが、モノポリー仲間の大人が身を隠した状態で相手を撃ち殺した事実は残る。相手を後頭部から撃ったという事実も。

2

バッキー・ハンスンに電話をかけると留守番電話サービスにつながる。予想どおりだ。携帯のディスプレイに《**発信者不明**》の文字が表示されていたら（バッキーは自分の携帯の連絡先にドルトン・スミスの名前や番号を登録するほど愚かではない）、電話が手もとにあって、南の国境近くの小さな田舎町にいる顧客の電話と見当をつけても、やはり電話には出ないだろう。

「折り返し電話がほしい」ビリーは留守番電話にメッセージを吹きこむ。「なるべく早くだ」

ビリーは携帯を手にしたまま、部屋がひとつづきにならんだアパートメントの室内を歩きまわる。一分とかからずに着信音が鳴る。バッキーは無駄話で時間をつかわず、いちいち名乗りもしない。それはビリーもおなじだ。バッキーの携帯には秘話機能があり、ビリーの携帯は足がつくような汚点のない品だが、それでもこうした警戒策をとるのが両者の習い性になっている。

「やつはおまえの居場所だの、なにがあったかだのを知りたがってるぞ」

「なにがあったかといえば、おれが仕事をきちんと果たしたってことさ。それが知りたいのなら、あいつがテレビのスイッチを入れればいいだけだ」空いているほうの手で尻ポケットのひとつをさぐると、デイヴィッド・ロックリッジの買物リストがはいっていることが指先に感じとれる。〈クローガー〉での買物をすませると、こうした物の存在はうっかり忘れがちだ。

「やつがいうには計画があったそうじゃないか。すっかり手配ずみだった、と」

「なんのための手配かが、おれにははっきり見えていたんだ」

バッキーがこの返答の意味を考えているあいだ、電話に沈黙が流れる。仲介業をそれなりに長くつづけ、しかも一回としてつかまっていないだけあって、バッキーは決して愚か者ではない。やがてそのバッキーが口をひらく。「どの程度確かなんだ？」

「あの男が残りを支払えば、どちらの見立てが正しかったかがわかる。あるいは払わなければね。で、あいつは払ってきたか？」

「おいおい、ちょっと待て。今度の件が片づいてから、まだ二時間くらいしかたってないんだぞ」

ビリーはキッチンの壁にかかっている時計をちらりと見やる。「そろそろ三時間だ。で、送金にはどのくらいの時間がかかる？　忘れているといけないからいっておくが、おれたちはコンピューター時代に生きてるんだ。確認してくれ」

「ちょっと待ってろ」ビリーの耳に、いまいる地下の部屋から北に二千キロ弱離れたところでコンピューターのキーを打つ音がきこえてくる。バッキーが電話口にもどる。「まだ音沙汰なしだ。問いあわせてみようか？　連絡用のメールアドレスならわかる。あいつの太った右腕役に届くんだと思う」

ビリーは、午前もなかばから酒のにおいをさせて必死の形相を見せていたケン・ホフのことを思う。組織のアキレス腱。それをいうなら自分、このビリー・サマーズも同様だ。

「まだそこにいるのか？」バッキーがたずねる。

「三時くらいまで待って、もう一度確認を頼む」

「そのときもまだ入金されていなかったらメールを出そうか？」

バッキーには問いあわせる権利がある。ビリーが受けとる残金の百五十万ドルの一割、十五万ドルはバッキーの取り分だ。これだけでもかなりの大金だし、おまけに無税。しかし、困った点もある。死んでしまったら金をつかえないことだ。

「おまえには家族がいるのか？」バッキーとの長いつきあいのなかでも、これはビリーが一度も発したことのない質問だ。いや、そうはいってもバッキーと最後にリアルで顔をあわせたのはもう五年も前のこと。ふたりの関係は完全にビジネス限定だ。

話題がいきなり変わったことにも、バッキーが驚いたようすはない。なぜなら、実際には話題が変わっていないことに気づいているからだ。ビリー・サマーズとドルトン・スミスを結びつける鎖の輪、それがバッキーだ。

「別れた妻がふたり、子供はいない。ふたりめの妻と別れたのは十二年前だ。たまに絵葉書をよこすよ」

「おまえはいますぐ街を出るべきだ。この電話を切ったらすぐタクシーをつかまえて、ニューアーク空港に行くといい」

「アドバイスありがとよ」バッキーの口調に怒りはない。あきらめの口調だ。「もちろん、おれの生活を見事にぶっ壊してくれたことにも礼をいわせてくれ」

「無駄骨折りにはさせないさ。やつはおれに百五十万の借りがある。そいつを受けとったら、おまえのところに行く」

今回バッキーが黙りこんだことをビリーは驚きだと解釈する。一拍置いてバッキーはこういう。「それはおまえの本気の言葉か？」

「本気だ」嘘ではない。いっそ全額わたすとバッキーに約束したい気持ちにも駆られる——あの金はもう必要ではない。

「おまえの読みが正しいとしよう」バッキーはいう。「そうなるとおまえは、発注者がおまえにわたす気がないものを、おれにわたすと約束していることになる。まあ、発注者は最初っから残りをわたす気がなかったのかも」

ビリーはここでもケン・ホフのことを思い出す——ひたいに《**捨て駒**》というタトゥーがあるも同然の男。ニックはビリーのこともおなじように思っているのか？　そう思うと腹が立ってくるが、ビリーはその感情を歓迎する。怒りの感情は、その前の恥の感覚を頭から叩きだしてくれるからだ。

「あいつは払うよ。確実に払うようにしてやる。それまでおまえはいくつもいくつも丘を越えて、はるか遠くまで逃げていることだ。ついでに、偽名で旅することだ」

バッキーは笑う。「じいちゃんに生卵の吸い方を教えるものじゃないぞ、がきんちょ。それに行くあて《ヽヽ》はあるさ」

ビリーはいう。「連絡用メールアドレスを通じて、あいつにメッセージを伝えてほしい。書きとめてくれ」

間。それから——「きこうじゃないか」

「依頼人は仕事をやりおえて、自分ひとりで姿を消した、ピリオド。あの男はフーディニだぞ、忘れたのか、クエスチョンマーク。真夜中十二時までに送金しろ、ピリオド」

「それだけか？」

「それだけだ」

「向こうから連絡があったら、おまえにメッセージを送るよ」

「オーケイ」

3

腹が減っている。それも当然ではないか。きょうはなにもつけないトーストを一枚食べたきりで、それももう何時間も前。冷蔵庫に牛の挽き肉がある。ビリーはパッケージのラップを剝がして、くんくんとにおいを嗅ぐ。問題はなさそうなので、フライパンに二百グラム強を落とし、マーガリンを少量くわえる。ガス台の前に立って、フライパンの挽き肉の塊を細かく割ったりかきまぜたりしているあいだに、偶然にも手がまた尻ポケット内の買物リストに触れる。ポケットから引き抜いて広げると、買物リストでないことがわかる。ピンクのフラミンゴといっしょにいる自分を描いたシャニスの絵だ。フラミンゴは最初こそフレディという名だったが、いまはデイヴだ。ただし、デイヴの名前でいるのも長いことではないだろう。紙は折り畳まれていたが、フラミンゴの頭から出てシャニスの頭のほうへただよう赤クレヨンのハートが淡く透けて見えている。ビリーは紙を広げず、そのまま尻ポケットに突っこむ。

ビリーはこの家での滞在にそなえて、必要な品を準備しておいた。そのためガス台の隣の食器棚には缶詰がたくさんある――スープ、ツナ、〈ディンティムーア〉のビーフシチュー、〈スパム〉、〈キャンベル〉のパスタ入りスープ。ビリーは〈マンウィッチ〉の缶を手にとり、中身のスラッピージョーソースをフライパンで音を立てている挽き肉に一気にそそぐ――〝じゅわー〟と音があがる。フライパンの中身がぐつぐつ煮立ってくるのにあわせて、二枚の食パンをポップアップトースターに入れる。トーストが焼きあがるのを待つあいだ、ビリーはシャニスの絵をまたポケットからとりだし、今回は広げる。この絵は捨てるべきだ、とビリーは思う。びりびりに破いて、トイレに流してしまおう。しかし、ビリーは絵をまた折り畳んでポケットにしまいこむ。

　焼きあがったトーストがぽんと出てくる。ビリーは二枚を皿に置くと、〈マンウィッチ〉で味つけした挽き肉料理をトーストに塗る。それからコークをとってきてテーブルの前にすわる。皿に載せた分をたいらげ、残りも食べはじめる。そちらも食べつくす。コークを飲む。そのあとフライパンを洗っているあいだに胃がぎゅうっとよじれ、口からのどが詰まったときのような音が出てくる。ビリーはバスルームに走って便器の前に膝をつくと、いま食べたものをすべて吐きもどす。

　トイレの水を流して口まわりをトイレットペーパーで拭い、もう一度水を流す。そのあと水を少し飲んでから、潜望鏡の窓に近づいて外を見る。車道には一台の車もない。歩道は無人だ。これもピアスン・ストリートでは珍しくないのだろう。見えるのは空地だけ。その空地では、駅舎のなれの果てである不規則に砕けた煉瓦を、**《無断侵入禁止》《市公有地》《危険・立入厳禁》**といった標識が守っているだけだ。不法投棄されたショッピングカートはなくなっているが、男ものの下着はまだあって、いまは雑草の茂みにひっかかっている。年代物のホンダのステーションワゴンが走りすぎていく。つづいてフォード・ピント。そんな旧型車がまだ往来を走っているときかされても、話だけなら信じなかっただろう。つづいてピックアップトラック。フォード・トランジットのヴァンは一台も通らない。

　ビリーはカーテンを閉めるとソファに横になって目を閉じ、そのまま眠りこむ。眠りのあいだに夢は見ない——少なくとも、中身を覚えている夢はひとつも。

4

　電話の音で目が覚める。通話の呼出音だ。ということは、テキストメッセージでは送りにくい、いささか詳細なニュースをバッキーがつかんだのだろう。ところが、かけてきたのはバッキーではない。ベヴァリー・ジェンセンだ。きょうベヴァリーは笑っていない。きょうのこの女性は……なんといえばいい？　正確にいうなら泣いているわけではない。むしろ、不機嫌なときの赤ん坊の声に似ている。むずかっている声だ。

「ど、どうも。ハロー」ベヴァリーがいう。「あの、わたしの電話が……お、お……」水っぽいげっぷの音。「……お邪魔でなければいいんだけど」

「大丈夫です」ビリーはそういってすわりなおす。「邪魔でもなんでもありません。で、どうしたんです？」

この質問をきいたとたん、むずかる声が跳ねあがって大きく嗚咽《おえつ》する声に変わる。「母が死んだのよ、ドルトン！　ほんとに死んだの！」

これは厄介だ——ビリーは思う——それならもう知ってる。それ以外のこともわかっている。ベヴァリー・ジェンセンが酒に酔って電話をかけてきていることだ。

「お母上のことは心からお気の毒に思います」頭が朦朧《もうろう》としたいまの状態では、これが精いっぱいの言葉だ。

「あなたに電話をかけたのはね、わたしをおぞましい人間だと思わないでほしいから。けらけら笑って、大騒ぎして、クルーズ旅行に行く話なんかしてるような人間なのに」

「おや、それじゃ旅行には行かないんですか？」これはがっかりだ。このアパートメントをひとり占めできるのを楽しみにしていたのだが。

「いいえ、旅行には行くつもり」ベヴァリーは不機嫌そうに鼻をすする。「ドンは行きたがってるし、わたしだって行きたい気持ちはあるのよ。わたしたち、サンブラス岬まで旅行してハネムーンごっこをしたの。そう、フロリダ州の〝貧乏白人《レッドネック》のリヴィエラ〟って呼ばれてるところ——でも、それ以来どこへも行ってない。ただね……その……あなたには、わたしが母の墓の上で大喜びして踊ってるなんて思われたくない」

「そんなこと思いません」ビリーはいう。この言葉は嘘でもなんでもない。「思いがけない幸運に恵まれた。それなら有頂天になるのが当然です。まったく自然ですって」

この言葉に自制の糸がすべてふっつりと切れたらしく、ベヴァリーはおいおい泣きながら、シュノーケルをつかっているように息を切らし、いまにも溺れそうになっている人じみた声まであげはじめる。「ありがとう、ドルトン」この呼びかけが、夫ドンの発音とおなじようにドオルトン、と響く。「ありがとう、わかってくれて」

「いや、そんな。ひょっとしたらあなたは、アスピリンを一、二錠飲んで、しばらく横になっていたほうがいいのかも」

「あら、それってすごく名案みたい」

「そうですとも」携帯から静かな〝ぽん〟という音が出てくる。バッキーからの着信にちがいない。「じゃ、わたしはもうこのへんで――」

「そっちはなにも問題なし？」

まさか――ビリーは思う――おかげさまで、ありとあらゆる問題の大爆発だよ、ベヴァリー。「はい、なにも問題ありません」

「鉢植えのことを質問したつもりじゃないのよ。でもね、そっちへ帰ってダフネとウォルターが死んでいたら、それはそれは悲しい気分になりそう」

「ちゃんと世話をしておきます」

「ありがとう。ほんとにね、ほんとにほんとにほんとにありがとう」

「どういたしまして。さて、もう行かないと――」

「わかったわ、ドォルトン。ほんとにほんとにありが――」

「また近いうちに」ビリーはそういって通話を切る。


届いたテキストメッセージは、バッキーが多数保有している別名義アカウントのひとつから発信されている。

ビッグパピ９８２：いまだ資金移動なし。先方はそちらの所在を知りたがっている。

ビリーも連絡ツール用のアカウントのひとつから返信を送る。

ディズディズ77：地獄の炎に焼かれる者は氷水を欲しがるものさ。

5

夕食にはスクランブルエッグとトマトスープをこしらえる。今回は、食べたものが首尾よく腹におさまってくれる。食べおわると六時のニュース番組を流す――それもＮＢＣの系列局の番組だ。チャンネル６の例のビデオはもう見たくないし、見る必要もないからだ。リバティ相互保険のCMにつづいて、ビリー自身の写真が画面に登場する。写真のビリーは笑顔でエヴァーグリーン・ストリートの家の裏庭に立ち、《**わたしはただのセックス相手じゃない、料理だってお手のもの！**》という文字がプリントされたエプロンをつけている。背景の面々の顔にはぼかし加工がほどこされているが、ビリーには全員だれだかわかる。ご近所さんたち。ビリーが隣人たちを招いたバーベキューの夕べで撮影された写真で、提供したのはダイアン・ファジオだろう。ダイアンは携帯と小型のニコンの両方で、しじゅう写真を撮影しているからだ。さらにビリーは、自分の芝生（いまでも〝自分の〟と考えてしまう）がみずみずしく美しいことにも目をとめる。

この写真の下に出たテロップは《**デイヴィッド・ロックリッジとは何者か？**》というもの。警察ではすでに、この疑問の答えをつかんでいることだろう。昨今のコンピューターによる指紋検索システムは迅速そのものだし、そもそもビリーの指紋は海兵隊時代から登録ずみだ。

「この男は、裁判所前の階段における、大胆不敵なジョエル・アレン暗殺事件の犯人と目されています」ふたりいるキャスターの片方が発言する。銀行員然とした風貌のもちぬし。

もうひとりのキャスター、雑誌のモデル風の女性キャスターが言葉を引き継ぐ。「現時点では犯人の動機は不明ですし、現場からの逃走経路も明らかになってはいません。ただし、警察がひとつだけ確実視している点があります――犯人に協力者がいたことです」

いなかったよ――ビリーは思う――話をもちかけられて断わったんだ。

「ライフルによる狙撃の数秒後には」銀行員風のキャスターがいう。「二度にわたって爆発音が響きました。最初の爆発は、狙撃犯がいたジェラード・タワーとは通りをはさんで反対側。二回めの爆発は、メイン・ストリートとコート・ストリートの交差点にある建物の裏手でした。警察署長のローレン・コンリーによれば、両者は高性能爆薬のたぐいではなく、むしろ花火のショーやロックバンドのステージなどで効果のためにつかわれる特殊閃光弾のようなものだったとのことです」

雑誌モデル風キャスターが引き継ぐ。どうしてふたりがこう交互にしゃべるのか、ビリーにはさっぱりわからない。謎だ。「ラリー・トンプスンがいま現場にいます――いえ、現場に近づけるぎりぎりの場所というべきでしょう。コート・ストリートがいまなお通行止めになっているからです。ラリー？」

「そのとおりです、ノーラ」ラリーという男は、まるでラリー本人かという質問をされたかのような答えを返す。背後では黄色いビニールテープで規制線が張られ、警告灯をつけたまま駐車している五、六台のパトカーが投げる忌まわしい光が裁判所周辺に見えている。「もっか警察では、今回の犯行が慎重な計画のうえで実行された犯罪組織がらみの暗殺であるという前提で捜査を進めています」

今度は正解だ――ビリーは思う。

「きょうの記者会見でコンリー署長は、狙撃犯と見られるデイヴィッド・ロックリッジが――この名前も偽名だろうとのことです――きわめて珍しい作り話を口実にして、しばらく前から当市に潜入していたとの見方を示しました。署長の発言をおききください」

ラリー・トンプスンに代わって、画面には署長の記者会見をとらえたビデオ映像が流される。あの馬鹿げたカウボーイハットをかぶった郡警察のヴィッカリー署長は出席していない。コンリー署長は開口一番、（いちいち容疑者と表現する手間もはぶいて）狙撃犯がいかにして執筆中の作家のふりをしていたか、という話をしはじめる。ビリーはテレビのスイッチを切る。

なにか、頭にひっかかるものがある。

6

三十分後、ジェンセン夫妻の二階の部屋でダフネとウォルターに水をやっているあいだ、ビリーはひとつの結論に達する。これまでは狙撃当日に地下の部屋から逃げる予定ではなかった。それどころか数日、ことによったら一週間は潜伏しているつもりだった。しかし、事情が変わった――それも、歓迎できない方向に。知っておかなくてはならないこともあるが、バッキーではその助けにならない。バッキーは自身の仕事をやりおおせた――

賢明だったら、いまごろは火の粉のかからぬ場所へ逃げるべく飛行機に乗っていることだろう。もしこのあと火の粉が降るのなら、だ。ビリーは、自分が影に怯えているだけかどうかをまだ見さだめかねているが、見きわめる必要がある。

ビリーは地下の部屋に引き返し、ドルトン・スミスとしての変装を身につける。今回は腹に巻くフェイクベリーを限界近くまで膨らませ、さらに角縁で素通しの眼鏡も忘れずにかける。これまでこの眼鏡は居間の書棚に、『テレーズ・ラカン』の本といっしょに置いてあった。外では宵闇がかなり深まっていて、これは自分の味方になってくれる。コンビニの〈ゾニーズ〉がすぐ近くにあることも味方だ。しかし、ニックの手下どもがいまも街路をパトロールしている可能性もあり、これは味方とはいえない——その場合、フランキー・エルヴィスとポール・ローガンがふたりで一台の車に乗り、レジーとデイナがもう一台の車に乗っていることだろう。そして今夜走らせるのは、フォード・トランジットではあるまい。

しかしビリーは、あえて危険をおかすべきだと考えている。というのも、ニック一味はいまビリーが隠れ場所に潜伏しているはずだと考えているからだ。もしかすると、もうこの街から逃げたとさえ考えているかもしれない。それにあいつらの車がすぐそばを走ったとしても、ドルトン・スミスの変装が役立ってくれるはずだ。いや、役に立ってほしい。

ビリーは、やはりプリペイド携帯が必要だという結論を出す。ただし、きょうの午前中にひとつも問題がないプリペイド携帯を捨ててしまった自分を責めたりはしない。あらゆる事態を予想できるのは神だけだし、愚かしさのレベルでいうなら、コリン・ホワイトの変装のまま路地から出そうになったことほどではない。ビリーのような仕事——単刀直入にいえば〝仕事《ワーク》〟ではなく〝殺し《ウェッ》の仕事《トワーク》〟——では、いったん計画をつくったら、あとは想定外の要素が出現してケツに嚙みついてこないように祈るだけだ。あるいは、それが理由になって、緑色の小部屋で致死薬点滴の針を腕に刺される目にあわされないことを。

つかまるわけにはいかない——ビリーは思う。もしつかまれば、あのクソったれな鉢植えが全滅しちまう。

わびしい小さなショッピングモールの店は、コンビニの〈ゾニーズ〉だけを例外として、軒なみもう閉まっているし、〈ホット・ネイルズ〉は二度と店をあけそうもない。窓ガラスが白く塗られ、破産を告げる法的通告書が入口ドアにテープで貼りつけてあるからだ。

ビリー以外の客といえば、ビールコーナーで精算をしているヒスパニック系の男ふたりだけだ。エナジーショットと五十種類はありそうなスナック菓子の小袋のディスプレイのあいだに、プリペイド携帯〈ファストフォン〉の箱が山積みになっている。ビリーはそのひとつを手にしてレジへむかう。強盗に殴られた女性店員──ウォンダなんとかという名前だった──はレジにいない。きょうレジにいるのは中東出身者風の男だ。

「これだけ？」

「これだけだ」ドルトン・スミスになっているあいだは、ふだんよりも若干高い声を出すことを心がける。これは、いま自分がだれなのかを自分に思い起こさせる手段のひとつだ。

店員はレジを操作する。合計金額は八十四ドル弱で、通話時間は百二十分だ。〈ウォルマート〉へ行けば三十ドルは安く買えるかもしれないが、いまの立場で選り好みはできない。それに〈ウォルマート〉へ行けば、顔認識システムのことを心配する必要もある。いまやいたるところに、あのシステムがはびこっている。このコンビニにも防犯ビデオは設置されているが、どうせ十二時間、あるいは二十四時間おきに録画が上書きされる仕組みにちがいない。ビリーは現金で支払う。逃亡生活のあいだは──あるいは潜伏中は──現金こそが神だ。店員はビリーに幸せな一夜を祈る。ビリーも祈りを返す。

外はもうすっかり暗くなり、通りかかる車はどれもヘッドライトをつけているので、ビリーには運転席にいる人物の顔が見わけられない。向かいから車が近づくたびに、顔を伏せたいという衝動──いや、本能といったほうがいいかもしれない──がこみあげるが、そんなことをしたらいかにも怪しく見えてしまう。販促グッズのキャップのひさしを下げることもできない。キャップをかぶっていないからだ。いまはブロンドのウィッグに役目を果たさせたい。いまの自分は、警察とニックの手下のならず者たちから血眼で追われているビリー・サマーズではない。いまの自分はドルトン・スミス。三流のコンピューターおたくで、この街でも貧しい地域に部屋を借り、角縁眼鏡をしょっちゅう指で押しあげている男だ。コンピューターのディスプレイの前にすわったきり、〈ドリトス〉や〈リトルデビー〉のスナックを食べすぎたせいで太り、あと十キロから十五キロばかり太れば、よたよたとアヒルめいた歩き方をするしかなくなりそうな男だ。

　過剰ではない充分な変装だ。しかし、六五八番地の建物にはいってドアを閉めたときには、思わず安堵の吐息を洩らしてしまう。地下の部屋にはいって天井の明かりを消し、潜望鏡の窓のカーテンを押しあける。外にはだれもいない。街路には人っ子ひとりいない。もちろん、すでに姿を見とがめられていたら、あいつらが（ここでビリーが考えていたのはフランクやポールでも警察でもなく、レジーとデイナだ）裏口から建物に侵入してきてもおかしくはない。しかし、自分には手も足も出ないことでやきもきしてもしょうがない。そんな心配をするのは、正気をなくす格好の方法だ。

　ビリーは短いカーテンを閉じて天井の明かりをつけなおすと、部屋に一脚だけの安楽椅子に腰かける。野暮ったい椅子だ。しかし日々の暮らしの野暮ったい品の例に洩れず、この椅子も心地いい。ビリーは買ってきた電話をコーヒーテーブルに置き、じっと見つめながら、いま自分は疑心暗鬼ゆえの妄想をもてあそんでいるのだろうかと自問する。さまざまな点で、これがただの妄想だったほうがましだ。そろそろ、それを確かめるころあいだろう。

　ビリーは携帯を箱からとりだしてバッテリーをとりつけ、充電のために壁のコンセントにつなぐ。ひとつ前のプリペイド携帯とは異なり、今度は折り畳み式だ。いささか旧タイプだが、ビリーには好ましい。折り畳み式のいいところは、相手の話が気に食わなかったら会話中でも文字どおりぱちんと閉じて通話を打ち切れる点だ。子供じみているかもしれないが、奇妙にもそれが魅力に思える。充電は短時間ですむ。電話などのデバイスが箱からとりだしてすぐに使用可能でないと腹を立てたというスティーヴ・ジョブズのおかげか、この手の出来あいのデバイスでも、最初からバッテリー容量の五十パーセントは充電されている。

　電話はビリーに、どの言語をつかいたいかと質問してくる。ビリーは英語だと答える。さらに電話は、ワイヤレスネットワークに参加したいかときいてくる。ビリーはノーと答える。それから料金支払いずみの通話時間のうち数分ついやして〈ファストフォン〉に電話をかけ、必須のやりとりをすませる。ちなみに通話時間は三カ月間有効。その期間がおわるころには、できればどこかのビーチに腰を落ち着けていたい。手もとにあるのはドルトン・スミス名義のカードで購入した電話だけ、という状態で。

心配なく安全に。そうなれば最高だ。

ビリーは左右の手に携帯を往復させながら、フランク・マッキントッシュとポール・ローガンに連れられてミッドウッドの一軒家を訪れた日のことを考える。いまとなれば、あの一軒家へは行くのではなかったと思える。あのときはニックの出迎えを受けたが、その場は家の外ではなかった。また、例の建て売り豪邸を初めて訪ねたときのことも思う。あのときニックは両腕を広げてビリーを迎えたが、やはり戸外ではなかった。つづいてビリーは、ニックが閃光粉容器《フラッシュポット》を利用する作戦について話し、自分が作成した逃走プランを売りこんできたときのことを思う——《なにもしないでとにかくヴァンにうしろのドアから飛び乗れ、ビリー。あとはのんびり乗っているだけでウィスコンシン州に到着だ》。あのときは最初にシャンパンが出て、最後のデザートはベイクドアラスカだった。男女の使用人が——おそらく地元民で、もしかしたら夫婦だったのかもしれない——料理をこしらえて、給仕をつとめていた。ふたりはニックの姿を見ている。しかしふたりにとってニックはあくまでも、ニューヨークから当地に仕事の打ちあわせのためにやってきたビジネスマンだ。ニックが女に金をわたし、ふたりは屋敷から引きあげていった。

プリペイド携帯が片手から片手へ。右手から左手へ、左手から右手へ。

あのときおれはニックに、フラッシュポットを仕掛けるのはホフなのかとたずねたはずだ。で、ニックはどう答えたか？ ニックはホフをどう表現していた？ 〝雌犬の大馬鹿息子《グランデ・フィリオ・ディ・プッターナ》〟ではなかったか？ あっさり直訳すれば〝淫乱女の息子〟か〝売女の息子〟、あるいはマザーファッカー。そのあたりのどれかだ。ただし、正確な翻訳はこのさいどうだっていい。どうでもよくないのは、それにつづいてニックが口にした言葉だ。《きみからそんなふうに思われているのなら悲しいよ》だ。

　なぜなら〝雌犬の大馬鹿息子《グランデ・フィリオ・ディ・プッターナ》〟は、捨て駒となるべく指名された男だったからだ。狙撃犯が銃を撃ったビルの所有者はホフだ。銃器を調達したのもホフ。その銃がいま警察のもとにある以上、銃の購入先も警察がすでに把握していてもおかしくない。警察がもしそこまで突きとめたら——いや、〝警察がそこまで突きとめたときには〟といいかえよう——そこで見つかる情報は？　ホフに多少なりとも知恵があれば、偽名のひとつに行きあたるだけかもしれない。しかし、警察が銃器店の者にホフの写真を見せれば——そこで勝負がつく。ケン・ホフは蒸し暑く狭い取調室に行きつき、そこで取引に応じようとするだろう。いや、躍起になって取引をまとめようとするだろう。自分ではそれがいちばんの得意技だと信じきっているからだ。

　ただしビリーは、ケン・ホフが狭い取調室にたどりつくことはないと予想している。ホフがニックことニコライ・メイジャリアンについて話をする機会は訪れない。なぜならホフは死ぬからだ。

　ここまではすでに数週間前からわかっていた。しかし、六時のニュース番組を見てビリーは、ひとつの結論に達する。本来ならもっと早く到達しているべき結論だし、エヴァーグリーン・ストリートの子供たちを相手に遊ぶモノポリーや庭の芝生の手入れの時間を減らし、コリンヌのクッキーを食べる時間や隣人たちと親睦を深める時間を減らしていれば到達していたかもしれない結論だ。いまですら、自分が考えていることがありえないとしか思えない。しかし、そこにいたる論理は否定できない。

　前面に押し立てられているのは、ケン・ホフとデイヴィッド・ロックリッジのふたり以外にもいるのか？

　それともふたりだけか？

7

　ビリーはジョルジオ・ピグリエッリ、別名ジョージー・ピッグズ、またの名ジョージ・ルッソ（大物著作権エージェント）にテキストメッセージを送る。そのさいはジョルジオにも正体がわかる変名をつかう。

トリルビー：返信してくれ。

ビリーは待つ。返信はない。これは変だ――ジョルジオが常時手もとから離さないものがふたつある――携帯電話と食べ物だ。ビリーはもう一度メッセージを送信する。

トリルビー：いますぐ話したい。（ここまで書いてからビリーはいったん考えこみ、以下のように文章を追加する）契約書には刊行日に入金との明記があったはずだな？

ジョルジオがこのメッセージを読んでいるとか、あるいは返信作成中であることを示す点々は表示されない。なにもなし。

トリルビー：メッセージを乞う。

ビリーは携帯をぱちんと閉じて、コーヒーテーブルに置く。ジョルジオにメッセージを送っても梨のつぶてという情況のなにが最悪かといえば、ひとつも意外には思えないことだ。まるで〝お馬鹿なおいら〟が実在しているかのよう。仕事がおわって初めて――引き返すにはもう遅すぎるタイミングで――〝お馬鹿なおいら〟がようやく気づいたことがある。ケン・ホフといっしょに、ジョルジオも最初からずっと前面に押し立てられていたということだ。ジェラード・タワー五階の執筆用の仕事部屋を初めてビリーに見せたあの日、ジョルジオもケン・ホフといっしょにあのビルにやってきた。しかもジョルジオは、その前にもあのビルを訪れていた。あのときホフはビル警備員のアーヴ・ディーンに、《こちらはジョージ・ルッソ、先週会っているね》と話していた。

ジョルジオはネヴァダにもどったのか？　もしそうなら、いまごろヴェガスでむしゃむしゃ食べながらミルクセーキを飲んでいるのか？　あるいは、ヴェガス周辺の砂漠のどこかに埋められている？　そうだったとしても、ジョルジオが最初の死者かどうかはだれも知らない。百人めかどうかも。

たとえジョルジオが死んでいても、警察は捜査でニックにまでたどりつくだろう、とビリーは思う。あのふたりは永遠とも思える昔からコンビを組んでいる。ニックがボス、ジョージー・ピッグズことジョルジオが相談役《コンシリエーレ》として。ジョルジオのような役目の人物が本当にそんな名称で呼ばれているのか、それとも映画がでっちあげたフィクションなのかは知らないが、ニックにとってあの太った男がそういった役まわりなのは確かだ――頼りになる右腕的存在。

いや、永遠とも思える昔というのは正確ではない。なぜならビリーが最初にニックのために仕事をしたのは――報酬と引き換えに実行した三度めの殺人だった――二〇〇八年で、そのときジョルジオはいなかった。あのときの仕事はニックひとりが仕切っていた。ニックはビリーに、街の周縁に近い小さなクラブかカジノで働いている連続レイプ犯がいる、と話した。このレイプ犯は熟女好きで獲物を狩りたてることを好んでいたが、やがて一線を越え、ついに被害者を殺害してしまった。ニックはレイプ犯の正体をつかみ、その犯人の始末のためにラスヴェガスではなく外部のプロをさがしていた。そして推薦されたのが――ニックはそう話していた――ビリーだ。それも強く推薦された、という。

ビリーが二度めにヴェガスを訪れたときには、ジョルジオがその場にいただけではなく、取引の窓口にもなっていた。ニックはビリーとジョルジオが話をしているところに顔を出し、ビリーを男らしくハグして背中をぱんぱんと平手で数回叩くと、あとは隅の椅子に腰をおろし、酒をちびちび飲みながら会話をきいていただけだ。本当にぎりぎり最後の土壇場までは。この二回めの仕事は、最初の仕事――レイプ犯の仕事――から一年もたっていないころの出来事だった。ジョルジオは、今回の標的は独立系のポルノ映画製作者で、カール・トリルビーという男だと話した。それからジョルジオがビリーに見せたトリルビーの写真は、有名なテレビ宣教師のオーラル・ロバーツに不気味なほどそっくりだった。

「トリルビー、綴りは帽子のスタイルとおなじだよ」ジョルジオがいい、ビリーがその言葉に首をかしげるふりをすると、意味を説明してくれた。

「おれは人のファックシーンを映画にしていることを理由に、そいつを撃ち殺したりはしないぞ」ビリーはそう答えた。

「では、六歳児をファックしている現場を映画にしているやつらはどうだ？」ニックはそういい、ビリーはこの仕事を完遂した。カール・トリルビーが悪人だったからだ。

　ビリーはニックのために、その後も三件の殺しをやってのけた――ジョエル・アレンを勘定に入れなければ合計五件で、これまでの全仕事の約三分の一だ。ただしここには、イラクで仕留めた数十人ものイスラーム教徒たちはふくまれていない。ニックは仕事を依頼する場に立ち会うこともあれば不在のこともあったが、ジョルジオはつねに居合わせていた。だからアレンの仕事にあたって、ジョルジオが――いつもではないにしても――現場に立ち会っていても、ビリーはそれを奇妙に思わなかった。本来は奇妙に思うべきだった。それがきわめて奇妙だということに、いましがたやっと気がついたのだ。

　ジョルジオが口をつぐんでいるかぎり、ニックはすべてを否定できる立場でいられる。ああ、たしかにその男を知ってはいるが、あの男のしわざだとしたら、あの男がひとりでやったことで、自分はなにも知らない――ニックはそういえる。最初のディナーのおりに料理人と給仕をつとめていたあの男女が、ニックはジョルジオとビリーの両名と同席していたと証言しても――そんな事態はまずないだろうが――ニックはあっさり肩をすくめ、自分がその場にいたのはジョルジオとカジノ・ビジネスについて話しあうためだ、〈ダブル・ドミノ〉の営業許可がまもなく更新の時期を迎えるからだ、と答えればいい。では、もうひとりの男は？　そう質問されても、よく知らないがジョルジオの友人ではなかったか、と答えればいい。あるいは、ボディガードだと思った、でもいい。物静かな男だったよ。たしかロックリッジと名乗ってはいたが、あとはほとんどずっと黙っていたっけ。

　警官からアレンが狙撃されたときはどこにいたのかと質問されても、ニックは自分はラスヴェガスにいたと答え、アリバイ証人を多数出してくるだろう。くわえて、カジノの防犯カメラ映像も。ああいった場所では録画が十二時間や二十四時間で上書きされたりしない――最低でも一年はアーカイブとして保存される。

　もしジョルジオが黙っていれば、だ。しかし、もしジョルジオ自身が犯人として引き渡される立場におかれたら？　もしジョルジオ自身が、第一級殺人の共犯者として致死薬注射による死刑に直面するかもしれないとなったらどうなる？

しかし、砂漠の地下一メートル半に埋められたら、ジョージー・ピッグズことジョルジオはなにも話せなくなる。事態がこのような局面にいたれば、それが一大ルールだ。

ビリーは手から手へと携帯を投げるのをやめて、ジョルジオにテキストメッセージを送る。やはり返信はない。ニックにメッセージを送ったり電話をかけたりすることはできるが、連絡がついたとしても、ニックがなにをいおうとその言葉が信じられるだろうか？　答えはノー。ビリーが信じられるのは海外の銀行にある自分の口座へ送金される百五十万ドルであり、そこからさらに――電子の策略といかさまを活用しつつ――ドルトン・スミスならアクセスできる別口座へ送られる百五十万ドルだけだ。この部分の手続は、バッキーが目的地と決めた土地に到着してからすませる予定だが、それも送金できる金があればの話だ。

今夜のところ、できることはもうなにもない。そこでビリーはベッドへ行く。まだ午後の九時にもなっていないが、きょうは長い一日だった。

8

横になったビリーは枕の下、つかのまの冷たさを楽しめるスポットに手を差し入れながら、どうにも筋が通らないと考えている。どう考えても辻褄があわない、と。

ケン・ホフ、あの男のことはいい。小さな街には小汚い取引で人を騙す小悪党がつきものだ――そしてこの手あいは、どれほど深いクソに埋もれようとも、だれかが助けの手を差しのべてくれると信じている。満面の笑みとしっかり力のこもった握手をする詐欺師たち。〈ラコステ〉のポロシャツを着て〈バリー〉のローファーを履き、出生証明書に《自分しか見ていないお調子者》というスタンプを捺《お》されて生まれてきたような連中だ。しかし、ジョルジオ・ピグリエッリはちがう。あの男は命知らずの大食漢だが、ビリーが見た範囲でいうと、それ以外の多くの面では冷徹なリアリストだ。にもかかわらず、この件には全面的にかかわっている。なぜか？

ビリーはそこで考えをやめる。眠りに落ちたビリーは砂漠の夢を見る。といっても、クソ戦場の砂漠、なにもかもが火薬と山羊と排ガスの臭気をただよわせるあの砂漠ではない。見たのはオーストラリアの砂漠だ。あそこの砂漠には馬鹿でかい岩山があってエアーズロックと呼ばれているが、本当の名前はウルル——口に出すのも不気味な雰囲気の言葉だ。軒下を吹きすぎていく風の音にも似ている。最初に発見したアボリジニの人々にとっては聖地だ。発見し、崇拝してきたが、自分たちの所有物だと考えたことは一度もなかった。彼らは、もし神がいるならば、あれは神の岩だと理解していた。ビリーはその地に足を運んだことはなかったが、〈クライ・イン・ザ・ダーク〉のような映画や〈ナショナル・ジオグラフィック〉とか〈トラベル〉といった雑誌で何枚もの写真を見てきた。前々から一度行きたいと思っている土地だ。あの巨大な岩がこの世のものとは思えない巨大な頭をもたげているウルルから車でわずか四時間のアリススプリングズの街に引っ越そうと夢想にふけったこともある。あの街でひっそりと暮らしたい。日当たりが抜群の部屋、小さな庭が窓の外にある部屋で執筆にはげむのもいいかもしれない。

二台の携帯はベッドわきのナイトテーブルに置いてある。どちらの電源も切っておいたが、夜中の三時ごろに膀胱を空にする必要に迫られて目を覚ましたおりに二台の電源を入れて、なにか新しい連絡が来ていないかどうかを確かめる。プリペイド携帯にはやはりジョルジオからの連絡はないが、これは意外ではない。詐欺師が大統領に選ばれるような世界ではなにがあっても不思議ではないと思う一方、あの太った男の声をきくことはもう二度とないのだろう。ただしドルトン・スミスの携帯にはメッセージが届いている。新聞社サイトのプッシュ通知だ。そこには《著名な実業家が自殺》とある。

ビリーはバスルームへ行ってからベッドに腰をおろし、サイト掲載の記事に目を通す。短い記事だ。見出しのいう〝著名な実業家〟は、いうまでもなくケネス・P・ホフのこと。ホフの自宅があるグリーンヒルズの住民がジョギング中に銃声をききつけた。銃声はホフ家のガレージからきこえてきたようだった。これが午後七時前後のこと。住民は911に通報した。到着した警官は、エンジンがかかったままの車の運転席で死んでいるホフを発見した。頭部に弾丸の穿った穴があり、膝に拳銃が落ちていた。

　きょうのうちには、あるいはあしたになれば、もっと長い詳細な記事が読めるようになるだろう。そちらの記事ではホフのビジネス面での経歴が書かれるはずだ。さらには定番といえる、ショックをうけたという友人や仕事上の知人たちのコメントも掲載される。〝現下の金銭的なトラブル〟への言及はあっても詳細は記されまい。ホフ以外の地元の不動産業界の大物たちはいずれもまだ元気に活動中で、そんなものに関心はないからだ。ホフの別れた妻たちは、離婚時に顧問弁護士に話したことよりもずっとお体裁のいい言葉をならべるだろうし、いざ葬儀になれば喪服姿で参列し、目もとにティッシュを押しあててみせるのだろう——それも、睫毛のマスカラを崩さないように慎重な手つきで。詳細な記事では、ホフが死体となって発見された車は赤いマスタングだったと言及されるかどうかビリーにはわからないが、そのとおりの車にちがいない。

　ホフがジョエル・アレン射殺事件に関係していることは——これが自殺の動機であることはまちがいない——のちの報道で出てくるのだろう。

　記事には、検屍官なら当然出したはずの推論のことは触れられていない——つまり、悩みをかかえた男が自殺を決意し、当初は排ガスにふくまれる一酸化炭素で死のうと思ったが、じれったくなって、みずからの脳を銃で吹き飛ばして死を遂げた、という推論だ。ただしビリーは、その推論が的はずれだと知っている。ビリーが知らないのは、決定的な発砲をしたのはニックの実力行使部隊のうちのだれだったのか、ということだけだ。フランク・マッキントッシュかポーリー・ローガン、はたまたレジー、あるいは会ったことのない人物でもおかしくないし、フロリダやアトランタから呼ばれた者かもしれないが、まばゆいブルーの瞳をもち、暗めの赤毛を団子に結っているデイナ・エディスン以外の人物だとは想像しにくい。

　あいつはホフに銃をつきつけてガレージまで歩かせたのか？　そこまでする必要はなかったかもしれない。車のなかにすわろうじゃないか、といっただけかもしれない——すわって、おまえの利益になるかたちで事態を解決するにはどうすればいいかを話しあおう、と。〝自分しか見ていないお調子者〟にして〝捨て駒となるべく指名された男〟はその言葉を信じたかもしれない。そして運転席にすわる。デイナは助手席のシートだ。ホフは《どうするつもりだ?》とたずねる。デイナは《こうするつもりだ》といってホフを撃つ。それからマスタングのエンジンをかけて、裏口からこっそり外へ出ると、ゴルフカートに乗って静かに走り去る。というのも、それがグリーンヒルズだからだ——コンドミニアムつきのゴルフコース。

厳密には、こういう展開ではなかったかもしれないし、手をくだしたのはデイナ・エディスンではなかったかもしれないが、ビリーは自分の想像が大筋ではまちがっていないと確信している。となると、残るはジョルジオだ——おわっていないビジネスの最後のピース。

いや、ちがうぞ——ビリーは思う。おれが残っている。

ビリーはふたたび横になる。しかし、このときにはもう眠りはビリーのもとから逃げている。そうなっている理由の一端は、古い三階建てのアパートメントのあちこちが軋《きし》んでいることにある。風は強まっているのに、さえぎるはずの駅舎はもうない。なにもなくなった空地を風が吹き抜けて、ピアスン・ストリートにまともに吹き寄せてくる。ビリーがうとうとしかけるたびに軒下を吹きぬける風が音をたて、〝ウルル、ウルル〟と話しかけてくる。あるいは建物がまた軋んで、ゆるんだ床板を踏んだときのような音をきかせる。

ビリーは、軽い不眠症なら問題はないと自分にいいきかせる。その気になれば、あしたは一日じゅうでも寝ていられる。しばらくは出かける予定がひとつもないからだ。しかし、夜明け前は時間の流れがすこぶる遅くなる。くわえて、想像をめぐらせる対象が多すぎる。どれも愉快な想像ではない。

もう起きだして本を読むとしよう、とビリーは思いたつ。書物のかたちをしたものは『テレーズ・ラカン』一冊しかないが、ノートパソコンでなにかをダウンロードして、眠くなるまでベッドで読んでいればいい。

そこで、また別のアイデアを思いつく。名案ではないかもしれないが眠ることはできる。その点には確信がある。ビリーは起きあがり、ジーンズのポケットからシャニスが描いた絵をとりだす。絵を広げる。ビリーは、髪を赤いリボンで飾っている絵の少女を見つめる。フラミンゴの頭から立ちのぼっているハートマークを見つめる。プレーオフの試合中継をならんで見ているとき、七回の途中で眠りこみそうになっていたシャニスを思いだす。ビリーの腕に頭をあずけてきたシャニス。ビリーはその絵を二台の携帯があるナイトテーブルに置き、ほどなく眠りこむ。

第十二章

1

目を覚ましたビリーには、自分の居場所がわからない。部屋は完全な暗闇で、裏庭に面した窓のカーテンの周囲から細い光がひと筋さしこんでいることすらない。つかのまビリーは、まだ半分眠ったままベッドに横たわっている。ついで、いまいるこの部屋には窓がひとつもないことを思い出す。地下の貸し部屋で窓があるのは居間だけだ。ビリーが潜望鏡と呼んでいるあの窓。いま自分がいるのはエヴァーグリーン・ストリートの一軒家の二階にある広々とした寝室ではなく、ピアスン・ストリートの地下にある、前者よりもずっと狭い寝室だ。そしてビリーは、自分が逃亡者であることを思い出す。

冷蔵庫からオレンジジュースをとりだす。長もちさせるため、飲んだのはほんのひと口ふた口だけだ。そのあとシャワーできのうの汗を流す。服を着てから、シリアルの〈アルファビッツ〉をボウルに入れて牛乳をそそぎ、テレビをつけて朝六時のニュースを見る。

最初に目に飛びこんできたのはジョルジオ・ピグリエッリだ。写真ではなく顔のパーツを組みあわせたモンタージュだが、驚くほどの出来ばえで、写真と見まがうばかりだ。ひと目見ただけで、警察がだれの協力を仰いで作成したのかがビリーにはわかる。ジェラード・タワーの警備員のアーヴ・ディーンは元警官で、いまも観察眼はいささかも衰えていないようだ——といっても、自動車雑誌の〈モーター・トレンド〉を読んだり、〈スポーツ・イラストレイテッド〉の水着特集号でモデルの乳房や尻を品定めしたりしていないときの話だ。トップニュースではケン・ホフの名前はいっさい出ていない。警察はホフがアレン狙撃事件にかかわっていると把握してはいるが、その情報をマスコミに公開していないのだろう。少なくともいまの段階では。

元気いっぱいなブロンドのお天気キャスターが手早く最新情報を伝え、これからいまの季節には珍しい寒さになると話す。キャスターはのちほどもっと詳しい天気予報を伝えると約束し、元気いっぱいなブロンドの交通情報キャスターにマイクを譲る。こちらのキャスターは、けさは〝通常以上の警察官が出動しているため〟、通勤通学にいつもよりも時間がかかると予想されると話す。

これは、道路のあちこちで通行規制がおこなわれているという意味だ。警察は、狙撃犯がいまなお市内に潜伏していると見ているのだろう――大正解だ。さらに警察は、ジョージ・ルッソと名乗っていた肥満体の男もまだ市内にいると推測している。こちらの見立てが不正解だとビリーは知っている。デイヴィッド・ロックリッジ担当の著作権エージェントを演じていたあの男は、いまはラスヴェガスのあるネヴァダ州にいる――おそらくすでに地中に埋められ、堂々たる太鼓腹が早くも腐りつつあるのだろう。

シボレーのトラックのコマーシャルをはさんで、ふたたびキャスターたちが登場、今回は元刑事だというコメンテイターもいっしょだ。コメンテイターは、ジョエル・アレンがなぜ殺されたのかという点について意見を乞われる。元刑事はこう話す。「わたしが見たところ、理由はひとつしかありません。アレンが量刑を軽くしてもらいたい一心で情報を捜査側に引きわたす前に、その口封じを狙った殺人でしょう」

「量刑を軽くするというのは、具体的にどういったことが予想されますか？」キャスターのひとりがたずねる。この女は元気いっぱいなブルネットだ。なんでこんな朝早くからみんな元気いっぱいなんだ？　ドラッグでもやっているのか？

「致死薬注射による死刑の代わりに終身刑にしてもらうんですよ」元刑事は、一拍置いて考えをめぐらせることもせずに即答する。

これも正しいのだろうとビリーは思う。問題は、はたしてアレンがなにを知っていたのかであり、そのアレンをなぜこれほど目立つ流儀で殺害しなくてはならなかったのか、だ。アレンとおなじ情報を握っている者たちへの警告？　いつもならそんなことは気にかけない。いつもなら機械のように仕事をこなすだけだ。しかし、ビリー自身の現況には、ひとつとして〝いつもどおり〟が存在しない。

キャスターはリポーターにマイクを譲る。リポーターはジョン・コルトン――“若き弁護士たち《ザ・ヤング・ロイヤーズ》”のひとり――にインタビューをしている。ビリーはそんなものを見たくはない。つい一週間前、ビリーとジョンとジム・オルブライトの三人はだれがタコスを奢るかを賭けて、コイントス・ゲームをした。三人はジェラード・タワーの広場で大いに笑って楽しい時間を過ごした。ところがいま、ジョンはショックもあらわな悲しげな顔つきだ。その口から、「ぼくたちみんな、あの男をまっとうな人だとばかり――」という言葉が出たところで、ビリーはテレビの電源を切る。

シリアルのボウルを洗ってから、ドルトン・スミス名義の携帯をチェックする。バッキーから簡潔なテキストメッセージが届いている――《いまだ送金なし》。これ自体は予想どおりだが、これにジョン・コルトンの表情がくわわっては、新たな一日を――いや、もっとありのままに表現したほうがいい――潜伏中の新たな一日をはじめるのにふさわしいとはいえない。

まだ送金されていなければ、この先も送金はないと見ていい。前金として五十万ドルを受けとっているし、これだけでもかなりの大金だが、これでは約束がちがう。きょうの朝まではいろいろ忙しくて、信頼していた相手から裏切られても真に腹を立てる余裕はなかったが、それほど忙しくなくなったいま、ビリーは熊のごとく腹を立てている。自分は仕事をやりぬいた。それも、きのう一日だけの話ではない。三カ月以上かけて仕事をつづけてきた――自分ですら信じられないほどの個人的な犠牲を払ってだ。自分は約束された――その約束を破るのは何者だ？

「悪人だよ、そんな連中は」ビリーは声に出していう。

それからビリーは地元新聞社のサイトを訪れる。《**裁判所前で暗殺事件！**》という見出しの文字は大きいが、こうやってｉＰｈｏｎｅ《アイフォン》で見るよりも紙の新聞ではもっと大きく見えることだろう。記事にはビリーが知らないことはひとつも書かれていないが、メインの写真を見れば、郡警察のヴィッカリー署長が市警察のコンリー署長の記者会見に同席していなかった理由がひと目でわかる。写真には、階段に落ちたままになっているあの馬鹿げたカウボーイハットが写っている。帽子を拾いあげる署長の姿はどこにもない。ヴィッカリー署長は姿をくらました。ヴィッカリー署長は尻に帆かけて逃げた。この一枚の写真は一千語の記事に相当する。もしヴィッカリーが出席したら、署長にとって記者会見は記者会見ではなく〝恥かき行進〟の場になったことだろう。

　事情を語るあんな写真が出ても再選されるよう幸運を祈る、とビリーは思う。

2

　ビリーは上の部屋へあがり、ダフネとウォルターという鉢植えの世話をしようとスプレーボトルを手にしたまま足をとめて、自分はどうかしているのかと思う。鉢植えには水をやればいいのであって、水びたしにしてはいけない。ジェンセン家の冷蔵庫の中身を調べる。庫内に欲しい品はひとつもないが、一個だけ残ったイングリッシュマフィンの袋がカウンターにあったので、ここで食べなければ黴《かび》が生えるだけだと自分にいいきかせながらオーブントースターで焼く。この部屋には普通の窓があって、射しいる光のなかで椅子に腰かけてマフィンを食べながら、ビリーはこれまで自分が避けてきたことに考えをむける。避けてきたのは、もちろんベンジーの物語だ。この街へ来る理由になった仕事をおわらせたいま、やるべき仕事は執筆しかない。しかし、それは海兵隊について書くということであり、そうなると書くことは山ほどある……まずはサウスカロライナ州のパリス・アイランド、それから基礎訓練……とにかくあまりにも多すぎる。

　ビリーはつかった皿を洗い、水気を拭きとって食器棚に片づけてから、地下へおりていく。潜望鏡の窓から外をのぞいても、つねならぬものはほとんど見あたらない。きのう穿いていたズボンは寝室の床に落ちている。拾いあげてポケットをさぐる――途中のどこかでＵＳＢメモリーを落としているにちがいないと思いながら。しかし、メモリーは鍵ともどもポケットにおさまっている。鍵の一本はドルトン・スミスがリースした車、フォード・フュージョンのものだ。その車はいまもまだ、街の反対側の立体駐車場にとめてある。街を出ても安全だと思えるまでは、いまの場所に置いておこう。〝最後のひと仕事〟がテーマの映画、それも決まって不幸な番狂わせが起こる映画に出てくるせりふではないが、〝ほとぼりが冷めたら〟だ。

　USBメモリーは前より重いように感じられる。このすばらしき記憶装置《ストレージデバイス》をじっと見つめていると――わずか三十年前だったらSFの世界の産物だ――信じられないことがふたつあるとわかる。ひとつは、自分がどれだけの量の文章をすでにこれに記録したか、だ。もうひとつは、まだまだ文章が書けるかもしれないということだ。これまでの量の二倍。四倍かもしれない。十倍、二十倍かも。

　ビリーは紛失したと思いこんでいたノートパソコンをひらいて――幸運のお守りとしては、泥ですっかり汚れた古い赤ん坊の靴よりもずっと高価だが、それ以外は同等だ――電源を入れる。パスワードを打ちこみ、USBメモリーをポートに挿して、保存されていた唯一の文書ファイルをノートパソコンのデスクトップにドラッグする。冒頭の一行に目を通すと――〝母さんが同居していた男は片腕を折って家に帰ってきた〟――失望めいたものを感じる。出来のよさには自信があるが、書きはじめたときには軽く思えたものが重く感じられる――残りの部分もおなじレベルで完成させなくてはならず、自分にできるかどうか心もとないからだ。

　ビリーは潜望鏡の窓に近づき、このときも見るべきもののない光景を見つつ、いま自分は、あれほど多くの作家志望者がいったん書きはじめた作品を最後まで完成させられない理由を発見したのではないか、と考える。ビリーはティム・オブライエンの『本当の戦争の話をしよう《ザ・シングス・ゼイ・キャリード》』のことを思う。戦争について書かれた最上の作品の一冊……いや、唯一無二の至高の一冊かもしれない。小説を書くとは戦争のようなものではないか、自分自身と戦う戦争のようなものではないのか。ストーリーは作家が背負《キャリー》うものであり、追加のたびにその荷は重くなる。

　未完成の作品――回想録、詩、長篇小説、痩せるため、あるいは裕福になるための絶対確実なハウツー本など――は世界じゅうの抽斗にしまいこまれている。なぜなら書きためた文章があまりにも重くなると、背負《キャリー》うことが無理になって下へおろしてしまうからだ。

　いずれ機をあらためて――彼らはそう思う。子供たちがもう少し大きくなって手がかからなくなったら。あるいは引退したら。

そういうことなのか？　バス移動の話や海兵隊流のヘアスタイルに髪を刈られた話、アッピントン軍曹が最初に《おれのマラをしゃぶりたいのか、サマーズ？　どうなんだ？　いかにもマラしゃぶりが好きそうな顔だな、おまえは》とビリーにたずねたときのことを書こうとすれば、あまりにも重く感じられるのか？

たずねた？

まさか。軍曹はたずねたりしていなかった、とビリーは思う。あれを〝修辞的疑問文〟と呼ぶのならともかく。軍曹はおれの目の前で怒鳴っていた。鼻と鼻の間隔が三センチもないくらい近くで。唇に飛んできた軍曹の唾が生ぬるかった。おれが《いいえ、サー、ちがいます。わたしは軍曹のマラをしゃぶりたいとは思っていません》と答えると、軍曹はこういった。《おれのマラはしゃぶる価値もないといいたいのか、サマーズ新兵？　どうなんだ、新兵とは名ばかりのマラ舐めチンカス野郎？》

たとえベンジー・コンプスンとしてでも、どうすればあのすべてを甦らせて、書きとめることができるのか？

無理だ、とビリーは思う。窓のカーテンを閉めてノートパソコンのもとへ引き返す。もう電源を落とし、あとはテレビを見て過ごそう。〈エレンの部屋〉〈ホット・ベンチ〉〈ザ・プライス・イズ・ライト〉……そのすべてをランチ前に見てやる。それから昼寝をはさんで、午後に放送されるソープオペラを見る。仕上げは法廷ものの〈ジョン・ロー〉か。主人公は、ラッパーのクーリオが昔のミュージックビデオでやっていたように小槌をやたらに打ち鳴らし、法廷では関係者の勝手な発言を許さない男だ。しかし、いざ電源を落とそうとボタンに手を伸ばしたとたん、どこからともなくひとつの考えが頭に浮かぶ。まるで、だれかがこっそり耳打ちしてきたかのようだ。

おまえは自由だ。やりたいことを好きにやるがいい。

物理的に自由だというのではない。まったくちがう。少なくとも警察が各所の通行止めを解除するまではこのアパートメントに縛られている身だし、たとえ解除になっても、念には念を入れて、さらに数日は外に出ないのが賢明だ。しかし作品執筆の面にかぎっていうなら、それこそなんでも思うがままに書けばいい。おまけに、それをどれほど望んでいることか。肩ごしに手もとをのぞく者もおらず、書いている文章を監視している者もいないのだから、お馬鹿な人物の話を書いているお馬鹿な人物のふりをつづける必要はない。いまは、教育の機会に恵まれず、世間知らずだが決して愚かではない若い男(ビリーが書きかけの作品を書きつげば、ベンジーはそういう若い男になる)の話を書いている明敏な人間でいられる。

フォークナーっぽい書き方は捨てていい――ビリーは思う。〝おらとあいつ〟ではなく〝彼とわたし〟と書いていい。〝できねえ〟ではなく〝できない〟と書いていい。それどころか、そうしたければ会話をカギカッコでくくってもかまわない。

純粋に自分のためだけに書くとなったら、自分にとって大事なことを書く一方で、大事でないことは省略できる。たとえ書けるとしても、海兵隊スタイルに髪を刈られる話は書かなくてもいい。書けるかもしれなくても、顔のまん前で怒鳴っていたアッピントンの話を書く必要はない。ランニング中に心臓発作を起こして基地の診療所へと運ばれていった若者――ハガーティかヘイヴァーティか、苗字がどっちだったかは思い出せない――の話も書く必要はないし、アッピントン軍曹が倒れた若者のことなら心配ないと話したことや、若者が無事だったかもしれず死んでいたかもしれないという話も書く必要はない。

気がつくと失望が消え、代わって猪突猛進をも辞さない熱意があらわれている。驕《おご》りとさえいえる気持ちかもしれない。もし驕りだとしても、それがなんだ？　いまの自分は好きなように語れる身だし、好きなように語るつもりだ。

ビリーはまず一括置換機能で、ベンジーをビリーに、コンプスンをサマーズに置換することから仕事にとりかかる。

3

おれの基礎訓練はパリス・アイランドではじまった。訓練施設には当初三カ月いる予定だったが、結局は八週間しかいなかった。珍しくもない怒鳴り声だのたわごとだのがあり、辞めていった新兵や辞めさせられた新兵もいたが、おれはそのひとりではなかった。辞めた者や辞めさせられた者には帰る場所があったかもしれないが、おれにはなかった。

　訓練の第六週は別名〈草の週《グラス・ウィーク》〉といい、自分たちの武器を分解しては組み立てる方法を学ぶ週だった。おれはこれが好きだったし、好きこそものの上手なれだ。アッピントン軍曹から、軍曹いうところの〝武器レース〟をやらされれば、おれはいつも一番だった。ルーディ・ベル——もちろんみんなレストランの〈タコベル〉からの連想で〝タコ〟と呼んでいた——はいつも二等。おれはいっぺんも負けなかったが、一度かなりの接戦になった。いつもビリッケツだったのはジョージ・ディナーステインで、その罰として〝ざけんなクソ《アップ・ユアーズ》〟軍曹ことアッピントン軍曹の前で腕立て伏せを二十五回やらされていた——そのあいだアッピントンはずっとジョージのケツを片足で踏んでいた。しかし、ジョージには射撃の腕があった。おれほどの腕前ではなかったが、三百メートルばかり先の紙の標的にむけて撃てば四発に三発は中心を撃ちぬけた。おれはといえば、七百メートル先の標的でも、毎回決まって四発中四発を命中させられた。

　ただし〈草の週〉のあいだは射撃訓練がなかった。この一週間は、自分たちの銃の分解と組み立てだけに費やされた。しかもそのあいだずっと〈ライフル銃兵の信条〉をとなえなくてはならなかった——これはわがライフル、似た銃は数あれど、このライフルはおれのもの、おれのライフルこそわが一番の親友。そんな調子だ。なかでもおれがいちばんよく覚えている部分は、こんなところだ——おれがいなければわがライフルは役立たず、わがライフルなかりせば、おれはまったく役立たず。

　それ以外に〈草の週〉のあいだにやったのは、草地にケツをすえてすわっていることだけだった。それも、ときには六時間ぶっつづけで。

　ビリーはここで手をとめる。ドンクことピート・キャシュマンのことを思い出すと淡い笑みが顔に浮かぶ。ドンクは丈の高いインディアングラスの茂みにすわっているあいだに居眠りをし、そこへ〝ざけんなクソ《アップ・ユアーズ》〟軍曹がやってきて地面に膝をつくと、ドンクの顔のすぐ前で

《これに退屈してるのか、海兵隊員？》と怒鳴って叩き起こしたのだった。

　ドンクはそっくりかえって背後へ倒れそうなほどの勢いですっくと立ちあがり、まだ完全に目覚めていないのに《いいえ、サー、そうではありません》と叫んでいた。ジョージ・ディナースティンの相棒だったこの男は、自分の股間をわしづかみにしては《こいつを食らえ《ホンク・マイ・ドンク》》とわめく癖があったことから、ドンクというニックネームをつけられた。ただし、アッピントンに食らえといったことはなかった。

　ビリーの予想していたとおり——いや、じっさいには知っていたとおり——思い出がつぎつぎ積み重なっていく。しかし〈草の週〉は、書きたい題材ではない。それに、あとあと気が変わるかもしれないが、いまはドンクについて書きたい気分ではない。書きたいのは〈第七週〉のこと、そのあとに起こったあれこれのすべてだ。

　ビリーは打ちこむ。なにも見えず、なにも感じないいま何時間もが過ぎていく。この部屋には魔法がある。ビリーは魔法を吸いこみ、魔法を吐きだす。

4

〈草の週〉の次は〈射撃の週《ファイアリング・ウィーク》〉だった。つかったのはレミントン700の軍隊バージョンであるM40A。装弾数五発。三脚タイプの銃架。ボトルネックのNATO弾。

「おまえたちは標的を見る必要がある。ただし、標的に見られてはならん」アッピントンはくりかえしおれたちにそう話した。「またおまえたちが映画でどんなものを見てきたかは知らないが、狙撃兵は単独で仕事をしないんだ」

　おれたちがいたのは狙撃兵訓練校ではなかったが、アッピントンはおれたちを観測手《スポッター》と射手《シューター》の二名組のチームにわけた。おれはタコと組み、ジョージはドンクと組んだ。連中の名前をあげているのは、ファルージャでもいっしょだったからだ——二〇〇四年四月の〈ヴィジラント・リゾルヴ作戦〉と、同年十一月の〈ファントム・フューリー作戦〉にわたって。おれとタコは

　ビリーはここで手をとめて頭を左右にふり、もう〝お馬鹿なおいら〟は過去になったんだぞと自分に思い起こさせる。書いたばかりの文字を消し、まっとうな文章で書きはじめる。


　タコとおれは〈射撃の週《ファイアリング・ウィーク》〉のあいだ役割を交換しつづけていた——おれが射手でタコが観測手、次はタコが射手でおれが観測手という具合。ジョージとドンクもおなじことをはじめたが、アッピントンがふたりを綽名で呼びつつ、やめろといいわたした。「ディナーウィナー、おまえはずっと射手だ。キャッシュ、おまえは観測手だけしていればいい」

「サー、自分も銃を撃ちたいであります、サー！」ドンクは大声で叫んだ。〝ざけんなクソ《アップ・ユアーズ》〟軍曹に話しかけるときは大声で叫ばなくてはならなかった。それが海兵隊の流儀だった。

「だったらおれはおまえの乳首をむしりとって、その哀れなケツにねじこんでやりたいね」アッピントンはそう答えた。そこでそれ以降、このペアのなかではジョージが射手でドンクが観測手ということになった。それは狙撃兵訓練校でも変わらなかったし、イラクでも踏襲されていた。

　あとわずかで〈射撃の週《ファイアリング・ウィーク》〉がおわるころ、アッピントン軍曹はおれとタコを執務室に呼びだした。執務室といってもクロゼットなみの狭さだった。「おまえたちは救いがたい哀れな出来そこないだが、射撃の腕はある。おまえたちならサーフィンも学べそうだ」

　こうしてタコとおれはキャンプ・ペンドルトンへの配置変えを告げられ、そちらの基地で基礎訓練をおえた。そのころには訓練のほとんどが射撃に費やされていた。狙撃兵になるべく訓練されていたからだ。おれたちはユナイテッド航空の飛行機でカリフォルニアまで飛んだ。飛行機に乗るのは生まれて初めてだった。


　ビリーは手を止める。自分はキャンプ・ペンドルトンの話を書きたいと思っているのか？　思っていない。少なくとも自分にかぎってはサーフィンの機会などなかった。そもそも泳ぎも教わっていないのにサーフィンができようか？　ビリーは《**チャーリーは波乗りと無縁**》と書いてあるシャツを買い、布地がぼろぼろになるまで着ていた。例の赤ん坊の靴を拾って右腰のベルトの輪に靴紐をくくりつけた日にも、そのシャツを着ていた。

　はたして自分は〈イラクの自由作戦〉ことイラク戦争の話を書きたいのだろうか？　まさか。ビリーがバグダッドに到着したときには、イラク戦争は終結していた。当時のブッシュ大統領が空母エイブラハム・リンカーン号の甲板でそう宣言したのだ。作戦は完了した、と。それによって、ビリーとその連隊所属の海兵隊員たちは〝平和維持軍の兵士〟になった。バグダッドでビリーは自分が歓迎されているように、さらには愛されてさえいるように感じていた。女性や子供たちから花を投げられた。男たちは〝おれたちはアメリカを愛してる《ナーン・ニフブ・アメリカーン》〟と叫びかけてきた。

　そんなクソみたいなことは長つづきしなかった。ビリーはいまこう考える――だからバグダッドのことなんか忘れて、まっすぐ戦場の話に突き進め。そしてビリーはふたたび書きはじめる。


二〇〇三年の春、おれはイラク中央部のラマディに配属されていた。あいかわらず平和維持任務で嵐の勃発を防いではいたが、ときには銃撃事件もあり、またムッラと呼ばれるイスラーム法学者たちはその説教に〝アメリカに死を〟という一句を添えるようになり、それがモスクや、ときには商店の店先のラジオから流されることもあった。おれの所属は第三大隊――別名ダークホース――のエコー中隊だった。あのころは射撃訓練にずいぶん多くの時間をつぎこんだ。ジョージとドンクはどこかほかの土地にいたが、タコとはそのころもチームを組んでいた。

　そんなある日、見たことのない中佐が足をとめておれたちの射撃練習を見はじめた。おれは七百五十メートルばかり離れたところにピラミッド状に積みあげたビールの空き缶をM40で狙い、上から下へと順番に一個ずつ撃ちぬいていった。缶を撃つときには下部に命中させ、宙返りめいた動きをさせる必要がある。そうしないと、残っている缶の山がすっかり崩れてしまうからだ。

　中佐――ちなみに名前はジェイミースン――はおれとタコに、いっしょに来るようにいった。中佐は装甲のないジープにおれたちを乗せて、聖なるモスクがよく見わたせる丘の上へ連れていった。とても美しいモスクだった。スピーカーから流されている説教のほうは、お世辞にも美しいとはいえなかった。中身はいつもながらの嘘っぱちばかり――アメリカ人たちはユダヤ人にイラクを植民地化させようと企んでいるとか、イスラーム教は禁教になるとか、ユダヤ人たちが政府を乗っ取ってアメリカが石油をわがものにするとか、その手の話だ。おれたちには言葉がわからなかったが、《アメリカに死を》の部分だけは決まって英語だったし、宗教指導者によって書かれたという触れこみの英訳リーフレットを目にしたこともあった。武装勢力に参加してまもない新顔たちが、リーフレットの束を手に、道ゆく人に配っていた。《きみたちは祖国のために死ねるか?》リーフレットはそうたずねていた。《イスラームのために栄光の死をとげる覚悟はあるか?》

「あれを撃つとして距離はどれくらいだ?」ジェイミースン中佐はモスクの丸屋根を指さしてたずねた。

タコは九百メートルと答えた。おれは八百二十メートルかもしれないと答えてから、ジェイミースン中佐への礼を失しないよう気をくばりつつ、われわれは宗教施設を標的にすることを固く禁じられている、といい添えた。もちろん、中佐がそういったことを考えていればの話だが、と。

「そんな考えは捨てたまえ」ジェイミースンはいった。「わたしは指揮下の兵士に、あいつらの聖なるクソの山を標的にしろと命じたことは一度もない。しかし、あそこのスピーカーから流されているのは政治的な言葉だ。宗教の言葉じゃない。さて、おまえたちふたりのうち、あそこからスピーカーを撃ち落としたいのはどっちだ?もしかすると罰あたりなおこないかもしれず、だからわれわれは聖戦士《ムジ》の地獄へ落ちることになるだろうな」

タコはすかさずおれにライフルをわたした。三脚をもっていなかったので、おれはライフルをジープのボンネットにじかに置いて引金をしぼった。ジェイミースン中佐は双眼鏡をのぞいていたが、そんなものはなくても、おれにはスピーカーのひとつがケーブルを引きずりながら地面へ転がり落ちたのがはっきり見えた。丸屋根に穴があくことはなく、少なくともその方向からきこえてくる説教の声はそれとわかるほど低くなった。

「もっと撃ち落とせ!」タコがわめいた。「やっちまえよ、ああ、あのクソを撃っちまえ！」

ジェイミースンは、だれかがおれたちに銃をむけて撃ちはじめる前にとっととズラかろうといい、おれたちは逃げた。

いまふりかえって考えると、あの日の出来事はイラクにおけるしくじりのすべてや、そして〝おれたちはアメリカを愛してる〟が〝アメリカに死を〟に変わった理由を要約しているように思えてくる。中佐は際限もなく流されるたわごとをきかされることにうんざりして、おれたちにスピーカーのひとつを撃てと命じた。スピーカーは少なくともまだ六台はあって、それぞれちがう方向をむいていたことを思えば、愚かで無意味なことだったといえる。

車で基地へ引き返していくあいだ、家の戸口に立っている男たちや窓から外を見ている女たちを何人も見かけた。彼らの顔に浮かんでいたのは〝おれたちはアメリカを愛してる〟的な明るい表情ではなかった。おれたちにむかって銃を撃つ者は——その日はまだ——いなかったが、彼らの顔つきからはその日が近いことが察せられた。彼らの観点に立てば、おれたちはスピーカーを狙って発砲したのではなかった。おれたちはモスクを狙って撃ったのだ。弾丸は丸屋根に穴をあけなかったかもしれない。それでもおれたちは、彼らの信仰の核の部分を狙い撃ちにしたのだ。

ラマディ市街地の巡察任務がますます危険なものになってきた。地元警察とイラク国民軍はじょじょに武装勢力を抑える力をうしなっていたが、政治家たち——ワシントンとバグダッド双方の政治家たち——が自治という理念にとりつかれていたため、アメリカ軍が代わってその任につくことは許されなかった。おれたちはおおむねキャンプですわって過ごし、護衛任務で一巻のおわりにならないことを祈っていた。なにを護衛するかといえば、壊れた（あるいは破壊工作にあった）給水本管を整備している修繕スタッフたちや、壊れた（あるいは破壊工作にあった）発電所を再開させようとしている、アメリカとイラク双方の大人数の技師たちだった。この護衛任務というのは撃ってくれと敵を誘うようなもので、二〇〇三年が暮れるころまでには半ダースもの海兵隊員が任務中に死亡し、それとくらべものにならないほど多くの怪我人が出ていた。聖戦士《ムジ》のスナイパーはどうということはなかったが、連中がつくる即製爆発物《IED》はおれたちの恐怖の対象だった。

　そして二〇〇四年三月の最後の日、カードの館の一切合財が一気に崩れ落ちた。


　オーケイ。ビリーは思う。いよいよ物語の本当のスタートだ。ここにたどりついたぞ。それも――〝ざけんな《アップ・ユ》クソ《アーズ》〟軍曹の口癖を借りれば――たわごとをぎりぎり切りつめてたどりついたんだ。


　そのときおれたちはすでにラマディからキャンプ・バハリア、またの名〝ドリームランド〟に移されていた。ユーフラテス川の西、ファルージャから三キロ強ばかり離れた田園地帯にある基地だった。以前はサダムの子供たちがよくここで保養休暇を過ごしていたという話をきかされた。ジョージ・ディナースタインとドンクことピート・キャシュマンのふたりとも、エコー中隊でまたおれたちといっしょになった。

　おれたち四人がブリッジをしていたとき、みんながブルックリン橋と呼んでいたところの対岸から銃声がきこえてきた。単発の銃声じゃない。つるべ撃ちの弾幕射撃だった。

　その日の夜になるころには噂がしっかり流れ、おれたちもなにがあったのかを――ざっくりとだが――把握していた。〝ドリームランド〟ことわれらがキャンプ・バハリアの食堂あてのものも含めて、補給食糧を運んでいた軍事請負会社のブラックウォーター社の傭兵四名が、通常の行動基準にしたがうなら迂回路を通行するところ、ファルージャ市街地を突っ切る近道をつかおうとした。そして彼らはユーフラテス川にかかる橋のすぐ手前で待伏せ攻撃にあった。彼らとてボディアーマーを着用してはいただろう。しかし、彼らが走らせていた二台の三菱製の輸送車が集中砲火を浴びせかけられたら、とうてい助かる見込みはない。

　タコはいった。「連中はどうしてまた街の中心を突っ切ろうなんて考えた？　ここはネブラスカのオマハじゃないぞ。馬鹿なことをしたもんだ」

　ジョージはこれに同意したが、馬鹿なことであろうとなんだろうと報復は必要だと話した。おれたちみんな、おなじ考えだった。殺害だけでも忌むべきことだが、暴徒たちは殺害だけでは飽きたらなかった。彼らは三菱から遺体を引きずりだし、ガソリンをまぶして火をつけた。四人のうちふたりは、骨つき鶏の丸焼き同然にばらばらに引きちぎられた。残るふたりはガイ・フォークス人形のように、ブルックリン橋に吊り下げられた。

翌日、部隊が巡察任務に出るべく準備をととのえているところに、ジェイミースン中佐があらわれた。中佐は、もうハマーの後部に乗っていたおれとタコにそこからおりて、ついてこいと命じてきた。おれたちに会わせたい人物がいるという話だった。

その男はモーターオイルと排ガスの臭気だけが満ちている、がらんとした整備場スペースの積み上げたタイヤの上に腰をおろしていた。おまけに整備場のなかは地獄なみに暑かった。ドアがぜんぶ閉めてあったからだし、そのころにはエアコンなんてなかったからだ。おれたちがはいっていくと男は立ちあがり、おれたちの頭のてっぺんから爪先までじろじろと見ていた。男はレザージャケットを着ていた——整備場のなかは気温が三十度近かったはずだから馬鹿げた服装だったといえる。ジャケットの胸にはダークホースこと第三大隊のエンブレムがあった。その上には《筋金いりのプロ集団》、下には《一丁やろうぜ》の文字。しかしジャケットは見せかけだった。おれには即座にわかったし、タコもあとですぐわかったと話していた。この男がクソったれCIA野郎なのは、ひと目で見ぬけた。男はどちらがサマーズかとたずね、おれは自分だと答えた。男は自分の名前はホフだといった。

ビリーは急に手をとめて思いに耽る。いま自分は現在の生活と過去の戦地での生活を混線させたのだ。人の精神は猿だと書いたのは作家のロバート・ストーンだったか？　そう、あれは『ドッグ・ソルジャーズ』の一節だ。おなじ小説のなかでストーンは、HU－1型ヘリコプター、通称ヒューイに乗ってマシンガンで象を撃つとき、その男は当たり前のようにひたすらハイになろうとしているのだ、とも書いていた。一方イラクで陸軍や海兵隊の兵士が撃つのはもっぱらラクダだった。しかし、そのとおり、そのとき兵士たちはハイになっていた。

ビリーは最後の一文を削除して、左右の耳のあいだ、ひたいの裏側に住んでいる猿と相談する。数秒ほど頭をつかうと正確な苗字を思い出し、いまのミスは許せる範囲内だと結論づける。ホフは少なくとも正しい苗字とかなり似ている。

男は自分の名前はフォスだといった。男は握手の手を差しだすでもなく、ただタイヤの山にすわりなおした。タイヤのせいで、スラックスの尻が汚れたにちがいない。フォスはいった。「サマーズ、きいた話だときみはこの中隊きっての銃の名手らしいね」

この発言は質問ではなかったので、おれはその場に立ったまま無言だった。

「ではたずねるが、われわれの側から川をはさんで約一千百メートル先の標的を撃てるだろうか？」

すばやくタコを見やると、タコもこの発言を耳にするなり意味を察しとったことがうかがい知れた。〝われわれの側〟とは、市街地の外側すべてのことだ。そして複数の〝側〟が存在するのなら、われわれはそのただなかへ進むということだ。

「それは人間を標的として撃つということでありますか、サー？」

「いかにも。もしやわたしがビールの空き瓶を撃つ話をしているとでも思ったか？」

この修辞的疑問には、あえて答えるまでもなかった。

「イエス、サー。わたしなら撃てます」

「それは海兵隊の答えか、それともきみの答えかね、サマーズ？」

これにジェイミースン中佐がわずかに顔をしかめた。海兵隊としての答え以外はいかなる答えも存在しないと思っているかのようだった。しかし、中佐は無言だった。

「両方です、サー。風の強い日には自信がいささか揺らぐかもしれません。しかし、わたしたちなら――」おれは親指をタコへむけて突きだした。「――風にあわせて補正できます。風に吹かれる砂はまた別の問題ですが」

「天気予報によれば、あすの風速はゼロから三メートルだ」フォスはいった。「この風が問題になるかな？」

「なりません、サー」それからおれは質問を口にした――本来ならたずねる立場にない質問だったが、答えを知らずにはいられなかった。「われわれはイスラームの悪党のことを話しているのでしょうか？」

中佐がおれに分をわきまえて言葉を控えろといった。

中佐はまだなにかいいたそうだったが、フォスがさっと手をふると口を閉じた。

「では、これまで人間を狙《タ》い撃《グ》ちしたことはあるかね、サマーズ？」

おれは経験がないと答えた。嘘ではなかった。〝狙《タ》い撃《グ》ち〟はスナイピングを意味する。ボブ・レインズを撃ったが、あれは至近距離からの射撃だった。

「だったら、これはきみのキャリアの第一歩としてこのうえなくすばらしい機会になるだろうね。それというのも、きみのいうとおり、相手はとびっきりのイスラームの悪党だ。きみたちはもう、きのうどんな事件があったかは知っているね？」

「はい、われわれは知っています、サー」タコが答えた。

「あの軍事請負会社の面々がファルージャの市街地中心部を突っ切るルートをとったのは、信頼できる筋から安全なルートだときかされたからだ。いまは市民がアメリカ軍へ好意をむけるようになっているときかされたからだ。さらに、イラク警察の護衛もついていた。ただしその護衛なる連中は、盗難品の警官の制服を着た武装勢力の者か、変節した元警官か、はたまた自分たちのほうに恐ろしいほど大量のクソがむかってくるのを目のあたりにして怖気づいた本物の警察官だった。それにね、どのみち殺害行為をおこなったのはその護衛連中ではなかった。やったのはアサルトライフルのＡＫをふりまわす四十人ばかりの人でなし連中だ。連中は……どういう連中だと思うかね、諸君？　たまたま現場に居あわせた者たちだったと？」

おれは知らないと答える代わりに肩をすくめ、ボールをタコにゆだねた。タコはボールを受け取った。「とてもそうは思えません、サー」

「そう、とてもそうは思えないな。悪党たちはみんな、それぞれの持ち場についていたんだよ。待ちかまえていたんだ。二台のピックアップトラックがメインストリートを封鎖した。この待伏せ攻撃の計画を立てた者がいて、われわれはその人物がだれかも把握している。その人物の携帯電話を傍受していたからだ。ここまでの話はわかるか？」

タコはわかると答えた。おれはこのときも肩をすくめるだけにした。

「その人物というのは、アフガンストールを首や頭に巻いたイタチ野郎で、名前はアンマール・ジャースィム。年齢は六十代か七十代か、だれにもわからず、本人もわかっていないようだ。コンピューターとカメラの販売店をいとなみ、店はインターネットカフェも兼ねているうえに、ゲームセンターにもなっている。そこでは地元の若者たちが、即製爆発物《IED》を組み立てたり道端に爆弾を仕掛けたりといった仕事のあいまに、〈パックマン〉や〈フロッガー〉といったテレビゲームで遊んでるよ」

「その店なら知っております」タコがいった。「〈プロントプロント・フォトフォト〉という店です。巡察任務中に見かけました」

見かけた？　よせよ、いっしょに店に行って〈ドンキーコング〉や〈マッデンフットボール〉をプレイしたじゃないか。おれたちが店にはいるなり、地元の若者連中はよそで用事があるのをいきなり思い出したように、そそくさと店から出ていった。ただしタコは自分からその話を出さなかったし、おれも黙っていた。

「ジャースィムは伝統的なバース党支持者、新興の武装勢力のボスだ。われわれはこの男を仕留めたい。なんとしてもだ。といってもレーザー誘導爆弾はつかえない。ビデオゲームで遊んでいる大勢の子供たちを犠牲にしかねないし、そんなことになったらアルジャジーラをはじめとするマスコミからまたぞろ非難されるに決まっている。そんな事態を招くわけにはいかん。一方で、ただ待っているわけにもいかない――ブッシュ大統領は数日のうちにも掃討作戦にゴーサインを出す予定だ。ただし、このことを他言したら、わたしはきみたちを殺すほかなくなる」

「そのチャンスはありません」ジェイミースン中佐がいった。「わたしが先に殺しますので」

フォスは中佐の言葉を無視した。「ひとたびクソが扇風機に命中したような騒動になれば、ジャースィムは残りの銃仲間ともども裏通りに隠れてしまうだろう。われわれはそんなことになる前にやつをつかまえて、クソったれな〝ユダの山羊〟の実例に仕立てあげてやる」

タコが〝ユダの山羊〟とはなにかと質問した。おれが答えてやることもできたが、口を閉じたまま、その役目をフォスにゆだねた。フォスが山羊をつかまえるときの囮《おとり》の山羊のことだと説明してからおれにむきなおり、おまえにできるかと改めてたずね、おれはできます、サーと答えた。おれは、どこから撃つことになっているのかとたずね、フォスは教えてくれた。前にも行ったことのある場所、再補給ヘリの物資を運んでいった場所だった。おれは、自分用のライフルのスコープをリューポルド製の新品に交換してもらえるか、それともいまあるスコープをつかうしかないのか、と質問した。フォスがジェイミースンに目をむけ、ジェイミースンが答えた。「交換できるようにとりはからう」

ふたりで兵舎にもどると——巡察チームはおれたち抜きで出発ずみだった——タコがおれに、今度の狙撃を成功させる自信のほどはどのくらいだ、とたずねてきた。おれは答えた。「失敗したら観測手《スポッター》のせいにしてやる」

タコはおれの肩を叩いた。「ふざけるな、このクソが、なんでいつもいつも馬鹿のふりをする？」

「なんの話か、さっぱりわからん」

「ほら、まただ」

「そのほうが安全だからだ。他人に知られていないことなら、こっちが傷つくことはない。あるいは、めぐりめぐって自分がしっぺ返しをくらうこともない」

タコはしばらくおれの答えに考えをめぐらせてから、こういった。「ああ、おまえなら狙撃に成功するさ。うん。でも、おれがいいたいのはそこじゃない。おれたちが話題にしているのは、本物の人間だぞ。本気で撃てると思ってるのか？　そいつの頭蓋骨を撃ちぬいて命を奪ってしまえるのか？」

おれはタコに本気だと答えた。ただし、人間の命を奪うことはできる、前にもやったことがあるから……とはいわなかった。ボブ・レインズのときには胸を撃った。毎回かならず頭部を狙えと教えてくれたのは狙撃兵訓練校だった。

5

ビリーは書いた分を保存してから立ちあがる。わずかに体がふらついたのは、両足がここは別次元にいるように感じられるからだ。どれくらいのあいだ、ずっとすわっていたのか？　腕時計を確かめたビリーは、かれこれ五時間近くが経過していたことを知って驚かされる。

生々しい夢から覚めたばかりの人の気分だ。両手を背中のくぼみにあてがってストレッチをすると、両足にぴりぴりと針で刺されるような痛みや痺れが駆けおりていく。ビリーはリビングからキッチンへ、そこから寝室まで歩いてからまたリビングへ引き返す。もう一度おなじコースで歩く。さらに三回め。最初にこの貸し部屋を見たときは、格好の広さに思えた——頭を低くして隠れるのにうってつけだし、ほとぼりが冷めたらリースした車で北へ（あるいは西へ）走ればいい。しかし、いまでは狭苦しく感じられる。体が大きくなって着られなくなった服のようだ。外に出て散歩したいし、なんならジョギングもしたい。しかし、たとえドルトン・スミスに変装していても、いま外出するのはとうてい褒められた行動ではない。だからビリーはさらにアパートメント内をぐるぐる歩き、それでも足りない気分になってリビングの床で腕立て伏せをする。

いますぐ床に伏せて腕立て二十五回だ——〝ざけんな《アップ・ユ》クソ《アーズ》〟ことアッピントン軍曹のそんな言葉を思い出す。おまえのケツを踏んでるおれの足は気にするな、チンポ汁のチンカスめ。

ビリーは思わず微笑む。なんと多くの記憶が甦ってくることか。もしすべてを書きとめるとなったら、原稿は一千ページもの長さになるだろう。

腕立て伏せで気分が落ち着く。テレビをつけて捜査の進み具合を確かめようか、それとも携帯をチェックして新聞社系サイトの更新具合を調べてみようかと思ったが（新聞というメディアは衰退しているかもしれないが、それでも新聞社は主要な事実をどこよりも早く報じるとビリーは知っていた）、考えてどちらもやめにする。自分のなかに現在を呼びもどす覚悟がまだできていない。なにか食べ物を用意しようかと思うが、腹は減っていない。結局ブラックコーヒー一杯で手を打ち、キッチンで立ったまま飲む。それからノートパソコンのところにもどり、中断した箇所から書きはじめる。

6

翌日、ジェイミースン中佐みずからハンドルを握って、ハイウェイ一〇号線と南北に通っている道路の交差点までおれとタコを運んでくれた。海兵隊内では後者の道を、AC／DCの曲にならって〝地獄のハイウェイ〟と呼んでいた。おれたちが乗っていたのはステーションワゴンタイプの三菱イーグルで、中佐にとって特別な車だった。後部ドアに真っ赤な目の黒い馬《ダークホース》のイラストが描かれていた。これは気にくわなかった――イラクの観測手《スポッター》がこれを目にとめるところや写真を撮影するところが想像できたからだ。

　フォスの姿はどこにもなかった。ということは、自分たちの策謀をスタートさせたあとであの手の人種が引き返していく先へ帰っていったのだろう。

　丘のてっぺんの砂ぼこりの立っている車両転回スペースに、二台のトラックがとまっていた。車体側面には、イラク電力公社なのかなんなのか、くねくねした自在鉤っぽい字でなにかが書いてあった。アメリカのインフラ会社がつかう作業用トラックに似ていたが、もっと小さめで、アメリカで一般的な黄色ではなくアップルグリーンに塗ってあった。両サイドの塗装はかなり分厚かったが、それでもサダム・フセインの笑顔は完全には塗りつぶされずに、しぶとく居残る亡霊のように見えていた。そのほか、作業員が乗るバケットが先端についた屈伸ブームリフトをそなえたジニー社製の高所作業車もならんでいた。

　道路の交差点には二本の電柱が立っていた。どちらの電柱にも、電圧を減じた電気をファルージャ市外の住宅街や郊外住宅地へ送るための変圧器が上のほうにそなえてあった。クーフィーヤを頭にかぶった男たちがせわしなく行き交っていた。クーフィハットをかぶっている者もいた。そんな男たちは作業員用のオレンジ色のベストを着ていた。ただし、ヘルメットはだれもかぶっていなかった。アメリカの労働安全衛生庁の権限も、遠くイラクのアンバール県には及んでいないとみえた。川の対岸から見ている者の目には、この男たちはみすぼらしい身なりの役所の労務者に見えるだろう。しかし五十メートルほどにまで近づけば、全員おれたちの仲間だとわかる。おれたちの分隊に所属していたオールビー・スタークが頭巾をひらひらさせて、スーパーマンのマントを踏んではいけないとかなんとかいう歌を口ずさみながら近づいてきた。ついでオールビーは中佐の姿を目にとめて敬礼した。

「どこかよそへ行って忙しく動いていたまえ」ジェイミースンはオールビーにそういった。「ついでに、頼むからもう歌はやめるんだ」それから中佐はおれとタコにむきなおったが、話しかけた相手はタコだった。タコのほうが頭がいいと判断したからだ。「さて、手順を復唱してくれるか、ベル上等兵？」

「ジャースィムはほぼ毎日、午前十時に外へ出てきて一服し、熱心なファンたちと会話をかわします——このファンたちは、もしかすると軍事請負会社の面々に発砲した連中なのかもしれません。ジャースィムは青いクーフィーヤをかぶっていると思われます。ビリーがその当人を撃ちます。以上で終了です」

ジェイミースンがおれにむきなおった。「もし首尾よく射殺できたら、きみが褒賞されるようにわたしから手配しよう。仕留めそこなったり、あるいはそれ以上に困った事態だが、目標付近にいた別人を撃ってしまった場合、わたしが上の者にケツを蹴り飛ばされたら、次はわたしがもっと強く、ブーツが埋まるほどの勢いできみのケツを蹴り飛ばす。わかったかね、海兵隊員？」

「わかりました、サー」そのときおれが考えていたのは、アッピントン軍曹がもしおなじことを発言していたら、もっとはるかに強烈で説得力にあふれていただろう、ということだった。それでも、その方向に努力したことでは中佐には敬意を表するほかない。それから数カ月後、中佐は路傍に仕掛けられた爆弾で顔をあらかたうしない、視力を完全にうしなった。

ジェイミースンはジョー・クレチェフスキーを手招きした。ジョーもおれたちの分隊仲間だった。おれたちは分隊を〈ホット・ナイン〉と呼んでいた。周囲の〝作業員〟はほとんどが分隊所属の男たちだった。みんな志願してきたのだ。志願するしかなかった——タコがみんなに志願しろといったからだ。

「軍曹、サマーズが狙撃をしたらすぐにどのような行動をとらなくてはならない？」

ビッグ・クルーことクレチェフスキーはにやりと笑い、前歯の隙間をあらわにした。「連中を一刻も早くあつめ、クソ野郎同然にここから一目散でズラかります、サー」

ジェイミースンはおれにもわかるほど神経質になっていたが——おれたち全員がそうなっていたと思う——そ

れでもこの言葉に笑みを見せた。たいていの場合、クルーはどんなに無表情な顔からも笑みを引きだすことができた。「そんなところだな」

「もし標的人物があらわれなかったらどうしますか、サー？」

「いつだって、あしたがあるんだ。といっても、あしたは攻撃がおこなわれないと仮定しての話だがね。任務をつづけろ、海兵隊諸君。頼むから、海兵隊伝統の〝ウーラー〟という鬨《とき》の声は遠慮してくれ」そういって親指を突き立て、ユーフラテス川とその対岸にある熊捕り罠なみに危険な市街地を示した。「なにかの歌にあったとおりだ——声は遠くまで届く」

オールビー・スタークとビッグ・クルーがいっしょにバケットに乗ろうとした。バケットはふたり乗りというふれこみだったが、片方がビッグ・クルーほどの大男だという場合は想定されていなかった。おかげでオールビーは、横の壁を乗り越えて落ちそうになった。ジェイミースン中佐以外はみんな笑っていた。アボットとコステロなみのおもしろさだった。

「おまえはおりろ、木偶《でく》の坊《ぼう》」中佐はクルーにいった。「ったく、なにを考えてる」それから中佐は、ドンクを手招きした。ドンクのズボンが短すぎるので、裾から茶色い戦闘用ブーツが突きだしているように見えていた。それもまた笑える姿だった。まるで、お父さんの靴を拝借して家のまわりで遊んでいる子供のようだったからだ。

「おい、おまえ。そこのちび。こっちへ来い。名前は？」

「サー、自分はピーター・キャシュマン一等兵であります——」

「敬礼などするな、この馬鹿。ここは作戦ゾーンだぞ。もしや赤ん坊のころ、母親に頭から地面に落とされでもしたか？」

「いいえ、サー。自分の記憶にあるかぎり——」

「そこのなんとかいうやつと、いっしょにバケットに乗れ。そのあと上にあがっていったら——」そこで周囲を見まわして、「おい、あのクソな屍衣《しい》はどこにある？」

中佐が口にした単語は、話題の品を正確にあらわす適切な単語だったかもしれないが、それ以外のあらゆる意味で不適切な単語だった。見ると、クルーは十字を切っていた。

このときもまだバケットに乗っていたオールビーが足

もとに目をむけた。「サー、どうやら自分が足で踏んでいるようです」

ジェイミースンがひたいの汗を拭った。「わかった。けっこう。少なくとも、その品を忘れなかった者がいるらしいな」

それはおれのことだ。

「あそこに乗るんだ、キャシュマン。最大限に急いで展開しろよ。時間はどんどん過ぎていくぞ」

作業員の乗るバケットは油圧ポンプのうなりとともに上昇しはじめた。そして最高高度に達すると――十メートルから十二メートルのあたりだった――ぶるっと震えてから、電柱の上にある変圧器のひとつのそばで停止した。オールビーとドンクはちょっとばかりダンスめいた動きをしながら屍衣を引っぱり、ようやく足もとからすっかり抜きだすことができた。つづいて創意に富む悪態の助けを得つつ――そのなかには、菓子やタバコをねだりにくるイラクの子供たちから教わったものもあった――ふたりは大きな布を広げた。その結果できあがったのは、バケットと変圧器をともに囲むキャンバス地の円筒だった。布の上部は電柱上部の腕木の一本についているフックにひっかけられ、なかほどでリーバイス五〇一のボタンフライのようなスナップボタンで留めてあった。布の外側には、自在鉤のようにくねくねした文字が鮮やかな黄色で書きこまれていた。このアラビア語の意味はわからなかったし、知りたくもなかった――《**スナイパーチーム作業中**》という意味でなければよかった。

屍衣をそのまま残して、バケットが下へおりてきた。円筒の内側から支えて形をととのえていたバケットの腰高の手すりがなくなったいま、布は本当に屍衣に見えてきた。ドンクの両手には出血している傷があり、オールビーは顔にひっかき傷をつくっていたが、ふたりともバケットからまっさかさまに落ちたりはしなかった。ただし、二度ばかり落ちかけた瞬間はあった。

タコが首をぐうっと伸ばして上を見あげた。「あれはなんのための布ですか、サー？」

「砂よけだ」ジェイミースン中佐はそう答え、そのあといい添えた。「……と思う」

「あまり目立たないとはお世辞にもいえませんな」タコがいった。このときタコは川の対岸に目をむけて、ぎっしりと立ちならぶ民家や商店や倉庫やモスクをながめていた。ファルージャ市外の南西地域で、おれたちがクイーンズと呼ぶようになっていたあたりだ。あのあたりから、百人ばかりの海兵隊員が遺体収納袋におさめられて運びだされた。帰ってくるときに身体の一部が欠損していた海兵隊員は、数百人にも及ぶ。

「おまえの意見がききたければ、わたしからそういうぞ」中佐はいった——昔からある決まり文句だ。「得物をつかんで、とっとと行動を起こせ。バケットに乗る前には忘れずにオレンジのベストを着ること。上にあがったとき、周囲からも姿が見えるようにだ。ほかの面々はまわりをかこむようにしながら、いかにも忙しそうに見せろ。いまもっとも望ましくないのはライフルを敵に見られることだ。サマーズ、ずっと川を背にしたままであの……」言葉が途切れた。中佐は〝屍衣〟という縁起のわるい言葉を避けたかったのだろうし、おれもそんな単語をききたくなかった。「……あの目隠しのなかにはいるんだ」

おれは了解と答え、M40を控《ひか》え銃《つつ》の要領でかかえこみ、市街地へ背中をむけたままバケットで上へあがっていった。タコは観測手用の道具を置いた床にしっかり両足を踏んばっていた。スナイパーは華々しい脚光を浴びる。スナイパーの映画がつくられるし、スティーヴン・ハンターはスナイパーを主人公に小説を書く。しかし、本当に仕事をこなしているのは観測手だ。

本物の屍衣のにおいは知らないが、キャンバス地の円筒の内側は死んで久しい魚のような悪臭がこもっていた。おれは上から三つのスナップボタンを外して射撃用の隙間をつくったが、あいにく円筒の向きが思わしくなく、ラマディ方面へふらふら進んでいく山羊を撃つ場合にかぎって絶好の位置になっていた。おれたちふたりは四苦八苦して、布の円筒をまわそうと努めた——そうしながらずっとうめき声を洩らし、毒づき、円筒が少なくとも二カ所の腕木のフックから外れないように気をくばった。キャンバス地があおられて、おれたちの顔を打った。死んだ魚の悪臭がますます強くなった。今回バケットから転がり落ちかけたのはおれのほうだ。タコがすかさず片手でおれのオレンジのベストを、反対の手でおれのライフルのストラップをつかんでくれた。

「おおい、おまえたちは上でなにをしてる？」ジェイミースンが声をかけてきた。中佐をはじめ下の連中に見えたのは、ワルツを練習中の小学生のように、おれたちが不器用に足をもぞもぞ動かすところだけだったはずだ。

「家事労働であります、サー」タコが返事をした。

「そうか。だったら、とっとと家事をおわらせて準備にかかれ。もうすぐ十時だぞ」

「あの馬鹿ふたりが隙間を見当ちがいの向きのままにしたのは、おれたちのせいでもなんでもないのに」タコがおれに不平をこぼした。

おれは新品のスコープとライフルを点検した。似たようなライフルはたくさんあるが、おれのライフルはこの一挺だけだ。それから四角いセーム革ですべてをきれいに磨いた。戦場では砂粒と土埃があらゆる場所にはいりこむ。それからおれは武器をタコにわたして、必須の検査をしてもらった。タコは検査をおえたライフルをおれに返すと、片手の手のひらをたっぷりと舐めて唾で充分濡らし、射撃用の隙間から外に突きだした。

「風速ゼロだ、ビリーボーイ。あのクソ男が姿を見せればいいのにな。これくらい条件のいい日なんて、もう二度となさそうだからね」

おれのライフルを別にすれば、おれたちがバケットにもちこんだ最大の道具はM151フィールドスコープ、通称〝観測手の友〟だった。

ビリーは手をとめ、ぎくりとして夢の世界から目を覚ます。キッチンへ行って、冷たい水を顔に浴びせかける。いまこの瞬間までは完璧にまっすぐな一本道だったのに、いきなり予想もしていなかった分岐点に行きあった。枝分かれした道のどっちに進んでも、ちがいはないのかもしれない。しかし、ちがいが生まれるかもしれない。

すべてはM151にかかわっている。銃口から標的までの距離を、観測手が不気味なほど（少なくともビリーにはそう思えた）正確に測定するための光学スコープだ。距離はMOA——命中精度——の基礎になる。ジョエル・アレンの狙撃ではそんなものは必要ではなかったが、二〇〇四年のこの日にビリーが責任を負わされた狙撃の場合は——アンマール・ジャースィムが店先を離れて狙撃が可能になるという仮定のもとでは——標的までの距離がもっと長かった。

そういったことすべてを説明するべきか、否か？

説明を書くのなら、自分はこの文章をいつか他人が読むものと期待していることになる——あるいは、ただそう願っていることになる。説明を書かなければ、それはみずから前記の期待を——さらには前記の願いをも——手放すことになる。だったらどちらに進むべきか？

　キッチンシンクを前に立っていると、いきなり砂漠から帰ってきてほどなくラジオから耳に飛びこんできたあるインタビューのことが思い出されてくる。おそらく、出演者がみんな切れ者っぽく、かつ抗鬱剤《プロザック》を服用しているような話し方をする全米公共ラジオ放送局の番組だったと思う。作家のインタビューだった。それも、大物作家といえば全員が白人男性で、そろいもそろってアルコール依存症すれすれだった過去の時代に人気を博していた古株だ。ただし、作家の名前がどうしても思い出せない。わかっているのはゴア・ヴィダルではなく（あそこまで不機嫌ではなかった）、はたまたトルーマン・カポーティでもなかった（あそこまで奇矯ではなかった）ことだけだ。だが、インタビュアーから執筆法をたずねられたときの作家の答えだけはいまも覚えている。「いざ腰をすえて書くときには、いつも頭のなかにふたりの人間を想定します。ひとりは自分自身、もうひとりは他者です」

　それを思い出したことでビリーはひとまわりして、M151の件にもどる。詳述することはできる。目的を説明することもできる。MOAと距離は常にひと組だが、なぜ前者が後者を上まわるほど重要かという理由も説明できる。すべてが可能だが、そういった文章が必要になるのは、自分だけでなく他者のためにも書く場合だ。はたしてそうなのか？

　現実を見ろ——ビリーは自分にいった。ここにいる他者は、おれだけだ。

　しかし、それならそれでいい。必要ならひとりだけでもなんとかなる。自分になにが必要ないかといえば……どう表現すればいい？

「〝妥当性の実証《ヴァリデイション》〟というやつだ」ビリーはつぶやきながらノートパソコンに引き返し、先ほど中断したところからまた書きはじめる。

7

おれのライフルを別にすれば、おれたちがバケットにもちこんだ最大の道具はM151フィールドスコープ、通称〝観測手の友〟だった。タコが三脚を準備し、おれは邪魔をしないように精いっぱい足をずらした。そのせいでバケットがわずかに揺れ、タコはおれにじっとしていろといった——ジャースィムの頭を撃つんじゃなく、店のドアの上にかかっている看板に命中させたいわけじゃないだろ、と。そんなわけでおれは、タコが計算をしては、なにやらひとりごとをいいながら作業しているあいだ、できるだけ静かにしていた。

ジェイミースン中佐は標的までの距離を一千百メートルと推測していた。タコは、〈プロントプロント・フォトフォト〉の店先でボールをついて遊んでいる子供を基準にして、一千二百二十五メートルと測定結果を読みあげた。かなりの長距離射撃にはちがいないが、四月初めのこの日のように無風状態なら成功させる自信はある。もっと長距離での狙撃を成功させたこともあったし、世界クラスのスナイパーがこの二倍の距離で標的を撃ちぬいた話はだれもが耳にしていた。もちろん、紙の標的の頭とはちがうのだから、ジャースィムが身じろぎひとつせずに立っていることをあてにはできなかった。その点は不安だったが、ジャースィムが搏動する心臓と生きている脳をそなえた人間だという事実には不安を感じなかった。あの男はユダの山羊——あの四人、食糧を運んでいただけのなんの罪もない四人を——待伏せ攻撃の場におびき寄せた当人だ。あの男は悪人、斃《たお》さなくてはならない悪人だ。

九時を十五分ほどまわったころ、ジャースィムが自分の店の前に姿をあらわした。西アフリカの人が身につけるダシキに似た丈の長い青いシャツを着て、ゆったりした白いパンツを穿いていた。頭にはいつもの青いかぶりものではなく、赤いニット帽をかぶっていた。照準を定めるのにうってつけの目印だ。おれは狙撃のための調整にとりかかったが、ジャースィムはボール遊びをしていた子供の尻を平手で打って店先から追い払っただけで、また屋内へ引き返してしまった。

「ちくしょう、うまくいかないな」タコがいった。

おれたちは待った。若い男たちが〈プロントプロント・フォトフォト〉にはいっていった。若い男たちが出てきた。カブールからカンザスシティまで世界じゅういたるところと変わらず、ここでも若い男たちは笑いあい、つかみあい、ふざけあっていた。そのなかには、つい二日前にブラックウォーター社のトラックにＡＫで弾丸を浴びせかけた人物もいたにちがいなかった。またこの七カ月後、おれたちが市街地をブロックからブロックへ移動して敵を掃討しようとしていたとき、おれたちに発砲してきた者がいたこともまちがいなかった。おれの知るかぎり、連中のなかにはおれたちが〈ファンハウス〉と呼んでいたところ——あらゆる番狂わせの可能性がひとつ残らず現実になった場所——にいた者もいたはずだ。

十時になり、十時十五分になった。タコがいった。

「きょうは、タバコ休憩を店の裏でとることにしたのかもな」

そのあと十時半に、〈プロントプロント・フォトフォト〉のドアがあいてアンマール・ジャースィムがふたりの若い男といっしょに出てきた。おれはライフルの照準をあわせた。三人が笑っては話をしているのが見えた。ジャースィムが片方の男の背中を叩き、ふたりの男はたがいの肩に腕をかけて歩き去っていった。ジャースィムはパンツのポケットからタバコの箱を出した。レンズをのぞいていたおれには、《マルボロ》という文字とトレードマークの二頭の黄金のライオンが見えた。すべてが鮮明だった——ジャースィムのもじゃもじゃの眉毛も、女がつかう口紅を引いているように赤い唇も、ぼつぼつ突きだした白髪まじりの無精ひげも。

タコのほうは、このときは手で構えていたＭ１５１でのぞいていた。「おいおい、やつはそっくりだな、ほら……〝おれはデブです《アイム・ア・ファット》〟野郎に」

「黙ってろ、タコ」おれはパレスチナ解放機構の指導者、ヤーセル・アラファトの名前にひっかけた駄洒落を制した。

おれはスコープの十字線にニット帽をとらえたまま、ジャースィムがタバコに火をつけるのを待った。やつの命の火を吹き消す前に、最後のタバコの火をつけさせてやりたかったからだ。ジャースィムがタバコをくわえた。

ポケットにタバコの箱をもどした片手が、ポケットから出たときにはライターをもっていた。つかい捨ての安物ではなく〈ジッポー〉のオイルライターだ。商店か闇市場あたりで、自分で買った品だろうか。あるいは、銃で撃たれて死体を焼かれ、そのあげく橋に吊るされた軍事請負会社の社員から掠奪したのかもしれなかった。ジャースィムがライターのふたをあけ、ふたのてっぺんに反射した日光が星形になって見えた。その光が見えた。すべてが見えていた。キャンプ・ペンドルトンのディエゴ・バスケス上級曹長が、海兵隊のスナイパーは完璧な射撃のために生きていると話していた。このときの一発は完璧だった。上級曹長はこうも話していた。「セックスとおなじだよ、かわいい童貞ども。最初の一発は決して忘れないんだ」

おれは息を吸いこみ、五つ数えるまで肺に空気をたくわえてから引金をしぼった。反動が肩のくぼみに襲いかかった。ジャースィムのニット帽が吹き飛び、最初は本人をほんの二、三センチの差で撃ちそんじたかと思った——狙撃では、その二、三センチが二、三キロの差になる。ジャースィムはタバコをくわえて、その場に立ったままだった。ついでその手からライターが落ち、唇のあいだからタバコが落ちた。ライターとタバコが土埃だらけの歩道に転がった。映画では銃で撃たれた人物は後ろへ叩き飛ばされる。現実世界では、そんなことはめったにない。ジャースィムは驚いたことに二歩前へ歩いた。そのときには、先ほど吹き飛ばされたのがニット帽だけではなかったことが見えていた——帽子のなかにジャースィムの頭頂部もはいっていたのだ。

ジャースィムはがくりと地面に膝をつき、つづいて顔から地面に倒れこんだ。人々が走り寄ってきた。

「しっぺ返しは手厳しいもんさ」タコがいっておれの背中をぱんと叩いた。

おれはふりかえって叫んだ。「おろしてくれ」

バケットが下降しはじめた。えらくスピードが遅く感じられた。というのも川の対岸から銃声が響きはじめていたからだ。花火のような音だった。キャンバス地の砂塵よけ円筒から出て離れるときには、おれもタコも体を低くしていた。体を低くすれば安全だからではなく、それが習い性になっていたからだ。銃弾が飛来する音がきこえるものと思って撃たれる心がまえをしようとしたが、なにもきこえず、なにも感じなかった。

「そこから出てこい、撤退だ！」ジェイミースンが叫んでいた。「飛びおりろ！　ほら、いまだ――とっとと急げ《ディディ・マウ》！」最後をそうヴェトナム語でしめくくりつつ、中佐は勝ち誇ったように笑い声をあげていた。みんなが笑っていた。中佐がおれたちを運んできた汚い三菱イーグルまで走るあいだ、おれは何人もから背中をばんばん強く叩かれ、あやうく前へつんのめりかけた。オールビーとドンクとクルーをはじめとする連中が小さな電力会社のトラックにむかっていった。こんな偽装作戦はもう二度とつかえなかった。川の対岸から大きな叫び声がきこえ、先ほど以上の銃声が響いてきた。

「ああ、食らうがいい！」ビッグ・クルーが大声をあげた。「たっぷり食らえよ、人でなしども！　おまえらのボスはたったいま、でっかい黒い馬《ダークホース》に踏み潰されたんだぞ！」

　中佐の古いステーションワゴンは、転回スペースでイラク電力公社のトラックのうしろにとめてあった。おれはバックドアをあけて、荷室に自分のライフルとタコの道具を積みこんだ。

「とっととやれ」ジェイミースンがいった。「おれたちの車がほかのトラックの邪魔になってるぞ」

　そうはおっしゃいますが、この車をここへとめたのはあんたじゃないか――おれは思ったが、黙っていた。荷物を投げこんでバックドアを一気に閉めたそのとき、地面になにかが落ちているのが見えた。赤ん坊の靴だった。ちっちゃな女の子の靴だったにちがいない。ピンクだったからだ。靴を拾うために体をかがめたその瞬間、どこかのだれかが適当に撃った弾丸が、ステーションワゴンの防弾仕様の窓ガラスにまぐれで命中してめりこんだ。体をかがめていなければ、弾丸はおれのうなじか後頭部に命中していたはずだった。

「乗れ、乗るんだ！」ジェイミースンが絶叫していた。またしても銃弾がイーグルのワゴンの装甲された車体側面にまぐれで当たって、跳ね返った。いや、本当はそれほどまぐれではなかったのかもしれない。このころには銃をもった者たちが総出で、川の向こう岸にまでおりてきていたはずだからだ。

　おれが靴を拾ってイーグルに飛び乗ると、ジェイミースンはすかさず車を発進させた――車体後部が左右に揺れ、もうもうたる砂煙を巻きあげた。後続のトラックはこの砂煙を突破しなくてはならなかったが、中佐はそんなことに頓着していなかった——ただただ御身大切、ひたすら助かりたい一心だったのだ。

「やつら、バケットがついてるブームリフトをがんがん撃ってるぞ」タコがいった。この男はこのときもまだ笑い声をあげていた——殺しでハイになっていたのだ。

「さっきはなにを拾ってた？」

おれはその品をタコに見せ、こいつがおれの命を救ったみたいだと答えた。

「そいつをせいぜい大事にしろよ、兄弟」タコはいった。

「肌身離さずもってるといい」

おれはその言葉に従った。〈ファンハウス〉までは……この年の十一月までは。工業地帯のあの建物を掃討する仕事にとりかかったとき、おれはその靴をさがしていて、そして靴はなくなっていた。

8

ビリーはようやくコンピューターをシャットダウンし、陸地に縛りつけられた潜水艦の潜望鏡の窓の前に立って、そこから形ばかりの芝生の先の道路と、さらにその先、かつて駅舎があったところに広がる、なにもない空地に目をむけている。自分がどのくらい、そこに立っていたのかは自分でもわからない。ずいぶん長いあいだだったかもしれない。脳味噌が干上がったように感じられる——たとえるなら、世界でいちばん分量がある、もっとも難解なテストを受けおわったばかりのようだ。

きょうは何語書いただろう？　自分の文書ファイル——いまではベンジーの物語ではなくビリーの物語になっている——の語数をチェックすることもできるが、そこまで細部にとり憑《つ》かれているわけではない。たくさん書いたとしておけばいいし、まだまだ日暮れて道遠しだ。まず、ビリーがジャースィムを殺してから一週間たっていないときに起こった四月の攻撃があり、政治家たちが逃げ腰になってからの撤退があった。それにつづいたのが最後の悪夢の〈ファントム・フューリー作戦〉。地獄の四十六日間。いざ書くとなったら（もしそこまでの段階にたどりつければの話）そんな陳腐な形容をするつもりはないが、地獄だったのは事実だ。その地獄が最高潮に達したのが〈ファンハウス〉——あれこそ、それ以外のすべてをぎゅっと煮つめたような出来事だ。なかには書かずにすませられる出来事もあるだろうが、〈ファンハウス〉はそうはいかない。〈ファンハウス〉こそファルージャの意味そのものだ。どういう意味だったのか？　無意味という意味だ。掃討するべき一軒の家屋というだけのこと——それなのに、どれほどの対価を支払ったことか。

　ピアスン・ストリートを歩く人がちらほらいる。数台の車も走りすぎていく。そのうち一台はパトカーだが、ビリーに不安はない。パトカーはどこか目的地があるのでもなく、どこかへ急ぐのでもなく、ただのんびり流しているだけだ。ダウンタウンからこれほど近くでありながら、この地区がここまで寂れた雰囲気であることにいまもまだ驚きを禁じえない。ピアスン・ストリートでは混雑時間《ラッシュアワー》が静寂時間《ハッシュアワー》だ。市の中心部で働いている人々は、一日の仕事がおわれば、それぞれが住む郊外住宅地へ帰るのだろう——ベントンヴィルやシャーウッドハイツ、プラトー、ミッドウッドといった、ここよりも高級な地区へ。あの女の子にビリーがぬいぐるみを勝ちとってやったコーディの町もそのひとつかもしれない。それにひきかえ、いまビリーが属している界隈には——少なくともビリーが知っている範囲では——これといった名前さえないようだ。

　最新情報を把握しておく必要がある。ビリーはテレビをＮＢＣの系列局であるチャンネル８にあわせる——いまもアレンが撃たれる瞬間の映像を流しているチャンネル６は見たくない。８の画面に《**最新ニュース速報**》のロゴが表示されると同時に、おどろおどろしいヴァイオリンとずんずん響くドラムが奏でる番組のテーマ曲が流れる。いまもまだ逃走中の暗殺犯について、この時間にもまだ最新ニュースがあるのだろうか。暗殺犯当人はきょう一日ずっと小説を書いて過ごしていたし、当の小説はもっか一冊の長篇ほどになるという深刻な危険にさらされている。

　結局、捜査の面ではいくつかの進展があったことが判明したが、すべてビリーの予想の範囲内であり、大災厄にぴったりのテーマ曲に見あう内容ではない。キャスターのひとりが、〝全貌が明らかになりつつある暗殺の裏の陰謀〟には、地元実業家のケネス・ホフがかかわっていたと語る。もうひとりのキャスターが、ケネス・ホフは自殺したと見られているが、実際には殺人事件かもしれないと話す。ホームズくん、きみの推理には驚かされるばかりだよ、とビリーは思う。

　キャスターは、道路をはさんでホフの家の向かいに立っているリポーターにマイクをゆずる。ホフの自宅はそれなりに豪華な家屋だが、それでも住宅豪華度ランキングではニックが借りた建て売り豪邸よりも数ランクは格下だ。リポーターは足がすらりと長いブロンドで、ジャーナリスト養成校を先週卒業したばかりのように見える。リポーターは、ケネス・ホフとジョエル・アレン殺害に使用されたレミントン７００のライフルとのあいだに〝明確な関連性があった〟と話している。このほか、すでに暗殺の容疑者とのあいだに多くの関連性があることが明らかになっている……容疑者の身元はすでに〝明確に明らか〟……その人物はウィリアム・サマーズ、イラク戦争への出征経験もある元海兵隊員で、複数の勲章を授与されている。

　青銅星章と銀星章だよ、とビリーは思う。くわえてパープルハート勲章もだ。こちらにはリボンに星がついていて、戦闘において一度ではなく二度までも名誉の負傷をしたことを意味している。そういった面の詳細を報じようとしない姿勢もわからないではない。犯人は非難されるべき人物なのだから、戦場での英雄的行動の前歴があることをもちだして、世間をわざわざ混乱させる必要があるか？　事態を混乱させるのは小説の仕事で、ニュース報道の仕事ではない。

　画面に二枚の写真が横ならびで表示されている。一枚は賃貸人の作家として初めてジェラード・タワーを訪れたおりに、警備員のアーヴ・ディーンに撮影された写真だ。もう一枚は新兵のときのビリー。海兵隊流のヘアカットをほどこされたその顔は、真剣に見える一方で愚かしげでもある。撮影されたのは〈写真の日《フォトデイ》〉のこと。こちらの写真のビリーは、先ほどのリポーターよりもまだ幼く見える。実際に若かったのだ。マスコミはこの写真を、海兵隊の記録保管所から入手したのだろう。なぜならビリーには、〈家族の日《ファミリーデイ》〉の面会のおりに自分の写真を託す家族はひとりもいなかったからだ。

地元の警察はサマーズがすでにこの街から逃走したと見ています、とリポーターはいう。すでに州外に逃げている可能性もあるため、FBIが捜査に参加している、とも話す。ブロンドのリポーターはこの発言を最後に、マイクをスタジオに返す。つづいてキャスターはジョルジオ・ピグリエッリの写真を見せ、犯罪組織内でのジョージー・ピッグズというニックネームも紹介する――まるでその変名で逃亡しているかのように。ジョルジオ・ピグリエッリはこれまでにもラスヴェガスやリノ、ロサンジェルス、それにサンディエゴの犯罪組織の活動に関連したと見られているが、逮捕歴はない。言外のメッセージはこうだ。体重百七十キロに迫る中年のイタリア系男性を見かけたら――ワニ革の靴を履いてミルクセーキを飲んでいるかもしれない――すみやかにお近くの警察署に通報してください。

そういうことか、とビリーは思う。ホフは死に、ジョルジオは死がほぼ確実視され、ニックには鉄壁のアリバイがある。つまりおれは、畑に残った最後のメロン、壺に残った豆の最後のひと粒、箱に残った最後のチョコレートのひとかけら――どれでもお好きな比喩を選ぶといい。

すばらしい効能があるものの、副作用が――致死性のものも含めて――二十ばかりあるような薬のコマーシャルがおわると、エヴァーグリーン・ストリートの住民たちのインタビューがつづく。ビリーはテレビの電源を切ろうと立ちあがるが、また椅子に腰かける。自分は身分を偽って行動することで、この人たちを傷つけた。だから、この人たちが傷ついた心情を打ち明ける言葉をきいておくべきなのかもしれない。彼らの困惑の言葉を。

ジェイン・ケロッグ――アルコール依存症をわずらっているブロック内の住人――には、困惑の色がひとつもない。「ええ、最初に会ったときからどこか妙な男だと思ってましたよ」この女性はそう話す。「うさんくさい目つきでしたからね」

いいかげんなことをいいやがって――ビリーは思う。

ダニーの母親のダイアン・ファジオは、あんな冷酷な殺人者といっしょに遊ぶのをわが子たちに許していたとわかって身も凍る思いだった、と語る。

ポール・ラグランドは、ビリーのふるまいがあまりにもなめらかで自然だったことに驚いた、と語る。「おれはずっとデイヴは本物だと思いこんでた。だって、本当に気立てのいい男にしか思えなかった。つまり、どんな相手でも信じちゃいけないってことの証明みたいなものだね」

ほかのだれもが無視した点を指摘したのはコリンヌ・アッカーマンだ。「たしかに憎むべき犯罪です。でもあの人が撃って殺した相手は、万引きで裁判所に呼ばれたわけじゃないでしょう？　きいた話だと、殺された人も冷酷な殺人者だっていうじゃないですか。いわせてもらえば、デイヴィッドは公判の経費を節約したんじゃないかしら」

道路情報のコーナー（警察による検問で渋滞が発生しています、みなさん、ご注意を）と天気予報のコーナー（この先寒くなります）に移る前に、裁判所暗殺事件関連で新情報がひとつ伝えられ、ビリーは思わず口もとをほころばせる。郡警察署長のヴィッカリーが早々に捜査から切り離されていたのは、護送していた容疑者が狙撃されて死亡したにもかかわらず、馬鹿げたカウボーイハットだけを残して現場から走って逃げたからではなかった。理由はほかにあった。本来なら階段の先にある関係者用の通用口から容疑者を裁判所内に連行するべきところ、正面階段をあがらせた当人だったからだ。この点から当初、郡警察署長も暗殺の陰謀に関与していた疑いがもたれていたという。ただし、それ以降に署長はそうではないことを捜査陣に納得させたのだろう――おそらく、自分はマスコミの注目を浴びたい一心だった、と認めることで。

どちらに転んでいても狙撃は成功したはずだ、とビリーは思う。たとえ雨が降っていても――創世記にある大洪水を引き起こすほどでないかぎり――成功したに決まっている。

ビリーはテレビの電源を切り、キッチンへ行って冷凍食品の在庫を調べる。このときにはもう、あしたはなにを書こうかと考えている。

第十三章

1

三日間がファルージャの夢のなかで過ぎていく。

ビリーは〈ホット・ナイン〉のことを書く。タコ・ベル、ジョージ・ディナースティン、オールビー・スタークク、ビッグ・クルー、そしてドンク・キャシュマン。ある日の午前中をすべて費やして書いたのは、ジョニー・キャップスがイラクの子供たちを養子にとったようにかわいがった件だ。お菓子やタバコを恵んでくれと近づき、そのあともとどまって野球をするようになった子供たち。ジョニーは、ビッグフットことパブロ・ロペスといっしょに野球を子供たちに教えていた。九歳か十歳のザミールという少年は、「そいつはセーフだよ、ぼんくら野郎！」という言葉だけをくりかえし何度もとなえていた。「いい当たりだぜ」という言葉を別にすれば、覚えている英語はそれだけのようだった。だれかが打球をショートにキャッチされると、赤いズボンとスヌープ・ドッグのTシャツとブルージェイズのキャップという姿のザミールは、「そいつはセーフだよ、ぼんくら野郎！」と叫んでいたものだ。医者を揶揄するピルローラーという呼び名で通っていた衛生隊員《コーマン》のクレイ・ブリッグズが、故郷アイオワ州スーシティの五人の女たちと、ポルノ同然の生々しい内容の文通をしていたことも書いた。タコは、あんな醜男《ぶおとこ》がそれほど多くのプッシーにありつけるのが解せないと話していた。ドンクは、どうせ全部が空想上のプッシーだろうというと、オールビー・スタークが「そいつはセーフだよ、ぼんくら野郎！」と合《あい》の手を入れた。この言葉はクレイのポルノ同然の生々しい文通とはなんの関係もなかったが、毎回決まって一同を爆笑させた。

ノートパソコン相手の仕事のあいまにはエクササイズをした。腕立て伏せ、腹筋、レッグリフト、スクワットスラスト。最初の二日は、おなじところにとどまったままのランニングもした——両手を前に伸ばしておろし、足を走るように動かして膝を手のひらにぶつけるのだ。そして三日めにいきなり——おっと！——思い出した。この建物にはいま自分しかいないではないか。そこで一カ所にとどまって走るのではなく、息が切れて脈搏が毎分百五十になるまで、地下から三階まで階段を走って往復することにする。巣ごもり生活がまだ一週間にもならないうちから正気をなくしかけていたわけではなく、単に長時間すわりっぱなしで文章を書きつづけることに慣れていないので、こんなふうに突発的なエクササイズで頭が変になるのを防いでいるのだ。

　エクササイズはまた思考を助けもする。階段を全力で駆けあがっているあいだに、ビリーはあることを思いつく。これまで思いつかなかったのが信じられない。ビリーはジェンセン夫妻の鍵をつかって、夫妻の部屋へはいっていく。鉢植えのダフネとウォルターのようすをチェックしてから（どちらも健康）、寝室へはいっていく。夫のドンはフットボールや全米ストックカーレース《NASCAR》が好き、スペアリブやチキンのバーベキューが好き、金曜の夜に男たちとビールを飲むのが好きという男だ。そしてこういった種類の男は、決まって銃を一、二挺は手もとに置いているものだ。

　まず、ベッドのドンが寝る側にあるナイトスタンドから一挺見つかる。ルガーGPのリボルバー、弾薬がフル装填されている。この拳銃の横に、三八口径センターファイア式弾薬の箱がある。拳銃を地下の部屋にもっていくべき理由はひとつもない。警官たちがいきなり踏みこんできても、そのまま最後まで撃ちあうつもりはない。しかし、手近な銃が役立つことにならないともかぎらず、必要が生じたら銃をどこで調達できるかを知っておいても損にはならない。どんな必要が生じるのかは想像もつかないが、めまぐるしい人生街道には多くのカーブや折り返しが控えている。そのことをビリー以上に知っている者はいない。

　ビリーはベヴァリーの鉢植えの草花を霧吹きで湿らせてから、小走りで地下の自室へ引き返す。外からは風が強まりかけている音がきこえている——道路をはさんで反対側のがらんとした空地を吹きすぎていく風の音だ。天気予報ではこの先雨がふって、さらに気温が下がるという。

「ちょっと信じられないかもしれませんね」天気予報担当の女性キャスターは、きょうの朝の番組でそうさえずっていた。「そればかりか、ところによってはみぞれまじりになるかもしれません。どうやら〝母なる大自然〟はカレンダーが読めないみたいです！」

　雨が降っても、みぞれが降っても、雪が降っても、それどころかバナナがクソみたいに降ってもビリーには関係ない。どんな天候でも、地下の部屋に閉じこもって過ごすことに変わりないのだ。いま書いている物語がビリーの生活すべてを占拠している。というのも、いまはそれだけが自分の生活だからだが、それに問題はない。

　バッキー・ハンスンとは、ごくごく簡潔なやりとりを二回した。ゆうべビリーは《無事か？》というメッセージを送り、バッキーが《イエス》のひとことだけを返信してきた。さらにビリーが《支払いはあったか？》とたずねると、バッキーはビリーも予想していたとおり、《ノー》の一語だけを送ってきた。たとえプリペイド携帯をつかっても、ジョルジオに電話をかけるわけにはいかない。ジョルジオの電話には警察が貼りついているかもしれない。電話をかけるリスクまでおかして、それでなにが得られよう？　どうせ女性のロボット音声が、おかけになった番号はつかわれておりません、といってよこすだけなのはほぼ確実だ。なぜかといえば、ジョルジオがつかわれていない人物になっているからだ。ビリーはその点を確信している。

　自身の物語というもうひとつの世界で、ビリーは二〇〇四年十一月の〈ファントム・フューリー作戦〉にたどりついている。このパートを書きおえるには十日、いや、二週間はかかりそうだ。書きおわったら……〈ファンハウス〉の物語を最後に置いてしめくくったら、荷物をまとめて、この街を出るとしよう。そのころには警察の検問所もなくなっているだろう。いや、もうなくなっているのかも。

　ビリーはノートパソコンの前にすわり、前に書きおえた部分に目をむける。攻撃実施の二日前、ジェイミースン中佐はジョニー・キャップスとパブロ・ロペスに、野球少年たちを基地から外に出すように命じた――その命令の意味を全員が察していた。自分たちはふたたび出動することになった。そして今回は、なすべきことをおわらせるまで、向こうに滞在しつづけるのだ。

ビリーは、ザミール少年が基地のゲートをふりかえって、最後に大声で「そいつはセーフだよ、ぼんくら野郎！」と叫んでいた姿を思い出す。少年たちとはそれっきり二度と会わなかった。あれから長い歳月が流れたいま、みんないい大人になっていることだろう。もしまだ生きていれば。

野球少年たちが基地から家へ送りかえされた日のことを書こうとしたが、文章に生彩がないように感じられる。創作の泉が一時的に干上がったのか。ビリーは書いた分を保存してPCをシャットダウンすると、別のノートパソコン――安物のノート――に近づいて、順番にすべてを立ちあげる。釣りタイトルをつけた記事がすべて更新されているのを確かめてから（**《マイケル・ジャクソンの自殺願望》《座骨神経痛を一発で治す秘密のコツ》《初代ミッキーマウス・クラブの驚きの〝末路〟》**）、すべての電源を落とす。ビリーの小さな世界は万事順調だ。ビリーには計画がある。まず自分の物語のイラク・パートを完成させる。クライマックスは当然ながら〈ファンハウス〉。そこまで書きおわったら、荷物をまとめ、悪運だらけのこの街を出る。北ではなく西へ車を走らせよう。そしてそれほど遠くない将来、ニック・メイジャリアンを訪ねる。

ビリーの金をふところに入れたニックを。

2

そんなビリーの計画がつづいたのは日付が変わる夜十二時の十五分前までだ。それまでビリーは下着姿でアクション映画を見ていた。プロットは単純だったが――愛犬を殺された男が犯人に復讐しようとする話――ビリーには筋がわからなくなってくる。それで、もう寝ることにする。テレビの電源を切って寝室へむかっているそのとき、横滑りしたタイヤの金切り声めいた音と、ろくに手入れしていないブレーキの音が外で響く。ビリーは衝突音がつづくと思って身がまえる――車が電柱にまともに衝突するときの音、巨大なドアを力まかせに叩くような、うつろな響きの音。しかし、きこえてきたのはかすかな音楽とけたたましい笑い声だ。その声からすると、笑っている人物は酒に酔っているらしい。

ビリーは潜望鏡の窓に近づき、カーテンを押しあける。道の先にある街灯が投げる光のおかげで、両サイドが錆びている古いヴァンの姿がかろうじて見えている。片側の前後輪は、空地の横の歩道に乗りあげている。雨がかなり強く降っているので、ヘッドライトの光がガーゼのカーテンを切り裂いているように見える。助手席側の横に広いスライドドアがひらく。同時に車内灯がつくが、吹き降りの雨ごしに見えるのは人影どまりだ。少なくとも三人が動いていることはわかる。いや、四人だ。四人めは前かがみで頭を低く垂れている。この人影をふたりの人影が左右からはさみ、わきの下に腕をまわしている。まわされている人物の腕は、折れた翼のように肘から先が垂れさがっている。

またもや笑い声と話し声。ふたりの男が、ぐったりと力をなくした人物を荒っぽくヴァンから運びだす。三人めの男は監督役かなにかのように、その背後に立っている。意識をうしなっている人物は黒髪を長く伸ばしている。若い女のようだ。ふたりの男は女をヴァンのうしろへ運んでいき、そこで手を放す。女は上半身を歩道に、下半身を道路の端に沿っている排水溝に横たえて身を丸めている。ふたりの男はそそくさとヴァンに乗りこむ。車室のドアがスライドして閉じる。ヴァンは篠つく雨をヘッドライトで切り裂いてアイドリングをつづけ、その場にしばしとどまっているが、次の瞬間、タイヤを派手に軋《きし》ませ、排ガスをげっぷのように吐いて発進する。車体後部にバンパーステッカーが貼ってあるが、ビリーにその文字が読みとれるはずもない。ナンバープレートを照らすはずのライトは、いまにも消えそうにちらちら点滅しているだけだ。

まちがいない。若い女だ。足にはスニーカー、穿いているスカートはずりあがって、折り曲げた片足がほぼすべてあらわになっている。それに革のジャケット。あらわになっている足の半分は、溝を流れる雨水にひたってしまっている。その足がやけに白く浮かびあがっている。もしや、あの女が死んでいるということはあるのか？　女が死んでいたら、さっきの男たちはあんなふうに笑うだろうか？　砂漠であれこれの現場を見てきた（そして見なかったことにはできない）ビリーだからこそ、そういうこともありうると知っている。

あの女のもとへ行かなくては。助けなくては死んでしまうかもしれないが、助ける理由はそれだけではない。この界隈はウィークデイの正午でも閑散としてはいるが、いずれはだれかがやってきて女の姿を目にとめるだろう。見たとしても足をとめるかどうかはわからないが――見ず知らずの人を助ける〝善いサマリア人〟は昨今めっきり減っている――911に緊急通報することはまちがいない。夜遅かったことで助かったし、五分早くベッドにはいっていなかったことでも助かった。通報されていれば、いずれ部屋のドアをノックされたはずだ。警官たちは女性が道ばたに転がされるのを見た者がいないかどうか、ピアスン・ストリートのこちら側の住宅をまわって聞きこみ捜査をするに決まっている。そんなノックが夜中の一時や二時にやってきたら、フェイクベリーを腹に巻きつけることはおろか、ドルトン・スミスのウィッグをちゃんとかぶることもできまい。

《おやおや》警官のひとりがこういうかもしれない。《あんたの顔には見覚えがあるぞ。ちょっと署までご同行願えるかな?》

ビリーはスラックスも穿かず、靴を履く手間もはぶいて、トランクス姿のまま階段をいっさんに駆けあがる。玄関ホールを通り抜けて正面玄関のドアが風にあおられて、ばたばたと開閉をくりかえすのもそのまま、玄関前の階段をおりて走る。片足の親指の付け根あたりに木の棘《とげ》が刺さったのを感じ、走ることで棘がますます深く刺さるのもわかるが、それ以上に外がクソったれなほど寒いことが意識される。とりあえず、いまはまだ雨がみぞれに変わるほどの寒さではないが、かなりそれに近い冷えこみだ。両腕は寒さで鳥肌に覆われる。もう存在しない足の親指の一部が痛む。あの若い女がまだ生きているとしても、これではそれほど長く生きたままではいないだろう。

ビリーは地面に片膝をついて女の体を抱きあげる。アドレナリンでテンションがあがっているせいか、女が重いのか軽いのかさえ意識していない。雨が顔や裸の胸をつたって流れおちるなか、道路の左右を確かめる。トランクスはぐっしょりと濡れ、腰の低い位置にまでずり落ちている。だれの姿も見えない。ありがたや。水しぶきをはねあげながら、道路のアパートメントがある側へ駆けもどる。女を抱きかかえたままアパートメント玄関への道を歩いているそのとき、女の顔が向きを変えて、のどの奥からごろごろという音が出てきたかと思うと、その口から反吐《へど》が細いリボン状になってぴゅーっと飛びだし、ビリーの脇腹をつたって片足へ垂れ落ちていく。反吐はぎくりとするほど熱く、それこそ電熱パッドのように感じられる。

とにかく——ビリーは思う——この女はまだ生きてる。

玄関前の階段でまたも木の棘に刺されるが、すぐ屋内にもどることができる。正面玄関のドアを風にあおられるままにしてはおけず、いったん玄関ホールの床に女をおろし、ドアを引いて閉める。女にむきなおると、目が半びらきになっている。片頬から鼻梁の片側にかけて、大きな紫色の痣《あざ》があることもわかる。歩道の路面に当たってできた痣のはずがない。女は顔から倒れこんではいなかったからだ。それにこの痣は、いましがたできたものではない。

「あなたは、だれ?」女は呂律のあやしい口調だ。「ここはどこ——」といいかけたところで、また吐く。今回は反吐がのどのほうへ逆流したらしく、女は息を詰まらせはじめる。

ビリーは女の背後で床に膝をつき、片腕を腹部へまわす。それから乳房を腕で下から押しあげて支えながら、女を自分の前に起こす。そもそも最初からわずかに大きすぎたクソなトランクスは、ついに足にそってずり落ちはじめている。ビリーは二本の指を女の口に突っこみつつ、どうか嚙まないでくれと祈る——嚙まれたことによる感染症はいまいちばん歓迎できない事態だ。指先で反吐の塊をとらえて床に叩きつけるようにして捨て、すかさず女の腹を押さえている腕にさらに力をこめる。これが奏効する。女が雄々しく吐きはじめると、反吐が吹き流しのように噴きだして玄関ホールの壁に当たり、びちゃりと水っぽい音をたてる。

一台の車が近づいてくる——これがわずか三分前だったらビリーの運命を決めたはずだ。雨の雫が散っている正面玄関のドアのガラスを、車のヘッドライトがぎらりと照らす。ビリーは女を抱いたまま片膝をつく。癪にさわるトランクスは、いまでは両膝のあいだで広がっている状態、ビリーには、どうして自分はジョッキーショーツをやめてしまったのかと思いめぐらす時間の余裕すらある。女の首ががくりと前に垂れさがるが、いまきこえるざらついた呼吸音は息を詰まらせた音ではなく、どうやらいびきのようだ。女はまた意識をなくしている。

ヘッドライトの光が明るくなり、停止することのないまま暗くなっていく。ビリーは立ちあがり、同時に女の体も立たせる。片腕を女の両膝の下に、反対の腕を両肩の下にまわして体をもちあげる。女の頭が転がるように動いて顔があらわになる。ビリーは両足を小刻みに揺らして、トランクスを足首まで落とす。それから足を抜き、下着をわきへ蹴りのける。なんだか、悪夢で見るボードヴィルの小寸劇のようだ。

体のバランスをうしなって転落しないよう、ビリーが慎重に横歩きで階段をおりていくあいだ、女の濡れた髪からは水滴がしたたり、頭は前後に揺れている。あおむけになった顔は月のような青白さだ。右目の上のひたいにも痣がある。

おまけに、なんということか、足の痛みで死にそうだ。なくなった親指の前半分は気にならないが、あの小癪な木の棘ときたら！　なんとか転がり落ちることなく階段をおりきると、ビリーは尻でドアをあける。女の体が片腕からずり落ちかけ、抱きかかえている体がU字の形になる。片膝をもちあげて女の背中のくぼみにあてがい、体をもちあげなおして、よろけながら部屋にはいる。女の体がまたしてもずり落ちかける。ビリーは冷えて赤くなった足にますます棘が深く食いこむのもかまわず、ソファへむかって走り、ぎりぎりで間にあう。女の体がどさりとソファに落ちる。女ははっきりしないうめき声をひとつ洩らしたきり、またいびきをかきはじめる。

ビリーは前かがみになると、いましも痙攣《けいれん》しそうな腰をいたわるために両手で膝の少し上をつかむ。女から立ちのぼってくる反吐のにおいに、ビリー自身も吐き気を誘われる。同時にアルコール臭も嗅ぎとれるが、そちらはごくわずかだ。

嘔吐でアルコールを体の外へ出したからだ——とは思うが、本当にかなりのアルコールを摂取していれば、いまでも呼気に嗅ぎとれているはずだ。玄関ホールでもその臭気を感じなかったはずはないし、それに——

ビリーは片膝をもちあげ、肌を濡らしたほぼ水分だけの女の反吐のにおいを嗅ぐ。ここからも、酒のにおいはほんのかすかにしか嗅ぎとれない。

ビリーは女の全身に目を走らせる。穿いているのはデニムスカート、丈はかなり短い。もし身につけていればショーツが見えるはずだ。しかし、穿いてはいない。ただし、ほかのものが見える。太腿の外側は――まるで月のように――青白いが、内腿の付け根近くには乾きかけた血の雫が点々と散っている。

3

若い女がまたげっぷをする。しかし今回は弱々しく、白く濁ったよだれの雫があふれだして口角から垂れ落ちていくだけだ。そのあと女の体が震えはじめる。全身が濡れているのだから震えるのも当たり前だ。ビリーは女のスニーカーを脱がせる。くるぶし丈の小さなソックスもいっしょに脱げる。ソックスの上面にはハートがいくつも描かれている。女が協力できる状態でないと知りながら、ビリーは「頼むよ、ちょっとは手伝え」とつぶやきつつ、女にソファに腰かける姿勢をとらせる。女の瞼《まぶた》がひくひく震えて、口がなにか話そうとする。ひょっとしたら、自分では話をしていると思っているのかもしれない。こういった立場に置かれた人が当然口にするはずの質問を、自分も口にしているつもりなのかもしれない。しかしビリーにききとれた単語は〝だれ〟と〝あんた〟だけで、それ以外はどの言葉も〝ばずずず〟と〝わぁああ〟だ。

「よしよし」ビリーは声をかける。「もう大丈夫。頼むから、おれのところで死ぬなよ」

こんなふうに大混乱の事態になんとか対処しようと奮闘しているさなかですら、女がここで死ねば物事がすっきり単純になることにビリーは気づく。恥ずべき考えだが、恥ずべきだから事実でなくなるというわけではない。

ビリーは女のジャケット――安っぽくて薄いジャケット、素材は本革ではなく合成皮革だ――をなんとか脱がせる。その下に着ているのは《**ザ・ブラック・キーズ北米ツアー　二〇一七**》の文字が前面にはいったTシャツだ。ビリーはTシャツも脱がそうとするが、女のあごに引っかかってしまう。女がうめき、ビリーはそのうち短い言葉だけを明瞭にききとる。「やめて、首を絞めないで」

　女の体がずるずると滑りだす。Ｔシャツを脱がせた直後、ぎりぎりのタイミングで女の体を押さえ、床に崩れ落ちるのを防ぐことができる。白無地のコットンのブラジャーが斜めになってしまっている。片方の乳房は覆われているが、左の肩にかかっているべきストラップがはずれて、反対の乳房があらわになっている。ビリーはブラジャーを引きおろして前後を逆にし、なんとかホックをはずす。

　こうして女の上半身の服を脱がせおわると、ビリーは女をまた横たえる。まずぐっしょりと濡れたデニムスカートを脱がせ、床の上のほかの衣類のところへ投げる。これで女は片耳のイヤリング以外は全裸だ——ちなみに反対の耳のイヤリングは、どこでなくしたのかも見当もつかない。女の全身が鳥肌に覆われて、しかもがたがた震えている。寒さゆえの震えだが、同時にショック状態ゆえの震えでもある。こんなふうに体を震わせている人間を、ビリーはファルージャで目にしてきたし、震えが痙攣に変わっていくさまも目のあたりにした。もちろん、あのときのジョニー・キャップスとはちがって、両足に複数の弾丸が命中しているわけではないが、女の素肌にも血がついているのは事実で、さらにいま見れば小ぶりの乳房の片方にも三つの痣ができている。幅の狭い痣。だれかがつかんで指を食いこませた痕だ。それもかなりの力で。それだけではなく首の左側にも指の形の痣がふたつ。それを見てビリーは、女の《やめて、首を絞めないで》という言葉を思い出す。

　女がまた吐くかもしれないことを念頭に置いて、ビリーは女を横向きにさせ、さらにソファから転がり落ちたりしないことを願いつつ、体の前面を背もたれに押しつける。女はまたいびきをかいている。音はざらついているが規則的だ。歯がかちかちと鳴っている。この女は混乱しきったアメリカ兵そっくりだ。

　ビリーは急ぎバスルームへ行って、二枚あるバスタオルの一枚をもってくる。それからソファの前に膝をついて女の背中と尻、腿やふくらはぎをバスタオルでこすっていく。手早く作業を進めていくうちに、青白かった肌に血色がもどってきたのがわかってひと安心だ。ビリーは片方の肩に手をかけて（ここにも痣があったが、ほかよりも小さい）仰向けの姿勢をとらせると、また作業にとりかかる――足、脛《すね》や腿、腹、乳房、胸もと、そして肩。顔をタオルでこすると、女は手をもちあげて払いのけるように弱々しく動かしたが、すぐに手が落ちてしまう――それだけの動作があまりにも負担だ、というように。ビリーは女の髪を乾かそうとするが、それほどの成果はあげられそうにない。髪があまりにも多いうえに、道路ぎわの排水溝を流れていた雨水が頭皮まで濡らしているからだ。

ビリーは思う――おれはどつぼだ。どう転んでも、どつぼにはまることまちがいなしだ。

ビリーはタオルを床に落としてから女に手を伸ばす。もしまた吐いても窒息することのないように、また横向きにしてやろうと思ってのことだが、そこで考えなおして右足をもちあげて踵《かかと》を床につけてやる。それで女の外性器があらわになる。陰唇は燃えるように赤くなっていて、数カ所に裂傷があるばかりか、傷のうちひとつはいまも搏動にあわせてじくじくと出血している。膣と直腸のあいだの組織――その部位をあらわす単語も知っているはずが、強いストレスにさらされているいまは思い出せない――は、陰唇以上に痛ましいありさまで、体内の組織がどれほど傷つけられているかは見当もつかない。乾いた精液の痕もあちこちに見つかる――その大半があるのは下腹部と陰毛だ。

引き抜いて射精した男がいるな、とビリーは思い、ヴァンの車内に見えた人影が女をのぞけば三人だったことを思い出す。笑い声からは三人とも男に思えた。いずれにしても、こんなことをしたのは三人のだれかだ。

そんなことを考えたせいで、ビリーはいまの自分がどう見えるかを意識する。ソファに横たわる女の身になにがあったかを思えば、正反対に見られてもおかしくないではないか――女のほうは完全に気をうしなっていて足を広げ、ふたりとも生まれた日そのままに一糸まとわぬ全裸だ。もしいまこの場面をエヴァーグリーン・ストリートの隣人諸氏が目にしたらどう思うだろう？　思いやりの心をもつコリンヌ・アッカーマンですら、もうビリーを弁護しようとは思うまい。レッドブラフ・ニューズ紙の大見出しが目に見えるようだ――《**裁判所の暗殺犯、十代少女のレイプも！**》

どつぼだ、とビリーは思う。天まで打ちあげられて地面に叩き落とされて、どつぼにはまってしまった……。

女をベッドに寝かせてやりたいが、その前に対処しておくべきことがある。ひととおり落ち着いたいま、自分の足が猛烈に痛むことにビリーは気づく。この部屋に必要な品を買いだしにいったとき買わなかった品は多いが、そのひとつがピンセットだ。しかしバスルームには、前の間借人の置土産の〈バンドエイド〉と消毒剤のオキシドールがある。後者はとっくに有効期限切れだろうが、いまは選り好みのできる身分ではない。

足の裏を精いっぱい横向きに立てて歩きながら、ビリーはまずキッチンから果物ナイフを手にとり、つづいてバスルームの品々をとりにいく。〈バンドエイド〉には映画〈トイ・ストーリー〉のキャラクターのイラストがある。ビリーはいびきをかいている女の横で床にすわりこみ、ナイフをつかって木の棘の端をもちあげ、手で引き抜いていく。棘は全部で五本、そのうちふたつは大物だ。そのあと血を流している傷にオキシドールをまぶす。そのとたん刺されるような痛みが襲ってきたので、もしかしたらまだ消毒の効能が残っていたのかもしれない。ふたつの大きな棘がつくった傷には〈バンドエイド〉を貼っておくが、あまり長くは貼りついてくれそうもない。かなり古いのではないか。ひょっとしたら、二代か三代前の間借人が残していった品なのかも。

ビリーは立ちあがると、肩をぐるぐるまわして関節をほぐしてから、女を抱きあげる。アドレナリンのあと押しがないいま、女の体重は五十二キロ程度だと推測する。五十四キロあるかもしれない。男三人が相手ではひとたまりもない体格だ。あの三人全員がレイプしたのか？　もしあの三人が仲間で、そのひとりがレイプしたなら、残るふたりもならったにちがいない。いずれ女が意識をとりもどしたら質問してみよう——それがなんの役に立つのかはともかく。ただし女がそのあたりを思い出せるかどうかは疑わしいし、むしろ女は、ビリーが警察に通報せず、手当てのために女を最寄りの救急病院へ連れていかなかった理由を知りたがりそうだ。

女の体の中央が沈んでまたUの字の形になっていたので、ベッドにそっと横たえてやるつもりが、どさりと落としてしまう。女はちらっと目をあけるが、すぐに閉じて、またいびきをかきはじめる。もう女を相手に格闘したくはないが、かといって全裸のまま寝かせておくのも忍びない。それでなくても、目を覚ましたら大混乱になるに決まっている。ビリーは箪笥からTシャツをとりだしてくると、女の隣にすわって左腕で女の体を起こし、右手でTシャツを女の頭にかぶせて着せようとする。女はなにやら不明瞭な抵抗の言葉めいたものを口にしているが、Tシャツが首まで通って肩をつつむと、言葉が低くなっていびきにもどる。

「協力してくれよ」ビリーは女の片腕をもちあげ、二、三回の失敗ののちTシャツの半袖に腕を通すことに成功する。「ちょっとでいい、頼む」

女はビリーの言葉をどうにかききとったらしい――女が反対の腕をもちあげ、ふらふら揺らしながらも袖に通してくるからだ。ビリーは女を仰向けにもどしてやり、ふうと息をひとつついてから、腕でひたいの汗をぬぐう。Tシャツは女の乳房の上に寄ったままだ。ビリーは裾を引っぱって体の前面を隠し、つづいて体を浮かせて背中側も引きさげる。女がまた体を震わせ、鼻声でなにか少ししゃべる。ビリーは女の膝を片腕でもちあげ、Tシャツの裾をさらに引っぱって尻と腿までを覆う。

いやはや、赤ん坊に服を着せてるみたいだな――ビリーは思う。お願いだから寝小便をしないでくれ。ビリーは祈るが――シーツ類はこの一セットしか手もとにないし、最寄りのコインランドリーは三ブロックも先だ――女が粗相をしてもおかしくないことはわかっている。せめてもの救いは出血があらかたとまったことだ。もっと悲惨なことになっていてもおかしくなかったのではないか。男たちは女の体を切り裂くような真似を重ねたかもしれないし、それどころか殺したかもしれない。あんなふうに女を無造作に投げ落としていたことからは、男たちがそのつもりだったようにも思えるが、ビリーはその点を疑っている。むしろあの連中は、とことん酔っていただけではなかったか。あるいは酒よりもずっと強烈ななにか――たとえばクリスタル――でハイになっていたか。あのろくでなし男どもは、女がいずれ意識をとりもどしたら歩いて家に帰るとでも思っていたのだろう――手痛い経験から学んだ者になって。

ビリーは立ちあがり、またひたいを拭ってから毛布を女にかけてやる。女はすぐに毛布をつかんであごの下まで引き寄せ、横向きになる。そのほうがいい。また吐くかもしれないからだ。玄関ホールで吐いていたものを思うと、吐くものが腹に残っているとは考えられないが、どうなるかは予想できない。

　毛布をかけられていても、女の震えはとまらない。さて、おれはおまえをどうすればいい？　ビリーは思う。いったい全体、おれはおまえをどうすればいいっていうんだ、教えろ。

　これは、ビリーには答えられない疑問だ。わかっているのは、自分が世界のすべてのトラブルの母なみの窮地に立たされているということだけだ。

4

　ビリーは簞笥から新しいトランクスをとってくる。残るは一枚だけ。それから居間へ行き、ソファに横たわる。眠れるとは思えないが、眠れたとしても浅い眠りになるだろうし、女が目を覚ましてアパートメントから出ていこうとすれば物音がきこえるはずだ。そうなったらどうする？　もちろん女を引きとめるに決まっている――たとえその理由が外は寒くて雨も降っていて、物音から察するに猛烈な風が吹き荒れているということしかなくても、だ。しかし、それは今夜の話。もしあしたの朝になってから目覚めたら？　ふつか酔いで、自分の居場所もわからず、だれとも知らない人物のアパートメントで、しかも服がどこかに消えていて――

　女の服。まだ床に放置したままの、濡れた布の山。

　ビリーはソファから起きあがり、女の服をバスルームへもっていく。途中で足をとめて、招かれざる客のようすを確かめる。もういびきをかいてはいなかったが、まだ震えている。濡れてもつれた髪がひと房、女の片頰にへばりついている。ビリーは身をかがめて、そのひと房の髪を頰からどけてやる。

「お願い……そういうのはいや……」女がいう。

　ビリーは凍りつく。しかし女がそれ以上なにもいわないので、バスルームへ進む。ドアにはフックがある。安物のジャケットをそのフックに吊るす。バスタブの上には、安っぽいモーテルにあるようなシャワー兼蛇口がついている。バスタブ内で女のシャツとスカートを絞り、シャワーカーテンのレールにかける。ジャケットにはファスナーつきポケットが三つある。左胸の少し上に小さなポケット、そして両サイドにはファスナーが四十五度の角度になっている大きなポケット。胸ポケットにはなにもはいっていない。サイドポケットの片方には男物の財布、反対には携帯電話がはいっている。

ビリーはまず携帯からSIMカードを抜き、とりあえず元のポケットにもどしておく。次に財布をひらく。最初に見つかるのは運転免許証。それによれば女の名前はアリス・マックスウェル、ロードアイランド州キングストンの出身だ。現在二十歳。いや、そうじゃない、二十一歳になったばかりだ。陸運局が免許証用に撮影する顔写真は不出来だと相場が決まっている——たとえスピード違反でつかまっても、警官に見せるのさえためらわれるような写真だが、女の写真は上出来だ。いや、そんなふうに感じるのは、どんな免許証の写真よりもなお不細工なときの女を見たせいかもしれない。目は大きくて瞳はブルー。唇には淡い笑みが浮かんでいる。

最初の免許証だ、とビリーは思う。まだ更新時期を迎えてもいない。それがわかるのも、ティーンエイジャーむけのオートマチック車限定の免許証だからだ。

クレジットカードは一枚。女はていねいで几帳面な字で、アリス・レーガン・マックスウェルとサインを書きこんでいる。この街にあるクラレンドン・ビジネスカレッジの学生証。〈AMC〉のギフトカード（このシネコンが故ケン・ホフの所有物件だったかどうかビリーには思い出せない）、アリスの血液型（O型）が明記された健康保険のカード、もっと若いアリス・マックスウェルが、ハイスクールの友人たちや愛犬、それに母親らしき女性らといっしょに写った写真。さらに上半身裸でにこやかに微笑むティーンエイジャーの少年の写真もある。ハイスクール時代のボーイフレンドだろう。

札入れ部分には二枚の十ドル札と二枚の一ドル札にくわえて新聞の切り抜きが一枚。ヘンリー・マックスウェルなる人物の死亡記事だ。葬儀はキングストン市内のクライスト・バプテスト教会にて。供花は辞退、その分はアメリカ癌協会に寄付していただきたい。添えられた写真の男性は中年中期から後期にさしかかった年代で、あごの下に肉が垂れ、ほぼ禿げあがったドーム状の頭に薄くなった髪を丹念に撫でつけている。街で行きあっても特に目をむけずにすれちがってしまう人物のようだが、粒子の粗い新聞写真でもビリーには血のつながりが見てとれるし、アリス・マックスウェルは父親の財布に父親の訃報記事をしまってもち歩くほど父親を愛しているわけだ。これだけでも、アリスに好感をいだかざるをえない。

もしアリスがこの街の学校に通っていて、父親が向こうの地に埋葬されているのなら、母親はほぼまちがいなくキングストンにいるはずで、だから少なくともいますぐに娘の行方を案じはじめることはなさそうだ。ビリーは財布をジャケットにもどすが、携帯電話は自分の衣装簞笥のいちばん上の抽斗の、予備のTシャツの下にしまいこむ。

乾いてこびりついてしまう前に玄関ホールの反吐を掃除しておくべきだろうか？　ビリーはそう考えたが、やめにする。目を覚ましたアリスという女が、自身の女性としての器官が燃えるような痛みに襲われているのはビリーのせいだと考えたりしたときのために、女を外から部屋に運びこんだことを裏づける証拠が少しでもあったほうがいい。もちろんそれだけでは、犯しているあいだも女が反吐を噴きかけたり、目を覚まして抵抗したりしないと見きわめがついてから、ビリーがみずからほどこした細工ではないとアリスに納得させることは無理だろうが。

そのアリスはまだ震えている。ショック症状ではないだろうか？　いや、男たちが飲み物に混ぜた薬物などの影響とは考えられないか？　デートレイプ用ドラッグの話をきいたことこそあれ、副作用についてはなにも知らない。

ビリーは部屋をあとにしようとする。女が――アリスが――うめく。その声はいかにもわびしく、心細げだ。

ええい、くそ。ビリーは思う。これはたぶん最低最悪の考えにちがいない……が、かまうものか。

ビリーはアリスが寝ているベッドに横たわる。背中が背中にあたる。ビリーは片腕を伸ばしてアリスを引き寄せる。「もっとくっつけよ、お嬢ちゃん。心配はいらない。もっとくっついて、体をあっためろ。その震えをとめるんだ。朝には気分もよくなってるよ。朝になったら、どうしたらいいかを考えるんだ」

どつぼにはまりこんだぞ。ビリーはまた思う。

アリスが必要としていたのは安心感だったのかもしれ

ない。あるいはビリーの体のぬくもりだったのかもしれない。いや、そんなことはなくて、体の震えはひとりでにおさまるだけだったかもしれない。ビリーにはわからないし、わかりたくもない。震えが途切れ途切れになり、やがて完全におさまったときには、ただほっとしただけだった。いっしょにいびきもやんでいる。そのせいで建物に叩きつけてくる雨の音がよくきこえる。ここは古い建物で、風が強く吹くとあちこちの建材のつなぎめが軋《きし》む。その音に奇妙にも心が安らぐ。

　あと一、二分したら起きあがろう。ビリーは思う。アリスがいきなり目を覚まして恐怖に絶叫をあげることはまずないと、そう確信できたらすぐに起きる。だから、あと一、二分だけ。

　しかしビリーは半分眠りかけ、キッチンに煙が出ている夢を見る。クッキーが焦げるにおいがする。キャシーに注意しなくては。母さんのボーイフレンドが帰ってくる前に、クッキーをオーブンから出すようにいわなくては。しかし、言葉が出てこない。これは過去で、ビリーはただの観客だ。

5

　しばらくののちビリーはぎくりとして一気に目を覚ます。ジョエル・アレンの件の予定時刻を寝過ごした、何カ月も実行の瞬間を待っていた仕事をしくじってしまったにちがいない。次の瞬間、隣に寝ている若い女が出している音がきこえて——ただの寝息で、もういびきではない——自分の居場所を思い出す。アリスの尻がちょうど股間にあたっていて、ビリーは勃起している。いまがどんな場合かを思えば不適切もはなはだしい。それどころか、グロテスクそのものだ。しかし、どんな場合かを肉体が無視するのは珍しいことではない。肉体はおのれの欲することを欲するだけだ。

　ビリーは暗闇のなかでベッドから起きあがり、手さぐりでバスルームを目指す——テントを張っているトランクスを片手でかばいながら。怒張した性器を箪笥にぶつけたりすれば、今夜のクソつづきのカーニバルを完成させてしまう。そのあいだアリスは身じろぎひとつしない。ゆっくりとした寝息はアリスが熟睡していることを示唆している——いいことだ。

バスルームにはいってドアを閉めるころには勃起もおさまって、小用を足せるようになっている。この便器は騒がしい音をたてるし、ハンドルを何度かがちゃがちゃ動かさないと水が流れっぱなしになりがちだ。だからビリーは水を流さずにふたを閉めるだけにして、明かりを消し、手探りで衣装簞笥まで引き返していく。簞笥の前に来るとトレーニング用ショートパンツのウエストゴムを手でさぐりあてる。

それから寝室へのドアを閉め、これまでよりも多少危なげない足どりでリビングを横切る——潜望鏡の窓のカーテンが押しあけられたままで、近くの街灯の光が射しこんで室内が見える明るさになっているからだ。

窓の外を見ても、人っ子ひとりいない外の街路が見えるだけだ。雨はまだ降っているが、風はわずかに勢いを弱めている。カーテンを閉めてから、決してはずすことのない腕時計で時間を確かめる。朝の四時十五分すぎだ。ビリーはショートパンツを穿いてソファに横になり、いずれ目を覚ましたアリスをどうすればいいかを考えようとする。しかし、いま頭のなかでいちばん目立つ部分を占めているのは——馬鹿馬鹿しいが本当のことだ——せっかく執筆が波に乗ってきているというのに、アリスという招かれざる女が生活に出現したことで、執筆をあきらめなくてはならないかもしれない、という心配だ。自分でも笑うしかない。竜巻警報がわんわんと街に鳴りわたっているなかで、トイレットペーパーの買い置きの有無を心配するようなものだ。

肉体はおのれの欲することを欲するだけ。そして精神もまたおなじ——ビリーはそう思って目を閉じる。ほんの少しだけ微睡《まどろ》むつもりだったのに、現実にはまたぐっすり寝入ってしまう。次に目が覚めると、アリスがすぐ近くに立ってビリーを見おろしている——着ているのは、ビリーがベッドに寝かせるときに着せたTシャツだ。そして、その手にはナイフがある。

（下巻に続く）

ビリー・サマーズ　上

二〇二四年　四月十日　第一刷
二〇二四年十二月五日　第二刷

著　者　スティーヴン・キング
訳　者　白《しら》石《いし》朗《ろう》
発行者　大沼貴之
発行所　株式会社文藝春秋
〒102−8008　東京都千代田区紀尾井町三−二三
電話　〇三−三二六五−一二一一
印刷所　ＴＯＰＰＡＮクロレ
製本所　加藤製本

万一、落丁乱丁があれば送料当方負担でお取替えいたします。小社製作部宛お送りください。

定価はカバーに表示してあります。

ISBN978-4-16-391831-0

スティーヴン・キングの本

ＩＴ　全４巻

スティーヴン・キング
小尾芙佐訳

少年の頃に出遭った恐るべきものと再び対決すべく彼らは故郷へ……。キングの集大成、歴史にその名を刻む永遠の名作。

ザ・スタンド　全５巻

スティーヴン・キング
深町眞理子訳

ウィルス兵器により死滅したアメリカで、善きものと悪しきものの闘争が……あらゆる物語を詰め込んだ感動の超大作。

ミザリー

スティーヴン・キング
矢野浩三郎訳

重傷を負った作家ポールを熱狂的ファンと名乗る女が監禁する。息づまる恐怖を徹底的に描いた不朽の名作。解説・綿矢りさ

シャイニング　上・下

スティーヴン・キング
深町眞理子訳

雪に閉ざされたホテルに棲む悪しきもの……。これぞ史上最高の幽霊屋敷小説。極限の絶対恐怖を体験せよ。解説・桜庭一樹

スティーヴン・キングの本

ドクター・スリープ　上・下

スティーヴン・キング
白石朗訳

名作『シャイニング』待望の続編。かつての惨劇から三十年、ダニーは能力「かがやき」を持つ少女と新たな悪しき敵に挑む。

ミスター・メルセデス　上・下

スティーヴン・キング
白石朗訳

巨匠がミステリに挑む。暴走車で大量殺人を犯して消えた男を追う退職刑事の執念の追跡。各種ランキング上位獲得の傑作。

アウトサイダー　上・下

スティーヴン・キング
白石朗訳

恐怖の帝王の面目躍如。惨殺事件の日、逮捕された男は旅行に出ていたはずだった。無実の男を陥れた〈アウトサイダー〉とは？

異能機関　上・下

スティーヴン・キング
白石朗訳

超能力少年少女を拉致する、謎の〈研究所〉。天才少年ルークは友と巨悪に立ち向かう。キング流エンタメを極めた王道ＳＦホラー。